南方学术文丛

黄天骥／主编

自得的诗学

陈白沙文学研究

孙启华 著

南方日报出版社
NANFANG DAILY PRESS
中国·广州

图书在版编目（CIP）数据

自得的诗学 ：陈白沙文学研究 / 孙启华著. — 广州 ：南方日报出版社，2021.7

ISBN 978-7-5491-2400-8

Ⅰ. ①自… Ⅱ. ①孙… Ⅲ. ①陈献章（1428-1500）—文学研究 Ⅳ. ①I206.48

中国版本图书馆 CIP 数据核字(2021)第 130420 号

ZIDE DE SHIXUE

自得的诗学：陈白沙文学研究

著　　者：孙启华
出版发行：南方日报出版社
地　　址：广州市广州大道中 289 号
出 版 人：周山丹
出版统筹：谭庭浩　阮清钰
责任编辑：蔡　芹
装帧设计：肖晓文
责任校对：阮昌汉　肖　颖
责任技编：王　兰
经　　销：全国新华书店
印　　刷：广州市新怡印务股份有限公司
开　　本：787mm×1092mm　1/16
印　　张：19.5
字　　数：400 千字
版　　次：2021 年 7 月第 1 版
印　　次：2021 年 7 月第 1 次印刷
定　　价：78.00 元

投稿热线：（020）87360640　　读者热线：（020）87363865

发现印装质量问题，影响阅读，请与承印厂联系调换。

“南方学术文丛”总序

○黄天骥

中国经济文化中心，由黄河时代到长江时代的南移大势，学术界早经多方论证，逐渐形成共识；近世更有进而向南发展，进入珠江时代之说。最早提出者，乃明代岭南大儒丘濬；晚近则以新儒学大师张君劢为著。张君劢在《历史上中华民族中坚分子之推移与西南之责任》一文里，明确提出黄河流域、长江流域和珠江流域三期说。陈寅恪在致陈垣信中说：“岑君（仲勉）文读讫，极佩。此君想系粤人，中国将来恐只有南学，江淮已无足言，更不论黄河流域矣。”朱谦之在《南方的文化运动》中说：“所谓南方的文化，从知识的进化言之，就是科学的文化；从物质的进化言之，就是生产的文化……我祝南方文化的新诞生！我愿一生来从事南方文化之建设运动。”顾颉刚在《致中山大学文史两系同学书》中说：“广东人的精神，有信仰，肯干，肯吃苦，我觉得这是无论做什么事情的基本条件，而不幸长江黄河两流域的人都缺少了它……我明白广东人的势力所以远被的缘故，我祝颂广东能成为将来的文化中心。”如此看来，前贤大家，对广东成为祖国文化版图的重要部分，成为另一个新的学术文化中心，寄望甚殷。

这种寄望，其实也隐含了一个从“岭外”到“南方”的转换。由于山川阻隔，广东长期处于岭外，被目为蛮夷之地，在漫长的历史过程中，即便完全属于中央政府管辖，在文化上，也仍然存在一个逐渐“中原化”的过程。后来，广东凭借中国经济重心南移的大势，更凭借海上丝绸之路始发点的优势，一直保持对外开放的格局，特别是长期“一口通商”的经济积累，不仅成为中国的财富中心，也成为中国新思想和新文化的输入转换中心；在近现代，更直接成为革命策源地，屡屡掀起惊涛骇浪，对中国社会政治产生巨大影响。

改革开放以来，广东GDP长期居全国第一，早已成为中国经济中心之一。进入新时代，广东快马加鞭，高质量发展；尤其开启粤港澳大湾区建设，更是全球瞩目。然而，在文化建设尤其是学术研究方面，我们尚未取得与经济发展相匹配的实绩与地位。早有贤能之士指出，21 世纪是经济的竞争，更是文化的竞争——包括学术的竞争，文化对经济的支撑引领作用日益显著。

有鉴于此，南方报业旗下的南方日报出版社，深觉与有责焉。他们在多年稳健发展和文化积累的基础上，欲更上层楼，策划推出“南方学术文丛”。我觉得这个主意很好。将南方这块热土上广东学人有价值的学术研究成果，以及广东之外以岭南历史文化为论题的富于创造性和创新性的学术研究成果，及时而系统地组织出版，这是踏实的学术积累和传播，是积极的文化建设和创造，也是广东学术文化形象的塑造和辐射。我乐见其成。

南方文化与学术的发展，虽然与其他地域相比有一定特色，但同为中华文化的组成部分。历代的文化和学术精英，不断进入南方，与南方学者一道，努力耕耘，取得了可观的成果，共同促进了中华文化与学术的发展。这套丛书以“南方”命名，是因为我们更多地意识到广东与其他先进地区在文化与学术上的差距，而有急起直追之意。诚挚希望各地学者，以各种方式，大力支持这套丛书的出版。

先师王季思教授在晚年曾经写过一首诗：

人生有限而无限，历史无情还有情；
薪火相传光不绝，长留双眼看春星。

学术研究，有赖于一代又一代学人的传承和积累。我虽马齿徒增，水平有限，作为这套丛书的主编，仍然愿意在其中略尽绵薄之力。

2021 年 8 月 8 日
（作者系中山大学中国语言文学系教授）

白沙先生像，收录于《白沙子全集》，哈佛燕京图书馆藏乾隆三十六年碧玉楼刻本

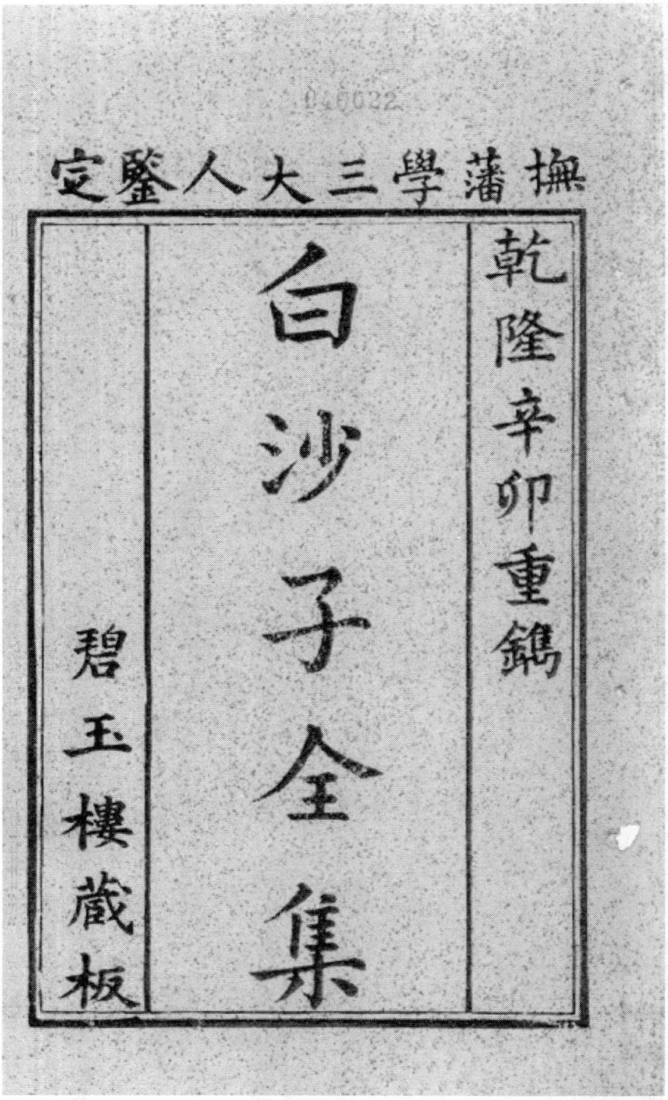
撫藩學三大人鑒定
乾隆辛卯重鐫
白沙子全集
碧玉樓藏板

《白沙子全集》，哈佛燕京图书馆藏乾隆三十六年碧玉楼刻本

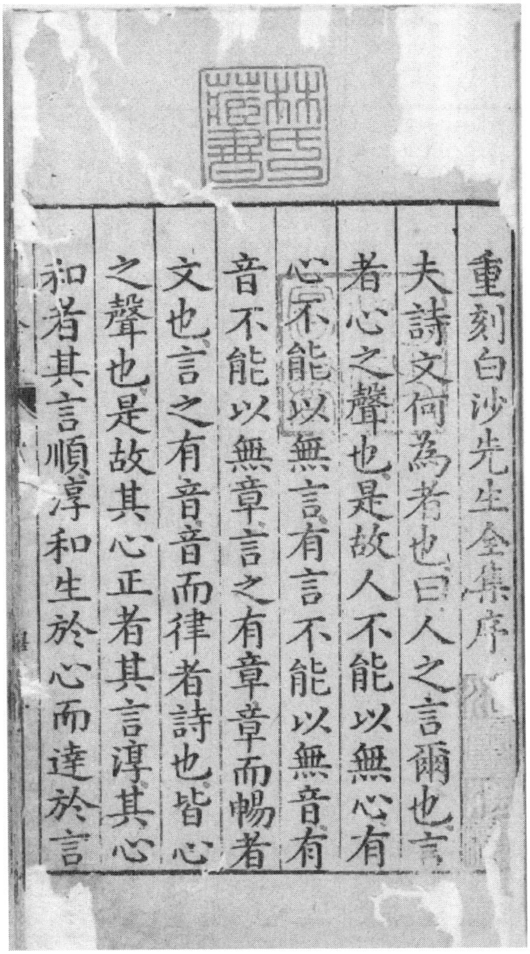
重刻白沙先生全集序
夫詩文何為者也曰人之言爾也言者心之聲也是故人不能以無心有心不能以無言有言不能以無音有音不能以無章言之有章章而暢者文也言之有音音而律者詩也皆心之聲也是故其心正者其言淳其心和者其言順淳和生於心而達於言

《白沙子全集》，日本内阁文库藏万历四十年何熊祥刻本

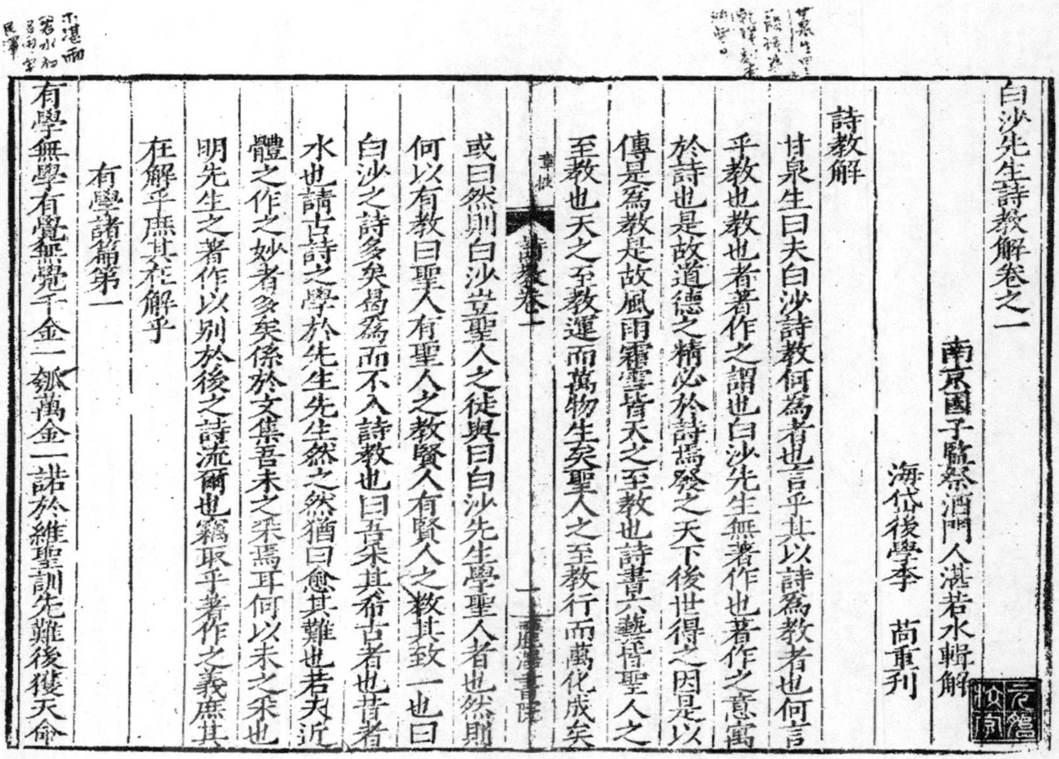
白沙先生詩教解卷之一
南京國子監祭酒門人湛若水輯解
海岱後學李　蓢重刊
詩教解
甘泉生曰夫白沙詩教何爲者也言乎其以詩爲教者也何言乎教也教也者著作之謂也白沙先生無著作也著作之意寓於詩也是故道德之精必於詩焉發之天下後世得之因是以傳是爲教是故風雨霜雪皆天之至教也詩書六藝皆聖人之至教也天之至教運而萬物生矣聖人之至教行而萬化成矣
章捩
詩教卷一　一
或曰然則白沙豈聖人之徒歟曰白沙先生學聖人者也然則何以有教曰聖人有聖人之教賢人有賢人之教其致一也曰白沙之詩多矣曷爲而不入詩教也曰吾采其希古者也昔者水也請古詩之學於先生先生然之然猶曰愈其難也若夫近體之作之妙者多矣係於文集吾未之采焉耳何以未之采也明先生之著作以別於後之詩流爾也竊取乎著作之義庶其在解乎庶其在解乎
有學諸篇第一
有學無學有覺無覺千金一瓠萬金一諾於維聖訓先難後獲天命

《白沙先生诗教解》，湛若水辑，中山大学图书馆藏隆庆元年刻本

白沙陳文恭公公甫先生遺像

白沙文集　像贊　一

白沙陳先生像贊 并序

此翰林院檢討白沙陳先生像也嘉靖辛酉
洛南陳公叅知蜀藩出以相示屬爲之贊顧
遷何能爲役哉昔司馬子長謂晏子而在雖
爲之執鞭所欣慕焉遷不佞竊亦願致欣慕
之私云爾於維
先生炳靈南粤浮丘之峰桂海之碣靜中端
倪作聖眞訣獨契本心超然融徹靈鳥神龍
不可繫絏終老江門完璧無鈌方漢徐孺擬

《白沙先生全集》，北京大学图书馆藏天启元年王安舜序刻本

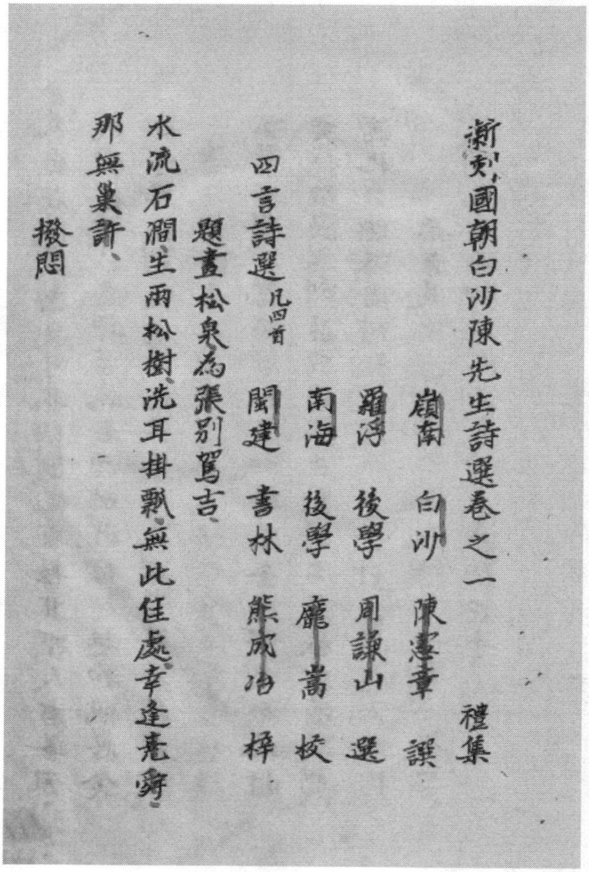

新刻國朝白沙陳先生詩選卷之一　禮集

嶺南　白沙　陳憲章　譔

羅浮　後學　周謙山　選

南海　後學　龐嵩　校

閩建　書林　熊成冶　梓

四言詩選 凡四首

題畫松泉為張別駕吉

水流石澗生兩松樹洗耳掛瓢無此住處幸逢堯舜那無巢許

撥悶

《新刻国朝白沙陈先生诗选》，日本内阁文库藏万历四年钞本

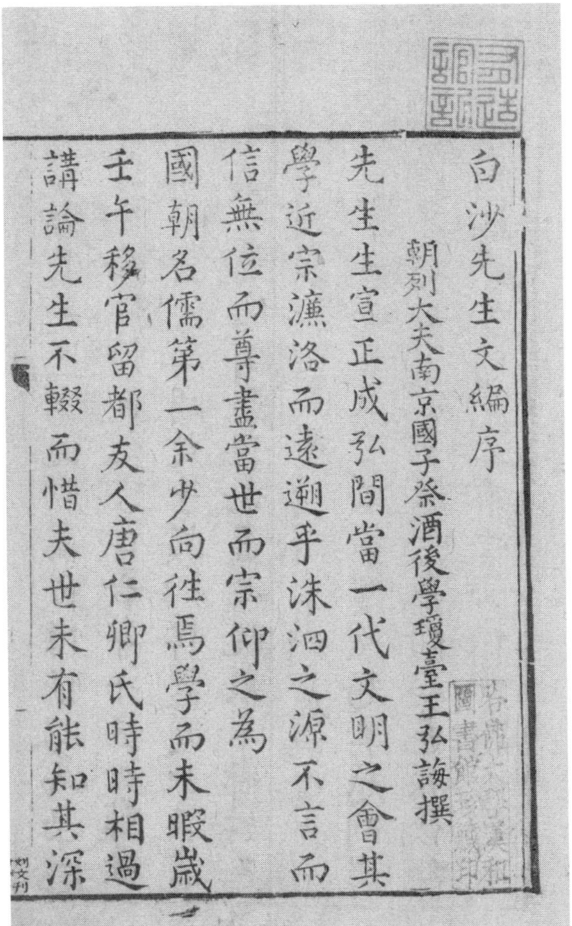

白沙先生文編序

朝列大夫南京國子祭酒後學瓊臺王弘誨撰

先生生宣正成弘間當一代文明之會其
學近宗濂洛而遠遡乎洙泗之源不言而
信無位而尊盡當世而宗仰之為
國朝名儒第一余少向往焉學而未暇歲
壬午移官留都友人唐仁卿氏時時相過
講論先生不輟而惜夫世未有能知其深

《白沙先生文编》，唐伯元编，哈佛燕京图书馆藏万历十一年刻本

陈献章《七绝·赛兰香》诗轴，苏州博物馆藏

序　一

〇陈永正

拙著《陈献章诗编年笺校》后记中有一段话："今年四月中旬，本书排版已就，即将印行。我在旧书网上搜寻白沙书迹，以作插图之用。忽见有二〇一七届北京大学博士生孙启华学位论文《陈献章文学研究》的打印文本，遂一并购得。甫一翻阅，即合掌赞叹：'白沙有灵，上苍眷我！'孙博士论文中指出，向被学界视为最佳校本《陈献章集》，'颇多纰漏'，如天启元年王安舜序刻本《白沙先生全集》，虽被列为参校本之一，点校者'实未见或未利用该版本'，而王本所增录之诗，竟多达三百余首。我旋即将孙博士自王本中辑出的'他本未见之诗'，凡拙著原未辑出者，均一一补录，并在校记中申明：'孙启华辑自王本《白沙先生全集》'。"今年（2018）是白沙先生诞辰五百九十周年，有关部门准备举行纪念活动，我特向主管者推荐孙博士参与，因得与之通邮。孙博士在邮件中说，论文已修订成书，拟在近年出版，并请我为作一序。本人复邮说："我向不为学术著作撰序，即使我的学生出书，亦不例外。但这次恐怕要破例了，出于我的感激之心。拙著初未收录王本中他本未见之诗，若不是偶然读到大文，出书后就成了无法弥补的遗憾。我将在序文中说说此段因缘。"

孙启华《自得的诗学——陈白沙文学研究》一书，旨在以中国古代传统"大文学"的视角，重新评价白沙先生在明代文学中的地位。本书共分五章，分别讨论陈献章的生平思想、诗文集版本源流、文道观、诗文创作及接受状况等内容。阅毕全书，我印象最深刻的有三个部分：一是对白沙先生"从祀孔庙"全过程的探究，指出从祀的成功是批评者与支持者相互博弈的结果，并认为能从中看出后人对陈献章传记的书写策略，梳理出陈献章诗文集被整理的初衷所在；二是对白沙诗文集五个版本系统源流的考辨，严谨精密，可为定论。尤其是对王安舜序刻本的考索，发四百年未发之覆，厥功至伟；三是对白沙学说与诗文的接受状况研究，于"陈庄体"的论述甚为深入，对湛若水《白沙先生诗教解》和唐伯元《白沙先生文编》评介亦有见地。这三部分，有发现，有新见，人所未能或人所不能，是书中的亮点，也是全书的学术价值所在。

孙著第三章介绍白沙的文学理论及文学批评，主要是文道关系。第四章介绍陈献章诗文的主题、内容。作者认为，无论是陈献章的文道观，还是诗文创作，主要得益于其“自得”观。白沙为学、作文强调自得，注重真情，语言崇尚自然，反对诗文的过分雕琢，认为诗文词语之工是诗歌衰落的表现。基于此主张，白沙笔下的诗文总体呈现出寓理于文、出语自然的特点。因白沙一生大都讲学于乡间，其诗歌内容有田园化、生活化的倾向，呈现出一派悠然自得之趣。类似这样的论述，是当代学术著作“应有之义”，孙著与同类著作相比，也较全面具体。窃以为这两章虽不及上述三个部分精彩，但对“白沙之学”亦有所贡献。

冯友兰《中国现代哲学史》云：“近代以来，我们所谈的‘中学与西学’只是表象，本质上是古典之学与现代之学的分别。”如今，“现代之学”掌握了话语权，在西方文论和现代文论影响下，中国古代文学研究逐渐偏离甚至背离传统。历史被割断了，学者们已无法从本土视角，以本土语言去表达思想和论述问题，而各种新理论、新观点、新方法，对中国古典诗歌本体性的理解，却总隔一尘，甚至无济于事。在我四十年的学术生涯中，参加过不少研讨会、答辩会，接触过各式各样的论文论著，回头思索，像孙启华《自得的诗学——陈白沙文学研究》一书那样，读后能有所得的真是不多。

二〇一八年五月三日于沚斋

（作者系中山大学中国古文献研究所研究员）

序　二

〇廖可斌

孙启华君的博士学位论文经过修订即将出版，我为之感到欣喜。关于该书的特点和价值，陈永正先生的序论之已详。孙启华君感念数年相从之谊，希望我也写几句话，于理不必，于情难却，兹勉从其意，聊书数语。

这本书的价值，首先体现在文献方面。陈献章是明代思想史、文学史、文化史上的重要人物，其学术旨趣与文学创作特色鲜明，独树一帜，值得给予高度重视。而整理陈献章的著述，乃是展开研究的基础。陈氏文集明清两代屡经刊行，中华书局1987年出版孙通海先生整理的《陈献章集》，用力甚巨，是目前最通行的版本。本书对陈献章文集的各种版本作了更全面系统的调查比对，指出中华书局版《陈献章集》还存在一些缺漏，如天启元年王安舜序刻本《白沙先生全集》，虽被列为参校本之一，点校者“实未见或未利用该版本”，而王本所增录之诗有三百余首。这一发现，对将来再次整理陈献章文集，及进一步深入研究陈献章，均具有重要意义。

本书另一方面的价值，体现在对陈献章“自得”诗学的分析。陈献章的诗学理论和诗文创作，是与他对人生意义和人生态度的哲理思考紧密联系在一起的，可称为一种“人生诗学”或“生命诗学”。近代以来，我们受西方学术分类体系的影响，将哲学和文学截然分开。就文学而言，比较强调它的情感、形象和语言形式特征。按照这种学术观念，以西方哲学的标准来衡量，就觉得陈献章的思想缺乏严密清晰的逻辑；用西方纯文学观念来衡量，又觉得陈献章的文学思想和文学创作理性色彩太浓，因此历来对陈献章的文学思想和文学创作成就评价不高。

实际上，中国古代思想文化和文学自成体系，具有不同于西方思想文化和文学的特色。西方思想文化以宗教为核心，举凡伦理道德观、人生观问题，基本上依赖宗教解决。西方长时期实行封建制，政治权力掌握在封建诸侯手中，知识分子基本上不参与政治。于是西方知识分子所创造的文学艺术，基本上被视为一种技艺，主要追求以情感、形象和语言形式技巧给人带来美感。而在中国古代社会，宗教的地位一直不高，社会伦理道德问题、人生观问题，主要通过以儒家学说为主体的思想文化来引导。秦汉以后，中国基本上实行大一统，封建诸侯名存实亡，最高统治者集权专制，同时需要大批文人帮助他管理庞大的国家，于是知识分子普遍参与政治，把“致君尧舜上，再使风俗淳”当作自己的人生理想。这样一来，中国古代知识分子就兼道统、政统、文统于一身，集思想家、政治家、文学家三种身份于一体。中国古代知识分子很少把自己定位于一个单纯的文人，而一般以“士”定位自己的身份；很少把文学仅看成一种技艺，而是将之视为探索和表达天道、世道（政道）、人道的一种载体。相应的，在文体观念上，他们也不太在意区分论道之文、论政之文与抒情写景之文，秉持一种大文学观或曰杂文学观。他们的文学主张和文学创作，往往将自己对道的体认、对政治理想的追求和自己的人生体验融汇在一起，尽管不同人有不同的侧重，中国古代不同时期人们的观念也有所发展变化。总体上看，与西方文学观念和文学创作相比，中国古代文学具有显著的理性色彩、伦理道德倾向和现实主义特征。这是由中国古代特有的政治体制、社会结构和思想文化传统决定的。

陈献章的文学理论和文学创作，就是中国古代特定历史文化环境的产物。也只有将它置回这种特定的历史文化环境中，我们才能对它作出准确的理解和合理的评价。近年来，学术界倡导对近代以来的学术史进行反思，力图改变简单搬用西方学术分类观念切割中国古代思想文化体系的做法，一方面仍要借鉴西方学术以为参照，另一方面要尽可能还原中国古代思想文化体系的本来面目。孙启华君受到这一学术思潮的启发，对陈献章以“自得”为核心的“文道合一”的文学思想和文学创作风格作出了深入的分析和中肯的评价。我们并不认为陈献章的思想就是唯一合理的思想，但它至少是一种很有特色的思想，对当代人思考人生的意义，探索人生道路，以及认识文学的本质等，仍可带来一些启迪。因此，本书不仅具有一定的理论价值，也有一定的现实意义。

孙启华君诚笃朴实，温和宁静。他之所以能对陈献章“自得的诗学”作出深入的体认和解读，应与他的这种性情有关。本书的出版，标志着他的学术生涯中一个阶段的圆满结束。但人生的路还很长，学术探索更是永无止境。因此这既是一个终点，也是新的起点。希望他潜心学术，持之以恒，写出更多更好的论著。

2018 年 7 月 1 日于燕园

（作者系北京大学中国语言文学系教授）

目　录

绪论

黄宗羲在《明儒学案》中评价陈献章道："有明之学，至白沙始入精微。"[1]作为有明之学"始入精微"的代表人物，无论在儒林，还是在文苑，无论是生前，还是身后，陈献章所受到的评价，都诚如四库馆臣所言，"毁誉参半"。

先说其思想。陈献章生前，与他同出吴与弼之门的胡居仁已对其口诛笔伐，指责他将儒学带入禅道。与此同时，陈氏弟子及后继者则百般维护，时时在诗文中对陈氏思想归旨作回护。此种质疑哪怕陈献章获准从祀孔庙后也没消歇。有明一代从祀孔庙的时人有四，陈献章即为其中之一。对儒生而言，"从祀大典，乃乾坤第一大事"[2]，从祀孔庙意味着从祀者的学说被官方认可，甚至推崇。陈献章获准从祀孔庙，表面上看，正如官方所言，"孝友如献章，出处如献章，而谓之禅，可乎?"[3]但官方这一论断，似乎并没有止住人们对陈献章学说的指摘，相反，似乎更像是向接近平静的湖中投入一个更大的石头，不仅荡起层层涟漪，更是激起一阵浪花。以熊赐履为代表的学人，则将陈献章归为异端或别派。熊赐履《学统》一书将陈献章列入"杂统"一门。是书上达孔子，下至有明，分为正统、翼统、附统、杂统、异统五个门类。"杂统"之义，熊氏解释为："百家之支，二氏之谬，或明畔吾道，显与为敌；或阴乱吾实，阳窃其名，皆斯道之乱臣贼子也。必为之正其辜，使不得乱吾统焉，故揭之曰杂统，明不纯也。"[4]除"异统"为墨、道、释等以"明不同"外，"杂统"在儒学中的地位，可想而知。

再论其诗歌。褒之者，有明一代，陈献章朋侪弟子自不待说，其他赏之者有李东阳、方应选、顾天埈、林希元、杨廉、叶廷秀、钱百川、黄佐、朱国桢等人，清代有王夫之、熊文举、尤侗、胡直、褚人获、王士禛、魏禧、周亮工、陆铨、金履祥、金埴、梁章钜、陆世仪、谭嗣同等人。以林希元为例，他主张将陈献章、杜甫的诗歌作为作诗范本："工诗、文，二者虽非学者先务，然亦不可废。窃意诗当主白沙而参以老杜，晚唐诸家似伤于点缀凑合，殊失胸中浑全之真趣。"[5]贬之者，亦不乏人，明人如陈建、田艺蘅，清有翁方纲、周召、朱庭珍、费经虞等。如田艺蘅《诗谈二编》云："庄定山、陈白沙曾不可以言诗，而公甫乃曰：

[1] 黄宗羲：《白沙学案上》，《明儒学案》卷5，北京：中华书局，1985年，第79页。

[2] 瞿九思：《孔庙礼乐考》卷5，《续修四库全书》，上海：上海古籍出版社，2002年，史部，第824册，第734页。

[3] 《神宗显皇帝实录》卷155，万历二十一年十一月条，台北："中央研究院"历史语言研究所，1967年，第11册，第2867页。

[4] 熊赐履：《学统凡例》，《学统》，南京：凤凰出版社，2011年。

[5] 林希元：《与吴思斋书》，《同安林次崖先生文集》卷5，《四库全书存目丛书》，济南：齐鲁书社，1997年，集部，第75册，第529页。

'百炼不如庄定山。'此两人所以合辙也。"[1]尊贬天壤，尊之者视陈献章诗歌上继《诗经》，接续三百篇之精神，贬之者斥陈诗为旁门别派。

陈献章在明清两代受到的两极分化评价，究其缘由，主要在于陈献章的文道观。在文道关系上，陈献章尊道但又不废吟咏，导致他被讲学者认为只是一个诗人，从事的非圣贤之道；同时，文道一贯的主张又被持"诗不作理语"的工文者视作旁门。言道学者绌风流，言风流者绌道学，而陈献章志在将二者融合，"力图直接将理学与文学融为一体"[2]。这最终致使他受到的评价呈现褒贬两极分化的状况。这一现象即便到了近代，依然没有根本扭转，且随着西方学科分类的引入，趋向另一种极端。

蒋梦麟在《西潮》中说："对于欧美的东西，我总喜欢用中国的尺度来衡量。"[3]此语若用到文学、文学史上，我们应该倒过来，中国现在所沿用、接受的文学、文学史观念，是按照西方的尺度来衡量的。近代以降，经由日本这一中间驿站，中国引入西方学科分类，最终"以感情归之文学，以理智属之哲学"[4]，陈献章等传统理学家因而被归入哲学一门。翻检各类中国哲学史著作，大都设有专章讨论陈献章及以他为首的江门学派。除哲学史著作外，亦有大量的专著、论文集及论文予以专门讨论，如章沛《陈白沙哲学思想研究》、刘兴邦《陈白沙心学价值审视》、简又文《白沙子研究》、陈郁夫《江门学记：陈白沙及湛甘泉研究》、苟小泉《陈白沙哲学研究》、章继光《陈白沙梁启超综论》、张运华《陈献章学术思想研究》等。与此同时，对陈献章文学成就的研究却相形见绌。

毋庸置疑，现代学科分类的引入有其历史原因，其初衷在于保护传统学术，为传统学术正名。为了扭转西方文化先进、中国文化落后这种观念，近代学人引进西方学科分类模式，将中国传统文化按之加以分类。客观而言，现代学科细化的分类方式有助于研究者对研究对象作深入的研究，有利于读者更直观地了解某一对象。但流弊也因此而起，这种细化的分类方式容易使研究者只见树木不见森林，将研究对象局限于某一狭小领域。当研究对象是人时，这种研究方法容易将人物平面化、标签化。久而久之，研究者容易陷入固定模式思维，接受者随之将对象类型化、脸谱化，从而不利于研究对象的丰富性、完整性。

[1] 田艺蘅：《诗谈二编》，《留青日札》卷6，上海：上海古籍出版社，1992年，第115页。

[2] 廖可斌：《明代文学思潮史》，北京：人民出版社，2016年，第13页。

[3] 蒋梦麟：《西潮》，沈阳：辽宁教育出版社，1997年，第68页。

[4] 马一浮：《马一浮诗话》，上海：学林出版社，1999年，第16页。

相比于西方的纯文学观念，中国古代秉持的却是“大文学”的传统。中国古代文人亦鲜有以文人自居、把文学写作视为唯一目标者，如扬雄《法言·吾子》言：“或问：‘吾子少而好赋？’曰：‘然。童子雕虫篆刻。’俄而曰：‘壮夫不为也。’”再如刘挚，每曰：“士当以器识为先，一号为文人，无足观矣。”〔1〕钱基博更是一针见血地指出：“然以余所睹记，一代文宗，往往不厕于文苑之列”〔2〕。这一传统导致的编写文学史的困境，近代以来早期的文学史编写者已经注意到，曾毅曾论说在西方文学观念下，梳理中国文学史料的困难：“文学史材料，不患不多，而多之弊，则在剪裁难工，串穿不易。”〔3〕黄人、谢无量等学人早期所著文学史，在章节的设置及材料使用上，恰也印证了中国文学有其自身的传统。这进一步说明，以中国古代的材料比附西方文学观念恰是削足适履，诚如古人所言，持方枘欲内圆凿，其能入乎？钱穆先生说得更加明白：“中国古人并不曾把文学、史学、宗教、哲学各别分类独立起来，毋宁是看重其相互关系，及其可相通合一处。”〔4〕因此，抛开现在通行的纯文学评价尺度，将陈献章及其诗文放至中国古代大文学的传统中，则会更加彰显其特色之处及其价值所在。

陈献章诗歌的自我特色在于将理学与文学融为一体，其背后的理论基础是“自得观”下的“文道观”。无论是“自得观”，还是“文道观”，对陈献章来说，都是一番寒彻骨的结果。陈献章自吴与弼处问学归来后，渐趋于从静中养出个端倪，然而，终其一生，又何尝泰然静之？其一生之焦虑，主要涉及以下四个方面：科举、出处、心学、文道关系。贺钦在《辞职陈言疏》中对此有一番总结：“陈献章作止语默，丝毫不苟，而世之乐放纵、恶拘检者多嫉之；陈献章以知而必行为正学，而世之务口耳、尚词章者多嫉之；陈献章安于退处，不求闻达，而世之贪利禄、好奔竞者多嫉之。”〔5〕

陈献章早年科场不售，罗伦在《与门人书》中说：“如广东陈公甫者，其人也乔寿，资质好，只被科举压了头。不知近能摆脱得否？”〔6〕决意放弃科举之后，面对儿子科举，陈献章亦表现出一种焦虑状态，在《与宝安诸友》书信中，陈献章解释：“景旸今秋不免随俗应试，非得已也。家贫不能日给，无可仰干于人，

〔1〕脱脱等：《宋史》卷340，北京：中华书局，1977年，第10858页。

〔2〕钱基博：《中国文学史》，北京：中华书局，1993年，第6页。

〔3〕曾毅：《中国文学史》，上海：泰东图书局，1915年，“凡例”，第2页。

〔4〕钱穆：《中国学术通义》，台北：台湾学生书局，1993年，第5页。

〔5〕贺钦：《医闾先生集》卷8《奏稿》，辽宁省图书馆藏嘉靖二十三年（1544）刻本，第15页a。

〔6〕罗伦：《一峰先生文集》卷8，中国国家图书馆：《原国立北平图书馆甲库善本丛书》，北京：国家图书馆出版社，2013年，第718册，第19页a。

一也。祖母年高气衰，悼往忧来，怀抱作恶，希得一解可以慰解，二也。是儿赋分已定，责之以越常之事，必不能堪，三也。”[1]

与科举问题相关联者为出处问题。陈献章应诏入京，虽被授予翰林检讨，但从其相关记述的文字间，我们仍能读出其被疏离的心情。其应诏受阻“戏剧性的事情的背后，有吏部主要官员对白沙的旧怨，有他们对白沙的荐举者彭昭的不满，也有不然白沙学说者对他的批评”[2]。在《复方伯华宗先生》书中，陈献章记述道：“章以此月十九日度岭，偕计而往，抱疾而归，亦不能不介然于怀也。夫士必涉于世，然后知涉世之难易，不涉于世而能涉世者，章未尝睹也。”[3]有此遭遇，故而陈献章在关于弟子林光、朋友庄昶的出处问题上，尤其是前者，都有过严厉的批评。[4]

相比对科举、出处的态度，陈献章在心学观点上，来自各方压力所引起的焦虑更大。给门人容一之信中，陈献章说：“近苦忧病相持，无以自遣，寻思只有虚寂一路，又恐名教由我坏，佛老安能为我谋也？付之一叹而已。何日对面罄其所欲言？”[5]信中，陈献章想借助静坐以排遣又怕坏名教的焦灼心情，及此焦灼迫使他急需一倾听者的情态跃然纸上。陈献章的担心并非多余，自其“从静中养出个端倪”一出，便身处靶心。其中，批评陈献章最不遗余力者为胡居仁。胡氏利用一切可利用的机会，或明说，或暗指，指责陈献章堕入禅道。在《与罗一峰》一书中，胡氏说：“获读公甫《与何时矩》书，欣然喜其见道大意，然推之，其曰：‘天自信天，地自信地，吾自信吾。’又曰：‘尘微六合，瞬息千古。’只是一个侇侗自大之言，非真见此道之精微者，乃老、庄、佛氏之余绪。”[6]又如：“今之朋友多入禅学，亦势之必然。盖因小学、大学之教不行，自幼无根本工夫，长又无穷理工夫，心要收又难收，故厌纷扰，喜虚静，又恶思虑之多而遏绝之，久则必空，所以多流于禅也。”[7]

至于作诗，陈献章在《杂诗序》中曾言：“予自成化辛卯九月以来，绝不作

〔1〕 陈献章：《与宝安诸友》，《陈献章集》卷2，北京：中华书局，1987年，第219页。

〔2〕 朱鸿林：《陈白沙的出处经验与道德思考》，《儒者思想与出处》，北京：生活·读书·新知三联书店，2015年，第252页。

〔3〕 陈全之：《蓬窗日录》卷6，上海：上海书店，1985年，第204页。

〔4〕 参见朱鸿林：《明儒陈白沙对林光的出处问题之意见》，《儒者思想与出处》，北京：生活·读书·新知三联书店，2015年，第270－297页。

〔5〕 陈献章：《与容一之》，《陈献章集》卷2，北京：中华书局，1987年，第233－234页。

〔6〕 胡居仁：《胡敬斋集》卷1，《正谊堂全书》同治刻本，第51册，第26页a。

〔7〕 胡居仁：《居业录》卷7，《正谊堂全书》同治刻本，第94册，第12页a。

诗，值兴动辄遏之。"[1]而同时代人对陈献章的记述，多认为他"独喜作诗，谓'吟咏性情，乃所不废'，至今称道学者，多宗之"[2]。前后之所以矛盾，除了身体不适，主要原因应是怕大儒见讥及友人质疑所引起的焦虑。当时，理学家大都持道第一性、文第二性主张，认为诗文害道。如罗伦与王鸿儒，两人各自针对宋代的曾巩与陈师道不约而同地提出了同样的补救方案。罗伦在《南丰文集序》中言："当是时也，濂溪之周子、河南之程子、横渠之张子，三子者，之用心文王、孔子之文也。使曾氏而得其门焉，则其所立，其如斯而已乎？"[3]王鸿儒在《后山先生集序》中言："而先生方且学文于曾南丰，学诗于黄山谷，周旋于东坡、淮海之间而不知游二程之门以学其道，是以虽有所成而人犹有所憾也。以为持是资而能知所从，圣贤可学而至，则其所可传者，岂止于是哉？"[4]

面对种种质疑，陈献章并非抛之耳后、置若罔闻，一碰到合适的机会，便会为自己作一番解释。《复赵提学佥宪》一文是陈献章针对外界质疑他诗作流于禅、喜好王安石等问题所作的辩解。这种焦虑，非但陈献章有之，其弟子亦有。陈献章去世四十年后，湛若水在《寄罗整庵太宰书》[5]一书中，就"人多言整庵公指白沙先师为禅"的流言，从自己受业所学、陈献章对张诩的批评、白沙自得之学及"理气合一"事逐一进行解释，目的无非是申明陈献章的主张非禅。

陈献章对外界种种质疑的焦虑、忧患，正是对自我精神的关注与坚持，正如徐复观所说："忧患意识，乃人类精神开始直接对事物发生责任感的表现，也即是精神上开始有了人的自觉的表现。"[6]无论是出处问题，还是其理学观点、文道关系，归结为一点，便是陈献章所提倡的"自得"之学。对"自得"之学，陈献章作如是说："人要学圣贤，毕竟要去学他。若道只是个希慕之心，却恐末梢未易辏泊，卒至废弛。若道不希慕圣贤，我还肯如此学否？思量到此，见得个不容已处。虽使古无圣贤为之依归，我亦住不得，如此方是自得之学。"[7]从源流上来讲，陈献章的"自得"根植于儒家先贤，如孟子在《孟子·离娄下》中就说：

---

〔1〕 陈献章：《陈献章集》卷1，北京：中华书局，1987年，第21页。

〔2〕 王鏊：《震泽长语》卷上，王永熙：《震泽先生别集》，北京：中华书局，2014年，第13页。

〔3〕 罗伦：《一峰先生文集》卷2，中国国家图书馆：《原国立北平图书馆甲库善本丛书》，北京：国家图书馆出版社，2013年，第717册，第4页b至第5页a。

〔4〕 王鸿儒：《凝斋集》，邵松年：《续中州名贤文表》卷12，北京大学图书馆藏光绪鸿文书局石印本，第23页a。

〔5〕 湛若水此信，罗钦顺后有答复，《答湛甘泉大司马》后纪年为庚子（1540）。此二信均见罗钦顺：《困知记》附录，北京：中华书局，1990年，第149－151、175－176页。

〔6〕 李维武：《徐复观文集》第3卷，武汉：湖北人民出版社，2002年，第32页。

〔7〕 陈献章：《与贺克恭黄门》，《陈献章集》卷2，北京：中华书局，1987年，第133页。

“君子深造之以道，欲其自得之也。自得之，则居之安；居之安，则资之深；资之深，则左右逢源，故君子欲其自得也。”程颢亦认为：“学，不言而得者，乃自得也；有安排布置者，皆非自得也。”这与西方的个人主义、自由主义，在很多层面上有着极大的相似性。然而，“个人主义”在早期传入时被对应为“individualism”，使得其感情色彩大打折扣。其实，西方“个人主义”一词早期在不同的国家亦有不同的含义。斯蒂文·卢克斯从历代有关“个人主义”的思想中提炼出受尊重、自主、自处、自我发展四个特征，并将它们视为自由与平等的基本因素，即“人的尊严或尊重人是平等观念的核心，自主、自处、自我发展是自由的三个方面”[1]。人之所以受到尊重，是基于人具有三方面的能力，“自主选择和行动的能力、从事和参与一些需要私人活动空间的有价值的活动和关系的能力、自我发展的能力”[2]。同样，存在主义哲学亦有强调人的自由的成分，如雅斯贝尔斯说：“我们所谓个人自由，是指独立思考，根据自己的见解行动，从而在保持自己的本质之连续性中生活。自由的人就是在他那以自己的抉择及其后果为内容的命运所给他注定了的处境中历史地明了其自己的那种人。”[3]对比陈献章在诸种问题中所持的“自得”主张，不难发现其中有着相似性，即强调：在继承先贤之学上，讲求非得之书，得自我；在诗文创作上，要求见得自我之性情；在出处问题上，让请教者自处之。即彰显“自我”的价值，强调自我的能动性、主动性。

陈献章“自得”之学的可贵之处，在于将这种“成圣希贤”的“自得”之学，扩展至诗歌、书法领域，而并非像同时代的其他理学家那样只在经、史，尤其是经中获求。游潜在《梦蕉诗话》中说：“岭南陈征士献章，号白沙，作诗脱落凡近，其书法亦直于心得妙处，随笔点画，皆自成一家。”[4]不过正如前文所指出，陈献章这种转变并非一蹴而就，而是经由漫长的过程，前文所说的作诗的焦虑便是此心路历程的一段缩影。因为诗歌是一种私人化的创作，倾向于自我心情的抒写，而不像散文，可以论政、说理，“因散文皆有一种特定的使用，或记事，或论政，或说理，此等皆可归入经、史、子三部中”[5]。陈献章由控制自己作诗到认识到诗歌之作用存乎人的转变，是他借诗歌以遣怀的一种手段。诗歌之

---

〔1〕 斯蒂文·卢克斯：《西方人看个人主义》，李光远译，北京：红旗出版社，2002年，第138页。

〔2〕 斯蒂文·卢克斯：《西方人看个人主义》，李光远译，北京：红旗出版社，2002年，第146页。

〔3〕 雅斯贝尔斯：《哲学与科学》，中国科学院哲学研究所西方哲学史组：《存在主义哲学》，北京：商务印书馆，1963年，第205页。

〔4〕 游潜：《梦蕉诗话》，周维德：《全明诗话》，济南：齐鲁书社，2005年，第1册，第831页。

〔5〕 钱穆：《中国学术通义》，台北：台湾学生书局，1993年，第54页。

作用，或为自适，或为他适，是一种愿望未达成的变向补偿。钱穆《理学六家诗钞》的编纂初衷，虽说在于纠正世人对理学家诗歌的偏见，但其主要目的，则如出版说明所言，“日诵邵康节、陈白沙诗以自遣”〔1〕。

完成这一蜕变的陈献章，不仅在与弟子的信件中大谈作诗之法，更是将诗歌作为与弟子切磋的工具，其目的无疑是为弟子树立一种典范。相比于单纯反对诗歌不载道及不作诗的其他理学家来说，此法更具有渗透性与影响力。以贺钦为例，其在《简石斋陈先生》一书中，多次提及陈献章寄诗给他及自己阅读后的感受。如“奉别十载，慕仰如一日。今年三月末邓官人至，得拜瞻半像，并领手教及三诗诸草札”〔2〕，“前后所惠诗，朝夕捧诵，尽有警发”〔3〕，“领张叔亨绣衣转附先生前年十月二日与钦书，并和陶诗、寄钦绝句，所以教爱钦者至矣。书中复以《庄定山得静中一趣》发钦，读之惶汗浃背”〔4〕，“屡辱惠书教，并《纪梦说》《自策》《读近思录》诸诗及门下从游诸友论学书，每一拜领，如饥之得食，渴之得饮，感佩恩教，莫可云喻”〔5〕。

自从陈献章名动京师后，人人以入白沙之门为耀，“岭南人游国学者，北士必问曰：‘游白沙先生门否?’以一字一墨为验，而因以轻重其人焉”〔6〕。于是，陈献章门生遍天下，屈大均《广东新语》载有106人，阮榕龄《白沙门人考》载有164人。其结果便是形成了以陈献章为中心，以陈氏弟子为媒介的广泛的交游群。首先，陈献章与其他理学家多有交往。陈献章师从吴与弼，与胡居仁、娄谅为同门。陈献章与庄昶交谊颇深，而庄与罗伦、章懋、黄仲昭为同年，并被称为“翰林四谏”，他们与陈献章交往也颇深。通过弟子周瑛，陈献章与布衣陈真晟亦有交往。其次，与其他文人也多有交往，如李东阳、沈周。陈献章与李东阳现存集中收有两人唱和之诗及往来书信，且李东阳《怀麓堂诗话》中对陈氏诗歌多有美词。同时李东阳与庄昶、贺钦、湛若水等多有来往，且还为陈献章弟子祁顺作过诗序。

---

〔1〕 见钱穆《理学六家诗钞》出版说明，台北：联经出版事业公司，1998年。

〔2〕 贺钦：《简石斋陈先生》，《医闾先生集》卷5，辽宁省图书馆藏嘉靖二十三年（1544）刻本，第2页a。

〔3〕 贺钦：《简石斋陈先生》，《医闾先生集》卷5，辽宁省图书馆藏嘉靖二十三年（1544）刻本，第5页a。

〔4〕 贺钦：《简石斋陈先生》，《医闾先生集》卷5，辽宁省图书馆藏嘉靖二十三年（1544）刻本，第5页b。

〔5〕 贺钦：《简石斋陈先生》，《医闾先生集》卷5，辽宁省图书馆藏嘉靖二十三年（1544）刻本，第6页b。

〔6〕 焦竑：《企美》，《玉堂丛语》卷7，北京：中华书局，1981年，第230页。

值得一提的是，陈献章与王守仁之关系，颇多微妙。陈献章弟子湛若水与王阳明情同手足，两人不仅时时切磋学问，其各自弟子也时常互为交流。阳明后学亦对陈献章心学仰慕有加，罗洪先坦言“某自幼读先生之书”[1]，聂豹“与士友谈学，言必称白沙先生，并歌咏其诗以自娱”[2]，此外，像邹守益、董沄等人集中都有和白沙诗韵之作。然而，王守仁鲜有提及陈献章。虽如此，攻击王守仁学说者，总会不自觉地捎带陈献章，如罗钦顺对陈献章的批评，多半是他抨击陆、王而殃及。同样，对陈献章的推崇，也意在贬低王守仁，如唐伯元《白沙先生文编》，其目的便在于贬王褒陈。

相较于阳明学说在晚明的大放异彩，陈献章白沙学派在晚明则渐趋式微。其原因，我们可从陈氏弟子在其师死后的各立门户与诗文观的接受上得以一窥。在陈生前，林光因出处问题，两人关系颇为微妙；其死后，湛若水虽处处维护陈献章学说，但他自己却改弦易辙，逐渐走向一种折中路线。其实，在陈献章生前，湛若水对诗文的态度亦有所动摇。湛氏记与陈献章曾经的一番对话已见端倪，其云：“先师石翁谓之曰：‘子何不学夫诗以应世?’则对曰：‘水也见唐宋以降人作近体律诗，非惟虚废精神，工作对偶，又去三百篇愈远矣。水其作古选体乎，犹为近之。’”[3]迨至后来，湛若水评价王守仁，认为王早年从事诗文是害道。由此易知，湛若水的文道观已不同于陈献章，其所作《白沙先生诗教解》，从一定程度上来说是对质疑陈献章学说之人的一种回应，根源上可认为是陈献章焦虑心态的延续而引起的学说折中，湛若水也因此被后人诟病。此外，白沙弟子之间，彼此亦有歧见。陈献章主张求真，而其去世后，弟子们就墓志铭一事便争论不休。林光《与张廷实主事书》便对诸人所作墓表、赞辞、行状多有批评，如：“赞中云：‘大道堂堂。其易也，镜中鼻见；其难也，海底针藏。’亦非儒者之言也。行状中‘右脸有七黑子如北斗’，此朱子相也。若云白沙亦有，何吾辈之未见也。”[4]

受陈献章对诗歌态度的影响，其弟子多有诗集传世，相较于其他理学家，他们的诗作也更富有韵味。如吴廷举，闵文振《兰庄诗话》载：“尚书吴公东湖廷举，崛起苍梧，匪惟节概官政流声宇内，其诗亦为近代名家。盖公尝宰顺德，与

〔1〕 徐儒宗：《罗洪先集》，南京：凤凰出版社，2007 年，第 911 页。

〔2〕 吴可为：《聂豹集》，南京：凤凰出版社，2007 年，第 53 页。

〔3〕 湛若水：《精选古体诗自序》，《甘泉先生文集》卷 17，《四库全书存目丛书》，济南：齐鲁书社，1997 年，集部，第 56 册，第 697 页。

〔4〕 林光：《南川冰蘖全集》卷 5，北京：中国文史出版社，2004 年，第 156 页。

陈白沙游；往来淮西，与庄定山游。”[1]而私淑陈献章亦有之，如钱百川，《列朝诗集》载：“百川字东之，无锡人。少豪放不羁，不习进士业。弱冠学琵琶，半日度四十曲，人以为神。诗晚宗陈白沙，语多学究气。”[2]至清代，学陈献章者则日渐稀少，最著名者为胡方。陈澧有言：“粤之先儒，自白沙先生后，越百余年而有金竹先生。粤人皆以金竹比白沙。”[3]

陈献章学说的式微，或归之为“白沙的心学主张，基本是得自于经验悟觉，缺乏必要的学理支持”[4]，或归之为陈献章教学与个性的特点，使其学生大都不事科举，不走宦途[5]。就根本而言，正如徐复观先生所指出，中国“大一统的政治格架，是根据反自由的法家思想所建立”，从而使自由的精神“始终在政治中伸长不出来，因而使整个文化，使整个民族底生命力，都在政治压抑之下，变成了缠足的小脚女人，不曾得到应有底正常底发展”[6]。

以上就陈献章在后代接受中的两极分化现象及自得观的形成缘由作了简要的梳理、分析，意在本着知人论世的观点，客观评价陈献章在明代文学乃至中国文学中的地位。需要注意的是，这并非意味着陈献章诗文观及创作无瑕疵。就文道关系而言，古代学人已意识到诗文在表述方式与内容主旨上的差异，工文者之所以拒绝将理语入诗，是因为他们认为诗歌含理会使诗歌陷入“理障”。毕竟，诗歌注重个人情感的抒发，侧重形象思维，而理学注重阐发伦理道德的价值取向或道器之辨，侧重逻辑思维。由此而言，陈献章的诗文亦有其缺点所在。

---

〔1〕 闵文振：《兰庄诗话》，陈广宏、侯荣川：《稀见明人诗话十六种》，上海：上海古籍出版社，2014 年，第 92 页。

〔2〕 钱谦益：《列朝诗集》丙集第 7，北京：中华书局，2007 年，第 6 册，第 3203 页。

〔3〕 陈澧：《序》，胡方：《鸿桷堂诗文集》，《清代诗文集汇编》编纂委员会：《清代诗文集汇编》，上海：上海古籍出版社，2010 年，第 196 册，第 2 页。

〔4〕 翁绍军：《心学思潮》，上海：上海社会科学院出版社，2006 年，第 138 页。

〔5〕 参见 Jen Y. Ch'en Hsien-chang's Philosophy of the Natural//De Bary W T. Self and Society in Ming Thought. New York：Columbia University Press，1970：63.

〔6〕 徐复观：《为什么要反对自由主义》，《学术与政治之间》，北京：九州出版社，2014 年，第 438 页。

第一章

陈献章的生平思想

陈献章，字公甫，因夜梦抚石琴，其音泠泠然，故自号石斋，晚年又号石翁。宣德三年（1428），陈献章生于广东新会县都会村，后迁居白沙，世人尊称为“白沙先生”。出生前一月，父陈琮卒。幼时体弱，“无岁不病，至于九岁，以乳代哺”[1]。年十九，与梁益游，从乡先达梁继灏（澹斋）学。正统十二年（1447），举广东乡试，第二年，礼部会试，中副榜，入国子监读书。景泰二年（1451），会试下第。景泰五年（1454），从临川吴与弼学，然未知入处，第二年春即回白沙。回白沙后，杜门不出，日靠书册寻所以用力之处。成化二年（1466），复游太学，因邢让令和杨时《此日不再得》韵，名震京师。成化四年（1468），复入京师，参加第二年会试，再下第，回原籍。此后，除成化十八年（1482）因朱英、彭韶荐举以征士再入京师被授予翰林检讨外，陈献章大都在白沙度过，以讲学为生，四方来学者络绎不绝。弘治十三年（1500）二月十日，卒。万历十二年（1584）十一月，朝廷准予从祀孔庙。万历十六年（1588），礼部请补陈献章、胡居仁谥号，万历三十七年（1609），朝廷准予陈献章谥称“文恭”。

陈献章从祀成功是批评者与支持者间相互博弈的结果，从中我们不仅可以看出后人对陈献章传记的书写策略，亦可看出有明一代从祀标准的变迁。陈献章从祀的过程，应将时间推至其生前，没有生前的种种荐举使之成名，卒后的从祀也就无从谈起。无论从祀前，还是获准从祀后，人们对陈献章诗文整理的目的都非常明确：一在宣传，二在教化。

第一节　陈献章的思想

陈献章一生大致可分为三个时期。景泰六年（1455）前为第一个时期，此时陈献章初识道学，并以此为志，然未知入处。至成化十九年（1483）抵达京师，授翰林院检讨，继而上疏乞养归乡为第二个时期。在此期间，陈献章体悟从静中养出端倪，意识到自得内涵，并将之加以阐述。成化十九年（1483）至弘治十三年（1500）为第三个时期，是陈献章在家乡讲学传道期。第二个时期是陈献章心

〔1〕陈献章：《乞终养疏》，《陈献章集》卷1，北京：中华书局，1987年，第2页。

学思想的形成期，在将近三十年的时间里，陈献章小心应对着出处、堕入禅道等外界的质疑，坚持着从吴与弼问学时“未有得也”所引发的思考，努力寻求着“所以用力之方”[1]。这一过程，是求圣成道的过程，用“满街都是圣人”的阳明后学标准衡量，成效是简易的，然而对陈献章而言，绝非一蹴而就，而是经过一番苦功。无师友可寻，陈献章杜门自守，惟日靠书籍，倦则以水沃足。曾钊说：“白沙子之学，盖于攻苦中得之。”[2]其实，相较于曾钊所说的日夜读书，种种外界质疑更让陈献章大受其累。本节拟通过对陈献章出处观、儒释之倾向及自得观的论述，一窥其思想发展变化的过程。

一、陈献章的出处观

“穷则独善其身，达则兼善天下”，是古代传统知识分子恪守之准则。从小接受传统儒家思想影响，中国典型的儒家知识分子势必在头脑中权衡着“道统”与“治统”的微妙关系，反映到思想领域，即“势”与“理”的较量。两者的地位，明代理学家吕坤认为：“天地间，惟理与势为最尊，虽然，理之尊又尊也。庙堂之上言理，则天子不得以势相夺。即相夺焉，而理则常伸于天下万世。故势者，帝王之权也；理者，圣人之权也。帝王无圣人之理，则其权有时而屈。然则理也者，又势之所恃以为存亡者也。以莫大之权无僭窃之禁，此儒者之所不辞而敢于任斯道之南面也。”[3]在“治统”与“道统”的博弈中，儒家知识分子自然形成了一种独特的意识。表现在政治上，便是韦伯所指出的，他们大都采用一种若即若离的暧昧态度[4]。处庙堂则忧其民，处江湖则忧其君。陈献章的好友、弟子都是如此。以陈献章的友人章懋为例，他因上《谏元宵灯火疏》而被贬谪，其后退居林下几十年，面对朝廷的多次征召，都以健康为由拒绝，但在与友人信中，或评点时事，或荐举人才，为之乐此不疲。与友人、弟子不同，陈献章在自我的出处问题上，具有自我独特的观点。这一主张的形成与其自身的经历有着莫大关联，具体体现在他对科举及弟子、友人尤其是林光、庄昶的出处态度上。

在科举取士时代，对士子而言，“达”的途径，不外乎科举一途。陈献章早

---

〔1〕 陈献章：《复赵提学佥宪》，《陈献章集》卷2，北京：中华书局，1987年，第145页。

〔2〕 曾钊：《曾序》，阮榕龄：《编次陈白沙先生年谱》，北京图书馆：《北京图书馆藏珍本年谱丛刊》第40册，北京：北京图书馆出版社，1999年，第119页。

〔3〕 吕坤：《呻吟语》卷1，王国轩、王秀梅：《吕坤全集》，北京：中华书局，2008年，第646页。

〔4〕 参见 Weber M，Fischoff E. The Sociology of Religion. Boston：Beacon Press，1963：121.

年的履历亦概莫能外。陈献章二十岁时即中举，可说是少年得志，但随后的两次会试都以名落孙山告终。从其后来应允其子参加科举一事来看，虽然陈献章在告友人书中对此三番解释其缘由，但从其内心而言，他对科举并非抱反对态度。首先，在一首《寒夜独坐偶成》诗中，陈献章回忆自己的早年经历，“弱冠起慕仕，始为金台宾”〔1〕。再者，在辞京回乡途中，面对南安太守质问他与其师吴与弼征召有何区别，陈献章亦以此来回应。其师吴与弼无科举之名，而他则是“释褐”之人，说的便是自己考中举人事。从对科举的态度来看，陈献章显然与自己的友人诸如章懋、罗伦，弟子贺钦态度不同。如贺钦在《答同年郑克修御史》中说：“今之人以为己之学一笔勾断，只在举业上走，亦大不是。”〔2〕

科举的不售，按陈献章自己的说法，年二十七，始从吴与弼学，走上求师问道的道路，之后陆续开馆授徒。此时的陈献章并非完全放弃出仕之想。先前的落第，只能说是在他头脑中产生了悠悠林下的念头。最终使其下定决心，不再应试出仕应是成化二年（1466）北上重游太学的经历。其由，一为顺势借时为顺德令、翰林院侍读学士钱溥推荐，回应聚兵谋反的流言；一为暂避广东连年爆发的盗寇起义。这次京师之行，陈献章收获颇多，不仅是年的新科进士大都成了他的友人、弟子，如状元罗伦，进士庄昶、章懋、贺钦，而且他凭借《和杨龟山此日不再得韵》一诗名动京师，被称作“真儒复出”。按常理，此次的京师之行，陈献章可谓赚足了风光，三年后的会试定当榜上有名。然而，造化弄人，陈献章再次落第。此次落第之由，张诩《白沙先生行状》称：“有神见梦于人曰：‘陈先生卷为人投之水矣。’其后二十年，御史邝某闻之礼部尚书某从吏云：‘某（尹旻）所为也。’”〔3〕听闻下第，陈献章的反应是大笑，对此，庄昶说：“他人戚戚太低，先生大笑太高，二者过不及。”〔4〕由此来看，陈献章对此次会试的结果不免悻悻，从而更加坚定了他不再参加科举考试的决心。这还可从后来受朱英之荐，到京后三番拒绝参加考试选拔一窥其心态。陈献章拒绝考试之缘由，虽推托是因为自己身体不好，但从心理而言，也不排除其先前遭遇的心悸。

悻悻而归的陈献章，返回白沙，便在家授徒讲课。此后，陈献章多次被荐举，但都以不出告终。对于自己先后两次的复出，陈献章对弟子湛若水解释：

---

〔1〕 陈献章：《白沙先生全集》卷5，沈乃文：《明别集丛刊》第1辑，合肥：黄山书社，2013年，第52册，第375页。

〔2〕 贺钦：《答同年郑克修御史》，《医闾先生集》卷5，辽宁省图书馆藏嘉靖二十三年（1544）刻本，第13页a。

〔3〕 张诩：《白沙先生行状》，陈献章：《陈献章集》，北京：中华书局，1987年，第869页。

〔4〕 张诩：《白沙先生行状》，陈献章：《陈献章集》，北京：中华书局，1987年，第870页。

“久居于危，不在仕止之间，盖尝两遭不测之变，几陷虎口矣。不得已为谒铨之行，所以避之，非出处本意也。”[1]字里行间，透露着自己的不愿出仕。那么，不苟出的陈献章判断出处的标准是什么呢？他说：“时乎显则显矣，时乎晦则晦矣。语默出处惟时，岂苟哉！”[2]易知，其出处去就的判断是“惟时”，即人生之际遇。那际遇于我有利与否，则全凭自我的判断。陈献章在与友人、弟子通信中不止一次提及有关出处去就抉择的言辞：“故区区之辞，惟以己与公进退并言之，而不敢效尤于野之必。其义可否，公请自择。胡文定云：‘平生出处，未尝谋于朋友，如人饮水，冷暖自知。’惟公裁焉。”[3]“世卿之或出或处，显晦用舍，则系于所遇，非予所能知也。”[4]由此标准，陈献章所谓的“时”具有一定的泛泛性、模糊性，其所主张的无非是让人顺应自然，“出处语默，咸率乎自然，不受变于俗，斯可矣”[5]，其目的，不外乎在《与王乐用佥宪》中所说：“夫士能立于一世，或以道德，或以文章，或以事功，各以其所长。其出处语默、进退去就不能皆同，亦不期于同也。”[6]以此判断，陈献章对于出处进退的态度略显暧昧。我们依次从他对自身、友人、弟子的态度上一探究竟。

陈献章自身的出处态度，毋庸置疑，即不出，但其间的来龙去脉，充分显示了陈献章“丈夫当自慎出处”的“慎”字。成化十八年（1482），朱英荐举陈献章，在回信中，陈献章可说是字字斟酌，唯恐有一点差池。其云：

> 仆之始至，执事问以出处，仆未敢率尔。执事又益之以荐进之说，且令回自决之。仆于是乎若负芒刺，避席而不敢言，惭也。退而思之，又大惭也。明日，具以情告，且言其不可。当是时也，执事亦见仆之颜色乎？
>
> 始者，仆欲往见执事于苍梧，凡三复计之而后果行。诚以执事之贤固所愿识，然自念二三十年所守进退之节，一旦由此而变，亦不能不少踟蹰也，况谕之以荐进之说耶？……
>
> 仆之归白沙几一月矣，乡之逢掖士无日不来问询。仆告以所接盛德之光，莫不鼓舞兴起。信乎德之流行，速于置邮而传命也。惟是进退出处之念，尚日往来于心，诚惧执事所以待仆者如此，而人之知仆者浅

[1] 陈献章：《与湛民泽》，《陈献章集》卷2，北京：中华书局，1987年，第190页。
[2] 陈献章：《韶州风采楼记》，《陈献章集》卷1，北京：中华书局，1987年，第26页。
[3] 陈献章：《奉饯方伯张公诗序》，《陈献章集》卷1，北京：中华书局，1987年，第6页。
[4] 陈献章：《送李世卿还嘉鱼序》，《陈献章集》卷1，北京：中华书局，1987年，第16页。
[5] 陈献章：《与顺德吴明府》，《陈献章集》卷2，北京：中华书局，1987年，第209页。
[6] 陈献章：《陈献章集》卷2，北京：中华书局，1987年，第154－155页。

也。此意已托丘侍御达之左右，不审亮之否乎？[1]

当时的反应，第二天的回应，一个月后的忐忑，其目的无非是不出。同样，回应彭韶的荐举，陈献章亦采用如此审慎态度予以回应，表明自己的态度：

> 进则无益于事，徒丧所守，以上累执事之明；止则人将以我为固守一节，非通于道者，亦非所以立大中而奉明训也。二者之虑，往来乎胸中，几日而后决之。[2]

对友人、弟子出处的态度，陈献章一再申明要取决于时，顺从自然，劝说他们“非但不可苟仕，亦不可苟止”[3]，“使内不遗于亲，外不欺于君，进退取舍概于义，此古人难之，非直今日也”[4]。但是，就实际情况而言，陈献章时时关注他们的出处去就，希望他们适时退处林下。在与友人刘大夏信中，对传言的上书乞休事一再捎书询问：“屡闻先生上疏乞休致，然每于邸报中未见端的，未审何如也。近陈进士茂烈过寒舍，与语东山先生告归，西涯阁老留之。疑先生未能去者，以此故也。”[5]一旦得到刘大夏退居林下的确切消息，陈献章信中的言辞为之一变：“得五月二十日书，良慰想仰，先生即日命驾还东山，山灵辄喜。”[6]不仅如此，陈献章更是去信相约游览朱陵洞，一畅江山之兴。对处者如此，对出者态度则截然不同。在给门人张诩的信中，陈献章表达了自己对庄昶出仕的不满：“昨见范能用道定山事可怪，恐是久病昏了也。”[7]陈献章对友人、弟子出处之责，无过于林光与庄昶者。

陈献章对林光出处的态度，朱鸿林《明儒陈白沙对林光的出处问题之意见》一文已作详细论述，此不赘述，但需要指出的是，陈献章对林光的不满，还须从心理层面作一补充。

林光于成化五年（1469）在京师神乐观识陈献章，拜在门下，随后从归江门。据林光《南川冰蘖全集》收录，师徒二人自成化六年（1470）始至成化二十年（1484）前后，颇多书信交流。交流内容多为师徒二人体悟先贤之心得。出处去就，亦是师生二人讨论的话题之一。此话题，肇始于朝廷就监生不愿出仕者采

---

〔1〕 陈献章：《与朱都宪》，《陈献章集》卷2，北京：中华书局，1987年，第123－124页。
〔2〕 陈献章：《复彭方伯》，《陈献章集》卷2，北京：中华书局，1987年，第129页。
〔3〕 陈献章：《与黄大参》，《陈献章集》卷2，北京：中华书局，1987年，第150页。
〔4〕 陈献章：《与张廷实主事》，《陈献章集》卷2，北京：中华书局，1987年，第176页。
〔5〕 陈献章：《与刘方伯东山先生》，《陈献章集》卷2，北京：中华书局，1987年，第127页。
〔6〕 陈献章：《与刘方伯东山先生》，《陈献章集》卷2，北京：中华书局，1987年，第127页。
〔7〕 陈献章：《与张廷实主事》，《陈献章集》卷2，北京：中华书局，1987年，第160页。

取的政策。陈献章信中言："监生有不愿出仕听选者，授以从七品有司职名；依亲坐监者，授以正八品有司职名，俱令冠带闲住，有司以礼相待，免其杂派差徭。朋友间闻有此例，皆以为便于我，且曰：'以心存道，以迹存身，亦无不可。'"[1]对此，陈献章表示了自己的担忧，信末对信中拉杂絮叨表达了歉意："愚虑叨叨未中理，愿与君子筹之，可否，惟命。"[2]从中可见，陈献章是想让林光作为自己的倾听者并给予一些建议。成化十二年（1476），陈献章不能决定出处去就，便借助占卜，得"归妹"一卦，于是再次写信，寻助于林光。信中言："仆不能自决于进退，远烦吾子致忧，进语白沙连日，处义精密，吾子之见伟矣，敢不佩服？……十八日筮得'归妹'之'师'，其辞骤看，若相抵牾，疑其非鬼神所以示人一定之意。"[3]对此，林光回信说："向示寄所筮，得归妹之师，鬼神所吉，亦甚明白。细玩两爻，诚如所断。丈夫去就，风俗隆替关焉。先生卷舒自有成算，光浅俚之见，无足凭也。"[4]其后，师徒二人就出处问题，多有讨论，最后得出的结论是以不出为上。师生相约如此，成化十八年（1482）二人同时得到了朱英的荐举，陈献章借身体有恙、母老需要赡养为由，拒绝出仕，而林光则感于朱英荐举之恩，加之生活所迫，出为林湖掌教。陈献章难免心中对此不满，只不过在早期尚未找到发泄端由罢了。等到林母去世，林光没有了出仕以养母的借口，却依然出仕，陈献章心中的不满便爆发出来：

> 近连得缉熙两书。乌乎，尚忍言哉！平湖别家逾十年，官满来归，不见仲氏见母夫人，岂非幸耶？再如京师谒选，未及一载，归哭几筵。前有就禄之请而人见疑，后有终养之图而母不待。且母与褒之恩孰重？章谓，哭子之爱尚可割，哭母之恨无时休。不肖孤不丐先帝之仁，宁免终天之憾耶？缉熙孝禀自天，岂无念母之诚？因斗升之禄以求便养无难处者，特于语默进退斟酌早晚之宜，偶欠一决，遂贻今日之悔，而世之议缉熙者多矣。当是时，虽使一恒人，非沉酣利欲得已不已者处之，亦必不能不为之动心而变色，况贤者乎？自兹以往，缉熙其皎洁磊落，不为混混之迹，所以慰慈灵于地下而解群惑于当年，如毛义焉，可也。若不理会此处则大错，虽二十四州铁打不就矣。素辱厚爱，计必不见讶，是以尽言之。[5]

---

〔1〕 林光：《南川冰蘖全集》卷末，北京：中国文史出版社，2004年，第446－447页。
〔2〕 林光：《南川冰蘖全集》卷末，北京：中国文史出版社，2004年，第447页。
〔3〕 林光：《南川冰蘖全集》卷末，北京：中国文史出版社，2004年，第448页。
〔4〕 林光：《奉陈石斋先生》，《南川冰蘖全集》卷4，北京：中国文史出版社，2004年，第111页。
〔5〕 陈献章：《与林郡博》，《陈献章集》卷2，北京：中华书局，1987年，第214页。

陈献章对林光出处态度之激烈可见一斑。对庄昶出处的态度，虽然说过昏了头之类的气话，但总体而言，还是有所体谅："出处平生大分，顾令儿女辈得专制其可否耶？吾意定山为窘所逼，无如之何。"[1]

庄昶因与章懋、黄仲昭谏内廷张灯事被谪桂阳州判官，后因丁父母忧退居林下，居定山二十余年。弘治七年（1494），奉诏起用，三年后因老疾罢。庄昶出仕之由，陈献章曾询问过林光，并让他带话给庄昶。从其言辞来看，亦是大不满："辱书为别，念缉熙万里之行，无可为赠，徒深凄暗而已。七十病翁来日无多，又安知今日之言，非永诀耶。三十年游好之情，尽于是矣。异日过江浦，见定山先生问我，亦以是告之。"[2]因陈献章言辞较决绝，林光有书对庄昶身体近况及所询问庄昶出仕事作了解释："大抵定山出处取决于东白，及还南部，在任五日，遂一向病且剧。其子莫知所以善处先生，是以致此悔，为之奈何？"[3]据林光所言，庄昶之出是张元祯（东白）的主意。然查二人文集，都未收录相关文字，林光之说无从考。

庄昶对出处之态度，我们可从其文字究其大概，在《和白沙秋夜述怀》中，庄昶云："万里行藏意，先生不遣疏。此心无系著，到处有鸢鱼。白发看虽满，青山不受呼。前年荔枝熟，童子报征书。"[4]此处，庄昶明显有着林下之念，但其实其内心又不时涌动着出仕之心："谁能一日忘天下，高枕青山白发深"[5]，"笑我生逢尧与舜，却将衰病作渔翁"[6]。他曾对儿子说："忘世非我本心，山林亦我素志。昨朝廷若授我大任，我当固辞，苟不获命，我当荐天下大贤用之。今吏部以此职应否问我。夫大小俱朝廷官也，我何与焉？"[7]期许能够得到朝廷的重用，后来吏部征聘时又说不计官职的大小，前后的矛盾言辞，正证实了庄昶出

[1] 陈献章：《与张廷实主事》，《陈献章集》卷2，北京：中华书局，1987年，第160页。

[2] 林光：《南川冰蘖全集》卷末，北京：中国文史出版社，2004年，第453页。

[3] 林光：《奉陈石斋先生（戊午）》，《南川冰蘖全集》卷5，北京：中国文史出版社，2004年，第148页。

[4] 庄昶：《和白沙秋夜述怀》，《定山先生集》卷3，沈乃文：《明别集丛刊》第1辑，合肥：黄山书社，2013年，第57册，第471页。

[5] 庄昶：《林泉诗卷》，《定山先生集》卷4，沈乃文：《明别集丛刊》第1辑，合肥：黄山书社，2013年，第57册，第499页。

[6] 庄昶：《送刘参政之陕西》，《定山先生集》卷4，沈乃文：《明别集丛刊》第1辑，合肥：黄山书社，2013年，第57册，第502页。

[7] 王弘：《文节公年谱》，庄昶《定山先生集》附录，沈乃文：《明别集丛刊》第1辑，合肥：黄山书社，2013年，第57册，第626页。

仕之心。汪循评价庄昶“进不违素而忧杜陵之忧；退不忘君而乐尧夫之乐”[1]。其实此种心态是每一位“学而优则仕”士大夫的普遍心态，这也更加证实了庄昶在出处问题上更倾向于出仕。这还可从其《送掌教归养序》所论述的出处观一窥，序云：

> 君子不必仕，不必不仕，时而已矣。时可仕也，则仕；时不可仕，则不仕，惟其时也。故仕非苟禄，不仕非忘世。然亦有时可仕而不仕，时不可仕而仕者。又不可执一论也。夫时可仕矣，吾病焉，不能仕；有他故焉，不得仕则又不可仕矣。时不可仕，吾则贫无以为养，罣无所于归，则又不可不仕矣。世之论人者，取其迹而或不知其心，守夫经而或不知夫权；执于不仕或以苟禄加于仕，执于仕或以忘世加于不仕。[2]

此处，庄昶在出仕与否上，考虑得可谓周详，就其本人复出而言，则是不得仕又不可不仕的例子。庄昶出仕之遭遇，焦竑[3]、张隽都认为是丘濬从中作梗，张隽说：“丘琼台当国时，尝恶白沙、定山之不仕，曰：‘率天下士夫背朝廷者，二子也。是不为君用当诛。’故定山晚岁，踽踽一出。”[4]其后，《明史》采用此说，云：“大学士丘濬素恶昶，语人曰：‘率天下士背朝廷者，昶也。’弘治七年有荐昶者，奉诏起用。昶念濬当国，不出且得罪，强起入都。大学士徐溥语郎中邵宝曰：‘定山故翰林，复之。’濬闻曰：‘我不识所谓定山也。’乃复以为行人司副。俄迁南京吏部郎中。得风疾。”[5]其实，相较于单纯归咎于丘濬的设障，湛若水的分析更加客观：“或曰：‘先生之出处进退，未易言也。其始也，惧之于琼台；其中也，乘之于西涯；其终也，成之于青溪，而又误于子弟门人之不力焉。”[6]

陈献章在出处观上坚持的原则是“惟时”，庄昶无疑提出了几种反例，尤其是不得仕而仕的情况。那么对此情况，陈献章又是如何应对的呢？在陈献章的交游中，庄昶、林光，一是自己的挚友，一是自己早年的得意弟子，二人曾先后出

---

[1] 庄昶：《定山先生集》补遗，沈乃文：《明别集丛刊》第1辑，合肥：黄山书社，2013年，第57册，第630页。

[2] 庄昶：《定山先生集》卷7，沈乃文：《明别集丛刊》第1辑，合肥：黄山书社，2013年，第57册，第541页。

[3] 焦竑：《刺毁》，《玉堂丛语》卷8，北京：中华书局，1981年，第279页。

[4] 张隽：《张东所》，《西庐文集》卷2，《清代诗文集汇编》编纂委员会：《清代诗文集汇编》，上海：上海古籍出版社，2010年，第19册，第21页。

[5] 张廷玉等：《明史》卷179，北京：中华书局，1974年，第4754－4755页。

[6] 湛若水：《定山庄先生祠堂记》，庄昶：《定山先生集》附录，沈乃文：《明别集丛刊》第1辑，合肥：黄山书社，2013年，第57册，第601页。

仕。林光是为养母，庄昶，按照陈献章的说法，是承亲之命。这两种情况，依照庄昶的原则，都是可以出仕的，但在陈献章看来，二人的理由都不充分，行为都不可取。对此，陈献章没有从二人的抉择出发，而是从二人之亲谈起。与友人罗一峰信中，陈献章说："孔旸承亲之命而仕，不如此则逆亲之命以全己志，殆非所安。尹和靖一日告伊川曰：'吾不复仕进矣。'伊川曰：'子母在。'尹归以此意告，其母云：'吾知汝以善养，安知汝以禄养乎？'尹遂得不仕。若孔旸之亲能如尹母，则可以和靖责孔旸矣。"[1]其实，二人都是迫于贫而出仕，显然，陈献章不认为这是出仕的借口，陈献章感叹的是另一种情景："人生异出处，贫贱奈尔何"[2]，"丈夫重出处，富贵如浮烟"[3]。

陈献章持此态度，还缘于他认为，人一出仕，必为其所累。他在《悼马龙》一诗的序言中云："龙从一峰先生游，颇见意趣。一峰赋《道南诗》送之。后为仕进累心，遂失其故步，至不得一第而死，亦命也夫！人生几何，徒以难得之岁月，供身外无益之求，弊弊焉终其身而不知返。若林琰皆覆辙可鉴，惜哉！"[4]人生邈若沧海一粟，何必苦苦沉醉于出仕的樊笼，马龙之死，十足可惜。转眼试想，倘若马龙不亡，其出仕可真如他自己所期望的人生轨迹？张元祯信中"在山远志，出山小草"的感慨，林缉熙"一涉宦途，即为弃物"的抱怨，无不在宣告着马龙的最后结局。虽然陈献章告知门人弟子、亲朋故旧自己的出处原则是随自然，看机遇，但就实际情况言，他还是坚持慎出，在"出"与"处"的天平上，陈献章更倾向于"处"。于此，反观陈献章得庄昶得病告归的消息，按捺不住地写信询问张诩，庄昶上书辞归是在考察前还是考察后，因为这决定着成功的概率大小。在得到确切消息后，以"轱辘体"慨然写下《得廷实报定山谢事归，忆东白、仲昭诸先生有作》五首，无疑，陈献章心情是欣喜的。诗云：

也曾收拾定山书，三月天曹谢事初。见说定山长在病，当时不出意何如。

当时不出意何如，得丧难逃真数书。更忆往年张学士，西山对面说河图。

西山对面说河图，远志谁将小草呼？今古圣贤不同调，各留一影落堪舆。

各留一影落堪舆，叹息乾坤几丈夫。脱赠藤蓑君亦爱，江门春雨忆皇都。

江门春雨忆皇都，个个先生六十余。必有嘉言告当宁，他年应得史臣书。[5]

---

〔1〕 陈献章：《与罗一峰》，《陈献章集》卷2，北京：中华书局，1987年，第158页。

〔2〕 陈献章：《牌山樵唱》，《陈献章集》卷4，北京：中华书局，1987年，第297页。

〔3〕 陈献章：《赠林汝和通判》，《陈献章集》卷4，北京：中华书局，1987年，第286页。

〔4〕 陈献章：《陈献章集》卷6，北京：中华书局，1987年，第622页。

〔5〕 陈献章：《陈献章集》卷6，北京：中华书局，1987年，第629页。

二、陈献章的儒释道观

在出处观上，廊庙与江湖的二选一，陈献章还可勉强应对。在应对儒释关系上，面对外界更多更尖锐的质疑，陈献章显然力不从心。从陈献章生前乃至死后，哪怕是受到朝廷表彰准予从祀孔庙后，这种质疑也未曾消歇。成化二年（1466），陈献章应聘至京，章懋前往拜访。在两人谈话中，章懋已透露对陈献章主张可能流于禅的担忧。夏尚朴曾作记载：

> 先生（章懋）一日谓予云："陈白沙应聘来京师，予在大理往候而问学焉。白沙云：'我无以教人，但令学者看与点一章。'予云：'以此教人善矣，但朱子谓专理会与点意思，恐入于禅。'白沙云：'彼一时也，此一时也。朱子时，人多流于异学，故以此救之；今人溺于利禄之学深矣，必知此意，然后有进步处耳。'"〔1〕

按夏氏记载，陈献章已对章懋的担忧提出了自己的解释，然而时人并未因此而释疑窦。罗钦顺在给湛若水的信中言及当时对陈献章的怀疑者。他说：

> 来书谓："以白沙为禅者，皆起于江右前辈。"仆亦江右人也，执事岂意其习闻乡评，遂从而附和之耶？何椒丘、张古城、胡敬斋固皆出于江右，若李文正公乃楚人，而生长于京师，谢方石、章枫山则皆越人，亦皆以禅学称白沙，何也？〔2〕

罗氏虽针对湛氏怀疑而发，但无意中道出了时人对陈献章的定位。从其所列人员而言，罗氏不免有夸大范围之嫌，毕竟，他是视陈献章学说流于禅的，"近世道学之倡，陈白沙不为无力，而学术之误，亦恐自白沙始。'至无而动，至近而神'，此白沙自得之妙也。愚前所谓'徒见夫至神者，遂以为道在是矣，而深之不能极，而几之不能研'，虽不为白沙而发，而白沙之病正恐在此。章枫山尝为余言其为学本末，固以禅学目之"〔3〕。其实，按照湛氏之意，"江右前辈"应该主要指胡居仁。罗钦顺坦言："胡敬斋攻之尤力，其言皆有所据。公论之在天

---

〔1〕 夏尚朴：《夏东岩先生文集》卷3，《北京图书馆古籍珍本丛刊》，北京：书目文献出版社，2000年，集部，第102册，第599页。

〔2〕 罗钦顺：《答湛甘泉大司马》，《困知记》附录，北京：中华书局，1990年，第195页。

〔3〕 罗钦顺：《困知记》卷下，北京：中华书局，1990年，第50页。

下，有不可得而诬者矣。”[1]那么攻击陈献章不遗余力的胡居仁，指摘陈献章流于禅主要针对哪些方面呢？在与张廷祥的书信中，胡氏有具体论述：

> 承谕公甫书，蒙克贞兄示及，某因得反复思绎，窃窥其一二。夫公甫，天资太高，清虚脱洒，所见超然，不为物累，而不屑为下学，故不觉流于黄老，反以圣贤礼法为太严，先儒传义为烦赘，而欲一切虚无以求道真。[2]

本着上述认识、判断，胡居仁在与张廷祥的其他信件中的表述无出上述观点。其关键词可概述为“高虚超脱”[3]。正缘于此，胡氏认为陈献章的观点根基不实，大本不立[4]，对正学不利，“鼓惑后学，陷溺人心，世道必愈衰”[5]，故而他力劝张氏要谨察陈献章的观点，劝阻张氏门人问学于陈献章。“今之可忧者，道术分裂，教出多门，人才聪明便好高喜妙，脚跟不曾点地，便要自高大。闻门下人多有向慕陈公甫，欲游其门者，大抵根基不实，语之太精，是送他过那边去”[6]。不仅如此，胡氏更是写信给陈献章友人罗伦，表达自己对陈的态度：“公甫陈先生名重海内，与先生所交最深。居仁与四方士子亦以斯道望于公甫。不意天资过高，入于虚妙，遂与正道背驰。不知先生曾疑之否？……获睹公甫《与何时矩》书，欣然喜其见道大意，然推之，其曰：‘天自信天，地自信地，吾自信吾。’又曰：‘尘微六合，瞬息千古’，只是一个优侗自大之言，非真见此道之精微者，乃老庄佛氏之余绪。”[7]上述所列，胡居仁主要还是在所谓的“理学家”中谈论，那么与祁大参、钟宪副的书信中谈论，则将讨伐陈献章的矛头扩大化了。在《奉祁大参钟宪副》中，胡氏云：“海内之士，若陈公甫，文虽高，然过于高大，多是禅学文章。张廷祥文精深，丘祭酒文典实，惟在大人所择。”[8]

面对胡居仁的质疑，陈献章文集中没有对应的回应文字，在回复赵提学的信中，陈献章针对外界的质疑作了集中回应。在信中，陈献章指出流言来自张东白

---

〔1〕 罗钦顺：《困知记》卷下，北京：中华书局，1990年，第50页。

〔2〕 胡居仁：《复张廷祥》，《胡敬斋集》卷1，《正谊堂全书》同治刻本，第51册，第21页b。

〔3〕 胡居仁：《奉宪副张希仁》，《胡敬斋集》卷1，《正谊堂全书》同治刻本，第51册，第27页a。

〔4〕 胡居仁：《居业录》卷7，《正谊堂全书》同治刻本，第94册，第12页b。

〔5〕 胡居仁：《居业录》卷1，《正谊堂全书》同治刻本，第93册，第6页b。

〔6〕 胡居仁：《寄张廷祥》，《胡敬斋集》卷1，《正谊堂全书》同治刻本，第51册，第43页a。

〔7〕 胡居仁：《与罗一峰》，《胡敬斋集》卷1，《正谊堂全书》同治刻本，第51册，第25页b至第26页a。

〔8〕 胡居仁：《奉祁大参钟宪副》，《胡敬斋集》卷1，《正谊堂全书》同治刻本，第51册，第39页b。

的断章取义：

执事录示张东白诗，且疑仆更号“逃禅”，不能摆脱此语，闻之不觉失笑。执事固爱助我者，请问今所疑于仆如此，果何自来耶？若出于东白，未可据也。东白盖仆昔论学书中一二语，偶未深契而料想至此，从而疑之，窃恐未为至论。[1]

意识到流言的可畏，陈献章不得不在信中对儒释之别作出具体分析：

承谕有为毁仆者，有曰：“自立门户者，是流于禅学者。”甚者则曰：“妄人，率人于伪者。”凡于数者之诋，执事皆不信之，以为毁人者无所不至，自古圣贤未免见毁于人。甚矣，执事之心异于时人之心也。仆又安敢与之强辩？姑以迹之近似者为执事陈之。

孔子教人文、行、忠、信，后之学孔氏者则曰：“一为要。”一者，无欲也。无欲则静虚而动直，然后圣可学而至矣。所谓“自立门户者”，非此类欤？佛氏教人曰静坐，吾亦曰静坐；曰惺惺，吾亦曰惺惺；调息近于数息，定力有似禅定。所谓“流于禅学者”，非此类欤？[2]

陈献章面对外界对自己学说的质疑，在与弟子的书信交流中，偶尔抒发自我的感慨：“近苦忧病相持，无以自遣，寻思只有虚寂一路，又恐名教由我坏，佛老安能为我谋也？付之一叹而已。”[3]有时针对弟子的疑问，亦大略阐发自己对儒释的见解，其目的无非是划清自己与释、道尤其是后者的界限。

众所周知，佛教自东汉末年传入中国，在与儒家、道家等交流、对立中，逐渐吸取各家之长，极具本土特色。儒、道亦然，在各自的发展中也吸收了佛教中有利于自己发展的因素。宋代理学就是充分吸收佛教成果的结果，故单纯从文字的相同与否上来判断此学说是儒还是释，显然已不可能。陈献章相关的儒、释之辨便是针对此种现象而发。在陈献章看来，二者之别，不在文字形体的异同，差之毫厘谬以千里，“禅家语，初看亦甚可喜，然实是侬侗，与吾儒似同而异，毫厘间便分霄壤。此古人所以贵择之精也”[4]。二者或三者主旨的差异才是判别的试金石。“不著丝毫也可怜，何须息息数周天？禅家更说除生灭，黄老惟知养自

[1] 陈献章：《复赵提学佥宪》，《陈献章集》卷2，北京：中华书局，1987年，第146页。
[2] 陈献章：《复赵提学佥宪》，《陈献章集》卷2，北京：中华书局，1987年，第147页。
[3] 陈献章：《与容一之》，《陈献章集》卷2，北京：中华书局，1987年，第233页。
[4] 陈献章：《与林时矩》，《陈献章集》卷3，北京：中华书局，1987年，第243页。

然。昔与蜉蝣同幻化，只应龟鹤羡长年。吾儒自有中和在，谁会求之未发前”[1]，“人不能外事，事不能外理。二障佛所名，吾儒宁有此”[2]。从一定层面而言，陈献章亦在辟佛，只不过不从词语层面入手，其《答陈秉常询儒佛异同》云：

> 青天白日照无垠，我影分明傍我身。自古真儒皆辟佛，而今怪鬼亦依人。
> 蚁蜂自识君臣义，豺虎犹闻父子亲。贤辈直须穷到底，乾坤回首欲伤神。[3]

陈献章的解释，并没有遏制后人的怀疑。先前章懋的怀疑，夏尚朴亦有相同的阅读感受：“白沙云：‘斯理也，宋儒言之备矣。吾尝恶其太严也。’此与东坡要与伊川打破敬字意思一般，盖东坡学佛而白沙之学近禅，故云尔。”[4]阳明后学钱德洪亦有未解之处：“白沙先生诗云：‘心不能外事，事不能外理。二障佛所名，吾儒宁有此？’先生之意，不知云何？愚观笺注，似亦有未尽者。”[5]如此种种，有人更是将陈献章与王阳明归作一类加以定位，“若陈白沙、王阳明辈，则叛圣经者盖有之矣。阳明纯乎禅，白沙兼近道”[6]。

疑之者有之，维护者亦大有人在，其中最不遗余力者，非湛若水莫属，《白沙先生诗教解》便是湛氏苦心孤诣之作。本书第五章第二节有专门讨论，此不赘述。除湛氏外，对陈献章学说非禅解释最力者，为阳明后学的聂豹。他在《白沙先生绪言序》中言：

> 或谓白沙禅学也，子何慕之深耶？予曰：夫谓白沙之学为禅者，非以其主静虚乎？阳明先生之诗曰：“静虚非空寂，中有未发中。中有亦何有，无之却成空。”若是，即谓阳明之学为禅，亦可也。夫人生而静，心兮本虚，天之性也。彼禅氏者索之过高，而于人生而静以后一段，更不省究，寂灭根尘，鄙夷伦理，而不屑于礼乐刑政之施，要之不可以治天下国家。白沙曾有一于此耶？其诗曰：“多病一生长傍母，孤臣万死敢忘君？”又曰：“阅穷载籍终无补，坐老蒲团总是枯。”又曰：“六经尽在虚无里，万理都归感应中。”又曰：“虚无里面昭昭应，影响前头步步

---

〔1〕 陈献章：《夜坐》，《陈献章集》卷5，北京：中华书局，1987年，第423页。
〔2〕 陈献章：《随笔》，《陈献章集》卷5，北京：中华书局，1987年，第517页。
〔3〕 陈献章：《陈献章集》卷5，北京：中华书局，1987年，第505页。
〔4〕 夏尚朴：《夏东岩先生文集》卷1，《北京图书馆古籍珍本丛刊》，北京：书目文献出版社，2000年，集部，第102册，第578页。
〔5〕 钱德洪：《从吾道人语录》，钱明：《徐爱 钱德洪 董沄集》，南京：凤凰出版社，2007年，第256页。
〔6〕 王弘：《山志》，北京：中华书局，1999年，第132页。

迷。”又曰：“一笑功名卑管晏，六经仁义沛江河。”此其毫厘千里之差，居然可见。

今之学者，不讯其端，而日有事于宋人之助长，急于逃禅而安于义袭，矜持于念虑，揣摩于事变，依傍道理，倚靠书册，谓是为格致之实学，而凡用心于内，根究性体以先立乎大者，率哗然目之为禅。象山之被诬，久矣，岂惟白沙之学为然哉？予于是纂其绪言，僭为之注，使后之辩儒释者，得有所考，而静虚之学，不因噎废食也。〔1〕

该序从引起众人怀疑的静虚作为切入点，阐述陈献章所主张的静虚不同于佛氏主张的静虚，聂豹多引用陈献章的诗句以作佐证。不唯此，聂氏还从今之学者的心态、风气出发，揭露他们的丑恶行径。陈献章卒后，随着阳明学的兴起，理学家在谈论时，往往将二人捆绑于一处。对此，聂豹不仅为陈献章正名，亦为陆九渊鸣不平。正如他在序伊始所言，如果承认陈献章的静虚近禅，就等于承认王阳明的学说近禅。聂豹为白沙正名，也是在为其师正名，为自己正名。无论是陆九渊、陈献章还是王阳明，只要三人之一正名成功，其他二人便顺理成章获得同等的待遇。不同于聂豹从陈献章的行动及当下学者的不良风气寻找突破口，阐明陈氏学说与释的判然之别，同为阳明后学的胡直则从历史渊源上予以解释。他在《刻白沙先生文集序》中说：“夫或者经怪其出语间用释氏，是又不然。昔程伯子亚圣俦也，盖亦间用之。而尼父征言于老聃，轲氏借证于阳货，咸自顾真脉何如耳，岂必善避其语者哉？苟不以其脉而独屏形声，取善畏避者以为踸，是亦自附剪缀之工已耳。”〔2〕

需要指出的是，通读明代理学著作可以发现，指责某人学说堕入禅道是有明一代理学家排斥异己者的一种手段。比如，胡居仁指责陈献章的同时，亦说同门娄谅的学说落入禅道。四库馆臣在《元儒考略》提要中就针对明人此种行为作出批评：“明儒喜争同异，于宗派尤详。语录学案，动辄灾梨，不啻汗牛充栋。”〔3〕在《儒林宗派》提要中再次重申：“明以来谈道统者，扬己凌人，互相排轧，卒酿门户之祸，流毒无穷。”〔4〕何况，佛教自东汉传入中国，在历史长河中早已慢

〔1〕 吴可为：《聂豹集》卷3，南京：凤凰出版社，2007年，第54页。

〔2〕 胡直：《衡庐精舍藏稿》卷10，张昭炜：《胡直集》，上海：上海古籍出版社，2015年，第207页。

〔3〕 纪昀：《史部·传记类二》，《四库全书总目提要》卷58，石家庄：河北人民出版社，2000年，第1593页。

〔4〕 纪昀：《史部·传记类二》，《四库全书总目提要》卷58，石家庄：河北人民出版社，2000年，第1600页。

慢融入中国文化，吸取其中利于其发展的学说，成为一个混血儿。传统的儒、道又何尝不是彼此借鉴！竞争的结果是使竞争者逐渐趋同而非变异，宋代三教的合一，便是明证，迨至明代，儒、释、道三者在一些概念、术语等方面趋于同已不可避免。

综上所述，我们对陈献章的儒释道观点作了简要的分析，但这并非意味着他对释、道尤其是释持批判态度，视二者为水火之不容。实际上，陈献章与释教人物多有接触，如文定上人、太虚上人，并能看到他们的长处："太虚师真无累于外物，无累于形骸矣。儒与释不同，其无累同也。"[1]前文所引陈献章对章懋语及劝贺钦读佛书语，都表明了陈献章对释的包容态度。陈廷敬《午亭文编》就说："夫白沙之禅学，初不自讳也。其诗曰：'无奈华胥留不得，起凭香几读楞严''天涯放逐浑闲事，消得金刚一卷经'，盖其不自讳如此。"[2]或许缘于此种包容，才越发引起他人的误解，夏尚朴《书白沙石刻诗后》即云："乾坤规矩只方圆，熟处应知妙莫传。试看石翁诗与字，暮年容已落禅颠。"[3]

三、陈献章的自得说

"自得"之学是陈献章心学思想的核心。然众所周知，"自得"并非陈氏的独造，早在先秦诸子百家时代，孟子、庄子、屈原等已有相关文字阐述其内涵。如孟子在《离娄下》中言："君子深造之以道，欲其自得之也。自得之则居之安，居之安则资之深，资之深则取之左右逢其原。故君子欲其自得之也。"[4]不过在诸子百家时代，其自得的内涵，多指涉为学的体验，安于本性之满足、自足、恬愉等[5]。"自得"成为理学领域的核心概念，则归功于宋代理学家。宋代理学家承续孟子的观点，将自得的内涵进一步扩大。其主要指其学说非得自师传、书籍，而是自家体贴出来。就本书所探讨的陈献章而言，其"自得"内涵的领悟，并非一蹴而就。陈献章曾多次提及自己的"自得"道路，在《复赵提学佥宪》中，陈献章言：

---

〔1〕 陈献章：《与太虚》，《陈献章集》卷2，北京：中华书局，1987年，第225页。

〔2〕 陈廷敬：《午亭文编》卷24，《清代诗文集汇编》编纂委员会：《清代诗文集汇编》，上海：上海古籍出版社，2010年，第153册，第261页。

〔3〕 夏尚朴：《夏东岩先生诗集》卷5，《北京图书馆古籍珍本丛刊》，北京：书目文献出版社，2000年，集部，第102册，第655页。

〔4〕 金良年：《孟子译注》，上海：上海古籍出版社，2004年，第174页。

〔5〕 查洪德：《论"自得"》，《文史哲》，2013年第5期。

仆才不逮人，年二十七始发愤从吴聘君学。其于古圣贤垂训之书，盖无所不讲，然未知入处。比归白沙，杜门不出，专求所以用力之方。既无师友指引，惟日靠书册寻之，忘寝忘食，如是者亦累年，而卒未得焉。所谓未得，谓吾此心与此理未有凑泊吻合处也。于是舍彼之繁，求吾之约，惟在静坐，久之，然后见吾此心之体隐然呈露，常若有物。日用间种种应酬，随吾所欲，如马之御衔勒也。体认物理，稽诸圣训，各有头绪来历，如水之有源委也。于是涣然自信曰："作圣之功，其在兹乎！"有学于仆者，辄教之静坐，盖以吾所经历粗有实效者告之，非务为高虚以误人也。[1]

由此可知，其涉及问题主要有以下三个方面：第一，陈献章的从学道路；第二，陈献章自得说的确立时间；第三，陈献章自得说的内涵。

陈献章从吴与弼学主要为古圣贤垂训，贵"博"。吴与弼主要继承程朱理学，"多举古人成法，由濂、洛、关、闽以上达洙泗"[2]。故陈献章早期从程朱入门。因在"博"中无所自得，故而舍繁就约，以静坐作入门工夫。陈献章的为学途径，林俊将之概括为："先生始求之博，久之，曰：杂矣；又求之静，久之，曰：偏矣，杂佛老而超佛老。张、朱二夫子先迷而后获也，遂以宋大儒为依归。"[3]

自得说的确立时间，陈献章没有在信中明言，但他在《龙冈书院记》中作如是说："予少无师友，学不得其方，汩没于声利、支离于粃糠者，盖久之。年几三十，始尽弃举子业，从吴聘君游。然后益叹迷途其未远，觉今是而昨非，取向所汩没而支离者，洗之以长风，荡之以大波，惴惴焉，惟恐其苗之复长也。坐小庐山十余年间，履迹不逾于户阈，俯焉孜孜，以求少进于古人，如七十子之徒于孔子，盖未始须臾忘也。"[4]陈献章自述在小庐山勤学十余年，对于此段时间的具体跨度，后人多有出入，或沿用陈献章在《复赵提学佥宪》中所说的"久之"，如《国朝献征录》《明史稿》，或给出具体的时间。给出具体时间者，主要有以下五种观点。

一是六年说。《明史窃》云："闻吴聘君讲学临川，……居半载遂归，闭门尽讨群书忘寝食三年，已而曰：杂矣。弃书不观，习静于玉台山中，又三年，已而曰：偏矣。于是筑室白沙，聚徒讲学。其学以自然为宗，其教使人去耳目支离之

〔1〕 陈献章：《陈献章集》卷2，北京：中华书局，1987年，第145页。
〔2〕 陈献章：《书玉枕山诗话后》，《陈献章集》卷1，北京：中华书局，1987年，第70页。
〔3〕 林俊：《陈先生石斋祠堂记》，《见素集》卷10，沈乃文：《明别集丛刊》第1辑，合肥：黄山书社，2013年，第68册，第12页a。
〔4〕 陈献章：《陈献章集》卷1，北京：中华书局，1987年，第34页。

用，全虚明不测之神。”[1]

二是十年说。如《罪惟录》《名山藏列传》。《名山藏列传》云：“比归白沙，闭户读书，湛思忘寝食者累岁，未得也。乃自筑阳春台，置水一盂，终日兀对，履不逾阈，以十年所，其俯焉孜孜，求进古人者，有如七十子从孔子之笃。一日喟然叹曰：惟道何闲动静，勿忘勿助何容力，惟仁与物同体，惟诚敬斯存，惟定性无内外，惟一无欲，惟元公、淳公其至矣。”[2]

三是十二年说。胡直《刻白沙先生文集序》：“白沙先生自少有志圣人之学，始从临川吴聘君，未有人，乃返求诸约，端居十有二稔。然后见吾心之体隐然参前倚衡，应务观书，若马之有衔勒，水之有源委，乃涣然自信，曰：‘作圣贤之功在兹矣。’”[3]

四是十三年说。罗洪先《跋江门指南卷后》：“按先生二十有七，从吴聘君归，而苦心考索者三年，闭户嘿坐者又十年，而后有得。此诗自叙在成化癸巳岁，是时四十有六，盖其自得久矣。”[4]

五是二十余年说。《明儒言行录》引张东白言曰：“自聘君归后，静坐一室，虽家人罕见其面，数年未之有得，于是迅扫夙习，或浩歌长林，或孤啸绝岛，或弄艇投竿于溪涯海曲，捐耳目，去心志，久之，然后有得焉。主静而见大矣，由斯致力，迟迟至二十余年之久，乃大悟广大高明，不离乎日用。”[5]

陈献章于景泰五年（1454）往临川从吴与弼学，按唐伯元所撰《白沙先生年谱》，陈献章在临川居半年，于景泰六年（1455）回到白沙，闭门读书。据此推算，众人所争议陈献章自得说的形成时间，主要集中在1460年至1475年间。在此期间，发生在陈献章身上最重要的事情有二：一为成化二年（1466）应顺德令钱溥建议重游太学事；二为成化五年（1469）再次礼闱下第事。成化五年（1469）的科场不售，对陈献章而言，打击不可谓不大。自成化二年（1466）重游太学，名重京师，按理应金榜题名，却意外落榜，这无疑对陈献章是一次挑战，是对其出处名利关的检验。于此，上述自得说的确立时间可缩小到成化五年

〔1〕 尹守衡：《明史窃》卷72，周骏富：《明代传记丛刊》，台北：明文书局，1991年，第83册，第554页。

〔2〕 何乔远：《名山藏列传》儒林记上，周骏富：《明代传记丛刊》，台北：明文书局，1991年，第77册，第629页。

〔3〕 胡直：《衡庐精舍藏稿》卷10，张昭炜：《胡直集》，上海：上海古籍出版社，2015年，第207页。

〔4〕 徐儒宗：《罗洪先集》，南京：凤凰出版社，2007年，第684页。

〔5〕 沈佳：《明儒言行录》卷3，周骏富：《明代传记丛刊》，台北：明文书局，1991年，第3册，第448页。

（1469）前后，即陈献章自得说是正式形成于成化五年（1469）落第前还是落第后。然要解决此问题，还得从探究陈献章成化五年（1469）前后有关自得说的内涵作始。

成化五年（1469）前，“自得”一词以《湖山雅趣赋》为代表。其云：

> 迨夫足涉桥门，臂交群彦；撤百氏之藩篱，启六经之关键。于焉优游，于焉收敛；灵台洞虚，一尘不染。浮华尽剥，真实乃见；鼓瑟鸣琴，一回一点。气蕴春风之和，心游太古之面。其自得之乐亦无涯也。
>
> 出而观乎通达，浮埃之蒙蒙，游气之冥冥，俗物之茫茫，人心之胶胶，曾不足以献其一哂，而况于权炉大炽，势波滔天，宾客庆集，车马骈填！得志者扬扬，骄人于白日；失志者戚戚，伺夜而乞怜。若此者，吾哀其为人也。嗟夫！富贵非乐，湖山为乐；湖山虽乐，孰若自得者之无愧怍哉！〔1〕

此处的两处“自得”，主要是指人不受物役、超然物外、随任其性的一种逍遥之态。成化五年（1469）之后，陈献章文集中，有关“自得”之说，有具体时间可考者，主要有三处，一为作于成化六年（1470）九月的《李文溪文集序》：

> 予尝语李德孚曰：“士从事于学，功深力到，华落实存，乃浩然自得，则不知天地之为大、死生之为变，而况于富贵贫贱、功利得丧、屈信予夺之间哉！”……徐考其实，则见其重内轻外，难进而易退，蹈义如弗及，畏利若懦夫，卓乎有以自立，不以物喜，不以己悲，盖亦庶几乎吾所谓浩然而自得者矣。〔2〕

一为成化十八年（1482）陈献章给彭韶的赠言〔3〕：

> 忘我而我大，不求胜物而物莫能挠。孟子云：吾善养吾浩然之气。山林朝市，一也；死生常变，一也；富贵贫贱夷狄患难，一也；而无以动其心，是名曰“自得”。自得者，不累于外，不累于耳目，不累于一切，鱼跃鸢飞，其机在我。知此者谓之善学，不知此，虽学无益也。〔4〕

---

〔1〕 陈献章：《陈献章集》卷3，北京：中华书局，1987年，第275页。

〔2〕 陈献章：《陈献章集》卷1，北京：中华书局，1987年，第8页。

〔3〕 是文载于彭韶《彭惠安公文集》卷8，文无时间，然文中有“先生贵州之行，章无以为别，书此以代赠”。按《宪宗纯皇帝实录》卷282：“成化十八年六月辛酉：调广东左布政使彭韶于贵州吏部尚书。”故是文写于成化十八年（1482）。

〔4〕 陈献章：《赠言》，彭韶：《彭惠安公文集》卷8，中国国家图书馆：《原国立北平图书馆甲库善本丛书》，北京：国家图书馆出版社，2013年，第713册，第3页b。

一为成化二十一年（1485）闰四月作的《道学传序》：

> 今是编也，采诸儒行事之迹与其论著之言，学者苟不但求之书而求诸吾心，察于动静有无之机，致养其在我者，而勿以闻见乱之，去耳目支离之用，全虚圆不测之神，一开卷尽得之矣。非得之书也，得自我者也。盖以我而观书，随处得益；以书博我，则释卷而茫然。[1]

不同于《湖山雅趣赋》只拈出“自得”一词，陈献章在后面的三文中都对“自得”的内涵作了一番界定。此三处“自得”之学，前两例可视为一类，强调的是一种独立的人格精神。这种人格精神，发内内心，由内而外，能够坦然面对外界的一切风云变幻，不羁绊于富贵贫贱，超越生死。这种精神，恰似程颢《秋日偶成》所说的“富贵不淫贫贱乐，男儿到此是豪雄”的“豪雄”人格，亦如孟子笔下“富贵不能淫，贫贱不能移，此之谓大丈夫”的大丈夫品格，是成圣求贤的境界。《道学传序》相比而言，则是从另一层面对“自得”的内涵作进一步的申说。此可进一步联系陈献章与弟子贺钦、林光的信中言辞作为参考。此种“自得”强调的是自身的体悟。这种体悟并非皆来自书籍的刺激，“夫养善端于静坐，而求义理于书册，则书册有时而可废”[2]，也并非靠师传、传注，正如陈献章所问贺钦：“人要学圣贤，毕竟要去学他。若道只是个希慕之心，却恐末梢未易辏泊，卒至废弛。若道不希慕圣贤，我还肯如此学否？思量到此，见得个不容已处。虽使古无圣贤为之依归，我亦住不得，如此方是自得之学。”[3]此种“自得”强调的是人的自觉。其获得的途径，则主要通过静坐，于静坐中通识圣人义理，强调自悟，故而对词章等著述予以抛弃。“为己者用之，非为己者弗用也。诗、文章、末习、著述等路头，一齐塞断，一齐扫去，毋令半点芥蒂于我胸中，夫然后善端可养，静可能也”，唯有做到此，才能达到自得的境界。“始终一意，不厌不倦，优游厌饫，勿助勿忘，气象将日进，造诣将日深。所谓‘至近而神’，‘百姓日用而不知’者，始自此迸出体面来也。到此境界，愈闻则愈大，愈定则愈明，愈逸则愈得，愈易则愈长。存存默默，不离顷刻，亦不着一物，亦不舍一物，无有内外，无有大小，无有隐显，无有精粗，一以贯之矣。此之谓自得”[4]。

通过上述比较可知，与其截然划出陈献章自得说的时间界限，不如将之视为一个过程。这一过程，是陈献章所悟、自得的过程。林俊将这一过程分解为求之

〔1〕陈献章：《陈献章集》卷1，北京：中华书局，1987年，第20页。
〔2〕陈献章：《与林缉熙》，《陈献章集》，北京：中华书局，1987年，第975页。
〔3〕陈献章：《与贺克恭黄门》，《陈献章集》卷2，北京：中华书局，1987年，第133页。
〔4〕陈献章：《与林缉熙》，《陈献章集》，北京：中华书局，1987年，第975页。

博、求之静、杂佛老也不无道理。对于陈献章之“自得”，何椒丘致书罗一峰，将之归为佛氏顿悟。诚如前文所言，陈献章虽对释抱有宽容态度，其学说中亦借用佛氏之说，但这并非意味着陈氏所言为释语。其实早在宋代，朱熹、杨时在谈及自我读书自得时已用禅语。如朱熹言：“看文字，不可恁地看过便道了，须是时复玩味，庶几忽然感悟，到得义理与践履处融会，方是自得。”〔1〕不难明白，虽然儒释在“自得”上有着相同的体验，但二者的归旨却有着本质的区别，儒者其自得的目标在于义理与实践的融贯，最终使自我向着成圣贤的目标努力。至此，我们可借用陈龙正之言来概括陈献章：“其学近禅，其人则儒。”〔2〕正是鉴于自我的“自得”之说，陈献章对当时的学者提出了批评：“今之学者各标榜门墙，不求自得，诵说虽多，影响而已，无可告语者。”〔3〕

第二节　陈献章从祀孔庙考

自唐初孔庙祭祀制度趋于定型后，“从祀大典，乃乾坤第一大事”〔4〕，从祀孔庙成为每一位儒家知识分子的毕生目标。“诸儒从祀于孔门者，非有功于斯道不可”，从祀的成功则意味着从祀者的学说有功于孔子，是真儒。然而在大一统时代，从祀孔庙并非单纯的学术问题，而是政治、学术等因素综合作用的结果。有明一代，获准从祀孔庙的真儒共有十位，其中明代人只有薛瑄、陈献章、胡居仁、王阳明四人。作为四人之一的陈献章，从嘉靖九年（1530）首被荐举从祀开始，至万历十二年（1584）获准从祀，大约用了55年时间。实际上，直到万历三十七年（1609），陈献章获赠谥“文恭”，才算真正意义上完成从祀孔庙的流程。这55年只是就朝议而言。研究陈献章从祀孔庙的历程还须从他名闻于朝开始，如果陈氏毕生默默无闻，老死乡里，也就无从谈起后来的从祀之事。陈献章

〔1〕黎靖德：《论自注书》，《朱子语类》卷105，北京：中华书局，1986年，第2631页。

〔2〕沈佳：《明儒言行录》卷3，周骏富：《明代传记丛刊》，台北：明文书局，1991年，第3册，第448页。

〔3〕陈献章：《与湛民泽》，《陈献章集》卷2，北京：中华书局，1987年，第193页。

〔4〕瞿九思：《孔庙礼乐考》卷5，《续修四库全书》，上海：上海古籍出版社，2002年，史部，第824册，第734页。

名闻于朝，直至从祀孔庙是多种因素综合作用的结果。主要有以下三种因素：第一，陈献章历次受荐举，闻名朝野；第二，请祀诸臣由争论、妥协到默许；第三，陈献章逝世后，众弟子在传、铭等文中，对其师生平、学说多加渲染。

一、陈献章历次受荐举概述

陈献章二十岁时成举人，然此后两次春闱都以失败告终，虽然身中乙科，获得通籍资格，但算不上功成名就。陈献章一举成名，是在成化二年（1466）重游太学时。是年，陈献章迫于流言，接受时为顺德县知县、翰林侍读学士钱溥的建议，复游太学。在国子监读书期间，应祭酒邢让命，陈献章作《太学小试赋》并作律诗一首。一日游山，又受命和杨时《此日不再得》韵，获得邢让“龟山不如”之赞，被宣扬于朝，称为真儒复出。此次太学之行，虽未使陈献章在成化五年（1469）的会试中金榜题名，但却使他声名大噪，“一时缙绅云从景从”[1]。不仅如此，陈献章还收获一大批毕生挚友和弟子，其中最著名者莫若后来称为“翰林四谏”的罗伦、庄昶、章懋、黄仲昭，给事中贺钦更是折节执弟子礼。林俊对陈献章此次所交友人之作用概述为“友一峰而节概明，友定山而诗学更大进”[2]。陈献章名动京师、天下扬名之状况还可以一则笔记作为参考，焦竑《玉堂丛语》、张怡《玉光剑气集》都对此事有载，因两书内容相差无几，以《玉堂丛语》为例。其云：

> 陈公甫自京师还，与族弟同舟，至广东阳江，遇寇，乘小艇御之，尽劫舟人财物而去。公甫居舟尾，呼曰：“我有行李在此，宁取我物耳。”寇曰：“汝为谁？”答曰：“我陈献章也。”寇举手作礼曰：“我小人不知，惊动君子，幸无怪。舟中之人，皆先生友也，忍利其财乎！”悉还于舟，乃去。[3]

自陈献章还家，四方来学者更是络绎不绝，除先前来问学的伍光宇外，“一时从学者如李承箕、林缉熙、张诩、湛甘泉诸公，蜂涌而至”[4]。人人以问学白

[1] 唐伯元：《白沙先生年谱》，《白沙先生文编》，哈佛燕京图书馆藏万历十一年（1583）刻本，第11页a。

[2] 林俊：《祭白沙陈先生》，《见素集》卷26，《景印文渊阁四库全书》，台北：台湾商务印书馆，1986年，集部，1257册，第293页。

[3] 焦竑：《行谊》，《玉堂丛语》卷1，北京：中华书局，1981年，第13－14页。

[4] 张怡：《玉光剑气集》卷13，北京：中华书局，2006年，第514页。

沙为贵，“岭南人游国学者，北士必问曰：‘游白沙先生门否?’以一字一墨为验，而因以轻重其人焉”[1]。不仅如此，地方官甫下车即登门拜访。此时的陈献章可谓门庭若市，张诩如此描述：“南归，杜门却扫，潜心大业。道价响天下，四方学者日益众，往来东西两藩部使以及藩王岛夷宣慰，无不致礼于先生之庐。先生日饮食供宾客，了不知其囊之罄也。自朝至夕，与门人宾友讲学论天下古今事，或至漏下，亹亹不少厌倦，翌旦精神如故，虽少壮者自以为不及也。”[2]

随着陈献章声名鹊起，在朝缙绅大夫亦时时上奏荐章，推举陈氏。成化六年（1470），即陈献章下第的第二年春，翰林院编修陈音便上书荐举：“国家养士百年，求其可用者亦不多得，一二可用者又未尝用。……新会县举人陈献章所学醇正，所养光大。臣愿陛下起秉复为吏部尚书，起伦、元祯复置侍从，征献章寄之台谏，则贤才得用，治效日臻矣。”[3]不过，从批复来看，朝廷尚未予以重视，最终以陈献章为科目铨选之人，非山林隐逸之士，朝廷没有征聘监生的先例而不了了之。此后，在成化十八年（1482）、成化二十三年（1487），陈献章先后被广东布政使彭韶、巡抚都御史朱英、工部主事林沂、巡按直隶御史姜洪、巡按直隶监察御史曹璘等人荐举。从其结果来看，除成化十八年（1482），陈献章前往京师被授予翰林检讨外，其他均以无果收尾。其缘由，可从成化十九年（1483）朝廷的批复一探究竟，批云：“上以其为巡抚等官前后交章共荐，而监生亦有亲老愿回侍养之例，遂特授以翰林院检讨而听其回。献章为人貌谨，愿为诗文，有可取者，然于理学未究也。自领乡荐入太学，务自矜持以沽名，因会试不偶家居海南，不复仕进，一时好事者妄加推尊，目为道学。自是，从而和之，极其赞颂。形诸荐奏者不知其几，以其所居地名白沙，称为白沙先生。虽其乡里前辈素以德行文章自负者亦疑之，谓献章不过如是之人耳，何其标榜者之多也。要之，皆慕其名而不察其实者，及授官称病，不辞朝而沿途拥驺从列，又槊扬扬得志而去，闻者莫不非笑云。”[4]由上可以看出，朝廷无论是对其学说还是为人都予以否定，并对荐举者不明事理、盲从流俗提出了批评。

不难看出，荐举者与朝廷对陈献章的评价明显出现了两极分化。在彭韶眼中，陈献章“心术正大，识见高明，涵养有素，德行坚定，立志愿学于古人，荣

---

〔1〕 焦竑：《企羡》，《玉堂丛语》卷7，北京：中华书局，1981年，第230页。

〔2〕 张诩：《白沙先生行状》，陈献章：《陈献章集》，北京：中华书局，1987年，第870页。

〔3〕《宪宗纯皇帝实录》卷77，成化六年三月条，台北：“中央研究院”历史语言研究所，1967年，第6册，第1490页。

〔4〕《宪宗纯皇帝实录》卷244，成化十九年九月条，台北：“中央研究院”历史语言研究所，1967年，第6册，第4129页。

辱不足以介意，诚高世之儒也。往者，成化五年，应试春闱，偶失甲第，给假回还，杜门养志，沉潜圣贤之书，实窥体要，洞达事物之理，有见精微，才虽未试，行则可保。今年五十余矣，读书践履，愈觉纯熟，孝义著闻，人皆感动”。鉴于此，“臣（彭韶）等自度才德不及献章远甚，犹且叨食厚禄，顾于醇儒，反未见用，非惟臣等之心诚切不安，一恐国家不及收用，坐失惟善之宝也”[1]。彭韶眼中的陈献章与朝廷眼中的陈献章可说是判若两人。不仅彭韶如此看重陈献章，其他官员对陈献章也是礼遇有加。张诩《白沙先生行状》中对官员礼遇陈献章事多有记载，焦竑《玉堂丛语》中亦有相关记载：“壬寅，先生别都御史朱英于苍梧，英预约束参随官，俟先生至，掖之从甬道出入。先生力辞，英叹曰：‘古帝王尊贤之礼，有膝行式车者，况区区乎！’若中贵谒先生庐，至江浒却肩舆，走数百步。庚申，朝廷遣官使交南，交南人购先生字，每一幅易绢数匹。入京师时，经南安，知府张弼仿曹参师盖公礼以待先生。左布政使周孟中甫下车，即谒先生于白沙，欲请先生入省，南面坐，受拜咨问，以风一方，先生辞，不果。贺给事钦执弟子礼，悬先生像于内室，有大事必启焉。进士姜麟以使事使贵州，特取道如白沙，以师礼见先生。出曰：‘吾阅人多矣，如先生者，耳目口鼻，人也，所以视听言动者，殆非人也。’至京师，有问之者，对曰：‘活孟子，活孟子。’”[2]焦竑所载，多据张诩行状所言。张诩为陈氏弟子，难免在回忆其师生平事迹时有渲染的成分，但有些事必有章可循。

荐举者与当局者对陈献章态度的缓和，始于弘治元年（1488）。新皇帝登基，事业百废待兴。尊儒学、崇教化，成为新朝伊始的当务之急。是年四月，南京兵部主事娄性上书，建议皇帝遵太祖、太宗用翰林学士故事及宪宗用经筵日讲事例，“命内阁大臣妙选詹事、翰林、儒臣及行取守制、养病侍讲谢铎、编修张元祯、检讨陈献章等各厚其礼遇，输直君对”[3]。对此，礼部复奏：“陈献章宜令吏部行取备用。”[4]此答复未像先前搬出无征召监生先例予以搪塞，虽是备选，但也算差强人意。同年，朝廷起用贺钦为陕西布政司右参议，此时正丁母忧的贺钦上书提出辞呈，提出四点当前应重点关注之事。其中，荐贤才以辅治道，主要

---

〔1〕 彭韶：《奏为荐举事》，《彭惠安公文集》卷1，中国国家图书馆：《原国立北平图书馆甲库善本丛书》，北京：国家图书馆出版社，2013年，第713册，第8页。

〔2〕 焦竑：《企羡》，《玉堂丛语》卷7，北京：中华书局，1981年，第230页。

〔3〕 《孝宗敬皇帝实录》卷13，弘治元年四月条，台北：“中央研究院”历史语言研究所，1967年，第7册，第293页。

〔4〕 《孝宗敬皇帝实录》卷13，弘治元年四月条，台北：“中央研究院”历史语言研究所，1967年，第7册，第294页。

是为荐举其师陈献章而发。贺氏云："（陈献章）天性高明，学术纯正，非记诵辞章之流，实躬行心得之士，有格君之德，有经史之才，是诚当代之大贤，宜为士夫之矜式。臣在京师，接人多矣，未见有出其右者也。"〔1〕字里行间，充满了对陈献章的赞美。不仅如此，贺氏还对陈献章遭嫉之由作了分析："缘陈献章作止语默，丝毫不苟，而世之乐放纵、恶拘检者多嫉之；陈献章以知而必行为正学，而世之务口耳、尚词章者多嫉之；陈献章安于退处，不求闻达，而世之贪利禄、好奔竞者多嫉之。惟陛下察纳臣言，不为鄙夫俗儒之所迁惑，断自宸衷而决行之，则天下幸甚！"〔2〕读其言，可知贺钦是对污蔑陈献章者的回应，亦是对先前成化十九年（1483）荐章批复的回应，其目的当然是想树立其师的正面形象。

弘治七年（1494），南京监察御史宗彝借地震之灾异上书陈言，荐举陈献章。刑科给事中吴世忠以阙里灾异，言八事，亦建议朝廷征用陈献章等人，"以存前辈之典刑，以销后习之狷薄"〔3〕。吏部复以候听用，显然比先前的言辞有所缓和。不仅如此，陈献章还成为朝廷官员征用人才的范例，如弘治七年（1494），巡抚四川都御史梁璟上书乞照陈献章例，授予成都前卫举人徐衪翰林院职衔或府佐州正名衔。

二、陈献章从祀孔庙之历程

弘治十三年（1500），吴世忠荐陈献章，弘治皇帝采纳其言，然召命未及门，陈献章已卒。结果虽如此，然正如前文指出，朝廷对陈献章的态度已有缓和。随着陈献章的离世，其从祀孔庙事日渐提上议程。嘉靖九年（1530）〔4〕，即陈献章去世三十年后，阳明后学薛侃上《正祀典以敦教化理疏》，建议朝廷祀陆九渊、陈献章于孔庙，以彰教化。从祀陈献章之由，薛氏云：

〔1〕 贺钦：《辞职陈言疏》，《医闾先生集》卷8《奏稿》，辽宁省图书馆藏嘉靖二十三年（1544）刻本，第14页a。

〔2〕 贺钦：《辞职陈言疏》，《医闾先生集》卷8《奏稿》，辽宁省图书馆藏嘉靖二十三年（1544）刻本，第15页。

〔3〕《孝宗敬皇帝实录》卷155，弘治十二年十月条，台北："中央研究院"历史语言研究所，1967年，第7册，第2774页。

〔4〕 薛侃上疏荐举陈献章时间，唐伯元《白沙先生年谱》作正德十四年（1519），而薛侃《中离先生文稿》清抄本疏后落款为"嘉靖九年十月二十四日奉邹"。薛氏言是疏作于奉使山东后，目睹治教之弊而发。按何维柏《中离薛君传》，薛侃出使山东为其师阳明先生逝世后（1529），故此疏应为嘉靖九年。

惟翰林院检讨陈献章博而能约，不离人伦日用，而有鸢飞鱼跃之机，虽无著述，观其答人论学数言，已启圣学之扃钥矣。……仰惟皇上以道化天下，伏乞将献章赐谥从祀，以彰我皇明之盛德，鼓舞人心，当有不疾而速者矣。[1]

是年，陆九渊得以从祀，“白沙以本朝儒臣，俟公论定后再议”[2]告终。即便如此，其意义亦重大，因为按照孔庙从祀制度，“从祀非孔子弟子，则有功于圣门可为后学式者”[3]。显然在薛氏眼中，陈献章已具备了从祀的条件，“体认物理，稽诸圣训，各有头绪来历，如水之有源委也。且能远俗藏修，默回士气。又善淑人成物，则其造诣可知矣”[4]。

此后，陈献章的从祀之路，以万历元年（1573）为界，先后有两次。一次为嘉靖十九年（1540），御史吕光洵疏请从祀，唐伯元载：“先师巾石吕先生曰：‘某为宫直时，议欲将道统正传进之庙堂，系于四配下。’时议祀典者不一，奉旨下吏部议，竟寝。某意谓：‘国朝儒者不乏，若论学有自得，惟先生一人，当与宋二三大儒并崇。因前议不行，姑已之，他日必有知我者。’”[5]徐渭《吕尚书行状》亦记载此事：“又奏河东薛瑄、崇仁吴与弼、新会陈献章三贤者，不宜不在孔子庙庭。”[6]一次为隆庆元年（1567），户科给事中魏时亮举荐薛瑄、陈献章、王守仁从祀孔庙。后来，左都御史郑世威亦乞将薛瑄、陈献章从祀孔庙。疏下礼部议，然都以不果告终，惟隆庆五年（1571），薛瑄诏令从祀孔庙。

陈献章前三次从祀均以失败告终，表面上来看，朝廷以他为本朝人物，俟待议。然联系自成化年间就陆续被人举荐从祀的薛瑄来看，其中的缘由便不难得知一二。薛瑄弘治元年（1488）从祀的失败，是因为杨士奇认为薛瑄无著述（“著述”主要是指“解经文字”）。薛侃在荐举陈献章时特意点出“虽无著述”的话，也就不难理解了。然而，嘉靖九年（1530）陆九渊从祀的成功，似乎又透露出从祀的风向。陆九渊注重心学，与程朱论说多有不合，被程朱后学排挤视为禅。陆氏从祀的成功，在实际操作上为陈献章日后从祀打开了方便之门，因为陈献章亦重视心学，被时人称为近禅。此外，陆九渊少著述。嘉靖十九年（1540），徐阶

〔1〕 陈椰：《薛侃集》，上海：上海古籍出版社，2014年，第169页。

〔2〕 薛侨：《中离公行状》，陈椰：《薛侃集》附录3，上海：上海古籍出版社，2014年，第425页。

〔3〕 薛侃：《正祀典以敦教化理疏》，陈椰：《薛侃集》，上海：上海古籍出版社，2014年，第166页。

〔4〕 薛侃：《正祀典以敦教化理疏》，陈椰：《薛侃集》，上海：上海古籍出版社，2014年，第169页。

〔5〕 唐伯元：《白沙先生年谱》，《白沙先生文编》，哈佛燕京图书馆藏万历十一年（1583）刻本，第11页a。

〔6〕 徐渭：《吕尚书行状》，《徐渭集》，北京：中华书局，1983年，第651页。

在比较陆九渊与马融一进一黜孔庙时说："论践履，马融固不如九渊之正；论著述，九渊实不如马融之多。"〔1〕但徐阶同时指出，汉儒以训诂之末节，造成了似传孔孟之学，而实践踏孔孟之道的假道学。孔孟地位的确立，"乃以其道德高厚，非徒取修经之劳，作书之富也"〔2〕。就从祀标准而言，徐阶显然已不再认同先前的单以著述为主的原则。隆庆五年（1571），薛瑄准予从祀孔庙，进一步确定了徐阶所说标准的动向。无著述的薛瑄最终顺利从祀孔庙，无疑在说明，孔庙从祀，首在道德，而非著述。瞿九思也说："凡诸儒之学，所以学为圣贤，必其学已得正传，可以承受道德，方可列于孔庙，以为圣人之徒。"〔3〕

陆九渊、薛瑄从祀孔庙的成功，为陈献章从祀孔庙扫清了障碍。万历元年（1573），陈献章从祀事再一次被提上议程。从祀事下礼部议，因对王守仁是否值得从祀事，廷议争论不休，此次从祀事只得作罢。然是年七月，事情稍有转机，朝廷下诏，"祀吴与弼、陈献章、胡居仁及元儒吴澄于各乡社"〔4〕。此结果的出现，按唐伯元所说："岂李御史（李颐）因见众议之难同，故姑为是请以有待耶?"〔5〕即此次四人得以从祀各乡社是廷议众论不休的权宜之举。此后，随着众人对王守仁从祀与否的争论，陈献章的从祀问题一直悬而未决。直到万历十二年（1584），从祀孔庙问题白热化，经过廷臣一番博弈，最终同意胡居仁、陈献章、王守仁三人同时从祀孔庙。据《国榷》《四贤从祀》等所载，当时推荐陈献章者主要有侍郎申应乾、尚书舒化、左都御史赵锦、侍郎倪光荐、右通政陈瓒、大理寺卿曾同亨等二十五人〔6〕。不过，此是针对当时与会的四十一人而言，其实，耿定向是年亦草拟疏荐举陈献章和王守仁。从草拟疏内容而言，耿氏主要是为王守仁张本。陈献章从祀之由，耿定向说："其深造自得之趣，坚贞明懿之履，抑可谓醇乎醇者矣。昭代学术知反约而求诸心，不为口耳支离之骛者，实其开先也。

〔1〕 徐阶：《薛文清祀议》，《世经堂集》卷6，《四库全书存目丛书》，济南：齐鲁书社，1997年，集部，第79册，第478页。

〔2〕 徐阶：《薛文清祀议》，《世经堂集》卷6，《四库全书存目丛书》，济南：齐鲁书社，1997年，集部，第79册，第478页。

〔3〕 瞿九思：《孔庙礼乐考》卷5，《续修四库全书》，上海：上海古籍出版社，2002年，史部，第824册，第728页。

〔4〕 《神宗显皇帝实录》卷15，万历元年七月条，台北："中央研究院"历史语言研究所，1967年，第11册，第464页。

〔5〕 唐伯元：《白沙先生年谱》，《白沙先生文编》，哈佛燕京图书馆藏万历十一年（1583）刻本，第11页a。

〔6〕 参见朱鸿林：《阳明从祀典礼的争议和挫折》，《孔庙从祀与乡约》，北京：生活·读书·新知三联书店，2015年，第186页。

或以著述无传，勋业未见少之。然昔宋儒欧阳修谓：‘立德者不必立言，立功者亦自不朽，如颜、闵是矣。’由是以谭献章，是亦可附德行之科。所当与守仁并议者也。”〔1〕耿定向建议万历皇帝先行从祀一直悬而未决的陈、王二人，其他被荐举者如胡居仁等人则从长计议。然而，沈鲤有关廷议的报告却得出了截然相反的结论〔2〕。他说：“至于守仁之学在致良知，献章之学在主静，皆所谓豪杰之士。但与议诸臣，与之者仅十三四，不与者已达十六七，甲乙可否，臣等亦何敢轻议。”〔3〕沈氏虽说不敢轻议，其实下文已迫不及待地根据自己的统计下了断语：“今守仁、献章既不能毫无间言，又一时与议之臣，亦多有耆旧老成直谅多闻之士，而不皆为二臣左袒者，是舆论未协，而事久论定尚非其时也。臣等有感于承叙、应麟之言，故敢请亦缓之，以俟公论之定，而徐议于后，似亦未晚。”〔4〕相较于陈、王二人，在沈氏等人看来，胡居仁才是从祀的最佳人选，沈氏说：“今与议诸臣从祀者，莫不以胡居仁第一。”〔5〕

耿、沈二人之疏可谓是当时廷臣商议从祀事宜的缩影，两种截然相对的态度，实际上是理学内部以胡居仁代表的尊程朱与以陈献章为首的主静、以王守仁为代表的致良知的博弈。据申时行对廷议的总结，他对沈鲤的结论还是有所保留的，他说：“今该部复议，乃请独祀布衣胡居仁，臣等窃以为未尽也。”其结果，便是准予王守仁、陈献章、胡居仁三人同时从祀孔庙。反对陈、王二人者的缘由，申氏亦作了梳理：

> 彼訾诋守仁、献章者，谓其各立门户，必离经叛圣，如佛老庄列之徒而后可。若守仁言致知，出于《大学》，言良知，本于《孟子》；献章主静，沿于宋儒周敦颐、程颢，皆祖述经训，羽翼圣典。岂其自创一门户耶？谓其禅家宗旨，必外伦理，遗世务而后可。今孝友如献章，出处如献章，而谓之禅，可乎？气节如守仁，文章如守仁，功业如守仁，而

〔1〕耿定向：《议从祀疏（甲申左院草）》，《耿定向集》，上海：华东师范大学出版社，2015年，第63－64页。

〔2〕沈鲤报告的缺陷，朱鸿林认为出在沈氏对注明表态者的认定和计算上，详见朱鸿林《阳明从祀典礼的争议和挫折》（北京：生活·读书·新知三联书店，2015年）一文。

〔3〕沈鲤：《议孔庙从祀疏》，《亦玉堂稿》卷1，《景印文渊阁四库全书》，台北：台湾商务印书馆，1986年，集部，1288册，第213页。

〔4〕沈鲤：《议孔庙从祀疏》，《亦玉堂稿》卷1，《景印文渊阁四库全书》，台北：台湾商务印书馆，1986年，集部，1288册，第213－214页。

〔5〕沈鲤：《议孔庙从祀疏》，《亦玉堂稿》卷1，《景印文渊阁四库全书》，台北：台湾商务印书馆，1986年，集部，1288册，第213－214页。

谓之禅，可乎？谓其无功圣门，岂必著述而后为功，圣贤于道，以身发明者比于以言发明，功尤大也。谓其崇王则废朱，不如道周王相发明，并行而不悖。[1]

三人的同祀，并没有获得士大夫的一致同意。反对者，尤其是反对王守仁从祀者亦大有人在，如唐伯元在万历十三年（1585），即陈、王、胡获准从祀的第二年，上书抗议王守仁从祀孔庙。此外，三人虽然获准从祀，然三人的赠谥却迟迟未下，这实际上说明三人的从祀未获昭告天下，只是草草一过。直到万历三十六年（1608），礼部请补三人的谥称，朝廷才于第二年准予三人谥号，陈献章获谥“文恭”。

无论如何，三人获准从祀，在一定程度上反映了明代中后期程朱理学与阳明心学各自发展的态势。陈献章的从祀历程，正如前文所言，见证了明代从祀标准的变迁，由先前的首重著述到后来的首重品德。从祀的成功，一方面，他们成为后世举荐儒士的可资参考的对象，另一方面，他们，尤其是陈献章、胡居仁无疑为朝廷收揽隐逸之士树立了典范。万历十六年（1588），都察院右都御史詹仰庇就上书朝廷，以薛瑄、胡居仁、陈献章、王守仁例，荐举蔡清从祀孔庙。疏下礼部议，只准予赠谥号。万历十九年（1591）八月，林可成上《议从祀孔庙疏》[2]，再次疏请从祀蔡清于孔庙。此外，万历三十三年（1605），朝廷以陈献章事例，授布衣章潢经府训导[3]。崇祯二年（1629），吏部尚书王永光等上书言礼乐之治，建议各省荐举人才，尤其是吴与弼、陈献章那样的隐逸之士，以风教化[4]。

以上仅是就朝廷举荐历程而言，其实在地方，尤其是陈献章故里，地方要员及陈氏弟子亦如火如荼举办各种活动以示纪念，主要有修祠堂，办书院。正德九年（1514），高大和与黄伯望、王叔毅等在邑城建立白沙祠堂，修缮嘉会楼。其始末，林俊《陈先生石斋祠堂记》[5]载：“先生殁一十有四年，内江高君大和以

---

〔1〕《神宗显皇帝实录》卷155，万历十二年十一月条，台北：“中央研究院”历史语言研究所，1967年，第11册，第2867页。

〔2〕朱吾弼：《皇明留台奏议》卷17，《四库全书存目丛书》，济南：齐鲁书社，1997年，史部，第75册，第94－95页。

〔3〕《万历邸钞》万历三十三年十月条，台北：“中央研究院”历史语言研究所，1969年，第1344页。

〔4〕《崇祯长编》卷22，崇祯二年五月条，台北：“中央研究院”历史语言研究所，1967年，第1352页。

〔5〕孙通海点校《陈献章集》附录有林俊《祭白沙祠文》，此文作于正德元年（1506），按此文，则白沙祠在正德元年（1506）已建成，然按林俊《邑城白沙祠牌记》及张诩《邑城白沙先生祠祭田记》所载，白沙祠首建于正德九年（1515）。此外，文渊阁四库全书本林俊《见素集》卷26《祭白沙祠文》作《祭白沙陈先生》。依此而言，祠当建于正德九年（1515）。

名御史来按部，恻然曰：‘大贤君子，身之所生，政之所临，与凡过化之乡，莫不有祠，表先民，崇道化也。先生白沙之祠，顾独无立，非旷典，亦非吾人责欤？’谋之大参黄君伯望、佥宪王君，为立祠堂。”[1]嘉靖二十七年（1548），黄如桂等人拜谒白沙祠堂，因不满祠堂规制，命通判王辂、知县王腾蛟负责改建事宜，祠于第二年三月竣工。万历九年（1581），何维柏泛舟江门，见祠堂残破，在制府刘尧诲资助下，重新旧祠。至万历十一年（1583），先后增建碧玉楼、贞节堂、春阳台。白沙书院首建于嘉靖十年（1531），吴麟出按广东采纳诸生邓德昌、费炳建议，以崇报寺旧址创而新之，建为白沙书院。陈氏弟子湛若水在《粤秀山白沙书院记》中详叙其始末。书院建成后，湛氏曾作《白沙书院讲章》。值得一提的是，其中为白沙祠出力最多者，非湛若水莫属，其毕生以讲学、建书院见称，“平生足迹所至，必建书院以祀白沙”[2]，除衡岳白沙祠，湛氏在樵山云谷书院、太原甘泉书院、增城明诚书院等书院都建有白沙之祠。

无论是修建祠堂，还是建白沙书院，其目的有二：一在于地方官借陈献章之事迹来风教化。陈氏弟子张诩《邑城白沙先生祠祭田记》就说：“甚矣，按治高公之为治之识大体也。西巡至新会县，首命有司创白沙先生祠，次修嘉会楼，以倡吾道，表先哲，栽培国脉，驱岭海之民而风动之为世道计也。”[3]湛若水《粤秀山白沙书院记》亦记吴麟之语，以道其修书院之目的：“其明年二月十九日，莅广阅阙。九月，刑狱既理，乃修教化。遂用诸生邓德昌、费炳言，召多士咸造于庭，曰：‘凡教化之事，有征信而易从者，莫若乡先生。乡先生白沙陈公者，为我明正学之宗。天下后世犹将诵其诗、读其书而尚论之者，而况其乡里流风余韵尚存，后生耳闻目睹而亲之者乎？’”一在于阐述陈献章学说，湛若水说白沙书院实迩濂溪书院。在书院内，濂溪上右，白沙下左，以示“白沙之学出于濂溪也”[4]。

---

〔1〕 林俊：《见素集》卷10，《景印文渊阁四库全书》，台北：台湾商务印书馆，1986年，集部，1257册，第115页。

〔2〕 黄宗羲：《甘泉学案一》，《明儒学案》卷37，北京：中华书局，1985年，第875页。

〔3〕 张诩：《东所先生文集》卷5，《四库全书存目丛书》，济南：齐鲁书社，1997年，集部，第43册，第396页。

〔4〕 湛若水：《粤秀山白沙书院记》，陈献章：《陈献章集》，北京：中华书局，1987年，第940页。此外湛氏弟子所记《天关语录》亦载：“白沙先生于诸儒中最信濂溪无欲一章，常语以示学者诗云：‘无极老翁无欲教，一番拈动一番新。’”湛若水：《湛甘泉先生文集》卷15，国家图书馆藏万历七年（1579）刻本，第15页a。

三、从祀前后的传记书写、文集出版情况

立志为圣贤是每一位儒士毕生奋斗之目标，而从祀孔庙是这一目标的最好诠释。截至1919年，从祀孔庙者四配、十二哲、东西庑先贤先儒共有172人，入祀孔庙的概率可想而知。能从祀者，在世人眼中自然非同一般。陈献章去世后，针对陈氏弟子所撰碑传墓铭，董遵在给陈献章弟子林光信中曾谈及自己的印象："白沙先生作古，吾道可伤。但状者铭者语或涉于偏高、浮空之弊，恐累白沙之高明，且将起天下后世之疑似。惟先生实白沙老友，深得白沙之渊源，一言发白沙之精蕴，以垂世范俗，幸早图之。"〔1〕或许是缘于此，林光在给张诩的信中，一一针对墓表、赞辞等文中的失实文字作了诘问。这些文字主要涉及陈献章地位的界定、生卒时的特异之象等方面。

传记，讲求实录，然自古难有秉持者。张诩等陈氏弟子在其师的传记中多用溢美之词，从情感而言，无可厚非，何况陈献章生前已被称为"活孟子"。就他们的目的而言，无非是回应当时的种种质疑，而一些类似神话的记载，无疑能够起到暂时消解质疑的作用。伟人面貌的异相或生、卒的异象，在典籍中屡见不鲜。前者如虞舜重瞳，刘备双手过膝。至于出生异象，更是历代帝王的共同特征。如刘邦母梦与神遇、太公视乃蛟龙，唐太宗生时有二龙戏于门外三日乃去，等等。林光给张诩信中言："'右脸有七黑子如北斗'，此朱子相也。若云白沙亦有，何吾辈之未见也。"〔2〕白沙脸未有七子，林光等未见，那么朱子脸有七子，林氏又何曾见过？如此而言，林光实未明白张诩等人的醉翁之意。正如柯文在《被神话化的过去》中所言："他们的目的不在于扩大或加深这种理解，而是要使之为政治、意识形态、自我修饰和情感等方面的现实需要服务。"〔3〕

陈献章形象被神话，我们可从其出生、去世时的异象记载略窥一二。"神话的一种常见形式是修改自己的生平经历"〔4〕，陈氏出生时的异象，张诩《白沙先生行状》云：

---

〔1〕 董遵：《寄林南川先生书》，林光：《南川冰蘖全集》卷末，北京：中国文史出版社，2004年，第459页。

〔2〕 林光：《与张廷实主事书》，《南川冰蘖全集》卷5，北京：中国文史出版社，2004年，第156页。

〔3〕 柯文：《被神话化的过去》，《历史三调：作为事件、经历和神话的义和团》，北京：社会科学文献出版社，2015年，第232页。

〔4〕 柯文：《被神话化的过去》，《历史三调：作为事件、经历和神话的义和团》，北京：社会科学文献出版社，2015年，第235页。

先是，有望气者言："黄云紫水之间当有异人生。"黄云紫水者，新会之山川也。又有占象者言："中星见浙闽，分视古河洛。百粤为邹鲁，符昔贤所说。"及先生生身长八尺，目光如星，左脸[1]有七黑子如北斗状。[2]

《皇明献实》《明贤蒙正录》等记为陈氏之母梦白龙入室：

陈献章字公甫，广东新会人也。身长八尺，目光如星，右脸有七黑子，生之前夕，太夫人梦白龙入室，其光如昼。[3]

陈献章去世时的异象，张诩云：

殁之日，顶出白气贯天，勃勃如蒸，竟日乃息。前一夕五鼓，邻人闻车马骈阗，异之，急出，见一人若王者状，仪节甚都，出先生庐而去，以为大官至，及旦询之，无有也。[4]

明代的从祀要求，由首重著述，逐渐转为首在道德。在有明一代史料杂记中，有关陈献章品德的事迹亦多有记载。这些事迹，重在突显陈氏品行之高。这些品格主要包含以下四个方面：

一是安贫。唐伯元《白沙遗事》、张萱《西园闻见录》载陈献章初年甚贫，尝贷于乡人，但仍婉拒都御史邓廷瓒月一石的供给，亦不接受佥事陶鲁所赠送的咸田及行人左廷弼受老师之托赠送的白金。

二是重友轻财。如湖广都御史谢绶赠送陈献章一精美寿木，一日，知友人陈某卒，且遗言想得到他那样的寿木，陈献章便慷慨相赠。画家林良赠陈献章画作一幅作为寿礼，恰惠州同知某见而爱之，陈献章亦毫不吝惜，慷慨相送。都御史朱英卒，陈献章派子代己前往吊唁。其他如彭韶、罗伦、袁道等去世时，陈献章皆设位哭之。

三是孝悌。陈献章事其母朝夕不离左右。在外，母每念，陈献章皆有感应。

四是宽宏大量。陈献章少时，邻人有侵占其田者，扬言见陈必侮辱他。二人见面，陈献章示以谦让之态，令邻人大惭。然陈氏并非无底线的一味让步，当有人盗葬其祖墓时，陈献章厉声喝止，并警告盗葬者限期整改，不然诉诸官府。

---

〔1〕 按：《皇明书列传》《明名臣言行录》《圣朝名世考》《皇明献实》作右脸。

〔2〕 张诩：《白沙先生行状》，陈献章：《陈献章集》，北京：中华书局，1987年，第868页。

〔3〕 袁帙：《皇明献实》卷30，周骏富：《明代传记丛刊》，台北：明文书局，1991年，第30册，第306页。

〔4〕 张诩：《白沙先生行状》，陈献章：《陈献章集》，北京：中华书局，1987年，第872页。

这些遗事的传布与记载，相较于颇具神话色彩的传记叙述，更加具有真实性，也易于被大众接受。无疑，它们在现实的层面上进一步丰满了陈献章的形象，为其正面形象的树立起着积极的宣传作用。这些事迹，从其源头而言，大都起于民间流传，而后才被记录于书籍。

对传统的知识分子而言，认识陈献章，则还须从文集的阅读入手。薛瑄从祀孔庙时，其最初的阻力来自无著述，陈献章早期从祀孔庙的失败，很大程度上也来源于此。杨起元在《白沙先生全集序》中曾言及万历十二年（1584）间，陈献章集的流传之少。他说："盖是集之不行久矣。甲申、乙酉之间，议先生从祀，缙绅士大夫多不识先生之学谓何，赖大中丞赵麟阳先生携先生遗书在署，速梓而出之，观者始心服，而议遂定。"〔1〕故而，陈献章文集的刊刻在其从祀孔庙一事上亦是不可忽略的环节。

全集能够使读者对著者作全面的了解，而选集则在一定程度上为编选者服务，旨在引导读者朝着编选者所预想的著者形象靠拢。陈献章文集的选本，主要有湛若水《白沙先生诗教解》、唐伯元《白沙先生文编》、魏时亮《大儒学粹》、徐用检《三先生类要》、周谦山《新刻国朝白沙陈先生诗选》。以湛若水《白沙先生诗教解》及魏时亮《大儒学粹》为例，二书一刊刻于陈献章从祀孔庙前，一刊刻于从祀孔庙后。通过二者的比对，我们可以更清晰地了解文集刊刻在从祀中所起的作用，以及从祀前后编选者态度的微妙变化。

《白沙先生诗教解》原名《白沙子古诗教解》，初编于正德十六年（1521），嘉靖四年（1525）湛若水加以修订，改为《白沙先生诗教解》。是书编辑目的，湛若水在正德十六年（1521）《诗教解原序》中言：

> 夫白沙诗教何为者也，言乎其以诗为教者也。何言乎教也？教也者，著作之谓也。白沙先生无著作也，著作之意，寓于诗也。……若夫近体之作之妙者多矣，系于文集，吾未之采焉耳。何以未之采也，明先生之著作，以别于后之诗流尔也。〔2〕

湛氏所言无非是说，陈献章学说都寓之于诗，诗歌即为陈献章的"著作"，这自然与通常的诗歌作品不同。既然诗歌为陈献章的著作，那么陈献章作诗的目的在于诗教。湛氏目的一方面在于解说陈献章诗歌的主旨，回应种种质疑陈献章

〔1〕 杨起元：《续刻杨复所先生家藏文集》卷2，《四库全书存目丛书》，济南：齐鲁书社，1997年，集部，第167册，第224－225页。

〔2〕 湛若水：《白沙子古诗教解》，哈佛燕京图书馆藏乾隆三十六年（1771）碧玉楼刻本。

学说者；另一方面在于宣扬陈献章有著作，只不过寓于诗罢了，回应弘治以来从祀孔庙者须有著作这一要求，为陈献章从祀孔庙减阻力。

魏时亮曾于隆庆元年（1567）上书建议从祀陈献章、王守仁于孔庙。由此来看，其选陈献章文的初衷一目了然。《大儒学粹》刊刻于万历十六年（1588），即陈献章从祀孔庙四年后，选录周敦颐、程颢、程颐、张载、朱熹、陆九渊、薛瑄、陈献章、王守仁九人。九人中朱熹为孔庙十二哲之一，其他八人为从祀孔庙的先儒先贤。魏时亮编选九人之文辑为文萃，意在树立一种“正统”观，陈献章的入选，无疑是在确立陈氏学说的正统性。诚如周宷所言：“国朝敬轩、白沙、阳明三先生方药虽殊，脉诀无二，文籍稍异，心印则一。”〔1〕

“孔庙从祀，非寻常事。”〔2〕这注定了从祀者由荐举到从祀成功，是一个漫长而充满变数的过程。陈献章的从祀成功，历经五十多年，透过这半个多世纪的风雨从祀路，可以看见有明一代从祀标准的变迁，由首重著述到首重道德；也了解到上至朝廷，下至师门弟子为从祀事所作的种种努力，包括文集的出版、人物形象的塑造等。从祀的成功，等于官方对其学说、品德的认可，这又反过来影响从祀者文集的传播、形象的再塑造，为后世树立一典范。

〔1〕 周宷：《大儒粹编序》，魏时亮：《大儒学粹》，《四库全书存目丛书》，济南：齐鲁书社，1997年，子部，第11册。

〔2〕 钱大昕：《潜研堂集》卷19，上海：上海古籍出版社，1989年，第322页。

第二章

陈献章诗文集版本考

陈献章作为明代理学史上承上启下的人物，其诗文集的整理自其生前就已开始，现存最早版本为弘治九年（1496）吴廷举刻本，题为《白沙先生诗近稿》十卷（以下简称吴本）。而后，陈献章诗文集多有刊刻，据各版本间的源流关系，大致可分为五个版本系统。

各版本系统之间，优劣互存。就诗文的收集完备来说，后刻本明显多于早期刻本，其中最完备者为乾隆三十六年（1771）碧玉楼刊刻的《白沙子全集》（简称碧玉楼刻本）。相比于其他四个版本系统，天启元年（1621）王安舜序刻的《白沙先生全集》（简称王安舜序刻本）特点有二：一是收录了大量其他版本未见的诗作；二是收录诗作存在许多误收、重收之作。其价值一在于提供陈献章大量诗文的佚文。这些佚文不仅其他四个版本系统未收录，即便当下最完备的以何九畴刻本为底本，广泛参考其他诸版本的中华书局版《陈献章集》亦未收录。二在于这些误收、重收的佚文，可以重新审视《陈献章集》文本来源的可靠性。因为即便五个版本系统共录的诗文中，亦有部分篇章为误收、重收之作。

陈献章一生诗作颇多，诗文散佚在所难免，唐伯元在《与张廷实》文末作批注说："旧集有张序，乃张编刻者，故其书独多，其答他门人者十不存一二，惜哉！"[1]除全集外，陈献章诗文集尚有几种选本存世，主要有湛若水《白沙先生诗教解》、唐伯元《白沙先生文编》、明万历十二年（1584）袁奎刻《白沙先生遗诗补集》、周谦山选《新刻国朝白沙陈先生诗选》、日本桑原忱选《陈白沙文抄》，另魏时亮《大儒学粹》、范鄗鼎《广理学备考》、谷际岐《历代大儒诗抄》、罗学鹏《广东文献初集》、南岳图书馆编《陈湛二先生南岳诗文》等亦收录有白沙诗文。

以上选集中以湛若水《白沙先生诗教解》及唐伯元《白沙先生文编》最有特色，除提供部分佚文外，二书的最大特色则在于显示了陈献章诗文的接受状况。本书第五章将予以介绍，本章从略。

〔1〕唐伯元：《白沙先生文编》卷5，哈佛燕京图书馆藏万历十一年（1583）刻本，第12页a。

第一节　陈献章诗文集版本源流考

陈献章诗文集的整理，最早可追溯到陈献章生前，主要有两次，一题作《白沙先生诗近稿》，一题作《石翁净稿》。《白沙先生诗近稿》刻于弘治九年（1496），吴廷举刻，陈献章门人李承箕序。此集收录自成化甲辰（1484）至弘治乙卯（1495）期间的诗歌608篇，按年编排，每一年份诗歌为一卷，计十卷。《石翁净稿》已佚，刊刻具体年代不详。陈献章弟子林光弘治十一年（1498）至十二年（1499）间给陆克潜的信中曾说："向在家，见顺德吴尹刻白沙、定山诗，到京，又见剡城刻石斋净稿[1]四本，京师争传。"[2]另，高儒《百川书志》载："《石翁净稿》七卷，翰林检讨番禺陈献章著，起成化甲午至弘治辛亥，十八年之作也。"[3]由此可知，《石翁净稿》刊刻时间应不晚于或早于《白沙先生诗近稿》。《石翁净稿》共七卷，收录陈献章成化十年（1474）至弘治四年（1491）作品。陈献章逝世于弘治十三年（1500），故二书所收为陈献章晚期作品。此后陈献章诗文付梓多次，按时间顺序，其以全集形式流传者，主要有弘治十八年（1505）罗侨刻本、正德三年（1508）林齐刻本、嘉靖十二年（1533）高简与卞崍刻本、嘉靖三十年（1551）萧世延刻本、万历元年（1573）何子明刻本、万历三十二年（1604）许钦顺刻本、万历四十年（1612）何熊祥刻本、天启元年（1621）王安舜序刻本、顺治十二年（1655）黄之正刻本、康熙四十九年（1710）何九畴刻本、乾隆三十六年（1771）碧玉楼刻本[4]。各版本间源流关系，总体而言，可分为五个版本系统。

---

〔1〕按：当为石翁净稿。

〔2〕林光：《与陆克潜大尹》，《南川冰蘖全集》卷5，北京：中国文史出版社，2004年，第149页。

〔3〕高儒：《百川书志》卷16，上海：上海古籍出版社，2005年，第236页。

〔4〕按：据湛若水《滦州刻白沙先生全集序》，刘体元（滦州）在嘉靖十二年左右亦刻有《白沙先生全集》，高简《论白沙子》亦云："门人高简曰：'吾师甘泉先生过维扬，谓滦州亦刻是集。'"此集不知存世与否，且存疑。

一、罗侨刻本系统

陈献章去世五年后，时为新会县知县的罗侨鉴于陈氏对岭南士风转变之功，组织陈氏门人容一之搜集其师诗文，按类分卷，类下篇章多者，分为二卷，篇章少者合为一卷，计二十卷，题名《白沙先生全集》。然是集始成，因罗侨他迁，文集的校正工作暂时搁浅。两年后，即正德三年（1508），林齐受张诩之托，对罗侨刻本的篇简失序、字义错讹之处重加订正，使此本得以改善。至嘉靖三十年（1551），时任侍御的萧世延以林齐本为基础，加入“七言绝句补遗”“五言律诗补遗”“七言律诗补遗”三个部分，合为补遗一卷，计二十一卷。万历元年（1573），据胡直所作《刻白沙先生文集序》载，“予寮佥宪何君（按：何子明）重刻先生文以传”[1]。万历三十二年（1604），许钦顺又以萧世延刻本为底本，再次翻刻。何子明刻本及许钦顺刻本的版式、文字，一依萧世延刻本。现存罗侨刻本系统主要包括林齐刻本、萧世延刻本、何子明刻本及许钦顺刻本。

林齐刻本，计二十卷，现存两种版式。一为半页九行十八字本，四周双边，双鱼尾，大黑口，版心为书名、卷数、页数（两鱼尾之间：白沙全集、卷一、一）。现藏中国国家图书馆，存九卷，前八卷为完帙，第九卷为残余篇章汇集及附录，有论三首、跋二首、四言诗四首、五言古诗二首、六言诗二首、七言古诗二首、五律二首、七律二首、五绝五首、七绝四首。附录为《寿陈先生六十一诗序》，赠白沙先生诗，贞节堂、碧玉楼、嘉会楼等赠答诗。一为半页十行二十一字本，四周双边，白口，双鱼尾，版心为书名、卷数、页数（白沙全集、三卷、十六），目录部分卷数前镌有菱花图案。此为足本，卷端有张诩序，卷末有罗侨书及林齐识。

萧世延刻本是在林齐刻本基础上增补而成，其增补内容一在卷二十一“补遗”，一在具体体裁下按类附加。增补篇目具体如下：古选《和龟山此日不再得韵》；七绝《题熊氏桐轩》；五律《山行追次伍半山韵》《怀古追次伍半山韵》《许子骏田海宴其姻家谭秋江索诗赠之》《罗以文将赴试南宫过白沙话别赠之》《过伍光宇故居》；古风歌行《与黄叔仁题心泉》。此外，在版式上萧世延本亦有变动，其版式为：四周单边，单鱼尾，白口，半页九行二十字。版心为书名、卷数、页码（白沙全集、卷十、一百九）。除了篇章的增加及版式不同外，萧世延刻本在题名及各卷篇章编次上，一依林齐刻本。

---

〔1〕 胡直：《刻白沙先生文集序》，陈献章：《白沙先生全集》，国家图书馆藏万历元年（1573）何子明刻本。

二、高简、卞崃刻本系统

嘉靖十二年（1533），即林齐刻本面世二十多年后，高简、卞崃又将陈氏诗文重新编排，题名《白沙子》，分八卷付之枣梨。在八卷本基础上，万历四十年（1612），何熊祥又增加各诗补遗及附录，合为一卷，计九卷。顺治十二年（1655），黄之正又翻刻何熊祥刻本。何熊祥刻本、黄之正刻本除字体不同及所附录行状、墓志铭、表、送赠诗文位置稍异外，正文版刻情况一致，都为半页九行十八字，白口，四周单边，单黑鱼尾，版心上刻书名，鱼尾下刻卷次，卷端不题撰人名氏。

何熊祥刻本、黄之正刻本虽系高简、卞崃刻本八卷基础上增补一卷而成，然两者在前八卷上亦有明显的改动。主要表现在以下三个方面：

一是篇章位置变动。位置变动篇章主要是高简、卞崃刻本刻版之后新增补的内容。这些补版页码标为“又××”，以别于既有页码。在何熊祥刻本、黄之正刻本中，新增加的篇章，或移至所在卷卷末，或移至卷九补遗。如高简、卞崃刻本卷二《遗言湛民泽》页码为“又四二”“又四三”“又四四”，在何熊祥刻本、黄之正刻本中移至卷二卷末；再如高简、卞崃刻本卷五“又九二”“又九三”两页，除《玉枕山》《江浦有白马庵曾寓处》外，在何熊祥刻本、黄之正刻本中都归入卷九“七言绝句补遗”。

二是卷次起始稍异。高简、卞崃刻本卷七结束于《次韵张廷实舟中写兴》，何熊祥刻本、黄之正刻本则将原位于高简、卞崃刻本卷八中的《近升宪副翁公以占城国主自海南来省过白沙索和李黄门诸公韵》移至《候缉熙》诗后作结。高简、卞崃刻本卷七的《寄张兼素》《缉熙至用寄兼素先生韵写怀》《次韵张廷实舟中写兴》则被放到卷八，顺序略有调整。

三是篇章收录及诗文注释各有增减。高简、卞崃刻本收录，何熊祥刻本、黄之正刻本漏收的篇目有：五绝《乞荔枝》；七绝《赠李若虚宪副》《次韵李宪副若虚见忆》《寄廷实》《别后膝痛甚于前日本无诗悰独念吾与廷实不可无言以别故及之》《与王知县》《挽刘先生显仁》《次韵答丘侍御》《过罗一峰墓》《东白先生借予藤蓑不还戏之》《得廷实书》《夜行》《杂咏》；五律《送刘方伯东山先生》《送梁国镇》《喜康沛至》；七律《李宪副若虚枉顾白沙别后赋此》、《小酌次韵》[1]、

〔1〕 按：高简、卞崃刻本录二首，何本、黄本录一首。

《诗罢忆世卿廷实用前寄景旸韵》；古风歌行《与黄叔仁题心泉》《惠州叶从事忽于江门垂钓得二尾鱼送山厨作馔戏赠之因怀旧钓伴张主事廷实》。高简、卞崃刻本《阅光宇传》题下有注曰：光风艇寻乐斋白沙读书所今废。光宇长于予，病齁，每疾作，使一童倚背拉之便起，衣冠坐习，静忘其病也。

何熊祥刻本、黄之正刻本增加篇章，除却卷九补遗外，每卷间或有新增篇目及注释。“序”增加《关西丁氏族谱序》《汤氏族谱序》二篇；“七绝”增加《读定山集》、《寄张主事》、《赠邹汝愚吏目时馆壮哉亭》、《题伍氏双喜图》、《读韦诗》[1]、《弘治己酉春姜仁夫进士……故吾诗两及之》[2]八首；“七律”增加《嘉会楼上梁和顾别驾》《九日和朱子韵示陈冕》《答马龙惠笔》《示诸生》《陈秉常雨中看柳》五首；“四言”增加《与民泽》一首。增加注释：《衡山和李子长见怀欲过江门》诗“酒逢菊月何人送”下注曰：“子长八月五日书至江门与重阳尚隔一月，已言菊月者，识喜也。诗人兴到落笔颇多不实，如此云。”

刻于嘉靖三十年（1551）的萧世延刻本是在弘治十八年（1505）罗侨刻本、正德三年（1508）林齐刻本基础上增加补遗一卷而成，属于罗侨刻本系统。付梓于万历四十年（1612）的何熊祥刻本是在嘉靖十二年（1533）高简、卞崃刻本基础上补遗而成，属于高简、卞崃刻本系统。两个版本系统相比，相异之处主要在以下两个方面：

一是辑录陈献章诗文数量不同。两个版本系统比较而言，罗侨刻本系统在数量上远多于高简、卞崃刻本系统。“序”，罗侨刻本系统的萧世延刻本收录二十三首，高简、卞崃刻本系统的何熊祥刻本收录二十首；“记”，罗侨刻本系统的萧世延刻本收录二十四首，高简、卞崃刻本系统的何熊祥刻本收录二十二首；“书简”，罗侨刻本系统的萧世延刻本收录二百九十九首，高简、卞崃刻本系统的何熊祥刻本收录二百四十五首；“题跋”，罗侨刻本系统的萧世延刻本收录三十五首，高简、卞崃刻本系统的何熊祥刻本收录三十二首。

二是在文本上，相比高简、卞崃刻本系统，罗侨刻本系统在某些篇章上加有注释。这些注释有的为事件的交代，如《乞终养疏》《谢恩疏》行文最后有“为此具本，令侄男陈景行抱赍谨具奏闻”十六字。有的为文章写作时间的交代，如《书思德亭碑后》文末有“四月五日，白沙陈某识”，再如《书莲塘书屋册后》文末有“成化辛卯冬十月朔旦，古冈陈某敬识”。有的为文末作者的题识，类似于签名，如《慈元庙记》文末有“南海病夫陈献章识”。有的为成文背景的交代，

---

〔1〕 按：增一首。

〔2〕 按：增三首。

如《庚子岁九月中于西田获早稻》诗末有小注云："西涯先生尝读此篇，曰第四句不类。盖予尝自疑者。今不欲改之，以见西涯之不苟也。"又如《题林府尊寿家慈书后》后注云："书中晨字误笔，今易之。汉郎中令石建，万石君之子也。迁史《万君传》及称建谨慎之至。以方吾太守公，盖未知孰贤也。跋以是诗。"有的为写作对象的简介，如《与李岩用前韵》，题目下注云："世卿仲子。"诸如此类的注释，特别是交代文章写作时间及背景的小注，不仅有助于读者更好地把握陈氏思想，且对陈氏诗文的编年及行年的考证提供重要史料。

三、王安舜序刻本

王安舜序刻本刻于天启元年（1621），题作《白沙先生全集》。据王安舜《重刻白沙先生全集序》所载，是本乃"并湛、杨两公所刻，而益之全"，"湛"指湛若水，"杨"当为卷首所载序《重刻白沙先生全集》的作者杨起元。天启元年（1621）之前，陈献章诗文集载有湛序的版本有嘉靖十二年（1533）的高简、卞崃刻本和嘉靖三十年（1551）的萧世延刻本，据高简、卞崃刻本卷首《论白沙子》一文所附高简语："先生既手校付之，而因序焉"，又据王安舜序刻本继承高简、卞崃刻本首出的小注，如《阅光宇传》题下小注，可知王安舜序刻本所据湛本当为高简、卞崃刻本[1]。而杨序本，按序中所言，也是几经周折。一为李焘志倡议，高为表校勘，完板四百二十五片。一为甲申、乙酉间，朝廷商议陈献章从祀孔庙事宜，鉴于陈献章著作不为人熟知，时为大中丞的赵麟阳将白沙集再次付梓。因杨本现无从考证，故只能通过王安舜序刻本与高简、卞崃刻本的对比窥其大概。

王安舜序刻本曾经过一次增修，增加内容主要为附录的《白沙先生诗教解》由八卷增加为十五卷。其他如版本信息、卷端题字等大都保持一致[2]。王安舜序刻本版式为：左右双边，半页九行十九字，单鱼尾，白口，版心为书名"白沙诗教解"（鱼尾上）、卷数（鱼尾下）页数。相比高简、卞崃刻本，王安舜序刻本的变动主要体现在以下两个方面：

一是顺序的变更。既包括各文体体裁的顺序，亦包括各体裁下篇章顺序。如

---

〔1〕 具体还可参见表2-4所列诗题异同对照情况。

〔2〕 孙通海点校《陈献章集》中著录王安舜序刻本系统为九卷本，不知此本庋藏何处。但孙云在诗文校勘记中无一处提及王安舜序刻本，不知何因。此外，诗教解部分，据其九卷本所出校记，亦与本书所述王安舜序刻本出入较大。

王安舜序刻本将律诗置于绝句之前。体裁变动最大者主要是书简、七绝、五律、七律。其缘由，或是缘于这几种体裁下王安舜序刻本所增篇目颇多，便将高简、卞崃刻本篇章顺序打乱。然就其余变更较小的体裁而言，王安舜序刻本各篇章的顺序，或依据高简、卞崃刻本系统，或依据罗侨刻本系统。

二是篇目的增加。

表 2－1　王安舜序刻本与高简、卞崃刻本相比增加篇目

体裁	序	记	书简	赋	题跋	五绝	六言	七绝	五律	七律
数量	5	2	71	1	2	7	3	231	53	147

注：数量按篇题计，一题下有数篇者，按一篇计。

从表 2－1 可知，王安舜序刻本通过对高简、卞崃刻本系统与杨起元序刻本的吸收，使得白沙集的各体裁的数量大为增加。但王安舜序刻本并非完璧，王安舜在序中就说："然以余所习闻，父老所传诵，尚多未备"[1]。以五言古诗为例，王安舜序刻本收诗数量比高简、卞崃刻本系统少七十题。除五古外，见于高简、卞崃刻本而王安舜序刻本未收者，铭有一篇，五绝有十首，五律有一首，七绝有八首。

四、何九畴刻本

康熙四十九年（1710），何九畴鉴于《陈献章集》"远板浸磨灭"及"真迹篇什有未载于原集者"，故倾力搜访，补得原书未有者补而刻之。所据底本，何氏在序中亦有介绍："先高王父、封冢宰泰宇公，继邑宰罗侯侨而再刻者也。"故知，何九畴是在何熊祥九卷本基础上增补而成，他所增补的序四首、记二首、题跋一首、书百有五十八首、各体诗共五十五首也基本符合何熊祥刻本的特征。何九畴增补本对何熊祥本的变更，除却卷次的不同外，还有以下三个方面：

一是重新归类篇章的体裁。如《论前辈言铢视轩冕尘视金玉》《安土敦乎仁》《无后》《仁术》四篇在何熊祥刻本中作为"补遗"置于卷一。何九畴将四篇析出，连同何熊祥本中属于题跋类的《论诗不易》，合为一类，名之为"论"。何九畴又将何熊祥本的题跋分为题跋、杂著两部分，并将"说"下的《批答张廷实诗

〔1〕 王安舜：《重刻白沙先生全集序》，陈献章：《白沙先生全集》，沈乃文：《明别集丛刊》第 1 辑，合肥：黄山书社，2013 年，第 52 册，第 170 页。

笺》归入“题跋”，将原属于题跋的《与容珪帖》归入书简。

二是变更各体裁在文集中的前后排序。何熊祥刻本各类体裁的先后顺序为奏疏、叙、记、书简、墓志铭表、祭文、赋、赞、铭、启、说、传状、题跋、古选、五绝、六绝、七绝、五律、七律、四言、五排、七排、古风歌行。而何九畴刻本前三卷主要是奏疏、序、记、论、说、题跋、杂著、赞、铭、墓志铭、墓表、传、行状、祭文、书、启，后三卷为赋、四言诗、五古、七古、五律、七律、五排、七排、五绝、七绝。前后三卷的对比易看出何九畴更注重文、诗之别。

三是变更诗题。何九畴刻本将罗侨刻本系统及王安舜序刻本题为《绝句》的诗歌一律改为《偶成》《漫兴》。

五、碧玉楼刻本

乾隆三十六年（1771），即何九畴刊刻白沙子集六十余年后，陈氏后人鉴于何九畴刻本的残缺，出家藏旧稿，请列宪鉴定，学宪翁充详加考订，并嘱托谢廷知加以督导，数月后以《白沙子全集》为题由碧玉楼书坊予以付梓。因此次重刻是鉴于何九畴刻本的残缺而起，故谢廷知在后序中谈及此刻本与何九畴本的区别。据其序中所言，其区别主要体现在四个方面：第一，奏疏内圣旨钦差字样不抬头、不空格；第二，有异文者，以家藏本为主，不擅自改动；第三，家藏本有衍文者，亦不据何九畴本加以删削；第四，各体裁先后次序，一依家藏旧稿所载。此虽为谢氏后序，但颇似出版凡例。四条凡例除第一条为时代因素造就外，后三条则体现了谢氏严谨的校勘态度。然就第四条而言，谢氏实参照并吸收了何九畴刻本的成果。

表2-2 陈献章诗文集各版本系统与目次

版本系统	目次
罗侨刻本系统	奏疏、序、记、论、书简、墓志铭、祭文、赋、赞、铭、启、说、题跋、古选、五绝、六绝、七绝、五律、七律、四言、五排、七排、古风
高简、卞崃刻本系统	奏疏、序、记、论、书简、墓志铭表、祭文、赋、赞、铭、启、说、传状、题跋、古选、五绝、六绝、七绝、五律、五言六句、七律、四言、五排、七排、古风歌行

续上表

版本系统	目次
王安舜序刻本	奏疏、序、记、论、书简、墓志铭、墓表、祭文、赋、铭、启、说、行状、题跋、五古、七古、五律、五排、七律、七排、五绝、六绝、七绝
何九畴刻本	奏疏、序、记、论、说、题跋、杂著、赞、铭、墓志铭、墓表、传、行状、祭文、书、启、赋、四言诗、五古、七古、五律、七律、五排、七排、五绝、七绝
碧玉楼刻本	奏疏、序、记、论、说、题跋、杂著、赋、赞、铭、启、书、传、行状、祭文、墓志铭、墓表、四言诗、五古、七古、长短歌行、五律、七律、五排、七排、五绝、六绝、七绝

从表2－2可知：第一，碧玉楼刻本目录次序不同于其他版本的次序；第二，碧玉楼刻本延续了何九畴刻本所采用的将题跋析为题跋与杂著两部分的形式。

虽然碧玉楼刻本在各体裁卷次上有差异，但涉及各体裁下篇章目次及篇章归类时，则与何九畴刻本一致。此外，碧玉楼刻本还沿用了何九畴刻本改动的诗题，将《绝句》诗改为《偶题》《漫兴》。

就其内容而言，碧玉楼刻本对何九畴刻本作了适当的修改。第一，康熙年间，清政府对华夷之辨还有着很深的芥蒂。何九畴刻本在涉及胡、虏、夷等字时都以“□”代之，而乾隆三十六年（1771）碧玉楼刊刻陈献章诗文集时，对空缺字予以补齐[1]。第二，碧玉楼刻本对文本中的错误之处，在文后作注释加以说明。如“缉熙行时云，到部须求便养，而自去冬谒选，至今年春四越月矣，授以山东兖州府教授，然后奏请便亲，冢宰不许。前此何不引例告选司？当言而默，欲焉待哉？举措如此，谓之不濡滞，人孰信之？宜其不见许也。中间拣选，冢宰见怪，假令不病，将不计其不便于养而就选耶？自古进退不决于内，则其形于外，依违可否之间，而欲人之不我疑，不可得也。乌乎，惜哉！”原位于《与临时表》中，碧玉楼刻本在文后作注说：“按缉熙以下，另为一书，当列于前《与林郡博》内。”再如《与容一之》，何九畴刻本第二则与第三则为一则，碧玉楼刻本在文后作小注：“按自比闻足疾以下当另作一书，因原本相连，故仍其旧。”

〔1〕 碧玉楼刻本在遇到“胡虏”“夷狄”等字时，亦有空格处理处，如《寄贺柯明府》：“夷狄犯中国，妻妾凌夫君。”

陈献章诗文集从明弘治十八年（1505）罗侨刻本至清乾隆三十六年（1771）碧玉楼刻本，收罗最为完备的刻本当属王安舜序刻本与碧玉楼刻本。两者所收陈氏诗文，互有短长，其各体裁情况见表2－3：

表2－3　王安舜序刻本与碧玉楼刻本所收诗文体裁区别

体裁	区别
序	碧玉楼刻本增《送罗养明还江右序》1首
书	碧玉楼刻本增4则
五古	碧玉楼刻本录141首； 王安舜序刻本录34首，其中7首未见录于碧玉楼刻本
七古、歌行	碧玉楼刻本录42首，其中3首未见于王安舜序刻本 王安舜序刻本录47首，其中8首未见于碧玉楼刻本
五律	碧玉楼刻本收录317首，其中3首未见于王安舜序刻本 王安舜序刻本收363首，其中49首碧玉楼刻本未录
七律	碧玉楼刻本录430首，其中2首未见于王安舜序刻本 王安舜序刻本录595首，其中167首未见于碧玉楼刻本
五绝	碧玉楼刻本录198首 王安舜序刻本录168首，其中11首未见于碧玉楼刻本
七绝	碧玉楼刻本录916首，其中25首未见于王安舜序刻本 王安舜序刻本录有1014首，其中124首未见于碧玉楼刻本

六、陈献章诗文集的版本系统源流

以上就陈献章诗文集各版本系统的异同作了比较。不难看出，各版本系统之间互有异同，即便是同一版本系统内，先出与后出的刻本亦存在差别。以诗题为例，高简、卞崃刻本系统最具有代表性。高简、卞崃刻本诗题有的异于罗侨刻本、林齐刻本、萧世延刻本，而属于高简、卞崃系统的何熊祥刻本、黄之正刻本则多采用罗侨刻本系统。王安舜序刻本系统则多采用高简、卞崃刻本的诗题，比如高简、卞崃刻本和王安舜序刻本《天柱山》，其他版本作《过天柱峰》。有的诗题，自高简、卞崃刻本改定后，晚于高简、卞崃刻本的其他刻本系统便沿用了此种改动，比如罗侨刻本《读推府胡公为纂修事批责本县不采丁知县行状申文后》，高简、卞崃刻本作《读丁知县行状申文后》，其他版本都采用高简、卞崃刻本诗题。详细的诗题异同见表2－4。

表2－4　陈献章诗文集各版本系统诗题异同对照

罗侨刻本系统	高简、卞崃刻本系统	何熊祥刻本	王安舜序刻本	何九畴刻本	碧玉楼刻本
枕上偶成 梅村诗次韵黎雪青	枕上偶成 梅村诗次韵黎雪青	枕上偶成 梅村诗次韵黎雪青	枕上偶成 梅村诗次韵黎雪青	枕上偶成 梅村诗次韵黎雪青	枕上偶成
秋兴用前感事韵录寄东所	次韵秋兴感事录寄东所	—	次韵秋兴感事录寄东所	次韵秋兴感事录寄东所	次韵秋兴感事录寄东所
子陵	子陵 吊子陵	子陵	子陵	子陵	子陵
次韵丘太守见寄兼怀贺克恭黄门	次韵丘太守见寄兼怀贺克恭黄门	潘阳邱先生远示杰作二章……	潘阳邱先生远示杰作二章……	潘阳邱先生远示杰作二章……	潘阳邱先生远示杰作二章……
与廷实同游圭峰别去思想无已作此奉寄且申后来厓山之约	与廷实同游圭峰别后奉寄	与廷实同游圭峰别后奉寄且申后来厓山之约	与廷实同游圭峰别后奉寄	与廷实同游圭峰别后奉寄且申后来厓山之约	与廷实同游圭峰别后奉寄且申后来厓山之约
读推府胡公为纂修事批责本县不采丁知县行状申文后	读丁知县行状申文后	读丁知县行状申文后	读丁知县行状申文后	读丁知县行状申文后	读丁知县行状申文后
赠朱玭还郴阳玭云近会世卿于武昌还过衡山下以诸叔所勒诗文碑来留数日而别	赠朱玭还郴阳	赠朱玭还郴阳	赠朱玭还郴阳	赠朱玭还郴阳	赠朱玭还郴阳

续上表

罗侨刻本系统	高简、卞崃刻本系统	何熊祥刻本	王安舜序刻本	何九畴刻本	碧玉楼刻本
嘉会楼用顾别驾韵奉答熊御史	嘉会楼用顾别驾韵奉答熊御史	嘉会楼用顾别驾韵奉答熊御史	嘉会楼用顾别驾韵奉答熊御史	用顾别驾韵奉答熊御史	用顾别驾韵奉答熊御史
和王御史丙辰留别韵	次韵王御史留别	次韵王御史留别	次韵王御史留别	次韵王御史留别	次韵王御史留别
赠邝知县云卿别	赠邝知县云卿别	赠邝知县云卿别	赠邝知县云卿别	赠别邝知县云卿	赠邝知县云卿别
题画	题画	题和靖梅	题和靖梅	题和靖梅	题和靖梅
偶成	东轩独坐	东轩独坐	东轩独坐偶成	东轩独坐	东轩独坐
木犀四绝寄倪麟	木犀四绝寄倪麟	木犀四绝寄倪麟	木犀四绝寄倪麟	咏木犀寄倪麟	咏木犀寄倪麟
题画鹰	画鹰	画鹰	题画鹰	画鹰	画鹰
戏赠馆宾	戏赠馆宾	戏赠馆宾	戏赠馆宾	戏赠馆宾	戏赠馆宾梁文冠
赠胡地曹次邹吉士汝愚韵	次韵赠胡地曹	次韵赠胡地曹	次韵赠胡地曹	次韵赠胡地曹	次韵赠胡地曹
答某上人	答文定上人	答文定上人	答文定上人	答文定上人	答文定上人
玉枕山和南安太守张汝弼	玉枕山	玉枕山和南安太守张汝弼	玉枕山	玉枕山和南安太守张汝弼	玉枕山和南安太守张汝弼
携琴访友图	携琴图	题携琴访友图	携琴图	题携琴访友图	题携琴访友图
过天柱峰	天柱山	过天柱峰	天柱山	过天柱峰	过天柱峰
度岭	度岭有怀张曲江	度岭	—	度岭	度岭

续上表

罗侨刻本系统	高简、卞崃刻本系统	何熊祥刻本	王安舜序刻本	何九畴刻本	碧玉楼刻本
待马默斋不至讽以是诗	忽闻户外歌声以为马玄真将至不知其累约而累违也讽以是诗	待马默斋不至讽以是诗	忽闻户外歌声以为马玄真将至不知其累约而累违也讽以是诗	待马默斋不至讽以是诗	待马默斋不至讽以是诗
依韵答周太守瑛见寄	依韵答周太守瑛见寄 江浦有白马庵曾寓处	依韵答周太守瑛见寄	依韵答周太守瑛见寄 江浦有白马庵曾寓处	次韵答周太守瑛见寄	次韵答周太守瑛见寄
次韵仁夫潮连寨见寄	次韵仁夫潮连寨见寄	次韵仁夫潮连寨见寄	次韵仁夫潮连寨见寄	次韵姜仁夫留别	次韵姜仁夫留别
濛里驿呈送行诸友	曹溪别诸友	濛里驿呈送行诸友	濛里驿呈送行诸友	濛里驿呈送行诸友	濛里驿呈送行诸友
赠刘进夫还永丰兼寄罗养明杨荣敷罗清极湖西诸友	过罗一峰墓	—	过罗一峰墓	赠刘进夫还永丰兼寄罗养明杨荣敷罗清极湖西诸友	赠刘进夫还永丰兼寄罗养明杨荣敷罗清极湖西诸友
月湖别墅、可怡亭	月湖别墅	月湖别墅、可怡亭	月湖别墅、可怡亭	月湖别墅、可怡亭	月湖别墅、可怡亭

在诗歌的收录上，各本亦各有优点。罗侨刻本系统所录诗文保存有大量小注，对陈氏诗文的写作时间、背景提供了可靠资料。此外，有些诗文只见于某些版本系统，如《苍梧纪行》、《与张宪副廷学》、《与周文都》（按：第二则）、《复汪侍御疏》、《太学小试赋》只收录于罗侨刻本系统与王安舜序刻本，《与贺克恭黄门》第三至十则、《与罗一峰》第二至六则，只收录于碧玉楼刻本及王安舜序刻本。《梦作洗心诗》《答陈秉常询儒佛异同》《舟经西樵》只收录于王安舜序刻本、碧玉楼刻本，《寄李若虚宪副》、《付民泽》、《旧钓伴张主事廷实》、《梦中作》（第三首）只收录于高简、卞崃刻本和王安舜序刻本。有些诗文则只见于一版本，如《与李德孚》第二则"昔者……某拜德孚先生侍史"，《厓山杂诗》第五、六两首，《经都会故居》第三首只见于罗侨刻本，《赠潮州守周鹏》《过访陈时用因题其曾祖遗像》《奉陪家兄与古淡山酌》《寿湛丈》《代简潘季亨》《哭潘季亨》只见于碧玉楼刻本，《乞荔枝》《和凤山见寄韵》只见于高简、卞崃刻本。除却上述所及同录于王安舜序刻本及其他版本者，只见于王安舜序刻本者，数量更是可观。如表 2－3 即可见一斑。

总体而言，陈献章诗文集现存版本源流关系如图 2－1 所示：

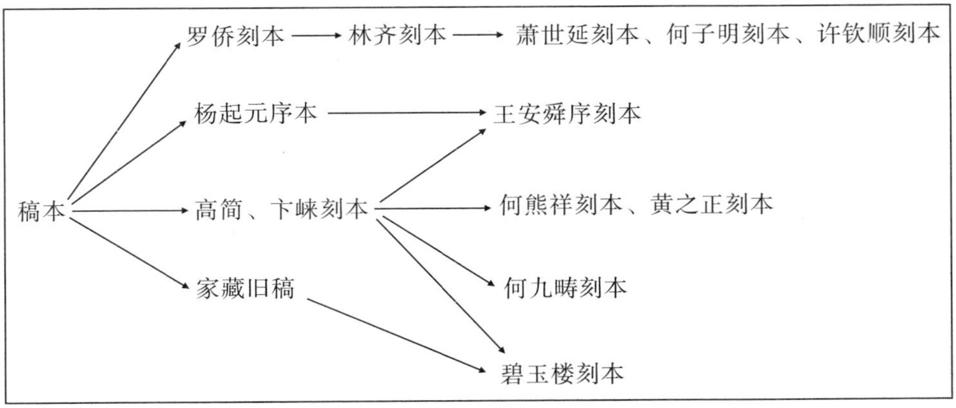

图 2－1　陈献章诗文集现存版本源流关系

第二节　陈献章诗文集佚文考证
——以王安舜序刻本《白沙先生全集》为中心

陈献章诗文集大致分为五个版本系统，各版本互有优劣，其中以乾隆三十六年（1771）碧玉楼刊刻的《白沙子全集》为最善，而天启元年（1621）王安舜序刻本《白沙先生全集》最值得注意。王安舜序刻本相比其他四个版本系统，主要特点有二。

其一，王安舜序刻本收录有大量其他四个版本系统未录之诗文。比起中华书局出版的孙通海先生点校《陈献章集》[1]，王安舜序刻本增录三百余首诗歌。孙氏在点校说明中虽提及王安舜序刻本，然就实际情况而言，孙氏似乎并未用甚至未见王安舜序刻本。理由有二：第一，王安舜序刻本所增诗歌，在《陈献章集》中未见收录，除却误收、重收之作，包括五古八首、七古五首、五律四十九首、七律一百六十一首、五绝十首、六言绝句三首、七绝九十二首[2]。第二，校勘记中未见著录王安舜序刻本，附录《白沙子古诗教解》校勘记中虽列出王安舜序刻本《白沙先生诗教解》，但纰漏百出[3]。

其二，王安舜序刻本《白沙先生全集》收录有大量误收、重收之作。误收之作，共计九首，其中其他四个版本系统未收录者七首，各个版本共录者二首。此涉及陈献章诗文集整理过程中文献来源的可靠性。重收之作计二十三首，共有四种情况：同文同题有异文；同文异题有异文；同文同题无异文；同文异题无异文。这些重录之作则涉及陈献章诗文集文本形态的变动性。

王安舜序刻本《白沙先生全集》误收、重收之作及所收他本未见之佚文，其来源亦多种多样。下文将分别述之。

---

〔1〕　孙通海点校本在点校说明中所列的底本、校本、参校本有11种，涵盖了本书所举的5个版本系统的本子，可说是“现存文字最多和版本来源说明得最清楚的白沙文集版本”（朱鸿林：《明人著作与生平发微》，桂林：广西师范大学出版社，2005年，第127页）。

〔2〕　详见本书附录一：王安舜序刻本《白沙先生全集》所录其他版本未收之佚文。

〔3〕　详见本书附录二：《白沙先生诗教解》与《白沙子古诗教解》对照表。

一、误收、重收之作

（一）误收之作

王安舜序刻本误收之作共有九首，其中为其他版本共录者二首，为《慈母石歌，为门人区越作》《答梅绣衣见访》；只见录于王安舜序刻本者七首，邵雍四首，杨万里一首，陈师道一首，庄昶一首。

①《慈母石歌，为门人区越作》：

岩石江头峻如壁，舟人指为慈母石。慈母名来不可闻，巉岩兀嵂秋江碧。我闻慈母名，起我父母思。人有父母谁不思，我思父母徒伤悲。忆昔生我童稚时，家贫逐日图生资。析薪与我代灯烛，鬻衣与我买诗书。朝夕俾我苦勤学，戒我勿似庸常儿。况生我命苦多疾，父母提挈绵岁月。一朝我病忽呻吟，父母咿哑面如漆。父母衣我兮宁自寒，父母食我兮宁自饥。我今身为一命仕，薄俸堪将备甘旨。二亲已去掩荒丘，薄俸还将饱妻子。几回举箸食腥膻，默默不知双泪涟。收泪还将酒杯奠，杯奠不到音容前。慈母石，世罕有，汝在江头天地久。我思父母不能养，恨恨当同尔齐朽。呜呼罔极恩难报，幸今赖有移忠孝。尚当竭力事吾君，庶可扬名酬二亲。

诗曰：谁化江边石？世传慈母名。神枯真可想，意得貌如生。行路三回顾，题诗独见称。丹青在人目，千古共沾缨！[1]

此诗又录为宋罗适作，《全浙诗话》“罗适”条下云：“《三台诗录》：郡邑志载公《慈母石》古风一篇，今《陈白沙集》中亦有之。冯蒿庵辨白沙以征聘辞归终养，与诗中‘薄俸堪奉，双亲已逝’语全不类，定为公作。”[2] 此外，吴廷举刻《白沙先生诗近稿》卷十甲寅（1494）诗稿录有《慈母石下有无名氏古风一首诗以代跋》一诗，可推断该无名氏古风当指罗适诗[3]。

值得注意的是，此诗多有碑刻见存。一存于河南省周口市华威民俗文化博物苑，刻于《太祖高皇帝圣旨碑》碑阴面。按阳面落款，此碑刻于明弘治十二年

[1] 陈献章：《白沙先生全集》卷5，沈乃文：《明别集丛刊》第1辑，合肥：黄山书社，2013年，第52册，第385－386页。

[2] 陶元藻：《全浙诗话》卷11，杭州：浙江古籍出版社，2015年，第243页。

[3] 按：北京大学古文献研究所编《全宋诗》据《宋诗拾遗》亦将此诗作者定为罗适。然《宋诗拾遗》为伪书，故不能成为判断该诗作者的有力证据。

（1499），内容多有异文。如“兀禅”作“屹立”，“咿哑”作“咿呜”，“二亲”作“父母”，“收泪”作“拉泪”，“杯奠”作“酒杯”，“尚当”作“行当”。另，两文各有衍文，此碑，“父母咿哑面如漆”下衍“有时为我祝神祇，愿我早著蓝袍衣。是时我心常戚戚，愿如孔子言无违。嗟叹我生命何蹇，少年不第第已晚。使我父母老死时，食不饱兮衣不暖”。陈献章文集中所录衍“诗曰：谁化江边石？世传慈母名。神枯真可想，意得貌如生。行路三回顾，题诗独见称。丹青在人目，千古共沾缨”一存于广东省江门市潮连镇富冈管区植物园，此碑所撰诗同于陈献章文集所录[1]。

综上可知，该古风诗应为罗适作，诗衍文应为陈献章作。

②《答梅绣衣见访》：

一春烟雨暗荆扉，系马怜君共落晖。酒盏香风吹月桂，砚池清露滴荼蘼。
水中郭索嗔皆是，屋上慈乌爱亦非。天道不移人自异，红尘飞上钓鱼矶。[2]

此诗应为宋陈著《答直学士院见访》。此诗系广东省博物馆藏陈献章书法长卷《与梁文冠说诗诗卷》中的一首，题作《与曹秀才》。此诗文集与书法卷子题名不一，当为陈献章书陈著作品赠人，后来误收入集。

③误收邵雍之诗。一题作《元夕》，其余三首题作《无题》。

《元夕》：

旨酒佳肴与管弦，通宵鼎沸乐丰年。侯门深处还知否，百万流民在露天。[3]

此诗应为邵雍《感雪吟》，收录于明《正统道藏》太玄部所录《伊川击壤集》（以下简称“道藏本”）卷十四、成化十一年（1475）刻《伊川击壤集》（以下简称“成化本”）卷四、万历三十四年（1606）徐必达编《邵子全书》本《伊川击壤集》（以下简称“万历本”）卷四。

《无题》：

谁将酷烈千般毒，变作恩光一派深。惆怅先民不复见，更凭高处尽沉吟。

林间无事可装怀，昼睡功劳酒一杯。残梦不能全省记，半随风雨过东街。

---

〔1〕 陈奇思：《丹青在人目，千古共沾缨》，《江门文史》1996年第32辑，第101－103页。

〔2〕 陈献章：《白沙先生全集》卷9，沈乃文：《明别集丛刊》第1辑，合肥：黄山书社，2013年，第52册，第454页。

〔3〕 陈献章：《白沙先生全集》卷9，沈乃文：《明别集丛刊》第1辑，合肥：黄山书社，2013年，第52册，第509页。

利名都不到胸中，由此胸中气自冲。既爱且憎皆是病，灵台何日得从容。[1]

上述三诗，分别为邵雍的《凭高吟》（见道藏本卷十六、成化本卷五、万历本卷五）、《偶得吟》（道藏本卷十七、成化本卷五、万历本卷五）、《利名吟》（道藏本卷十六、成化本卷五、万历本卷五）。

④误收杨万里之诗。《漫笔》：

旧病诗狂与酒狂，近来泉石又膏肓。不医则是医还是，更问无方定有方。[2]

此诗当为杨万里《送刘惠卿》诗，见宋淳熙、绍熙刻本《诚斋先生集·退休集》卷一。

⑤误收陈师道之诗。《题雁》：

来往违寒暑，飞鸣在稻粱。未知溟海大，不肯渡衡阳。[3]

此诗当为陈师道《雁二绝句》第二首，收录于元刻本任渊注《后山诗注》卷十一，吕祖谦《宋文鉴》卷二十六亦收录。此外，清陈邦彦在《康熙御选历代题画诗》将此诗归在陈献章名下，误。

⑥误收庄昶之诗。《题倪麟居忍轩》：

世事百年谁适意，须君空洞一毫无。白沙门地皆沧海，莫下长江索老夫。[4]

此诗当为庄昶《君忍为白沙门人倪圣祥作》，收录于嘉靖十四年（1535）刘缙刻本《定山先生集》卷二。按诗歌第三、四两句，“白沙门地皆沧海，莫下长江索老夫”，庄昶为江浦人，故按地点及此二句句意，当为庄昶诗无疑。

（二）重录之作

王安舜序刻本多有重录之作，按照其性质，可分为同文同题有异文、同文异题有异文、同文同题无异文、同文异题无异文四类。

---

〔1〕 陈献章：《白沙先生全集》卷9，沈乃文：《明别集丛刊》第1辑，合肥：黄山书社，2013年，第52册，第520页。

〔2〕 陈献章：《白沙先生全集》卷9，沈乃文：《明别集丛刊》第1辑，合肥：黄山书社，2013年，第52册，第520页。

〔3〕 陈献章：《白沙先生全集》卷9，沈乃文：《明别集丛刊》第1辑，合肥：黄山书社，2013年，第52册，第493页。

〔4〕 陈献章：《白沙先生全集》卷9，沈乃文：《明别集丛刊》第1辑，合肥：黄山书社，2013年，第52册，第512页。

1. 同文同题有异文

书《与容珪》：

某小恙，不足虑，旦夕耿耿，正为瘖忧耳。得此耗，甚喜，甚喜。但须仍以小愈为戒惧，寻医合药检方，凡百可以疗此疾者，悉心图之。至嘱，至嘱。壬辰二月二十八日书付容生。[1]

此文在题跋亦有录，为《与容珪》（补遗二首）其二。异文有三处：“正为瘖忧耳”作“正瘖忧耳”；“寻医合药检方”作“寻医为合药检方”；“壬辰二月二十八日书付容生”作“壬辰三月二十八日某书付珪生”。

七律《李宪副枉顾白沙别后赋此》：

江门相见忘平生，何处长安盖已倾。素壁龙蛇腾十丈，清谈宾主破三更。莺花旧领诗全好，山水初经眼独明。不怕长风吹大舶，使公一口吸南溟。[2]

此诗重录于卷八，题作《李宪副若虚枉顾白沙别后赋此》。异文有一处：“使公”作“使君”。

七绝《芙蓉文笔》：

丈人日暮看芙蓉，湖水西来第几峰。兔颖刺天元属我，今为松桂主人公。[3]

此诗重录于卷十一。异文有二处：“湖水”作“湘水”；“元属我”作“无属我”。

七绝《次韵赵提学》：

老大行藏敢不疑，晓川红日睡醒时。三宵共对庢山雨，如此乾坤那得知。[4]

此诗重录于卷十，为《次韵赵提学见寄》第二首。异文有一处：“三宵”作“昨宵”。

七绝《峡山别胡提学还至九江作》：

峡行飞出两三舫，满载离愁下九江。夜泊孤舟不能寐，自烧银烛倒秋缸。[5]

---

〔1〕 陈献章：《白沙先生全集》卷3，沈乃文：《明别集丛刊》第1辑，合肥：黄山书社，2013年，第52册，第331页。

〔2〕 陈献章：《白沙先生全集》卷7，沈乃文：《明别集丛刊》第1辑，合肥：黄山书社，2013年，第52册，第448页。

〔3〕 陈献章：《白沙先生全集》卷9，沈乃文：《明别集丛刊》第1辑，合肥：黄山书社，2013年，第52册，第511页。

〔4〕 陈献章：《白沙先生全集》卷9，沈乃文：《明别集丛刊》第1辑，合肥：黄山书社，2013年，第52册，第512页。

〔5〕 陈献章：《白沙先生全集》卷10，沈乃文：《明别集丛刊》第1辑，合肥：黄山书社，2013年，第52册，第552－553页。

此诗重录于卷十一。异文有二处：“两三舫”作“两三航”；“倒秋缸”作“到秋缸”。

2. 同文异题有异文

五律《叠韵》：

晚看悲秋意，秋来此夜分。可怜清夜酌，尽是白头人。

紫盖终携病，朱陵愿卜坟。谁能天地外，别去觅乾坤。[1]

此诗重录于卷五，题作《中秋拨闷用旧韵》。异文有一处：“晚看悲秋意”作“晚有悲秋意”。

七律《约诸友同游厓山》：

劳形终日更劳心，何处名山不可寻。白首几人同出处，苍崖二月半晴阴。

云衣屡变桐花白，春思闲随杜宇深。自有平生山水意，眼中谁号最知琴。[2]

此诗重录于卷七，题作《次韵张东所厓山》。有异文二处：“二月”作“三月”；“知琴”作“知音”。

七绝《泛厓洲》：

即如天上弄银河，不使呜榔乱我歌。有酒只邀王母醉，托身明月桂婆娑。[3]

此诗重录于卷十，题作《渡厓海》。异文有二处：“即如”作“争如”；“桂婆娑”作“挂婆娑”。

七绝《和凤山见寄韵》（乙巳冬十月）：

白马山前雪满扉，隔江云树晚依微。津头日日行人过，不见长安旧布衣。

七绝《江浦有白马庵曾寓处》：

相逢记得入京年，梦破邯郸不受牵。更说莆田风景好，木兰溪里木兰船。[4]

---

〔1〕 陈献章：《白沙先生全集》卷5，沈乃文：《明别集丛刊》第1辑，合肥：黄山书社，2013年，第52册，第387页。

〔2〕 陈献章：《白沙先生全集》卷7，沈乃文：《明别集丛刊》第1辑，合肥：黄山书社，2013年，第52册，第426－427页。

〔3〕 陈献章：《白沙先生全集》卷9，沈乃文：《明别集丛刊》第1辑，合肥：黄山书社，2013年，第52册，第511页。

〔4〕 陈献章：《白沙先生全集》卷9，沈乃文：《明别集丛刊》第1辑，合肥：黄山书社，2013年，第52册，第521页。

二诗重录于卷十一，题作《依韵答周太守瑛见寄》。异文有一处："莆田"作"蒲阳"。

七绝《夜行》：

流槎泛泛月中眠，横与波间一半天。何许少年三两辈，夜深邻舫叫摊钱。[1]

此诗重录于卷十，题作《半江十咏为谢德明赋》，异文有二处："横与"作"横占"；"三两辈"作"三五辈"。

七绝《曹溪别诸友》：

相随征路二旬余，笑指前山别老夫。却到前山心未了，西风孤烛两踯躅。[2]

此诗重录于卷十一，题作《濛里驿呈送行诸友》。异文有一处："孤烛"作"灯烛"。

3. 同文同题无异文

七绝《寄廷实》，收录于卷十。此诗重录于卷九，题作《怀张诩》。

七绝《读韦诗》，收录于卷十。此诗重录于卷十一，为《读韦苏州诗》其一。

七绝《与王知县》，收录于卷十。此诗重录于卷十一，题作《与丰城知县王本俭》。

七绝《挽刘先生显仁》，收录于卷十。此诗重录于卷十一，题作《题刘主事显仁挽册》。

七绝《访教谕何宗道》。此诗重录于卷十一。

4. 同文异题无异文

五绝《答王按治求乃翁挽四绝》之《月湖别墅》第二首，收录于卷九。此诗系《可怡亭》，卷九有录，作《王按治乃翁挽诗四绝之一》之《可怡亭》。

七绝《寄题邵西涧》，收录于卷十。二诗重录于卷十一，为《次韵顾别驾留宿碧玉楼》第四、第五首。

七律《东白张先生借予藤蓑不还戏之》，收录于卷十。二诗重录于卷十一。第一首为《阅周溪图作赠刘景林归呈尊甫翁肃庵程乡令》第四首；第二首为《东白张先生借予藤蓑不还戏之》第二首。

---

〔1〕 陈献章：《白沙先生全集》卷10，沈乃文：《明别集丛刊》第1辑，合肥：黄山书社，2013年，第52册，第552页。

〔2〕 陈献章：《白沙先生全集》卷10，沈乃文：《明别集丛刊》第1辑，合肥：黄山书社，2013年，第52册，第552页。

二、佚文考辨

王安舜序刻本增录他本未见之佚诗，除上述误收、重收外，共有339首。其中，部分佚诗在早于王安舜序刻本的其他文献中亦有收录。总体而言，其来源主要有以下几个：

1. 袁奎《白沙先生遗诗补集》

《白沙先生遗诗补集》，计六卷，万历十二年（1584）刻。半页九行，行二十字，白口，四周双边，单鱼尾，版心刻“白沙诗遗补遗”。王安舜序刻本增录之诗见于《白沙先生遗诗补集》者共计二十五首。

《浴香泉赠庄定山》：

> 点也一丸丹，点化无穷铁。寥寥二千载，谁当继其绝。
> 下浴香泉汤，仰观龙洞雪。不待春服成，乾坤王正月。[1]

另万历《江浦县志》亦收录此诗，然有异文，首联、颔联作：“点也一丸丹，点化后生铁。伟哉定山翁，起继朱弦绝。”[2]

《东皋》（追和半山韵）二首、《即事》（和半山韵）、《昼睡》（次半山韵）二首、《怀古》（追和半山韵）二首、《倚眠》（追和半山韵）二首、《经故居》（追和半山）、《山行》（追和半山）。诗见卷二，第七至十页。

《九月晦日至南康》。诗见卷二，第十四页。

《三月三日将至德州南风大作飞尘塞舟拨闷二首》。诗见卷二，第十五页。

《癸卯岁端午日书于庆寿寺和张兼素韵》。诗见卷三，第二十一页。

《甲辰春寄》。诗见《白沙先生遗诗补集》卷三，第三十四页。

《庚子除夕》二首。诗见卷三，第三十九至四十页。

《寄上诚庵朱先生》二首。诗见卷三，第四十二页。

《贺李德孚生孙》二首。诗见卷三，第四十八至四十九页。

《访榄山归将至扶胥口作》。诗见卷五，第十二页。

《奇石牌吊古》。诗见卷五，第十九页。

2. 唐伯元《白沙先生文编》

《林君求一线之引示以六绝句》。诗见卷一，第五十六页。

---

〔1〕 袁奎：《白沙先生遗诗补集》卷1，武汉大学图书馆藏万历十二年（1584）刻本，第6页。

〔2〕 万历《江浦县志》，《天一阁藏明代方志选刊续编》，上海：上海书店出版社，2014年，第7册，第538页。

3. 吴廷举《白沙先生诗近稿》

《寄李若虚宪副》《惠州叶从事夜忽于江门垂钓得二尾鱼送山厨作馔戏赠之因怀旧钓伴张廷实》。

4. 林光《南川冰蘖全集》

《赠羽士》。诗见卷末，题作《次韵林缉熙游罗浮》。

《和林缉熙受教职》《次韵林缉熙》。诗见卷末，题作《次韵缉熙受教职》。

《送林缉熙》：

天高月朗送君还，紫水黄云又闭关。但得笑谈如此辈，不妨来往共人间。
岂无贵介同倾酒，每忆知心恨隔山。官在太湖家万里，老夫何地索开颜。[1]

此诗《南川冰蘖全集》收录，作《成化甲辰中秋后宝安袁藏用林子翼林时嘉童子时远时表从缉熙来访白沙缉熙新授浙江平湖县博将之官是夕辞去赋此识别》。有三处异文："月朗"作"日朗"；"但得"作"但是"；"知心"作"心知"。

《次韵林缉熙游罗浮》：

拔地决起瘦鹘躯，插天壁立东南隅。眼中非子不能到，海上何山可与俱。
更欲往种扶桑树，即将补入方舆图。群仙未有夸三岛，一览还应隘八区。[2]

此诗《南川冰蘖全集》卷末收录，为《次韵林缉熙游罗浮》其四。异文有三处："瘦鹘躯"作"瘦鹤躯"；"更欲"作"便从"；"补入"作"写入"。

5. 陈献章文集、传记中析出

《宿回龙寺》。陈献章《书玉枕山诗话后》录有此诗，题作《回龙寺夜坐》。

《送张方伯》。陈献章《奉饯方伯张公诗序》一文录有该诗。

《示门人》。张诩《翰林检讨白沙先生行状》有录。

6. 其他文献（早于王安舜序刻本）

①吴荣光《辛丑销夏记》。有《漉酒巾》、《京回将至直沽》（题作《至直沽》）、《直沽逢周文都》（题作《直沽逢周京》）、《次韵麦岐途中见寄诸乡友约曹溪二首》（录第二首，题作《舟中次麦岐韵》）。

②道光《鹤山县志》。有《赠容斑易元陈庸使永丰谒罗一峰》，题目稍异，作《夏赠陈秉常容彦昭易德元使永丰谒罗一峰》。

---

〔1〕 陈献章：《白沙先生全集》卷7，沈乃文：《明别集丛刊》第1辑，合肥：黄山书社，2013年，第52册，第440页。

〔2〕 陈献章：《白沙先生全集》卷7，沈乃文：《明别集丛刊》第1辑，合肥：黄山书社，2013年，第52册，第443页。

③万历《江浦县志》。有《至定山次木斋韵》《同定山宿惠济寺（一名香泉寺）》《同定山诸公游石洞》《江浦白马庵次娄提学侍御韵二首》四首。[1]

④《睡起》。此诗广东省博物馆藏《与梁文冠说诗》等诗卷录有录。

⑤《湖南柱史歌》：

湖南柱史不可当，八尺长躯满面霜。左提右挈罗与庄，忠言决死惊庙堂。
天子置之淮南邦，何事更买淮南航。劝君不上湖南航，淮南木落终悲伤。[2]

嘉靖二十五年（1546）何城李桂刻《楚纪》卷二十六"谢文祥"条下、明万历三十年（1602）松江府刻本《续文献通考》卷九十《职官考》"谢文祥"条目下录有此诗。嘉靖《衡州府志》卷八"衡山"条下作《寄南陵丞谢文祥》。有异文二处："左提右挈"作"平生契合"；"淮南"作"湖南"。

7. 其他文献（晚于王安舜序刻本）

①与王安舜序刻本无异文

《过庐山》。康熙五十九年（1720）顺德堂刻本《庐山志》卷十五有录。

《将宿绿围寄李九渊馆中》。光绪《新宁县志》卷十九《人物》上有录。

《九日小庐山与赵日新》。光绪十年（1884）《潮阳县志》卷二十二《艺文》有录。

《次韵赵提学十月赏菊韵》。《广群芳谱》卷五十《花谱》二十九、《艺菊志》卷五有录。

《钱塘荔圃》。崇祯刻本《闽中荔枝通谱》卷十二有录。

②与王安舜序刻本有异文

《代简答祁大参致和见寄游白鹿洞赋》：

文章后出众称工，乡里斯人岂易逢。聊将白鹿千言赋，直压庐山五丈峰。
胡儿岂尽能骑马，赤手如何敢捕龙。酩酊一壶春酒后，半笼衫袖笑龙钟。[3]

此诗崇祯《东莞县志·艺文志·观感》[4]有录，题作《答祁致和见寄游白鹿赋》。异文有二处："尽能"作"能尽"，二字倒乙。"赤手"作"赤子"。

---

[1] 万历《江浦县志》，《天一阁藏明代方志选刊续编》，上海：上海书店出版社，2014年，第7册，第510、602－603、599－600、599－600页。

[2] 陈献章：《白沙先生全集》卷5，沈乃文：《明别集丛刊》第1辑，合肥：黄山书社，2013年，第52册，第379页。

[3] 陈献章：《白沙先生全集》卷7，沈乃文：《明别集丛刊》第1辑，合肥：黄山书社，2013年，第52册，第428页。

[4] 崇祯《东莞县志》，东莞：东莞市人民政府办公室，1995年，第902页。

文人、文献、文心，三位一体。文献为文人文心之载体，文人思想借文献以传播。本章以点面结合的方式就陈献章诗文集的全集系统作了初步梳理。首先，全面勾勒了各个版本间的源流演变，意在更全面地整理陈献章的创作情况及作品流传状况。其次，详细考证了尚未被学界充分利用的王安舜序刻本《白沙先生全集》，去伪存真，发掘该版本的文献价值。通过陈氏诗文集版本的梳理，我们不难发现其特点主要集中在以下几个方面：一、陈氏诗文集的刊刻与他从祀孔庙有着千丝万缕的联系；二、陈氏诗文集各版本间在编排上有着很大的差异性；三、各版本优劣并存。本章文献方面的梳理、考证，为接下来更细致地分析陈献章的文学思想奠定了基础。

第三章

陈献章的诗文观

文道关系是中国古代文学理论研究中绕不过的话题之一。在具体的论述中，各研究者因现代学科分类导致的学术视角不同而呈现出不同的研究趋向。其实这可溯源至先秦时期，诸子百家中的儒、道、法就文、道内涵便有不同的注解。而文、道成为相辅相成的概念，则肇始于刘勰的《文心雕龙》，其所宣扬的“故知道沿圣以垂文，圣因文而明道，旁通而无滞，日用而不匮。易曰：‘鼓天下之动者存乎辞。’辞之所以能鼓天下者，乃道之文也”，开启了后人文道关系讨论的阀门，“‘文’的来历及‘文’的性质，均与道有关，故论‘文’者也据此而认为作文须推原于道，或明道、达道、载道，从而开启了我国一条非常重要的思路”〔1〕。然而终究因后人在道、文内涵的采用标准上各家不一，文道关系也因人而异。唐代韩愈所说的“道”与柳冕笔下的“道”不同，宋代古文家所说的“道”，亦相异于理学家所说的“道”。即便是理学家内部，亦各执一词。虽如此，但在文道关系上，理学家们基本持道高于文的观点，不同于文学家们的文重于道。他们认为道是根本，是第一性的，文是枝叶，是第二性的。在文道关系上，南宋朱熹集宋代理学之大成，既重道轻文，又坚持文道一体。迨至元代，大体沿用朱子之说，但主要采取的是其重道抑文。而发展至明代，明初统治者想通过吸纳儒士入翰林、重科举等一系列举措，重整文道一体的格局。然而，随着宋代儒林、道学析一为二这一趋势，明初统治者的努力，至成化、弘治时期已经出现裂痕。无论是在翰林院之儒士，还是在野之道学家，大都对文道内涵采其一以自圆其说。其中，就陈献章而言，因其主张“自得”，不同于同时代的其他理学家的重道轻文的文道观，故而在文道关系上提出了小用之则小、大用之则大的观点。

第一节　陈献章文学理论的历史背景

明太祖朱元璋自称吴王时，便认识到文臣的重要。他在1358年征召儒士范祖干、叶仪时就说：“圣人之道所以为万世法，吾自起兵以来，号令赏罚一有不平，何以服众？夫武定祸乱，文致太平，悉此道也。”〔2〕此是朱元璋征召儒臣缘由的

〔1〕龚鹏程：《中国文学批评史论》，北京：北京大学出版社，2008年，第6－7页。

〔2〕《太祖高皇帝实录》卷6，戊戌岁十二月条，台北：“中央研究院”历史语言研究所，1967年，第1册，第74页。

首次明确表态。其实，在此之前，征召者已有陶安、李习、杨宪、姚琏、许元、叶瓒玉等人，而后被征召者中更有号称“浙东四先生”的刘基、章溢、叶琛、宋濂。此外，朱元璋通过诸如定律令、修元史、开礼局、修《洪武正韵》等一系列的文治之举，征召了大量儒臣。建文帝任用以方孝孺为主的儒臣自不待言。迨至成祖朱棣，亦采用儒臣作为治国的智囊，永乐四年（1406），其与胡广的一番对话，亦说明此点：“上顾谓翰林侍读胡广等曰：‘周文亦操履端方。’广等对曰：‘陛下待儒臣进退之际恩礼俱至，儒道光荣多矣。’上笑曰：‘朕用儒道治天下，安得不礼儒者！致远必重良马，粒食必重良农，亦各资其用耳。’”〔1〕征召而至的儒臣，据麦仲贵《明清儒学家著述生卒年表》所载，大都在翰林院任职，如刘基、宋濂、危素、张以宁、王祎、方孝孺、朱右、朱善、陶安、吴宗伯、杨溥等。

朱元璋虽在早期对儒臣礼貌有加，但随着政权巩固的需要，基本上采用暴力手段予以打压，如对吴中文人、浙东文人的打压。此外还采用诏令的方式予以规范，如洪武六年（1373）九月，就“诏禁四六文辞”〔2〕，九年（1376）“十二月庚戌朔，颁建言格式”〔3〕。不仅如此，由于疑心儒臣从中做手脚，甚至亲自为文垂范，十一年（1378）四月辛未，“是月重建皇陵碑，上以前所建碑恐儒臣文饰，至是复亲制文，命江阴侯奂良督工刻之”〔4〕。其种种手段，就文学而言，无非是改变明初文风，树立有明一代文学典范。前者可以宋濂为代表。宋濂之文，在元与入明的前后之变，黄灵庚曾概括为：“元之文骨劲而力足，明之文肉腴而气短；元之文为烈士慷慨之鸣而灵性高张，明之文似谀臣颂歌之章而惶恐无状；元之文质刚而简略，明之文词丽而冗长；元之文以气韵胜，明之文以华彩显；元之文主以畅情舒怀，明之文专以明理说教；元之文为踵屈宋之绝响，明之文步班扬之敷张；元之文出于天籁，明之文工于矫饰。”〔5〕后者如刘基，其《苏平仲文集序》云：“文以理为主，而气以摅之。理不明，为虚文；气不足，则理无所驾。文之盛衰，实关时之泰否。是故先王以诗观民风，而知其国之兴废，岂苟然哉！文与

〔1〕《太宗文皇帝实录》卷57，永乐四年闰四月条，台北：“中央研究院”历史语言研究所，1967年，第2册，第841页。

〔2〕《太祖高皇帝实录》卷85，洪武六年九月至十月条，台北：“中央研究院”历史语言研究所，1967年，第1册，第1512页。

〔3〕《太祖高皇帝实录》卷110，洪武九年十二月条，台北：“中央研究院”历史语言研究所，1967年，第1册，第1829页。

〔4〕《太祖高皇帝实录》卷118，洪武十一年四月条，台北：“中央研究院”历史语言研究所，1967年，第1册，第1926页。

〔5〕黄灵庚：《宋濂全集序》，《宋濂全集》，北京：人民文学出版社，2014年，第4页。

诗，同生于人心，体制虽殊，而其造意出辞规矩绳墨固无异也。”[1]再如《照玄上人诗集序》云：“夫诗何为而作哉？情发于中而形于言。《国风》、二《雅》列于《六经》，美刺风戒，莫不有裨于世教。是故先王以之验风俗、察治忽，以达穷而在下者之情，词章云乎哉。后世太师职废，于是夸毗戚施之徒，悉以诗将其谀，故溢美多而风刺少。流而至于宋，于是诽谤之狱兴焉。然后风雅之道扫地而无遗矣。今天下不闻有禁言之律，而目见耳闻之习未变，故为诗者，莫不以哦风月、弄花鸟为能事，取则于达官贵人而不师古，定轻重于众人而不辨其为玉为石。惛惛怓怓，此倡彼和，更相朋附，转相诋訾，而诗之道无有能知者矣。”[2]两序一从唐虞三代而论至元代，对明朝之文“高文宏辞未之多见”提出原因，一就人们漠视文章禁言之律，沉迷于积习而一意孤行，表示批评，其目的无非是想达到文、理相通，即文道结合，回到诗教传统。

不同于朱元璋腥风血雨似的推进方式，明仁宗朱高炽、明宣宗朱瞻基更倾向采用和风细雨的方式，并以身作则来左右文风。“仁宗在东宫久，圣学最为渊博。酷好宋欧阳修之文，乙夜翻阅，每至达旦。杨士奇，欧之乡人，熟于欧文，帝以此深契之”[3]，杨士奇之所以熟欧文，根本原因并非源于同乡或自身性情的相似，黄佐在《翰林记》中曾说杨“气焰或不及”[4]，乃是因为仁宗喜爱的缘故。风行草偃，仁宗喜爱欧阳修之文的缘由，杨士奇在《滁州重建醉翁亭记》中亦有提及：“我仁宗皇帝在东宫，览公奏议，爱重不已，有生不同时之叹。尝举公所事君者勉群臣，又曰：‘三代以下之文，唯欧阳文忠有雍容醇厚气象。’既尽取公文集，命儒臣校定刻之。”[5]欧阳修之文章，《宋史》如是评价：“三代而降，薄乎秦、汉，文章虽与时盛衰，而蔼如其言，晔如其光，皦如其音，盖均有先王之遗烈。涉晋、魏而弊，至唐韩愈氏振起之。唐之文，涉五季而弊，至宋欧阳修又振起之。挽百川之颓波，息千古之邪说，使斯文之正气，可以羽翼大道，扶持人心，此两人之力也。”[6]即欧文秉承了文道合一的传统。欧阳修之文如此，仁宗又雅好如此，使得此风大炽。宣宗则喜欢通过赐臣僚诗的方式以宣传自我宗旨，

〔1〕 刘基：《刘伯温集》，杭州：浙江古籍出版社，2011年，第117页。

〔2〕 刘基：《刘伯温集》，杭州：浙江古籍出版社，2011年，第99－100页。

〔3〕 钱谦益：《列朝诗集》乾集上，北京：中华书局，2007年，第1册，第11页。

〔4〕 黄佐：《文体三变》，《翰林记》卷19，《景印文渊阁四库全书》，台北：台湾商务印书馆，1986年，史部，第596册，第1073页。

〔5〕 杨士奇：《滁州重建醉翁亭记》，《东里文集》卷2，《四库全书存目丛书》，济南：齐鲁书社，1997年，集部，第167册，第273页。

〔6〕 脱脱等：《宋史》卷319，北京：中华书局，1977年，第10383页。

翻阅《宣宗章皇帝实录》，处处可见宣宗皇帝作诗赐臣僚及君臣唱和的记载，正如《列朝诗集》所云："君臣同游，赓歌继作。"[1]其诗歌或宣自己求贤若渴之心，如宣德六年（1431）二月丙申，"上屡诏求贤，虑尚有遗逸，作《招隐》之诗以示大臣，而自序之"[2]；或说爱臣亲民之心，如宣德六年（1431）六月丁未，"上朝罢，御左顺门，出御制《悯农》诗一章，示吏部尚书郭琎曰：'朕昨宵不寐，思农民之艰难，能使之得其所，则在贤守令，因作此诗，卿当为朕择贤，毋使农民受弊也。'"[3]；或讲效法尧舜，以启盛世之决心，宣德四年（1429）五月癸酉，"上视朝退，御文华殿，读典谟之篇，率然成诗以示廷臣。诗曰：'大哉尧舜君，道高德巍巍，睦亲敦九族，施惠渐群黎，命官察玑衡，勤民谨天时，文章赫辉映，贤俊罔或遗……庶几懋功采，将追古雍熙，斯言出诚悃，勉旃尔勿违，当续明良歌，毋取伐檀讥。'"[4]

除征召儒臣入翰林院供职外，明统治者还通过制定科举考试的形式，以推行儒学，使其覆盖面涉及全天下读书人。早在吴元年（1367），朱元璋就下令开设文、武科取士，是时，"其应文举者，察其言行以观其德；考之经术以观其业；试之书算骑射以观其能；策以经史时务以观其政事"[5]，至洪武三年（1370），乡试"考试之法大略损益前代之制，初场四书疑问、本经义及四书义各一道，第二场论一道，第三场策一道"[6]。洪武十七年（1384），礼部颁行科举成式，"乡试八月初九日第一场，试四书义三道，每道二百字以上；经义四道，每道三百字以上。未能者，许各减一道。四书义主朱子集证经义，诗主朱子集传，易主程朱传义，书主蔡氏传及古注疏，春秋主左氏、公羊、谷梁、胡氏、张洽传，礼记主古注疏"[7]。永乐十三年（1415），《五经四书大全》及《性理大全》书成，十五年（1417），"颁《五经四书性理大全》书于六部，并与两京国子监，及天下郡

---

〔1〕钱谦益：《列朝诗集》乾集上，北京：中华书局，2007年，第1册，第14页。

〔2〕《宣宗章皇帝实录》卷76，宣德六年二月条，台北："中央研究院"历史语言研究所，1967年，第4册，第1751页。

〔3〕《宣宗章皇帝实录》卷80，宣德六年六月条，台北："中央研究院"历史语言研究所，1967年，第4册，第1857页。

〔4〕《宣宗章皇帝实录》卷54，宣德四年五月条，台北："中央研究院"历史语言研究所，1967年，第4册，第1306－1306页。

〔5〕《太祖高皇帝实录》卷22，吴元年正月至三月条，台北："中央研究院"历史语言研究所，1967年，第1册，第323页。

〔6〕《太祖高皇帝实录》卷55，洪武三年八月条，台北："中央研究院"历史语言研究所，1967年，第1册，第1084页。

〔7〕《太祖高皇帝实录》卷160，洪武十七年三月条，台北："中央研究院"历史语言研究所，1967年，第1册，第2467页。

县学"[1]。由上可知，从洪武元年（1368）到永乐十五年（1417），科考的范围逐渐缩小，最后只在《五经四书性理大全》上做文章，而是书之宗旨，正如胡广《进书表》中所言："恢拓道统之源流，大振斯文之委靡。发舒幽赜，钩纂精玄。博采先儒之格言，以为前圣之辅翼。合众途于一轨，会万理于一原。"[2]作为统治者，其目的无不是想通过科举时文这一途径实现文与道的合一，"制艺是文道合一的，此体代表了宋代以来文学发展的理想与趋势"[3]。不仅如此，在最高学府国子监，作为诸生师的祭酒、司业，多为翰林院官迁转，且两者可互调。《明史》就记载："明初祭酒、司业择有学行者任之，后皆由翰林院迁转。"[4]而翰林院官员，"在出任他职后，也仍然不忘自己的本来身份"[5]。这样的结果，从理想状态来看，无疑为朝廷政策的实施及明初文道合一的推行，又加一巨大的推力。

然而事实并非如此，稍后于方孝孺的北方大儒曹端曾指出："古人，文人自是文人，诗人自是诗人，儒者自是儒者。今人欲兼之，是以不能工也。贤辈文无求奇，诗无求巧，以奇巧而为诗文，则必穿凿、谬妄，而有不得其实者多矣，不若平实、简淡为可尚也。"[6]其言语虽是针对今人的工否而出，但其实已透露出文人、诗人、儒者各自有区别，言外之意便是文人、诗人、儒者要各司其职，如此，才能使文人的文工，诗人的诗工，儒者的道工。其实，正如元人将宋代"儒林""道学"析为二一样，在明人心目中，亦有此心态的存在，而这种观念的存在，无疑使儒林与翰林的关系变得紧张，出现裂痕。曹端门人彭泽就说："我朝一代文明之盛，经济之学，莫盛于诚意伯刘公、潜溪宋公。至于学道之传，则断自渑池月川曹先生始也。"[7]道统之传，彭泽直接将宋濂排除在外。此种意识，后来在章懋那儿得到进一步的加强。其《与韩知府泰》云：

> 道德一条，题目最大，非纯乎圣贤之学者，不足以当之。如吕东莱及何、王、金、许四先生者，固无庸议。其次则徐毅斋侨、杨船山与立、

[1]《太宗文皇帝实录》卷186，永乐十五年三月条，台北："中央研究院"历史语言研究所，1967年，第2册，第1990页。

[2]胡广：《胡文穆公文集》卷9，《四库全书存目丛书》，济南：齐鲁书社，1997年，集部，第28册，第627页。

[3]龚鹏程：《中国文学史》，北京：东方出版社，2015年，下册，第210页。

[4]张廷玉等：《明史》卷73，志49，职官二，北京：中华书局，1974年，第1790页。

[5]廖可斌：《复古派与明代文学思潮》，台北：文津出版社，1994年，第83页。

[6]曹端：《曹端集》，北京：中华书局，2003年，第247页。

[7]曹端：《曹端集》，北京：中华书局，2003年，第309页。

叶通斋由庚三先生，可以亚之。若更入他人，则似乎泛滥而不纯矣。至于范浚、潘墀、时澜、应镛、邵囦、吴师道，虽深于经学，皆有著述，然道德恐有所未及，盖亦汉儒之类，恐当以儒林目之。王炎泽、石一鳌、戚仲贤、吕浦，则又其下者也。此外，傅寅、马之纯、孙道子、胡长孺、柳贯、黄溍、张枢、胡助、陈樵、宋濂，皆不过文章之士，恐当以文学目之。如此分别，庶几游夏文学不混于颜闵之科，使后人无得而议焉。〔1〕

在章懋看来，主张文以载道、文道合一的宋濂，不过是文章之士，那么其坚持的文道观也就不值得提倡了。

不仅如此，翰林院中儒臣的队伍其实也在发生变化，宣德至弘治时期，在翰林院中的儒臣主要有：薛瑄、吴与弼、丘濬、陈献章、章懋、庄昶、罗伦、黄仲昭、罗钦顺、湛若水、邹智、黄佐。细加分析易知，吴与弼、陈献章为征士，虽被授予官职，其实两人旋即上书辞职返乡。成化二年（1466）三月，罗伦因上书谏李贤夺情事而被谪。成化三年（1467）十一月，章懋、庄昶、黄仲昭三人因联名上《谏元宵灯火疏》而被贬。四人同为成化二年（1466）进士，罗伦因状元及第而被授予翰林院修撰，距他被谪仅几月时间，而章懋等人距被贬也只有不到两年的时间。其后，他们先后辞职返乡。他们在翰林院的时间都比较短，故而对明初形成的文道合一的推行参与不多，甚至就没有参与。

此外，明初统治者所期望的通过科举途径以达到文道统一的如意算盘，明初理学家对此亦予以否定。明成祖下令修撰，“以章一代教学之功，启百世儒林之绪”的《五经四书大全》《性理大全》杂抄诸家成书，其影响之恶劣，顾炎武在《日知录》中曾说：“自八股行而古学弃，《大全》出而经说亡，十族诛而臣节变，洪武、永乐之间，亦世道升降之一会矣。”〔2〕其实，明代八股取士，以及杂抄诸家成书的以备士子科举的举动，薛瑄已对之洞若观火，其云：“近世儒者，割裂经、史、子、集百家之说，区别门类，缀集成书，务欲包括古今间目，以为决科之利，使后学转相剽窃，但资侥幸利达，而无以资身心之用，其弊也甚矣。”〔3〕而应试之士子，读圣贤书只不过以资作为干禄之阶，故而也就不可能从内心上去

---

〔1〕 章懋：《枫山集》卷2，《景印文渊阁四库全书》，台北：台湾商务印书馆，1986年，集部，第1254册，第52页。

〔2〕 顾炎武：《四书五经大全》，《日知录集释》卷18，上海：上海古籍出版社，2006年，第1045页。

〔3〕 薛瑄：《读书录》卷4，《薛瑄全集》，太原：山西人民出版社，1990年，第1122页。

体认圣贤之理，取得功名后，书便被抛之脑后，故而也就更不用说倡圣贤之道了。正是鉴于此种认识，所以薛瑄才说“道之不明，科举之学害之也”[1]。对科举之害道，科举取士下士子之心态，除薛瑄外，章懋、胡居仁、庄昶、罗伦、贺钦都有诸多言论予以批判。胡居仁说：“今之科举，全无用处。荐举虽不及乡举里选，犹可激励人自去进善，但不如《周官》教养振作之详备。若只以文词取士，使人日趋于纤巧薄劣，是蔽绝其为善之心，使之流于不善也。”[2]庄昶在《送戴侍御提学陕西序》中云：“科举之学，其害甚于杨、墨、佛、老者，人岂知哉？”[3]

自薛瑄而还的理学诸家，其对当权者的诸种文道合一之策表示了种种不满，那么在他们心目中，又构建了怎样一种文道关系呢？总体而言，薛瑄仍坚持文道合一，吴与弼已出现动摇，迨至胡居仁、章懋、罗伦等，大都持文道分离的观点。但就个人而言，每人所指的“文”因行文环境的不同，各有所指，正如朱东润先生所指出的：“读中国文学批评，尤当注意者，昔人用语，往往参互，言者既异，人心亦变。同一言文也，或则以为先王之遗文，或则以为事出沈思，功归翰藻之著作。同一言气也，而曹丕之说，不同于萧绎，韩愈之说，不同于柳冕。乃至论及具体名词，亦复人各一说，如晚唐之称，或则以为上包韩柳元白，或则以为专指开成而后。”[4]具体而言，有下列三种所指。

一是取其本义。如薛瑄：

> 凡有条理明白者皆谓之“文”，非特语言词章之谓也。如天高地下，其分截然而下易，山峙川流，其理秩然而不紊，此天地之“文”也；日月星辰之照耀，太虚云物之斑布，草木之花叶纹缕，鸟兽之羽毛彩色，金玉珠玑之精粹，此又万物之“文”也；以至“三纲五常”之道，古今昭然而不昧，“三千三百之礼”，小大粲然而有章，此又人伦日用之“文”也；至于衣服器用之有等级次第，果蔬鱼肉之有顿放行列，此又万事之“文”也。推之天地之间，凡有条理明粲者，无往而非文，又岂特见于文辞言语者然后谓之文哉！[5]

---

[1] 薛瑄：《读书录》卷8，《薛瑄全集》，太原：山西人民出版社，1990年，第1222页。

[2] 胡居仁：《居业录》卷5，《正谊堂全书》同治刻本，第94册，第6页。

[3] 庄昶：《定山先生集》卷6，沈乃文：《明别集丛刊》第1辑，合肥：黄山书社，2013年，第57册，第528页。

[4] 朱东润：《中国文学批评史大纲》绪言，上海：上海古籍出版社，2001年，第3页。

[5] 薛瑄：《读书录》卷6，《薛瑄全集》，太原：山西人民出版社，1990年，第1172页。

吴与弼亦持此观点，他在《唐山书阁记》中说：“昔伏羲肇画于龙马之图而文籍生。”[1]

二是泛指各种文体。如章懋《新刊杨铁崖咏史古乐府序》：

> 昔蒙古氏之有天下也，治率用夷，而不师古。礼乐刑政，无足称述，独文章一脉，代有作者，未尝绝响。若虞伯生、范德机、杨仲弘、揭曼硕、欧阳原功、马伯庸、萨天锡，暨吾乡黄晋卿、柳道传诸人，各以其诗文鸣，莫不涵淳茹和，出入汉唐，郁乎彬彬，何其盛也。[2]

三是专指八股文。如胡居仁：

> 朝廷以文章取士，故士子亦心心念念，日夜去拟题目作文章，故学宫皆闲了，设若朝廷以德行、才能取士，则人必皆奋励以进其才，修其德，又何患人才不兴，风俗不美？[3]

虽薛瑄所指“文”，泛指一切“有形于天地之间者”[4]，但其心中是有所分类及取舍的，其所认同的主要是圣贤之文，因为圣贤的文章承续六经之旨，上关乎社稷，下关乎人伦日用，即其所谓的从道中流出，“乃道之精华”[5]。正因为薛瑄注重“文”的载道与否，故而其对“文”的华丽与否、工整与否，全不计较，因为那些华丽的文辞，对普通人来说，百无一用，“金膏水碧空青丹砂之文，虽曰奇宝，饥不可食，寒不可衣，亦何益于生人哉”[6]。所以他对汉代的司马相如提出了批评：汉代的文章，“至司马相如辈，词赋专尚华藻，文体变矣”[7]。唐代的韩愈，虽朱子对他有所指责，但薛瑄依然认为他是有唐三百年间识正学者[8]，不同于那些徒写华词丽句者。薛瑄说：“韩文所以高于诸子者，以约六经之旨而为之也。先儒犹谓其‘先学文，失进为之序’，况为文不本于六经义理，徒取文士之辞华缀集，而敷衍之者乎！”[9]薛瑄在诗歌品评上亦表现了同样的审美倾向，即认同诗歌中蕴含着“道”，包含着“理”。在薛瑄眼中，韩愈、朱熹、邵雍是其诗法的榜样，“韩文公《元和圣德》诗终篇，颂美之中多继以规戒之词，

---

[1] 吴与弼：《康斋先生文集》卷10，天津图书馆藏正德十年（1515）刻本，第4页a。
[2] 章懋：《枫山章先生集》卷7，北京：中华书局，1985年，第254页。
[3] 胡居仁：《居业录》卷5，《正谊堂全书》同治刻本，第94册，第7页。
[4] 薛瑄：《读书录》卷6，《薛瑄全集》，太原：山西人民出版社，1990年，第1182页。
[5] 薛瑄：《读书录》卷6，《薛瑄全集》，太原：山西人民出版社，1990年，第1170页。
[6] 薛瑄：《读书续录》卷4，《薛瑄全集》，太原：山西人民出版社，1990年，第1396页。
[7] 薛瑄：《读书续录》卷4，《薛瑄全集》，太原：山西人民出版社，1990年，第1385页。
[8] 薛瑄：《读书续录》卷4，《薛瑄全集》，太原：山西人民出版社，1990年，第1391页。
[9] 薛瑄：《读书录》卷2，《薛瑄全集》，太原：山西人民出版社，1990年，第1338页。

深得古诗遗意"[1]，"康节《首尾吟》，多盛极虑衰之意"[2]，"朱子诗曰：'若识无中含有象'，即'无极而太极'也"[3]。而有"诗圣"之称的杜甫，薛瑄主要欣赏的是他诗作中近理者，如："'人实不易知，更须慎其仪'，杜诗之近理者也。"[4]又如："少陵诗曰：'水流心不竞，云在意俱迟。'从容自在，可以形容有道者之气象。""少陵诗'寂寂春将晚，欣欣物自私'，可以形容物各付物之气象；'江山如有待，花柳自无私'，唐诗皆不及此气象。"[5]

正是由于薛瑄对"文"有着不同的界定，他所推崇的是那些圣贤之文，故其文道合一有着特殊性，与其他理学家有所不同。同样持"文"之本义的吴与弼，所针对的文主要指诗歌及时文。吴氏对时文的态度，前文已作介绍，此不赘述。对诗歌之态度，他在《与章士言训导书》中曾说："六岁入小学，七岁而学对句，十有六岁而学诗赋，十有八岁而习举子业，十有九岁得《伊洛渊源录》，观周、程、张、邵诸君子出处大概，乃知圣贤之学之美而私心慕之，于是尽焚应举文字，一以周、程、张、邵诸君子为心而自学焉。"[6]可见，他从小是练习诗歌写作的，即便是私慕圣贤之学时，烧掉的也只是应举的时文，而没有毁掉诗文，故他在内心还是对诗歌有所认同的，只不过在圣贤之文与诗歌的孰轻孰重上，心知肚明而已。正如他说的"凡人宜以圣贤正大光明之学为根本"，而"咏怀数诗乃余事云耳"[7]，"若夫藉湖之风月以流连光景，则词客所为，非吾儒所尚，亦非翁之请也"[8]。明白此，才理解他为何在《学规》中说了这样的话："学者所以学为圣贤也，在齐务，要讲明义理，修身慎行为事，如欲涉猎以资口耳。工诗对以事浮华，则非吾所知也。"[9]

不同于吴与弼对文道关系的温和态度，胡居仁在文道关系，尤其是对诗歌态度上稍显激烈。在他看来，诗文是落入第二等的，如其云："是以进而行之，足以致君泽民；退而明道，亦可以传于后世。岂记诵词章，智谋功利之可同日语

[1] 薛瑄：《读书录》卷7，《薛瑄全集》，太原：山西人民出版社，1990年，第1191页。
[2] 薛瑄：《读书录》卷7，《薛瑄全集》，太原：山西人民出版社，1990年，第1187页。
[3] 薛瑄：《读书续录》卷8，《薛瑄全集》，太原：山西人民出版社，1990年，第1458页。
[4] 薛瑄：《读书录》卷6，《薛瑄全集》，太原：山西人民出版社，1990年，第1178页。
[5] 薛瑄：《读书录》卷3，《薛瑄全集》，太原：山西人民出版社，1990年，第1079－1080页。
[6] 吴与弼：《康斋先生文集》卷8，天津图书馆藏正德十年（1515）刻本，第18页b至第19页a。
[7] 吴与弼：《康斋先生文集》卷8，天津图书馆藏正德十年（1515）刻本，第21页b。
[8] 吴与弼：《康斋先生文集》卷8，天津图书馆藏正德十年（1515）刻本，第38页b。
[9] 吴与弼：《康斋先生文集》卷8，天津图书馆藏正德十年（1515）刻本，第40页a。

哉。”[1]又说：“凡学以德行为先，才能次之，诗文末焉。”[2]有时甚至认为诗文是无用的，连农、工、商、贾都不如，“今天下第一无用是老、释，第二无用是俗儒所作诗对与时文。如农、工、商、贾皆有用处，皆有益于世。如农之耕，天下赖其养；工之技，天下赖其器用；商虽末，亦要他通货财。如老、释与俗儒，在天下非但无用，又害了人心。昔见一俗儒作诗贺人寿，过数日，其人将去糊窗壁，此儒吃恼。吾曰：‘也只好糊窗子，更好作何用？’诗以理性情，文以载道义，又何咎焉？乃不去身心性情上理会，所以无用也”[3]。

胡氏之所以提出上述观点，并非空穴来风。在他看来，人追求的是道德，而先王之世的那种“一道德，同风俗，故人才只是一样”的那种理想社会渐被分裂为“有道学之士、有节义之士、有功名之士、有利禄之士、文人举子、诗人墨客，又有老释异端之徒、倡优技术，杂然混处”[4]，使得社会风俗败坏。而自永乐以来，道义名节之士更是少之又少，正如他所说的：“永乐间，道义名节之士未见，只有许多才子出来弄诗文。”[5]而在胡居仁看来，这正是世道丧失的表现，“末世道丧，百病俱生，邪异蜂起，或专于记诵，或溺于词章，或汩于功利，皆非善学者也”[6]。

在胡居仁看来，诗歌真的是百无一用吗？答案是否定的。对于诗之所以作，胡居仁有清醒的认识，“有天地便有人物，有人物便有性情，有性情则形于言语咏歌，自不容已，此诗之所以作也”[7]。不仅如此，他还明白治乱兴亡、美恶邪正，都可通过诗歌表现出来。他借范氏之言说：“治世之诗，言其君上悯恤之情；乱世之诗，录其室家怨思之苦。”[8]“诗之善者，读之，此心有所感发兴起；诗之不善者，读之，此心有所惩创羞恶。”[9]在胡居仁看来，诗歌应该发挥如下作用：“诗既作，又足以正性情，辨得失，兴教化，感人心，动天地，格鬼神，此诗之本末功用也。”[10]既如此，胡氏为何又反对作诗呢？因为在他看来，士人沉溺于

〔1〕 胡居仁：《奉于先生》，《胡敬斋集》卷1，《正谊堂全书》同治刻本，第51册，第11页b。
〔2〕 胡居仁：《丽泽堂学约并序》，《胡敬斋集》卷2，《正谊堂全书》同治刻本，第52册，第44页a。
〔3〕 胡居仁：《居业录》卷5，《正谊堂全书》同治刻本，第94册，第9页b。
〔4〕 胡居仁：《居业录》卷4，《正谊堂全书》同治刻本，第94册，第15页b。
〔5〕 胡居仁：《居业录》卷4，《正谊堂全书》同治刻本，第94册，第7页a。
〔6〕 胡居仁：《居业录》卷7，《正谊堂全书》同治刻本，第94册，第10页b。
〔7〕 胡居仁：《居业录》卷8，《正谊堂全书》同治刻本，第95册，第48页a。
〔8〕 胡居仁：《居业录》卷8，《正谊堂全书》同治刻本，第95册，第48页b。
〔9〕 胡居仁：《居业录》卷8，《正谊堂全书》同治刻本，第95册，第48页b。
〔10〕 胡居仁：《居业录》卷8，《正谊堂全书》同治刻本，第95册，第48页b。

记诵词章之学而“不去身心性情上理会”[1]，使得诗的这些功用未发挥出来。正如他辨析程子“诗文害道”所言：“程子以诗文害道。非是诗文害道，是作诗文者志局于此，所以为道之害。若道义发于诗文，又何害？”[2]由此而言，胡氏此观点主要针对当时士子风气有感而发，“今人只将圣贤之书，资口语，作文章，与自己身心全无干涉”[3]，即胡氏所说的“自家大本不立，见得道理不分明”[4]。正是基于以上种种，胡氏才时时告诫来丽泽堂学习的士子“毋作草率之诗，以取时宠”，正如他在诗中所说的，“题诗本欲资名教，岂为区区寄俗情”[5]。针对士风积弊，他提出了疗疾之方，即回归到三百篇的风雅传统。他为其祖诗集所作的《流芳诗集后序》集中申述了以上所讨论的问题。首先，诗歌的起源。胡氏认为诗歌之所以创作，是“本于天，根于性，发于情也”，其中性是“心之体”，而情是“心之用”。其次，诗歌的发展流变。胡氏认为诗歌起源甚早，在二帝时已出现，风、雅、颂、赋、比、兴的出现代表着诗歌的体制已备，自此以降，“变而为骚，又变而为排韵，为顺体，为调，为律诗、联句”，诗歌的体制义理，性情风韵荡然无存。第三，指出李杜之诗，或“无补生民之日用”，或“学未及古，拘于声律对偶”。那些学李杜者更是等而下之，其缘由就在于“不务养性情，明天理”。通过以上三点，胡氏指出，自己并非主张不作诗，而是有一纲领性的要求。他说：“然则，诗不可作乎？曰：何为不可哉？但务养性情，明道义，使吾心正气和，则诗之本立矣。绝去巧丽对偶声律之习，熟读三百篇，玩其词，求其义，涵泳讽味，使吾心之意与之相孚而俱化。则性情以正，声律以和，不拘字数句语多寡，但求韵叶以便歌咏，则庶乎近之矣。大抵诗乐实系世道盛衰，非智力可强探而必得也。”[6]

其诗文观如此，故对陈献章的诗歌，既表现出欣赏之意，又再三盘问他作诗的目的何在，希望他不要在诗文上花费太多精力与工夫。如《与丘时雍》所云：“昨蒙见示陈公甫诗，诵读之余，令人情意浩然。夫公甫资性英明，才气高迈，抱负宏大。居仁所以深为公甫喜也。观其诗皆雄才大略之所发，其体律句语，又皆高切古健，靡不有法，岂其以此为重而用心乎？抑以此为末而不为所累乎？夫人之心，虚灵不测，函具万理，必其无一毫之累，乃能与天地同其大，故仆之所

[1] 胡居仁：《居业录》卷5，《正谊堂全书》同治刻本，第94册，第9页b。
[2] 胡居仁：《居业录》卷2，《正谊堂全书》同治刻本，第93册，第8页b。
[3] 胡居仁：《居业录》卷2，《正谊堂全书》同治刻本，第93册，第9页a。
[4] 胡居仁：《居业录》卷7，《正谊堂全书》同治刻本，第94册，第12页b。
[5] 胡居仁：《胡敬斋集》卷3《勉学者》，《正谊堂全书》同治刻本，第52册，第116页。
[6] 胡居仁：《胡敬斋集》卷2，《正谊堂全书》同治刻本，第52册，第2页。

以望于公甫者在此，而不在彼也。”[1]

与胡居仁一样，章懋在文道关系上，也认为文次于道，属于第二等。在《与张冬官用载》书简中，历数有“小邹鲁”之称的金华士子时，章懋认为：“上者以道学相传，其次则以孝行、忠义、勋业、政事、清节著称，又其次则为文章大家。”[2]文章在其心目中的地位，可想而知。文章中的诗文，只不过是儒者的余事罢了。因为在章懋看来，诗文是无用的。因为“词章之学，治世用之不能兴礼乐，乱世用之不能致太平”[3]。故而其对唐人千方百计、苦心诣旨于诗歌的锻词炼句表示了不解：“他如作诗作文，先儒皆不过以写其胸中之所得而已，亦何尝如唐人之苦心极力，而为无益之言哉！”[4]在他看来，作为儒生，其人生归宿是：“吾儒为天地立心，为生民立道，为往圣继绝学，为万世开太平，其功用之大何如哉。”[5]故而，诗文小道也就不足挂齿了。

章懋文道观虽如上述所言，但他还是有自己的衡量尺度的。具体而言，一为文要深于道德：“闾胥族党之书皆先德行，而科目之所取，学官之所名者，专以文艺。或者诋其非，某窃以为不然：夫文艺，道德之精华也；深于道德，然后能工于文艺。较其艺者，固将以观其德也。然则六德六行之备，书其察之也详；即其一艺而名之者，其责之也厚。察之详则其名不虚，责之厚则其实难副，知其名之不可虚，而必求所以副其实焉，是亦所以劝也。”面对他人的诋毁，章懋给予了自我的解释，从中可见，他是从一种理想状态来审视文艺的，希望文艺为道德之精华这一结论能够名副其实。他在评价历史人物时，也是持这一观点的，最明显的例子就是评点陶渊明与王安石。陶渊明，大部分人只从其文章来作评判，章懋对此持异议，而认同朱子之观点，认为“其不臣二姓，有得于天命民彝、君臣父子之义”。德既高，文章就自不待言了。在《读荆公集》中，章懋对王安石心术的不正与文章名不副实，表示了惋惜，他说：“孰谓文章、节行高一世，可与欧、曾、三苏并驱争先？而心术行事，顾与吕、蔡、章惇为伍。其可惜也夫！其可惜也夫！”[6]二是诗歌传承《诗经》的讽喻传统。章懋自言：“某当时在翰林文字，多主讽谏，极为陈文所恶。”正是秉持此传统，他才对杨维桢的咏史古乐府情有独钟，并为之作序，因为在他看来，徒知从事声偶之间，且不能驰骋以极人

〔1〕胡居仁：《胡敬斋集》卷1《书》，《正谊堂全书》同治刻本，第51册，第19页a。
〔2〕章懋：《枫山章先生集》卷3，北京：中华书局，1985年，第94页。
〔3〕章懋：《枫山语录》卷1，《金华丛书》同治辑刻本，第7页a。
〔4〕章懋：《乡试录序》，《枫山章先生集》卷3，北京：中华书局，1985年，第95页。
〔5〕章懋：《枫山章先生集》卷7，北京：中华书局，1985年，第259页。
〔6〕章懋：《枫山章先生集》卷4，北京：中华书局，1985年，第118页。

情物理之妙的俗人俗作，在杨维桢那儿没有半点痕迹，“独先生之作，逸于思而豪于才，抑扬开阖，有美有刺，陈义论事，婉而微章，上下二千年间理乱兴亡之故，若指诸掌，而其命辞，皆即史传故实，隐括而成，叶诸金石，若出自然，昌黎所谓横空盘硬语、妥贴力排傲者，先生有之”[1]。

本节简要梳理了文道关系自明初至成化、弘治年间的变迁，最初的文道合一的推广到后来文道分离。如成弘时期理学家们越来越重视道而轻视文，两者的地位也越来越悬殊，其实从他们的文集中诗、文的比例上也可一窥其变化的趋势。薛瑄、吴与弼的诗歌在他们的文集中比重大，而胡居仁、章懋的诗歌在文集中所占比例明显缩小。

不过，持文道分离之说的理学家，基本为山林或由庙堂到山林的理学家，如以上所举的章懋、胡居仁、罗伦等。而那些在朝任职翰林者，如丘濬、程敏政，依然坚持文道合一观。他们所说之文的内涵，与薛瑄、吴与弼相同，指文的本义。程敏政在为丘濬文集所作的序中，通过追本溯源的方式，分析文所指内容的演变史，此演变史即为文道分裂史。在程氏看来，中古时期，文的内涵发生变化，文道分裂，至宋代程、朱出，文道复明。迨至当下，丘氏之文，正是继承程朱之文道观，目的就在于：“其言凿凿乎必可见之于行，行之必可以兴文治、洽文教，而致吾君于尧舜三代之上，流声实于两间，作楷模于来世，使道不为空言。盖先生之志如此，而文亦足以发之，不可诬也。”文既然为载道而作，故而，对他们来说，不会主动去教他人作诗文，即便作，只求辞达而已。正如丘濬对程敏政所言：“世之作文者，类喜煅炼为奇，不究孔子词达之旨；或剽窃以为功，不识周子文以载道之说。虽有言无补于世，无补于世，纵工奚益！故予平日不欲以诗文语学者。”[2]对此，程敏政评价说：“盖先生惧学者之无本也，则有《学的》之编；惧学者之不知变也，则有《世史正纲》之作；惧学者之明体而不适于用也，则有《大学衍义》之补。”[3]有关《大学衍义补》，朱鸿林评价：“它广受欢迎，读者众多，因为它为实际的经世知识提供了一个内容丰富而又有现实意义的读本，同时又为关怀国家大事的人们宣示了一种实用的精神。”[4]由此看来，程、丘虽持文以载道的观点，但他们明显侧重于实用的层面，而不同于上述理学家的理论层面。

---

〔1〕 章懋：《枫山章先生集》卷7，北京：中华书局，1985年，第254页。

〔2〕 程敏政：《丘先生文集序》，《篁墩程先生文集》卷29，中国国家图书馆：《原国立北平图书馆甲库善本丛书》，北京：国家图书馆出版社，2013年，第719册，第298－299页。

〔3〕 程敏政：《丘先生文集序》，《篁墩程先生文集》卷29，中国国家图书馆：《原国立北平图书馆甲库善本丛书》，北京：国家图书馆出版社，2013年，第719册，第299页。

〔4〕 朱鸿林：《丘濬〈大学衍义补〉及其在16、17世纪的影响》，《儒者思想与出处》，北京：生活·读书·新知三联书店，2015年，第127页。

第二节　陈献章“诗”“道”并重的文学观

陈献章在诗文中亦常常提及“文”“道”。同其他理学家一样，陈献章所谓的“文”（或文章，或文字），其意义因文而异，或为总称，或为某一文体。

示予以世卿之文，出入经史，跌宕纵横，笔端滚滚不竭来，数千言沛然出之，若不为势利所拘者。予时未识世卿而知世卿抱负有大于人，既不忘于心，亦时于诗焉发之。或闻论当世士有文章，必问曰：“如李世卿否?”[1]

小诗不足以光先德，但比于他文此为切实耳。[2]

此处的“文”“文章”，指广义的文学，为各种文体的总称。

自炎汉迄今，文字记录著述之繁，积数百千年于天下，至于汗牛充栋，犹未已也。[3]

这里的“文字”则指记录各种著述的“文字”。

宋仁宗朝除四谏官，其一人忠襄余公也。蔡君谟诗云：“必有谋猷裨帝右，更教风采动朝端。”弘治十年春，韶守钱君镛始作风采楼，与张文献风度楼相望。忠襄之十八世孙英走白沙，谒文以表之。[4]

别驾余先生命予题《中流砥柱图》。予读彭秋官序文，虽非正说此图，而意已足，末举元贞事一段结裹，尤警策有力，故予仿其意而切言之。[5]

---

〔1〕 陈献章：《送李世卿还嘉鱼序》，《陈献章集》卷1，北京：中华书局，1987年，第15页。

〔2〕 陈献章：《与吴黄门世美》，《陈献章集》卷2，北京：中华书局，1987年，第136页。

〔3〕 陈献章：《道学传序》，《陈献章集》卷1，北京：中华书局，1987年，第20页。

〔4〕 陈献章：《韶州风采楼记》，《陈献章集》卷1，北京：中华书局，1987年，第26页。

〔5〕 陈献章：《题余别驾中流砥柱图后》，《陈献章集》卷1，北京：中华书局，1987年，第72页。

顷者，廉宪陶公惠书称执事之命，以平后山碑文委仆为之。[1]

顺德令来辱书，承以送东山先生序文属之仆。[2]

《慕竹记》文，章心许之，病未能耳。[3]

封去某近作记文一首，据拙见，词格不古，终伤安排，不知世卿以为何如？朋友间评论文字在于求益，奚事虚让为？[4]

以上几例，"文"的含义或为"记"，或为"序文"，或为"碑文"，属于现代意义上的应用文。除以上例子外，还包括《祷雨祭五方土神文》《祷雨告各神文》《谢雨文》《祭先师康斋墓文》等所谓的"祭文"。

《语》以四科称群弟子，由汉而来，儒者以言语称者几人？以政事称者几人？以文学称者几人？其间足以方驾古人而绝尘于当世者亦鲜矣，况德行乎？[5]

此处的"文学"，则采用的是《论语·先进》中的孔门四科，即德行、言语、政事、文学。其中，"文学"主要指的是现代学科分类中的"文献学"[6]。

岁久，栋宇就废，公之父某复即其地而新之，既而诸子皆以文章取科第为显官。[7]

呜呼先生，今曷为而往，始曷为而来？处则畎亩之逸民，出则文章之巨魁。[8]

以上二例的"文章"则特指"八股文"。陈献章弟子贺钦在《张生文亨字说》中说："文，一也。古今所指不同，古所谓文非今之谓文也。今之文，科第

[1] 陈献章：《与葛侍御》，《陈献章集》卷2，北京：中华书局，1987年，第137页。

[2] 陈献章：《复林府尊》，《陈献章集》卷2，北京：中华书局，1987年，第195页。

[3] 陈献章：《与汪提举》，《陈献章集》卷2，北京：中华书局，1987年，第204页。

[4] 陈献章：《复李世卿》，《陈献章集》卷2，北京：中华书局，1987年，第220页。

[5] 陈献章：《程乡县儒学记》，《陈献章集》卷1，北京：中华书局，1987年，第29页。

[6] 此处"文学"一词含义，或取"学问"之义，如蒋寅《金陵生小言》；或取"文献"之义，如孙钦善《中国古文献学史》。

[7] 陈献章：《龙冈书院记》，《陈献章集》卷1，北京：中华书局，1987年，第33页。

[8] 陈献章：《告罗一峰墓文》，《陈献章集》卷1，北京：中华书局，1987年，第117页。

词章之谓，无本之文也。”[1]

“道”的含义，则随行文而别有所指。或指天道：

道至大，天地亦至大，天地与道若可相侔矣。然以天地而视道，则道为天地之本；以道视天地，则天地者，太仓之一粟，沧海之一勺耳，曾足与道侔哉？[2]

或指圣人之道：

昔者尧、舜、禹、汤、文、武、周公道大行于天下，孔子不得其位，泽不被当世之民，于是进七十子之徒于杏坛而教之，择善力行，以底于成德。[3]

“文”与“道”因具体行文的不同而致相异含义，已如前文所述。那么，当文与道同时出现时，陈献章如何权衡二者之关系呢？试看以下三例：

韶广相去未远，一问不通今几年，怅想无已。即日苍头至，辱手书并惠米布诸物，具审。雅履佳胜，志业日新为慰。某奉母之外无他况，惟益衰耳。首夏，湖广嘉鱼贡士李承箕世卿者过白沙，甚聪明，有文章，留白沙数月，不忍别去，议论间颇觉有益，恨足下不与同也。眼中朋友，求可与言者不可得，世味之移人者不少，大者文章功业，然亦为道之障，为其溺也。足下苟有见于此，幸甚，幸甚。章所欲告于足下者，非尺牍能尽。[4]

今幸置目于先生之文，而知富贵果不足慕，贫贱果不足羞，功利得丧、屈信予夺一切果不足为累。天地之为大，死生之为变，自得者果不可得知。而奋乎百世之上，兴起百世之下，孟轲氏果不予诬，其所恃者盖有在也。故士必志道，然后足以语此。[5]

若廷实清虚高迈，不苟同于世也，又何忧其不能审于仕止、进退、

[1] 贺钦：《医闾先生集》卷4，辽宁省图书馆藏嘉靖二十三年（1544）刻本，第13页b。

[2] 陈献章：《论前辈言铢视轩冕尘视金玉》，《陈献章集》卷1，北京：中华书局，1987年，第54－55页。

[3] 陈献章：《龙冈书院记》，《陈献章集》卷1，北京：中华书局，1987年，第33页。

[4] 陈献章：《与邓球》，《陈献章集》卷2，北京：中华书局，1987年，第226页。

[5] 陈献章：《李文溪文集序》，《陈献章集》卷1，北京：中华书局，1987年，第9页。

语默之概乎道也。……去岁之冬，李世卿别予还嘉鱼，赠以古诗十三首。其卒章云："上上昆仑峰，诸山高几重？望望沧溟波，百川大几何？卑高入揣料，小大穷多少？不如两置之，直于了处了。"世卿豪于文者也，予犹望其深于道以为之本。廷实至京师见世卿，重为我告之。[1]

当文道同时出现时，陈献章所指的文主要是指广义的文，即文学的各种形式（包括八股文在内），而道主要是指圣人之道及其思想学说。二者之关系，陈献章认为：第一，人溺于文时便害道；第二，道为本，文为枝。至此，似乎很容易得出的结论是，同其他理学家一样，陈献章重道轻文。然而，考察陈献章一生便可知此结论的武断。综观陈献章一生，其对文，尤其是"诗"的态度，有一个逐渐认识的过程。

成化二年（1466），年将不惑的陈献章迫于流言，采纳时谪顺德县事的翰林侍读学士钱溥的建议，北上抵达京师，因和杨时《此日不再得》韵而名动京师。在是诗中，陈献章倡言："道德乃膏腴，文辞固粃糠。"[2]本着此文道观，陈献章尽力克制作诗，他说："予自成化辛卯秋九月以来，绝不作诗，值兴动辄遏之。"[3] 陈郁夫统计："全集先生五十二岁以前诗不多，而四十四岁至五十二岁间诗更少，则先生于五十二岁以后复作诗当不误。"[4]不仅如此，陈献章还一次次告诫弟子："诗、文章、末习、著述等路头，一齐塞断，一齐扫去，毋令半点芥蒂于我胸中，夫然后善端可养，静可能也。"[5]诘问朋友："君子之所以学者，独诗云乎哉？"[6]不作诗之因，据《杂诗序》所言："至今年夏四月，予病小愈，扶杖出门，俯仰上下，欣慨于心，师友代凋，知己悠邈，殆亦不可为怀。"[7]此处陈献章说是缘于身体染病，但翻阅陈献章此时期的书信，当别有隐情。

本书认为，陈献章不作诗的缘由有两个。一为怕见讥于大儒君子。他在《与王乐用佥宪》中坦白："及退取陶、谢、少陵诸大家之诗学之，或得其意而亡其辞，或得其辞而遗其意，或并辞意而失之。盖其所谓夙生晕血，终欠一洗之力，

---

〔1〕 陈献章：《送张进士廷实还京序》，《陈献章集》卷1，北京：中华书局，1987年，第12－13页。

〔2〕 陈献章：《和杨龟山此日不再得韵》，《陈献章集》卷4，北京：中华书局，1987年，第279页。

〔3〕 陈献章：《杂诗序》，《陈献章集》卷1，北京：中华书局，1987年，第21页。

〔4〕 陈郁夫：《江门学记：陈白沙及湛甘泉研究》，台北：台湾学生书局，1984年，第123页。

〔5〕 陈献章：《与林缉熙书》，《陈献章集》，北京：中华书局，1987年，第975页。

〔6〕 陈献章：《送罗养明还江右序》，《陈献章集》卷1，北京：中华书局，1987年，第25页。

〔7〕 陈献章：《杂诗序》，《陈献章集》卷1，北京：中华书局，1987年，第21页。

而又惧其见讥于大儒君子。"[1]二为来自友人质疑所引起的焦虑。胡居仁在《与丘时雍》中，质问他是以诗为事业，还是认为写诗对求"道"无伤，已含有批评之意。友人章懋也评价他"不免流于作诗写字之间"[2]。而更令陈献章焦虑者，在于他人往往借其诗以质疑其学问趋向。陈献章对诸种事件，最集中的一次回应出现于《复赵提学佥宪》。其文如下：

……然谓仆《示诸生》诗末联有激而发，则恐观者过于求索，仆之意往往不然也。此诗亦但谓岁月流迈，诸生学不加进，故汲汲焉告之，冀其有所感发而自忧耳。至于末联，则为我所以为诸生忧。若但如杨朱为我而不恤人，则彼杨朱何为者耶？于是终告之曰："辟杨氏者，孟子也。"岂若是褊哉？道固尔也。反复言之，不过使学者知吾之忧出于当然而不容已，则其所当自忧者，将惕然于中而益不容已也。乃作诗者属意于此，《订顽》《砭愚》咸此焉，在何嫌于人我为敌与自任孟轲之重耶？记《语类》所载，文公力疾与学者语，勉斋见而止之，文公曰："除是杨朱不理会人，我即不曾学得杨朱。"亦此类也，执事顾以为不可乎？

海云更号，极是率尔，敢不承教。执事录示张东白诗，且疑仆更号"逃禅"，不能摆脱此语，闻之不觉失笑。执事固爱助我者，请问今所疑于仆如此，果何自来耶？若出于东白，未可据也。东白盖仆昔论学书中一二语，偶未深契而料想至此，从而疑之，窃恐未为至论。只如此诗者，偶读《宋文鉴》，和得半山诗数首，论者云陈公甫喜荆公辈人。直如此草草，仆平生得无巴鼻之谤多类此，可怪也。[3]

书中，陈献章针对赵提学的来信中的两处怀疑予以解释。其一，《示诸生》诗末联是否别有深意；其二，张东白诗中所说的陈献章改号"逃禅"，是否属实。此外，针对第二处疑问，陈献章又将他人对他和王安石诗的指摘作了一并回应。其所说的《示诸生》诗，共二首，全诗如下：

无我无人无古今，天机何处不堪寻！风霆示教皆吾性，汗马收功正此心。
水火鼎中非玉液，鸳鸯谱里失金针。道人欲向诸君说，只恐诸君信未深。

[1] 陈献章：《与王乐用佥宪》，《陈献章集》卷2，北京：中华书局，1987年，第154页。
[2] 章懋：《枫山语录》，《金华丛书》同治辑刻本，第33页b。
[3] 陈献章：《陈献章集》卷2，北京：中华书局，1987年，第145－146页。

浮生扰扰白头新，又见人间一度春。尔辈何时方发愤，老闻夜雨欲伤神。

此身天地逢人少，落日江门叫鹤频。为报杨朱莫相笑，孟轲不是褊心人。[1]

按信中所言，当指第二首。此诗之主旨，如陈献章所言，为劝学之作。疑问在于末联含义，此本事为孟子在《尽心》中所言的杨朱“一毛不拔”事，孟子责其少仁爱之心，“杨、墨所为，正以贼仁、贼义”[2]。有关“逃禅”，《陈献章集》中未载，此主要指陈献章心学思想与禅的关系，前文已作介绍，此略。和王安石诗事，则涉及王安石在明代人心目中之地位。王安石自变法起，因旧党的反对，所受诋毁接连不断。迨至宋亡，更有人将宋亡归咎于其变法。于是，在人们心中，王不仅亡国，心术之坏，其父子篡改经典，亦是孔教罪人。王氏地位如此，陈献章和其诗，以致引起误会，也就难免。

正是迫于种种压力，陈献章尽力克制作诗，以免惹是非之辞。但随着其将心学观点诉诸诗歌中，早先的戒诗行为便不复存在了。“静坐观群妙，聊行觅小诗”[3]，“兼有吟诗病，何妨著酒扶”[4]，“酒杯不与年颜老，诗思还随物候新”[5]，“江门诗景年年是，每到春来诗便多”[6]，“江天好景无人画，每要先生藉入诗”[7]，“神仙自古非无术，佳节如今更要诗”[8]，“殷夜春雷憎搅睡，洒窗凉雨苦催诗”[9]，等等。还劝勉朋友罗冕：“天生男子非无事，公是闲人莫废诗。”[10]不仅作诗，还在与弟子的书信中畅谈诗法，如《次王半山韵诗跋》《送张方伯诗跋》《批答张廷实诗笺》《与黄大参》《与张廷实主事》《与汪提举》等。来往书信中，大到谋篇布局，小至一字之稳妥。

这一转变，是陈献章将自我“心学”的认识逐渐付诸诗文中的过程。此种转变以成化二十一年（1485）左右所作的《认真子诗集序》为代表[11]。其云：

夫道以天为至，言诣乎天曰至言，人诣乎天曰至人。必有至人，能立至言。尧、舜、周、孔至矣，下此其颜孟大儒欤。宋儒之大者，曰周、曰

〔1〕陈献章：《陈献章集》卷5，北京：中华书局，1987年，第494页

〔2〕王夫之：《读四书大全说》，北京：中华书局，1975年，第740页。

〔3〕陈献章：《四月》，《陈献章集》卷4，北京：中华书局，1987年，第339页。

〔4〕陈献章：《九日嘉会楼登高》，《陈献章集》卷4，北京：中华书局，1987年，第382页。

〔5〕陈献章：《辛丑元旦戏笔》，《陈献章集》卷5，北京：中华书局，1987年，第411页。

〔6〕陈献章：《饮酒》，《陈献章集》卷5，北京：中华书局，1987年，第471页。

〔7〕陈献章：《东桥》，《陈献章集》卷5，北京：中华书局，1987年，第495页。

〔8〕陈献章：《壬辰秋九日圭峰作》，《陈献章集》卷5，北京：中华书局，1987年，第502页。

〔9〕陈献章：《答西良荔枝》，《陈献章集》卷5，北京：中华书局，1987年，第502页。

〔10〕陈献章：《次韵罗冕》，《陈献章集》卷5，北京：中华书局，1987年，第456页。

〔11〕《认真子诗集序》原文无系年，陈郁夫将之归为成化二十一年（1485），而黎业明将之归为成化二十年（1484）。

程、曰张、曰朱，其言具存，其发之而为诗亦多矣。世之能诗者，近则黄陈，远则李杜，未闻舍彼而取此也。学者非欤，将其所谓大儒者工于道不工于诗欤？将未至于诣乎天，其言固有不至欤？将其所谓声口弗类欤？言而至者，固不必其类于世。或者又谓："诗有别材，非关书也。诗有别趣，非关理也。"则古之可与言诗者果谁欤？夫诗，小用之则小，大用之则大。可以动天地，可以感鬼神；可以和上下，可以格鸟兽；四时行焉，百物生焉；皇王帝霸之褒贬，雪月风花之品题，一而已矣。小技云乎哉？[1]

此后，陈献章对此深信不疑，弘治六年（1493），年过耳顺的陈献章在《夕惕斋诗集后序》又对诗非小技作了一番重申："先儒君子类以小技目之，然非诗之病也。彼用之而小，此用之而大，存乎人。天道不言，四时行，百物生，焉往而非诗之妙用？会而通之，一真自如。故能枢机造化，开阖万象，不离乎人伦日用而见鸢飞鱼跃之机。若是者，可以辅相皇极，可以左右六经，而教无穷。小技云乎哉？"[2]两文相互发明，探究诗道，一改以往理学家重道轻文的观点，认为诗歌的作用大小，取决于"我"。那么在陈献章看来，诗歌被先儒视为小技的原因何在呢？《认真子诗集序》亦作了回答，即他所说的"诗之工，诗之衰也"：

诗之工，诗之衰也。言，心之声也。形交乎物，动乎中，喜怒生焉，于是乎形之声，或疾或徐，或洪或微，或为云飞，或为川驰。声之不一，情之变也，率吾情盎然出之，无适不可。有意乎人之赞毁，则《子虚》《长杨》，饰巧夸富，媚人耳目，若俳优然，非诗之教也。

甚矣，诗之难言也。李伯药见王通而论诗，上陈应刘，下述沈谢，四声八病，刚柔清浊，靡不毕究，而王通不答。薛收曰："吾尝闻夫子之论诗矣，上明三纲，下达五常，于是征存亡，辨得失，小人歌之以贡其俗，君子赋之以见其志，圣人采之以观其变。今子之言诗，是夫子之所痛也。"南朝姑置勿论，自唐以下几千年于兹，唐莫若李杜，宋莫若黄陈，其余作者固多，率不是过。乌虖，工则工矣，其皆《三百篇》之遗意欤！率吾情盎然出之，不以赞毁欤；发乎天和，不求合于世欤；明三纲，达五常，征存亡，辨得失，不为河汾子所痛者，殆希矣。故曰"诗之工，诗之衰。"[3]

---

〔1〕 陈献章：《认真子诗集序》，《陈献章集》卷1，北京：中华书局，1987年，第5页。
〔2〕 陈献章：《夕惕斋诗集后序》，《陈献章集》卷1，北京：中华书局，1987年，第11－12页。
〔3〕 陈献章：《认真子诗集序》，《陈献章集》卷1，北京：中华书局，1987年，第5页。

在陈献章看来，诗歌只有秉承诗教传统，才能于世有补，才能发挥其积极的作用。而性情之自得，性情之真，是诗歌的根本，是风雅的渊源。然而，自《诗经》以降，诗歌的发展，或注重文辞的富丽，如以《子虚赋》《长杨赋》为代表的汉赋；或注重体裁的推新，讲究外在表现形式，如魏晋以降随着声律、对偶等的引入，诗歌产生近体诗，至唐代而大盛。无论是文辞上的讲究还是体裁形式的变革，引导人们过多地关注诗歌的言语之美、文辞之丽、形式之工，即便是唐诗的代表人物李白、杜甫，宋诗的代表人物黄庭坚、陈师道亦不能免。这样的结果只能使人们忽视甚至忘却诗歌的本质，最终使诗歌变为一种小技。相比而言，尧、舜、周、孔、颜、孟，宋代大儒如周、程、张、朱继承三百篇的遗韵，且有诗歌流传于世。陈献章通过正反的例证，说明了诗歌作用的大小取决于“我”如何用。这并非诗歌的问题，而是人的问题，正如他所说的“彼用之而小，此用之而大，存乎人”[1]。而人一旦认识到此，将诗教传统融会贯通，则将会使诗歌发挥无穷的能量。

再反观生活于同一时代的胡居仁、章懋二人。胡、章二人，一为陈献章的同门，一为陈献章的友人，在文道关系上，因为所侧重不同，最终导致了他们不同的文道观。尤其是胡居仁，其《流芳诗集后序》，与陈献章《认真子诗集序》等文，立论的基础基本相同，即他们关注的都是当时诗坛之流弊，对诗歌的最终归宿也并无二致。胡居仁亦注意到不是诗文害道，而是作诗之人害道，这是难能可贵的。然而，二人所持的补救之方却截然相反，胡居仁过分强调现实客观情况，从而采取了消极态度，建议士人不要去作诗；而陈献章则注重个人的主观能动性，建议人们去作诗，但要加强内心的涵养。一拒绝作诗，一鼓励作诗，于是便产生了截然相反的态度：一个坚持诗文无用，一个坚持小用之则小、大用之则大。

至此，相较于其他理学家轻文的态度，陈献章在态度上明显有了改变。其重视诗文是他冲破其他理学家的藩篱而重视自我精神的开始，是自我对外界的回应，但就自己内心而言，其在理学家身份与诗人的身份上，明显是偏向理学家这边。湛若水在陈献章《浴日亭次东坡韵》诗后跋云：“此吾师石翁先生手书浴日亭和东坡之作也，识者以为度越前作矣。夫以先生片言只字皆发于妙道精义之蕴可以为训，又非特诗人墨客之比已也。”[2]其结果便是道是根本，是第一性的，而诗则是枝叶，是第二性的，从属于道。如《书漫笔后》：

---

〔1〕 陈献章：《夕惕斋诗集后序》，《陈献章集》卷1，北京：中华书局，1987年，第11页。

〔2〕 湛若水：《〈浴日亭次东坡韵〉跋》，翁方纲：《粤东金石略》，《续修四库全书》，上海：上海古籍出版社，2002年，史部，第913册，第600页。

文章、功业、气节，果皆自吾涵养中来，三者皆实学也。惟大本不立，徒以三者自名，所务者小，所丧者大。虽有闻于世，亦其才之过人耳，其志不足称也。学者能辨乎此，使心常在内，到见理明后，自然成就得大。《论语》曰：“朝闻道，夕死可矣。”孔子岂欺我哉？[1]

其所谓的大本，即为《认真子诗集序》所说的温柔敦厚的诗教本旨。《次王半山韵诗跋》说：“若论道理，随人深浅，但须笔下发得精神，可一唱三叹，闻者便自鼓舞，方是到也。须将道理就自己性情上发出，不可作议论说去，离了诗之本体，便是宋头巾也。”[2]立“大本”才能保证诗歌的“大用则大之”。如何实现立“大本”？陈献章认为途径有两条：自得与自然。

首先，强调“自得”是陈献章心学理论的主要命题之一。其旨意在于：“人要学圣贤，毕竟要去学他。若道只是个希慕之心，却恐末梢未易湊泊，卒至废弛。若道不希慕圣贤，我还肯如此学否？思量到此，见得个不容已处。虽使古无圣贤为之依归，我亦住不得，如此方是自得之学。”[3]按陈献章所言，自得重在“我”之作用。弘治十年（1497），年届七十的陈献章指导张廷实作诗之法，说：“承欲学诗，自古未有足于道而不足于言者也。学人言语，终是旧套。”[4]在与门人张廷实一信中，陈献章对读诗之法表达了自己的看法：“来诗感愤之速，足慰所望，着此一鞭，无难于天下矣。他人读拙诗，只是读诗，求之甚浅，何足与语此也。抑犹有未尽者，更讽咏之。千周灿彬彬兮，万变将可睹；神明或告人兮，魂灵忽自悟。虽拙作之浅陋，能以是法求之，恐更有自得处，非言语可及也。”[5]

强调“自得”，并非意味着只要大本“道”达，而不计诗文的工拙。何况，就诗文而言，在陈献章看来，是不易言说的。他在《认真子诗集序》《与张廷实主事》《论诗不易》等文中，不止一次地表述诗之难言与作诗之难。其不易言说处，既有诗歌意境之难言说，亦有炼字之难。

诗歌意境之难言，陈献章在《论诗不易》中言：

宋欧阳文忠公最爱唐人《游寺诗》：“曲径通幽处，禅房花木深。”又爱一人《送别诗》：“晓日都门道，微凉草树秋。”云：“修平生欲道此

[1] 陈献章：《书漫笔后》，《陈献章集》卷1，北京：中华书局，1987年，第66页。
[2] 陈献章：《次王半山韵诗跋》，《陈献章集》卷1，北京：中华书局，1987年，第72页。
[3] 陈献章：《与贺克恭黄门》，《陈献章集》卷2，北京：中华书局，1987年，第133页。
[4] 陈献章：《与张廷实主事》，《陈献章集》卷2，北京：中华书局，1987年，第174页。
[5] 陈献章：《与张廷实主事》，《陈献章集》卷2，北京：中华书局，1987年，第161页。

语，道不得。”朱文公谓：“今人都不识此等好处是如何。”二公最知诗者也，后人诚未易及。如此两联，予始因欧公叹赏之至，欲求见其所以妙如欧公之意了不可得，遍问诸朋友无知者。徐取魏晋以下诸名家所作，凡为前辈点出者，反复玩味，久之乃若粗有得焉。间举以告今之善言诗者，亦但见其唯唯于吾所已言者而已。吾所不言者，彼未必知也。夫然后叹欧公之绝识去今之人远甚，而信文公之言不诬也。噫，诗可易言哉。[1]

诗既不易言说，弟子又常有书信往来请教、讨论诗法，故而陈献章常以自我学诗途径来以身说法，指导后学。面对弟子询问，陈献章总是介绍自己学诗时的困惑及习得感受：“夫诗之盛莫如唐，然而世之大儒君子类以技目之，而不屑效焉，则所谓诗之至者，果何人哉？仆于此道，未尝一得其门户。寻常间闻人说诗，辄屏息退听，不敢置一语可否。问其孰为工与拙，罔然莫知也。比岁闻南京有庄孔旸者，能自树立，于辞不一雷同今人语，心窃喜之。稍就而问焉，果出奇无穷。及退取陶、谢、少陵诸大家之诗学之，或得其意而亡其辞，或得其辞而遗其意，或并辞意而失之。”[2] 此处陈献章介绍的是自己早年学诗时的困惑及学诗的效果。那么，在陈献章看来，学诗的正确途径是什么呢？

一是从基本的体格、音律、字句出发。他对其弟子张廷实说：“初须仿古，久而后成家也。今且选取唐宋名家诗数十来首，讽诵上下，效其体格、音律，句句字字一毫不自满，莫容易放过。若于此悟入，方有蹊径可寻。”[3] 二是从理会古人性情出发，从意上求。“欲学古人诗，先理会古人性情是如何，有此性情，方有此声口，只看程明道、邵康节诗，真天生温厚和乐，一种好性情也。”[4]。两种途径的共同之处在于“悟”“理会”，即要积极发挥自我的能动性，要有自我的体认、心得。在与门人张廷实的另一书信中，陈献章着重阐述了“自得”的重要性：“诗不用则已，如用之，当下工夫理会。观古人用意深处，学他语脉往来呼应，浅深浮沉，轻重疾徐，当以神会得之，未可以言尽也。到得悟入时，随意一拈即在，其妙无涯”[5]，“前辈谓‘学贵知疑’，小疑则小进，大疑则大进。疑

〔1〕 陈献章：《论诗不易》，《陈献章集》卷1，北京：中华书局，1987年，第58－59页。
〔2〕 陈献章：《与王乐用佥宪》，《陈献章集》卷2，北京：中华书局，1987年，第154页。
〔3〕 陈献章：《批答张廷实诗笺》，《陈献章集》卷1，北京：中华书局，1987年，第75页。
〔4〕 陈献章：《批答张廷实诗笺》，《陈献章集》卷1，北京：中华书局，1987年，第74页。
〔5〕 陈献章：《与张廷实主事》，《陈献章集》卷2，北京：中华书局，1987年，第167页。

者，觉悟之机也。一番觉悟，一番长进。章初学时亦是如此，更无别法也。”[1]正是基于此，评点张廷实《拙庵记》时，陈献章才反问：“《拙庵记》文字议论好，非拙者可及。但不知较于古人情性气象又何如也？更须自讨分晓，大作规模不堕落文士蹊径中乃佳也。”[2]在谈及罗养明诗歌时，表达了其喜爱之情：“养明喜论诗，予特爱其优柔不迫，近古诗人情态。”[3]相反则在另一书信中对张廷实及李孔修进行了批评：“每见所作，只是潦草，如忙中应事，无味可味。大略如此，难一二指点病痛处。欲告又恐见难而止，反为所沮，故不欲辄言耳。子长亦未有捉摸，撞来撞去，不知如何用心也。”[4]

陈献章主张学诗当理会古人性情，主要靠自得，在此基础上发自我之真情。“诗之发，率情为之，是亦不可苟也已，不可伪也已”[5]。在《送李世卿还嘉鱼序》中，陈献章述说自己与弟子李世卿唱和之情景：“醉则赋诗，或世卿唱，予和之，或予唱而世卿和之，积凡百余篇。其言皆本于性情之真，非有意于世俗之赞毁。”[6]那么在陈献章眼中，其所说的“性情”又有何指呢？在《永慕堂记》中，陈献章对此有所阐述，其云：

> 慕之至死而勿替，乃至形乎动静，接乎梦寐，通乎幽明，皆性之所发而为情，有莫知其然而然者。此之“永慕”是也，夫孰得而夺之！彼幼而慕，壮而衰，老而遂忘，慕之不至而迁于物，是之谓情；其性非知内外轻重之别者也。[7]

“情”由“性”发，“性”不因内外轻重而有所差别，即来源于此人最初一念的本心，由之生发的“情”，也因而不因内外因素的变化而有所动摇。陈献章在讲述“自得”之学时，亦以“慕”字为例，两者互参，可知一己之性情，乃靠一己之自得，而不以外人为圭臬。其“自得”与“性情”是密切关联的。正因为追求性情之真，所以他反对为文而造情：“昔人求哀辞于林希，希谢之书，有曰：‘君子无苟于人，患其非情也。’夫感而哀之，所谓情也。情之发而为辞，辞之所不能已者，凡以哀为之也。苟无其哀矣，则又乌以辞为哉？此之谓不苟于人

---

〔1〕 陈献章：《与张廷实主事》，《陈献章集》卷2，北京：中华书局，1987年，第165页。
〔2〕 陈献章：《与张廷实主事》，《陈献章集》卷2，北京：中华书局，1987年，第167页。
〔3〕 陈献章：《送罗养明还江右序》，《陈献章集》卷1，北京：中华书局，1987年，第25页。
〔4〕 陈献章：《与张廷实主事》，《陈献章集》卷2，北京：中华书局，1987年，第167页。
〔5〕 陈献章：《澹斋先生挽诗序》，《陈献章集》卷1，北京：中华书局，1987年，第10页。
〔6〕 陈献章：《送李世卿还嘉鱼序》，《陈献章集》卷1，北京：中华书局，1987年，第16页。
〔7〕 陈献章：《永慕堂记》，《陈献章集》卷1，北京：中华书局，1987年，第45页。

也。”[1]不仅反对造情，陈献章对一味地模拟也表示了不满，认为“学人言语，终是旧套”[2]。学诗贵在拟议以成变化，单纯的模仿，学唐似唐，学宋似宋，只会学诗者溺于古人的影子，终究不会成为名家。陈献章在《跋沈氏新藏考亭真迹卷后》中对当时诗坛弥漫的摹唐仿宋之风表示了担忧：“近代之诗，远宗唐，近法宋。非唐非宋，名曰‘俗作’。后生溺于见闻，不可告语。安得铁厓生并世，予将叩之，其亦有以复我耶？”[3]

其次，追求自然。陈献章论说诗不易言说中文字之难，主要指诗句下字要有自然之妙。在给弟子张廷实的回信中，他说：“文字亦然。古文字好者，都不见安排之迹，一似信口说出，自然妙也。其间体制非一，然本于自然不安排者便觉好，如柳子厚比韩退之不及，只为太安排也。”[4]据此，我们再看“鸟见画来高画品，我疑诗巧是诗魔”[5]与“老夫无可洗，抱膝洗吾诗”[6]，便会豁然开朗了。陈献章所追求的是严羽所提倡的“如羚羊挂角，无迹可寻”的自然、无斧凿痕之妙。为达到此，那就需要诗人不止一次地加以修改，“大凡文字不厌改，患改之不多耳，惟改方能到妙处，而发之易者恒不能多改。比见阁下于此诗略不经意，以为当终置之，不复改。此诗虽不改亦无害，但不知其于他文如何，深以不及对面一扣为恨。后得此纸，然后知阁下非吝于改，而改之益善。日令儿辈诵此二句以为喜。昔者尝闻欧公作一小简，反复改之，有改至八九次者。欧公期于言者也，其不苟有如此，宜其传之远也”[7]。诗不厌改，故而对反复修改诗作的黄大参表示了敬佩之情。在与弟子友朋的书信中，陈献章亦时时提及自己修改旧作之事：

> 数日前阅甲辰旧诗，改赠平湖。章云：“偶从道路得行藏，南北东西又此乡。沧海一身堪自远，平湖数口为他忙。江山旧宅香林老，篱落东风豆角长。小与先生分出处，扶留窗下细抄方。”又改次章颔联云：“到手闲官如处士，从头诗卷又江湖。”[8]

---

〔1〕陈献章：《澹斋先生挽诗序》，《陈献章集》卷1，北京：中华书局，1987年，第9页。
〔2〕陈献章：《与张廷实主事》，《陈献章集》卷2，北京：中华书局，1987年，第174页。
〔3〕陈献章：《跋沈氏新藏考亭真迹卷后》，《陈献章集》卷1，北京：中华书局，1987年，第66页。
〔4〕陈献章：《与张廷实主事》，《陈献章集》卷2，北京：中华书局，1987年，第163页。
〔5〕陈献章：《寄林虚窗》，《陈献章集》卷5，北京：中华书局，1987年，第417页。
〔6〕陈献章：《洗竹》，《陈献章集》卷5，北京：中华书局，1987年，第515页。
〔7〕陈献章：《与胡佥宪提学》，《陈献章集》卷2，北京：中华书局，1987年，第153页。
〔8〕陈献章：《与宝安诸友》，《陈献章集》卷2，北京：中华书局，1987年，第218–219页。

或许缘于其时常对旧作的修改，在陈献章诗文集中常有版本不一致的情况，如在给门人张廷实的一封信中，陈献章介绍起最近的一篇诗作："近看《祭鳄鱼文》，作绝句云：'刺史文章天下无，海中灵物识之乎？可怜甫李生人世，不及潮州老鳄鱼。'录去一笑。"[1]然而，此诗在誊录别纸时，第三句却变为："如何皇甫兼逢吉。"[2]

在评点弟子诗作时，亦加以圈点，提出自己的一些修改意见：

> 台字韵首句以"闲"字易"眠"字，何如？间字韵第二句当改。途字韵"俯惭"作"每惭"佳。[3]

不过，有时陈献章亦绞尽脑汁，百求而无所得。在《送张方伯诗跋》中，描述了自己想改动一"清"字的经历：

> 某尝谓："作诗非难，斟酌下字轻重为难耳。"如此诗第五句"清"字，既研于心，又参诸友，左揆右度，终不可易，而非公九载之守不渝，某亦岂敢孟浪？盖一字之下，其难如此，诗其易言哉？[4]

总之，无论是主张"自得"的真性情，还是追求"自然"的无迹可寻，陈献章作诗的最终目的，最终是回归至其追求的"道"，其在《与汪提举》一文中说："大抵论诗当论性情，论性情先论风韵，无风韵则无诗矣。今之言诗者异于是，篇章成即谓之诗，风韵不知，甚可笑也。情性好，风韵自好；性情不真，亦难强说，幸相与勉之。知广大高明不离乎日用，求之在我，毋泥见闻，优游厌饫，久之然后可及也。"[5]在《复胡推府》的书信中，更是将诗歌回归至诗教传统："诗本温厚和平，深沉婉密，然后可望大雅之庭。执事之作，其果近之乎？如其未近，则当易故求新，增其所未高，浚其所未深，然不独作诗为然也。"[6]

正是凭借自我文道观而产生的诗学观，陈献章的诗歌才显示了其独特之处。陈献章在《陈湾叠嶂》一诗中自言："丹青描不就，陈湾叠嶂新。我诗君莫笑，还属姓陈人。"[7]在其生活的成弘之际，其诗歌亦得以独树一帜，名满海内。顾璘《赠承德郎南京刑部浙江司主事野全谢先生同继室赠安人汤氏合葬墓志铭》

---

〔1〕 陈献章：《与张廷实主事》，《陈献章集》卷2，北京：中华书局，1987年，第173页。

〔2〕 陈献章：《读鳄鱼文》，《陈献章集》卷6，北京：中华书局，1987年，第562页。

〔3〕 陈献章：《与张廷实主事》，《陈献章集》卷2，北京：中华书局，1987年，第170页。

〔4〕 陈献章：《送张方伯诗跋》，《陈献章集》卷1，北京：中华书局，1987年，第73页。

〔5〕 陈献章：《与汪提举》，《陈献章集》卷2，北京：中华书局，1987年，第203页。

〔6〕 陈献章：《陈献章集》卷2，北京：中华书局，1987年，第207页。

〔7〕 陈献章：《陈湾叠嶂》，《陈献章集》卷5，北京：中华书局，1987年，第533页。

云："国朝诗至成化、弘治间再变，维时少师西涯李公主清婉，尚才情；吏部郎中定山庄公主浑雄；征君白沙陈公主沈雅，并尚理致，名各震海内。"[1]

第三节 陈献章对历代作家的批评

唐人裴行俭曾说："士之致远，先器识，后文艺。"[2]宋明理学家大都持道为第一性、文为第二性的观点，他们在品评人物时，不自觉地将人物的道德放在第一位。陈献章在《新迁电白县儒学记》中借孔子"古之学者为己，今之学者为人"之语，阐发学习的目的在于为己，即自我品德的修养，认为这是自古以来，圣人贤臣所以名垂不朽的缘由所在。出则达济天下，入则独善其身。对于为国之志士，陈献章总是对他们表示由衷的赞美。"厓山大忠祠、慈元庙之建与夫祀典之举也，皆发议于先生与副使陶某、右布政刘某、佥事徐某共成之"[3]。江门厓山，是南宋末代帝王、陆秀夫及慈元后跳崖蹈海之处，后人为纪念陆秀夫、张世杰、文天祥，于此地建有大忠祠。弘治十年（1497），广东右布政使刘大夏至此，陈献章前往会见，吊慈元故址，并倡议立庙于大忠祠之上。其经过，陈献章《慈元庙记》及《刘大夏年谱》都有记载，如《刘大夏年谱》载："公（刘大夏）尝过厓山，吊大忠祠，念宋慈元后陵寝无主，乃谋于白沙陈公曰：元后，陆、张二臣，同死国难。今大忠有祠，而慈元不祀，于义弗称。乃为建庙，人感其义，不日而就。"[4]此后，陈献章曾多次游历此地，每次游览，总使他对宋元陵替这段历史感慨万千，心燃对陆、文、张三人的钦佩，激起他不敢忘世的决心以及再使风俗淳的信心。在《寄贺柯明府》中，陈献章云：

〔1〕 顾璘：《顾华玉集》卷34，《金陵丛书》辑印本，1914年，甲集，第27页a。
〔2〕 欧阳修等：《新唐书》卷108，北京：中华书局，1975年，第4088－4089页。
〔3〕 张诩：《白沙先生行状》，陈献章：《陈献章集》，北京：中华书局，1987年，第877页。
〔4〕 刘世节：《刘大夏年谱》，刘大夏：《刘大夏集》卷7，长沙：岳麓书社，2009年，第123页。

夷狄犯中国，妻妾凌夫君。此风何可长，此恨何由申？
仲尼忧万世，作经因感麟。往者宋元间，适逢大运屯。
仰天泣者谁，屈指张陆文。临事诚已疏，哀歌竟云云。
一正天地纲，我祖圣以神。缺典谁表章，厓山莽荆榛。
寥寥二百年，大忠起江渍。慈元庙继作，烂映厓山云。
近者阳江尹，一念何精勤！作祠比厓山，两庙存三仁。
大封赤坎墓，昭昭惬众闻。深悲鱼腹冷，一跃海门春。
厓海风波隔，阳江面目新。自然声气应，坐使风俗淳。
短卷心先贺，神交梦每亲。琢词告万世，老病敢辞君？〔1〕

以上是陈献章对出而忠者的态度。陈献章出处观偏重于“处”，故而其笔下对独善其身者着墨颇多，其中以陶渊明为代表。

由晋至宋，陶渊明的地位与日俱增，节节攀高。在宋代，陶渊明被推崇为“晋、宋第一辈人”〔2〕。宋人看中陶渊明处，不仅在于其诗歌的平淡、自然及诗中所表现的理趣，还在于其人所表现出的不仕二姓的卓然人格。陶渊明诗歌特点，苏轼《评韩柳诗》云：“所贵乎枯澹者，谓其外枯而中膏，似澹而实美，渊明、子厚之流是也。”〔3〕曾纮亦说：“余尝评陶公诗语造平淡而寓意深远，外若枯槁，中实敷腴，真诗人之冠冕也。”〔4〕陶诗如曾纮所说的寓意深远这一特点，在真德秀看来，是“渊明之学，正自经术中来”〔5〕。陶渊明之人格情操，朱熹在《向芗林文集后序》中说：“陶元亮自以晋世宰辅子孙，耻复屈身后代，自刘裕篡夺势成，遂不肯仕。虽功名事业不少概见，而其高情逸想播于声诗者，后世能言之士皆自以为莫能及也。盖古之君子其于天命民彝、君臣父子大伦大法所在惓惓如此，是以大者既立，而后节概之高、语言之妙乃有可得而言者。”〔6〕

迨至明代，就陈献章生活时代的理学家而言，他们所关注、推崇陶渊明之处，大都承袭朱熹观点，尤其是陶渊明不仕二姓事。陈献章弟子张诩拜谒陶渊明

〔1〕 陈献章：《陈献章集》卷4，北京：中华书局，1987年，第308－309页。
〔2〕 洪迈：《容斋随笔》卷8，上海：上海古籍出版社，1978年，第103页。
〔3〕 苏轼：《评韩柳诗》，《苏轼文集》卷67，北京：中华书局，1986年，第2109－2110页。
〔4〕 李公焕：《笺注陶渊明集》卷4，《四部丛刊初编》，1922年，集部，第590册，第22页。
〔5〕 真德秀：《跋黄瀛甫拟陶诗》，《西山先生真文忠公文集》卷36，《四部丛刊初编》，1922年，集部，第1280册，第2页a。
〔6〕 朱熹：《朱熹集》卷76，成都：四川教育出版社，1996年，第3980页。

祠，说："渊明柴桑士，志耻事二姓。"[1]章懋《题陶渊明集》可为此时理学家观点的代表，他说："古今论渊明者多矣，大率以其文章不群，词彩精拔，冲淡深粹，悠然自得为言，要皆未为深知渊明者。独子朱子称其不臣二姓，有得于天命民彝、君臣父子之义。吴草庐称其《述酒》《荆轲》等作，殆亦欲为汉相孔明之事，而魏锡山则曰：有谢康乐之忠而勇退过之，有阮嗣宗之达而不至于放，有元次山之漫而不著其迹。观是三言，足以见其为人。而节概之高，文章之妙固有不待言者。"[2]此外，自真德秀评价陶渊明之学自经术中来之后，明代的宋濂、李承箕亦持此说，宋濂认为陶渊明诗合于道，为"风雅之亚"[3]。李承箕更认为"渊明人物，当列孔庭诸子之间"[4]。

与诸家相比，陈献章对陶渊明态度则更加客观、全面。陈献章注意到陶渊明不肯为五斗米折腰的志士气节，"美恶杂居，贤者羞与不肖伍，万一有如陶元亮辈人，傲睨于其间，其肯为五斗米折腰而不去耶"[5]，又云："未肯低头陶靖节，挂怀身外五男儿。"[6]陶渊明挂冠而归，陈献章上疏辞职归乡，二人在性情上有着较多的相似。古人讲究"文如其人"，陈献章坦言自己倾慕陶诗，"五言夙昔慕陶韦，句外留心晚尚痴"[7]。

在初学作诗时，陈献章模仿对象之中，就有陶渊明。其集中有和陶诗十二首，唐伯元曾作如是评价："音响浑似陶而格调更恢廓。"[8]陶诗、陈诗之格调，我们于此不作高低之判，但从中可知陈献章对陶渊明的态度。由赞美其人格，到模仿、唱和其诗歌，并体味其诗歌中所独有的平淡、洒脱，所有这一切，无不与陈献章自己的主张有着千丝万缕的联系。陈献章作诗主张自然，反对雕琢，而陶诗的似澹实腴、不拖泥的特点，恰合陈献章自己的品位："或疑子美圣，未若陶潜淡"[9]，"晋魏以前无近体，独怜陶谢不拖泥"[10]。基于此种认识，陈献章不自觉地树立起陶渊明在心目中的典范作用，相应地对类似陶诗特点的诗人青眼相

〔1〕 张诩：《彭泽县谒陶靖节狄梁公祠》，《东所先生文集》卷10，《四库全书存目丛书》，济南：齐鲁书社，1997年，集部，第43册，第424页。

〔2〕 章懋：《枫山章先生集》卷4，北京：中华书局，1985年，第119页。

〔3〕 宋濂：《题张泐和陶诗》，黄灵庚：《宋濂全集》，北京：人民文学出版社，2014年，第873页。

〔4〕 李承箕：《渊明像及归去来辞跋》，《大厓李先生诗集》卷13，《四库全书存目丛书》，济南：齐鲁书社，1997年，集部，第43册，第563页。

〔5〕 陈献章：《与顺德吴明府》，《陈献章集》卷2，北京：中华书局，1987年，第208页。

〔6〕 陈献章：《读林和靖诗集序》，《陈献章集》卷5，北京：中华书局，1987年，第454页。

〔7〕 陈献章：《读韦苏州诗》，《陈献章集》卷6，北京：中华书局，1987年，第671页。

〔8〕 唐伯元：《白沙先生文编》卷1，哈佛燕京图书馆藏万历十一年（1583）刻本，第5页b。

〔9〕 陈献章：《示李孔修近诗》，《陈献章集》卷4，北京：中华书局，1987年，第303页。

〔10〕 陈献章：《晚酌，示藏用诸友》，《陈献章集》卷5，北京：中华书局，1987年，第449页。

待，如林和靖、韦应物、谢朓。陈献章《读韦苏州诗》其一云："夜雨斋灯卷未收，清谣百首对苏州。晦翁两眼沧浪碧，也为先生一点头。"〔1〕夜雨斋灯，诗读百首而不倦，陈献章虽未直说一句赞语，然灯下举动早已表其态度。用朱子青眼相加为之点头事，陈献章已表达了对韦诗的态度。

正是基于对诗歌用语自然的追求，陈献章对陶、谢、韦等人赞赏有加，相反对诗歌语言不自然，即用语、章法过度安排者则不太认可。这可从陈献章对韩愈、柳宗元的比对上一窥。他说："古文字好者，都不见安排之迹，一似信口说出，自然妙也。其间体制非一，然本于自然不安排者便觉好，如柳子厚比韩退之不及，只为太安排也。"〔2〕韩愈、柳宗元，世称"韩柳"，二人诗文之优劣，前人多有论及。大体而言，可分为褒韩贬柳、褒柳贬韩及韩柳平分秋色三派。柳宗元之诗，苏东坡曾有"诗在陶渊明下，韦苏州上"〔3〕的论断。韦应物学陶诗，前人多有论述，其集中有多首拟陶之作，如《与友生野饮效陶体》《效陶彭泽》。柳宗元虽未明言学陶，然其集中多有类陶之作。刘克庄就说："未尝学陶和陶，集中五言凡十数篇，杂之陶集，有未易辨者。"〔4〕陈献章对韦应物多有肯定，缘何却对"发纤浓于古简，寄至味于淡泊"的柳宗元有所不满呢？

自苏东坡提出陶、韦、柳三者诗歌关系，高下论断后，历代不乏对此提出异议者。做翻案文章者，策略之一便是指出柳宗元诗歌的缺点，如蔡絛《蔡百衲诗评》就说："柳子厚诗，雄深简澹，迥拔流俗，至味自高，直揖陶、谢。然似入武库，但觉森严。""柳柳州诗若捕龙蛇、搏虎豹，急与之角，而力不敢暇，非轻荡也。"〔5〕元代的刘壎更是将韦、柳二人一笔抹杀，不认为二人得陶渊明诗歌的精髓。他说："渊明所以独步千古者，以其浑然天成，无斧凿痕也。韦柳法陶，纯是作为。"〔6〕陈献章对苏东坡诗文的态度，在文集中稍有涉及，但唐伯元曾说陈献章对苏东坡诗文极熟，以此而言，陈献章不可能不了解苏东坡有关三人的论说。陈献章在此处借比较韩、柳优劣来回应苏东坡，未尝不可能。值得注意的是，与陈献章同时，且有过交游的李东阳，在集中也曾针对苏东坡此论有过回应，他说："陶诗质厚近古，愈读而愈见其妙。韦应物稍失之平易，柳子厚则过

〔1〕陈献章：《陈献章集》卷6，北京：中华书局，1987年，第671页。
〔2〕陈献章：《与张廷实主事》，《陈献章集》卷2，北京：中华书局，1987年，第163页。
〔3〕苏轼：《评韩柳诗》，《苏轼文集》卷67，北京：中华书局，1986年，第2109页。
〔4〕刘克庄：《后村诗话》卷5，北京：中华书局，1983年，第226页。
〔5〕何汶：《竹庄诗话》卷1，北京：中华书局，1984年，第11页。
〔6〕刘壎：《经文妙出自然》，《隐居通议》卷18，北京：中华书局，1985年，第192页。

于精刻。世称陶韦，又称韦柳，特盖言之。”[1]

以上是对柳宗元的批评。其实，借助陈献章有关韩、柳与苏东坡对比的一则材料，可使我们更好地了解其中端倪。陈献章说：

人无气节不可处患难，无涵养不可处患难。如唐柳宗元不足道；韩退之平日以道自尊，潮州之贬，便也撑持不住，如共太颠往来，皆是忧愁无聊，急急地寻得一人来共消遣，此是无涵养。若坡老便自不同，作《示虎儿诗》云：“独倚桄榔树，间挑荜拨根。谋生看拙否，送老此蛮村。”又云：“日啖荔枝三百颗，不妨长作岭南人”此皆是患难奈何不得气象，何其壮哉![2]

陈献章从人的气节、涵养方面对韩、柳与苏轼作了一番比对，并对韩、柳二人作了批评。正是以人的道德修养作为评价的圭臬，陈献章对韩、柳受贬后的诗歌作了类推的比对，得出柳宗元不及韩愈的结论。柳宗元贬谪后的语言文字特点，瞿佑在其《归田诗话》“尖山险诨”条言：“柳子厚诗：‘海畔尖山似剑铓，秋来处处割愁肠。若为化作身千亿，散上峰头望故乡。’或谓子厚南迁，不得为无罪，盖虽未死，而身已上刀山矣。此语虽过，然造作险诨，读之令人惨然不乐。”[3] 清人施补华评价“柳子厚幽怨有得骚旨而不甚似陶公，盖怡旷气少，沈至语少也”[4]，也是以此为基准得出的。

陈献章由气节、涵养对柳宗元诗歌作了否定，同时对韩愈提出了批评。此外，在出处观上，陈献章也认为韩愈不值得效法。广东都宪朱英以韩愈之例相勖，劝陈献章出仕。陈献章在回信中说道：

退之虽贤，不及孟子。孟子不肯枉尺直寻，退之以书干宰执。仆固不得舍孟而学韩也。[5]

总体而言，陈献章对韩愈之诗文还是肯定的，上述韩、柳诗文比对便是一例。韩愈因谏迎佛骨一事被贬潮州刺史，在任上，鉴于当地人民深受鳄鱼之害，作《鳄鱼文》，并将之除去，使人民大受其利。陈献章有感于斯，曾作《读鳄鱼文》一首，赞叹说：“刺史文章天下无，海中灵物识之乎?”[6] 由此再次说明，陈

[1] 李东阳：《怀麓堂诗话校释》，北京：人民文学出版社，2009 年，第 135 页。
[2] 陈献章：《与贺克恭黄门》，《陈献章集》卷 2，北京：中华书局，1987 年，第 134 页。
[3] 瞿佑：《归田诗话》上卷，周维德：《全明诗话》，济南：齐鲁书社，2005 年，第 1 册，第 15 页。
[4] 施补华：《岘佣说诗》，丁福保：《清诗话》，上海：上海古籍出版社，1978 年，第 982 页。
[5] 陈献章：《与朱都宪》，《陈献章集》卷 2，北京：中华书局，1987 年，第 124 页。
[6] 陈献章：《读鳄鱼文》，《陈献章集》卷 6，北京：中华书局，1987 年，第 562 页。

献章对韩愈文还是肯定的。唐伯元亦曾举此首诗来回应诋韩愈文章的友人，使得满座释然。唐伯元在陈献章《与朱都宪》《复江右藩宪诸公》《复赵提学佥宪》《与林蒙庵》等文下作评点，指出陈献章文章与韩愈文章的关系。《与朱都宪》题下评点说："文字类韩。"[1]《复江右藩宪诸公》题下评点说："语气多类韩。"[2]《复赵提学佥宪·三》题下评点说："语气往往似韩，其平生解嘲尽在此书。"[3]

《周易·系辞下》言："将叛者其辞惭，中心疑者其辞枝，吉人之辞寡，躁人之辞多。"基于此，在古代文论系统中，古人逐渐从中提炼出一条评价标准，所谓"言，心声也"[4]，"世远莫见其面，觇文辄见其心"[5]等。孔子"有德者必有言，有言者不必有德"更是成为某些批评家贬斥对手的舆论武器。由上述陈献章对宋末三忠臣、陶渊明、柳宗元、韩愈的讨论，我们不难得出，陈献章在评价他们时秉持的基本原则是人品和诗品。但这并非意味着陈献章偏执地坚持"有德者必有言"这一标准。实际情况是，陈献章在二者之间并没有画等号，而是分而评之，以使自己的观点力求客观。他所追求的诗文语言的自然，是基于自身气节、涵养的充足。这几个因素缺一不可，缺失其中任何一个因素，在陈献章看来，他们笔下的文字都不是自然的，这从他对柳宗元的评价即可看出。陈献章对谢枋得的批评，则是在说明虽然人品、涵养无可挑剔，但并非意味着诗作可以出之自然。谢枋得，南宋爱国诗人，因带领义军进攻元军，被俘殉难。陈献章评价说：

> 至如谢枋得，虽气节凌厉，好说诗而不识大雅，观其《注唐绝句》诸诗，事事比喻，是多少牵强，多少穿凿也。诗固有比体，然专务为之，则心已陷于一偏。将来未免此弊，不可不知。[6]

陈献章虽敬仰谢之气节，但这并没因此影响对他的批评。因为在陈献章看来，那些发之自然之诗，"含蓄不露，不以用意装缀，藏形伏影，如世间一种商度隐语，使人不可模索为工"[7]。文中所说的《注唐绝句》为谢枋得《注解章泉涧泉二先生选唐诗》。此书为赵蕃（章泉）、韩淲（涧泉）二人所选，共五卷，选

[1] 唐伯元：《白沙先生文编》卷4，哈佛燕京图书馆藏万历十一年（1583）刻本，第6页a。
[2] 唐伯元：《白沙先生文编》卷4，哈佛燕京图书馆藏万历十一年（1583）刻本，第16页b。
[3] 唐伯元：《白沙先生文编》卷4，哈佛燕京图书馆藏万历十一年（1583）刻本，第25页b。
[4] 汪荣宝：《法言义疏》卷5，北京：中华书局，1987年，第160页。
[5] 周振甫：《文心雕龙注释》知音第48，北京：人民文学出版社，1981年，第518页。
[6] 陈献章：《批答张廷实诗笺》，《陈献章集》卷1，北京：中华书局，1987年，第74页。
[7] 陈献章：《批答张廷实诗笺》，《陈献章集》卷1，北京：中华书局，1987年，第74页。

唐人韦应物等五十四人七言绝句计一百零一首。谢枋得认为是书“与道可共观，其微言绪论关世道、系天运者甚众”[1]，故而为之作注。是书注解多有穿凿，如韦应物《滁州西涧》，谢枋得注解：“幽草而生于涧边，君子在野，考槃之在涧也。黄鹂而鸣于深树，小人在位，巧言之如流也。潮水本急，春潮带雨，其急可知国家患难多也。晚来急，危国乱朝，季世末俗如日色已晚，不复光明也。野渡无人舟自横，宽闲之野，寂寞之滨，必有济世之才，如孤舟之横。野渡者，特君相不能用耳。”[2]一首清新、明丽的写景之作，在谢枋得的注解之下，变成了一首描述国家患难、小人在位、君子失志的政治诗。这种任意穿凿的背景解读，难怪引起陈献章反感。

陈献章不以“有德者必有言”这一标尺来衡量作家及作品，我们还可以从他对王安石的接受态度上作进一步说明。王安石因为推行新法，颇受政敌及反对变法者的污蔑。其形象，无论是在正史还是在笔记小说中，大都被塑造成了负面典型，朱熹所辑《三朝名臣言行录》所录王安石资料，就多载攻击王安石的文字。就有明一代早于陈献章或与其同时的理学诸家而言，他们对王安石之印象，大都受朱熹观点的影响。受中国古代文论中有德者有言及孟子知人论世说的影响，人们大都认为诗品即人品，“诗乃人之行略，人高则诗亦高，人俗则诗亦俗，一字不可掩饰，见其诗如见其人”[3]。

基于对王安石人格的偏见，对应地否定其诗歌的成就也就自不待言。如陈献章友人章懋在读王安石文集后，深为王安石扼腕叹息：“孟子谓：诵其诗，读其书，不可不论其世。使公之文不传于世也，则吾不必论公之为人；使公之学不用于时也，则吾无以考公之为人。孰谓文章、节行高一世，可与欧、曾、三苏并驱争先？而心术行事，顾与吕、蔡、章惇为伍。其可惜也夫！其可惜也夫！”[4]针对诸如此类的观点，清代袁枚曾表示不满：“昔人言白香山诗无一句不自在，故其为人和平乐易；王荆公诗无一句自在，故其为人拗强乖张。愚谓荆公古文，直逼昌黎，宋人不敢望其肩项。”[5]当时舆论如此，难怪陈献章会有如下感慨：“偶读《宋文鉴》，和得半山诗数首，论者云陈公甫喜荆公辈人。直如此草草，仆平生得无巴鼻之谤多类此，可怪也。”[6]陈献章虽未明言自己对王安石的态度，然

---

〔1〕 谢枋得：《唐诗序》，《注解章泉涧泉二先生选唐诗》，南京：江苏古籍出版社，1988 年。

〔2〕 谢枋得：《注解章泉涧泉二先生选唐诗》，南京：江苏古籍出版社，1988 年，第 1－2 页。

〔3〕 徐增：《而庵诗话》，丁福保：《清诗话》，上海：上海古籍出版社，1978 年，第 430 页。

〔4〕 章懋：《枫山章先生集》卷 4，北京：中华书局，1985 年，第 118 页。

〔5〕 袁枚：《随园诗话》卷 1，北京：人民文学出版社，1982 年，第 21 页。

〔6〕 陈献章：《陈献章集》卷 2，北京：中华书局，1987 年，第 146 页。

从其和诗判断，对王安石诗歌的特点的评价，陈献章还是不趋同时论的。在《次王半山韵诗跋》中，陈献章提出了作诗的标准：雅健、忌俗与弱。虽然在跋文中，陈献章“雅健”一词指的是杜甫、陈师道诗作的特点，但陈献章诗兴大发，一下和王安石诗十八首，并提出“雅健”的作诗要求，说明他对王安石诗作的欣赏，也说明了王安石诗作亦有“雅健”的特点。

“雅健”一词，用于文学批评，首出现于韩愈评柳宗元之文，刘梦得序柳宗元文集载韩愈吊柳宗元之文曰：“吾尝评其文，雄深雅健，似司马子长，崔、蔡不足多也。”〔1〕不过，此时的“雅健”主要指的是散文，而非诗歌。“雅健”由文扩展至诗，发生在北宋时期，指涉的诗人主要是杜甫，如曾巩《孙少述示近诗兼仰高致》云：“少陵雅健材孤出，彭泽清闲兴最长。”〔2〕张耒称赞杜甫：“‘五圣联龙衮，千官列雁行’，‘圣图天广大，宗祀日光辉’，则又得其雄深而雅健矣。”〔3〕健，含有刚强、有力之意，《周易》云：“天行健，君子以自强不息。”健给人一种蓬勃向上的生命力。而雅，指正，《诗大序》就说：“言天下之事，形四方之风，谓之雅。”此外，雅还有文雅、典雅之意。雅与健的组合，“不只是审美情趣的协调，而且具有道德规范和价值提升的意义”〔4〕。陈献章于此拎出“雅健”一词来概括杜甫、陈师道诗歌的特点，一方面是他对宋人雅健观的继承，如朱熹就评价陈师道“雅健强似山谷”〔5〕，另一方面也是他对文人“健”这种人格精神的重视。既提倡雅健，那必然反对俗与弱。陈献章曾指责宋的“头巾气”，认为避免此弊的方法，一是就自己性情上发出，不可作议论，一是要去除平日的习气，“濯去旧见，以来新意”〔6〕。

鉴于对诗歌雅健的追求，陈献章对陈师道之诗多次提及，欣喜陈师道之诗获得黄庭坚与苏轼的赞赏而不致埋没：“陈后山之诗，一时人皆不好，独山谷与坡翁知之，卒能行于世，后山亦到今不死。夫苟有可恃，虽死可也，况未必死乎？”〔7〕陈献章所说，宋人不喜陈师道之诗，从现存资料来看，与事实稍有出入。除黄庭坚与苏轼外，如陈模、刘壎、方回等人对陈师道之诗亦多有赞誉。据释惠洪

〔1〕 韩愈：《柳子厚墓志铭》，《韩昌黎文集校注》第7卷，上海：上海古籍出版社，2014年，第569页。

〔2〕 曾巩：《元丰类稿》卷7，上海：商务印书馆，1937年，第82页。

〔3〕 张表臣：《珊瑚钩诗话》卷1，何文焕：《历代诗话》，北京：中华书局，1981年，第453页。

〔4〕 周裕锴：《宋代诗学通论》，成都：巴蜀书社，1997年，第339页。

〔5〕 黎靖德：《朱子语类》卷140，北京：中华书局，1986年，第3334页。

〔6〕 陈献章：《次王半山韵诗跋》，《陈献章集》卷1，北京：中华书局，1987年，第72页。

〔7〕 陈献章：《与伍光宇》，《陈献章集》卷3，北京：中华书局，1987年，第238页。

《冷斋夜话》载，黄庭坚称陈师道为当今诗人之冠。方回倡江西诗派一祖三宗之说，陈师道即为三宗之一。当时不满陈师道者，主要为葛立方，他对黄庭坚赞扬陈师道之语不以为然，认为陈师道不过是“点化杜甫语尔”[1]。陈献章所言虽与事实相左，但却也揭示了文学接受中的一个事实，即苏轼《答毛泽民》所说的“文章如金玉，各有定价。先后进相汲引，因其言以信于世，则有之矣。至其品目高下，盖付之众口，决非一夫所能抑扬”[2]。保持文章定价的资本，如陈献章所说的“所恃”，只有如此，才能真正实现千古有知音，俗话说，是金子总会发光。

陈献章提出“雅健”的诗学要求，并以此来说明杜甫、陈师道诗歌的特色。杜甫，自被推崇为“诗圣”以来，便是诗坛里的一棵常青树。在陈献章眼中，杜甫诗歌亦有于世无补之作，但总体而言，还是认可其诗坛地位。在《随笔》一诗中，陈献章说：“子美诗之圣，尧夫更别传。后来操翰者，二妙少能兼。”[3]针对此诗，唐顺之分别在《与王遵岩参政》及《跋自书康节诗送王龙溪后》中两次提及。二文文意相当，以《跋自书康节诗送王龙溪后》为例，唐顺之说：“玉台翁云：‘子美诗之圣，尧夫更别传。后来操翰者，二妙罕能兼。’古今能知康节之诗者，玉台翁一人而已。虽然，所谓别传者，则康节所自得，而少陵之诗法，康节未尝不深入其奥也，康节可谓兼乎二妙者也。”[4]唐顺之虽对陈献章此诗后半句有所申说，但对陈献章和邵雍关系的定位还是一语中的。

邵雍因其个人人格魅力、学术主张及诗歌特色，赢得了当时理学诸家的认可，与当时洛社诗人的交往，又使得他在文学家眼中名噪一时[5]，陈献章诗“风流洛社何由见，击壤声中窥一班”[6]即针对此而言。有明一代，士人对邵雍之接受，大都承续宋、元以来的观点，褒大于贬，既赞美其学术，又赞慕其人格。杨士奇说：“邵尧夫超然自得于天人之际。”[7]庄昶《与李敬熙》云：“蛮貊虎狼尼父叹，中华男子邵雍痴。”[8]对邵雍学术、人格的赞美，陈献章多有论述：“吾闻

〔1〕 葛立方：《韵语阳秋》卷2，上海：上海古籍出版社，1979年，第24页。

〔2〕 苏轼：《苏轼文集》，北京：中华书局，1986年，第1571页。

〔3〕 陈献章：《随笔》，《陈献章集》卷5，北京：中华书局，1987年，第517页。

〔4〕 唐顺之：《唐顺之集》，杭州：浙江古籍出版社，2014年，第769页。

〔5〕 魏崇周《邵雍文学思想研究》第四章《批评与倾慕：时代对邵雍文学思想的回应》多有论述，参见魏崇周：《邵雍文学思想研究》，郑州：中州古籍出版社，2009年，第182－224页。

〔6〕 陈献章：《次韵乡友别后见寄》，《白沙先生全集》卷7，沈乃文：《明别集丛刊》第1辑，合肥：黄山书社，2013年，第52册，第437页。

〔7〕 杨士奇：《晁氏百泉图记》，《东里集续集》卷1，《景印文渊阁四库全书》，台北：台湾商务印书馆，1986年，集部，第1238册，第384页。

〔8〕 庄昶：《定山先生集》卷5，沈乃文：《明别集丛刊》第1辑，合肥：黄山书社，2013年，第57册，第508页。

邵康节，撤席废眠卧”[1]，注意到邵雍性格中刻苦自励的品格；“还须邵康节，来驾白牛车”[2]，欣赏邵氏之悠闲之乐。在《与湛民泽》中，陈献章借邵雍之诗表达其出处观，说：“假令见几而作，当不俟终日遑恤，其他特患不得其时耳。康节诗云：‘幸逢尧舜为真主，且放巢由作外臣。’”[3]陈献章以邵雍为例，学其归隐。他在《答石阡太守祁致和》中对邵雍的悠闲充满向往，诗云：“六年饱读石阡书，习气于今想破除。雪月风花还属我，不曾闲过邵尧夫。”[4]正是鉴于对邵雍归隐、悠闲、风雅等的向往，陈献章在给张诩的和诗中不无感慨：“只学尧夫也不孤。”[5]

对邵雍人格赞美如此，在诗歌方面，陈献章亦多有褒美之言。《梁文冠抄诗》其二说：“雪月风花信手抄，皇王帝霸入推敲。伊川击壤三千首，都共南风一项高。”[6]不仅如此，陈献章还注意到邵雍诗歌的特色：温厚和乐。在批答门人张廷实诗时，陈献章说：“欲学古人诗，先理会古人性情是如何，有此性情，方有此声口，只看程明道、邵康节诗，真天生温厚和乐，一种好性情也。”[7]更重要的是，陈献章对邵雍“删后无诗”说的继承，“敢为尧夫添注脚，自从删后更无诗”[8]。“删后无诗”，见于杨时《龟山先生语录》，其云：“邵尧夫云：‘谁信画前元有易，自从删后更无诗。’”[9]不过，杨时此时关注的是此句的前半句。二程亦引用此诗，对之表示赞赏，“‘须信画前元有易，自从删后更无诗’，这个意思，古元未有人道来”[10]。因此诗在邵雍《伊川击壤集》中未收录，原话当为邵雍在《伊川击壤集序》中所言：“是以仲尼删《诗》，十去其九。诸侯千有余国，《风》取十五。西周十有二王，《雅》取其六。盖垂训之道，善恶明著者存焉耳。”[11]邵雍“删后无诗”之说，目的在于说明《诗》之作用在于垂训，而自己所作之诗正是继承了《诗经》的诗教传统。[12]陈献章说自己愿意作邵雍诗的注脚，其用意无

---

〔1〕陈献章：《景旸读书潮连，赋此勖之》，《陈献章集》卷4，北京：中华书局，1987年，第313页。

〔2〕陈献章：《梅花》，《陈献章集》卷4，北京：中华书局，1987年，第370页。

〔3〕陈献章：《与湛民泽》，《陈献章集》卷2，北京：中华书局，1987年，第190页。

〔4〕陈献章：《答石阡太守祁致和》，《陈献章集》卷6，北京：中华书局，1987年，第636页。

〔5〕陈献章：《次韵廷实示学者》，《陈献章集》卷5，北京：中华书局，1987年，第495页。

〔6〕陈献章：《梁文冠抄诗》，《陈献章集》卷6，北京：中华书局，1987年，第685页。

〔7〕陈献章：《批答张廷实诗笺》，《陈献章集》卷1，北京：中华书局，1987年，第74页。

〔8〕陈献章：《读韦苏州诗》，《陈献章集》卷6，北京：中华书局，1987年，第671页。

〔9〕杨时：《龟山先生语录》卷2，《四部丛刊续编》，1934年，子部，第317册，第12页a。

〔10〕程颢、程颐：《二程集》，北京：中华书局，1981年，第45页。

〔11〕邵雍：《伊川击壤集序》，《邵雍集》，北京：中华书局，2010年，第179页。

〔12〕魏崇周《邵雍“删后无诗”简论》有相关论述，可作参考，参见魏崇周：《邵雍“删后无诗”简论》，《芒种》2015年第9期。

非在表明自己要继承邵雍的主张，上续《诗经》的诗教传统。

正是基于对邵雍人格及诗歌特色的认同，陈献章对邵雍诗歌多有次韵、追和及模仿之作。如《夜坐因诵康节诗偶成》《追次康节先生小圃逢春之作》《和康节闲适吟寄默斋五首》《真乐吟效康节体》《雨中偶述效康节》。试观《和康节闲适吟寄默斋五首》：

二十年来不读书，滥随偕计到皇都。救时伎俩吾何有，谐俗夤缘命却无。
梦里已归垂柳斋，江门先问打鱼徒。白沙敢比桐江濑，出处当年亦少殊。

圣主哀怜许乞身，我生谁道不逢辰。正当四海无虞日，且作中年省事人。
巷里题诗无靖节，花前对酒有玄真。诛茅我欲同烟火，颇费肩舆往复频。

衰荣无定只嗟伤，岁月已多人意长。本拟功名能进步，奈何时命阻飞翔。
水中玉兔空留影，匣里青蛇肯露芒。寄语太和须保合，任他人世自炎凉。

水满陂池云满山，小车来往百花间。但知有酒留君醉，料想无人似我闲。
红杏枝边才雨过，子规声里又春还。郢中白雪无人知，我为君歌菩萨蛮。

老夫叉手问东风，天地无穷还有穷。沧海平生偏得意，诗书垂老未收功。
藤蓑漫舞春溪绿，纸帐安眠晓日红。天外白鸥闲个个，飞来飞去水云中。[1]

邵雍《闲适吟》五首，是他追求闲适生活同时劝说众人放弃争名好利之心之作。在邵雍看来，黄粱梦醒，会让人倍觉凄凉，“等是一场春梦过，自余恶足更悲凉”。陈献章亦云：“古之为士者，急乎实之不至；今之为士者，急乎名之不著。”[2]正是基于对这种闲适的追求，所以陈献章才弃科举，辞征召。追和邵雍《闲适吟》，正是陈献章对闲适生活向往与追求的表现。因为陈献章诗歌多“自《击壤集》中来，另为一格”，故两人多有相似之处，有杂之集中而人莫能辨者。王安舜序刻本《白沙先生全集》中就误收邵雍诗作，如《无题》诗三首为邵雍的《凭高吟》《偶得吟》《利名吟》三诗，《元夕》诗为邵雍《感雪吟》。

陈献章对历代作家的批评，大都基于自我的诗文观，既注重诗人的品德，又

〔1〕 陈献章：《白沙先生全集》卷7，沈乃文：《明别集丛刊》第1辑，合肥：黄山书社，2013年，第52册，第437－438页。

〔2〕 陈献章：《与林蒙庵》，《陈献章集》卷3，北京：中华书局，1987年，第242页。

关注诗人诗歌的特色。其中，对自然、稳健之风的诗人，陈献章颇多赞赏。如赞赏陶渊明自然、古淡的诗风，陈献章便对学陶的陈师道等人青眼相待。再如，陈献章学邵雍的闲适及诗教传统，故而对寒山、拾得之诗亦多赞美，因为邵雍诗渊源之一就是唐代的寒山、拾得。《钦定四库全书简明目录》评邵雍时就说："其诗源出寒山、拾得，然寒山、拾得之派不行于唐，而此集之派蔓延于南宋，至明代陈献章、庄昶等各以讲学自名者，大抵宗之。"〔1〕陈献章在品评诗人时，虽注重人品、诗格，但这并不等于他坚持其他理学家所主张的"有德者必有言"。陈献章对理学家否定的王安石诗歌的追和、次韵，对在贬谪中暴露涵养之缺的韩愈、柳宗元的批评，便是证明。由此而言，陈献章在品评诗人、诗作上更加公正、客观。

陈献章诗歌的接受渊源，主要是陶渊明、邵雍。相比二人，陈献章有何突破呢？从心态比较而言，其一，与陶渊明相较，陈献章表现得更加洒脱。陶渊明虽主张不为五斗米折腰，然其骨子里依然未摆脱富贵之累。此点，朱熹早已指出："陶渊明说尽万千言语，说不要富贵，能忘贫贱，其实是大不能忘。它只是硬将这个抵拒将去。然使它做那世人之所为，它定不肯做，此其所以贤于人也。"〔2〕其二，与邵雍相比，陈献章亦相对洒脱。邵雍虽蔑视富贵，但并没有摆脱其羁绊，程颐就曾说邵雍："忘物与累物之弊等。"〔3〕陈献章纯然以隐者的身份优游林下，讲学自足，此种心态反映到其诗歌中，便使其诗更加清新、闲淡。

此外，邵雍的理论基础是观物说，此种观点反映在诗歌上，会使诗歌因缺少主体情感的参与而显得枯燥乏味，马积高认为："邵雍理论基础则是他的'以物观物'说。所谓'以物观物'是对'以我观物'而言的，即排除个人的感情，而去体察万物，从而达到所谓'穷理''尽性''知命'。"〔4〕陈献章主张自得，注重个体的参与，故其诗歌中包含着更多自我情感的投入。邵雍主张观物说，故而其诗歌中多涉理语。而陈献章因主张自得，强调主体的自我精神，加之他对佛、道二家的吸取，故而诗歌更加富有诗性。总之，陈献章"以虚为获道的基本前提，以静为获道的基本途径，以自然为获道的基本方法，以自得之乐为获道的目的，以物我合一、潇洒轩昂为获道的境界"，使得其具有浓郁的"诗学特征与审美特性"〔5〕。

〔1〕 永瑢等：《四库全书简明目录》卷15，上海：上海科学技术文献出版社，2016年，第444页。

〔2〕 黎靖德：《朱子语类》卷34，北京：中华书局，1986年，第874页。

〔3〕 程颢、程颐：《二程集》，北京：中华书局，1981年，第65页。

〔4〕 马积高：《宋明理学与文学》，长沙：湖南师范大学出版社，1989年，第44页。

〔5〕 左东岭：《内在超越与江门心学的价值取向》，《明代心学与诗学》，北京：学苑出版社，2002年，第37页。

人是社会的产物，每个人的思想总会或多或少地烙着时代的痕迹。古代中国是伦理社会，注重纲常、人伦关系无疑是其中最重要的一环。作为明代理学“始入精微”的代表人物，陈献章“文道观”的发展演变即产生于伦常这一关系网络之中。在外界的质疑与自我的解说这一反复之中，陈献章逐渐形成了“自得”的文道观。陈献章的自得观，是他对人生态度和人生意义的哲理化的诗兴表达。作为兼道统、政统、文统于一身的传统“士”的一员，陈献章势必要将文学作为表达天道、世道、人道的一种工具。陈献章的诗文观如此，其诗文创作亦如此。

第四章

陈献章的诗文创作

自宋代理学诸家吸收释、道观点，传统的儒学便逐渐发展为以思辨为主导的理性哲学，加之理学诸家大都持文以载道之说，他们在诗歌写作中不自觉地“以诗人比兴之体，发圣人义理之秘”[1]。金履祥《濂洛风雅》一书出，更加速了这一趋势，最终使得理学家的诗歌被文人排斥，四库馆臣认为“自履祥是编出，而道学之诗与诗人之诗千秋楚越矣”[2]。坚持“道”第一性的理学家兀自坚持着这一走向，甚至追踪溯源，上溯至《诗经》，“理无不包，语无不韵者，三百篇之雅颂是也”[3]，如陈献章之诗，明人方应选就将之与三百篇并列[4]。

第一节　情理相融的哲理诗

理学诸家由于坚持作文害道的观点，除邵雍、朱熹外，大都鲜作诗。陈献章的诗歌创作道路，经历了由遏制到以诗写怀的过程，这一过程的实现，得益于陈献章对自我主体性的认知：害道者为人，而非诗。基于上述转变，陈献章认为诗歌小用之则小，大用之则大，这并非信马由缰，指导诗歌写作的嚼子则牢牢控制于“道”。诗道并重的观点，加之对肇始理学诗的邵雍的接受[5]，势必使陈献章的诗歌带有“理”的成分，具体表现为智慧的启迪、讽喻劝解及哲学性思辨。此种“理”，特别是前两种，因为陈献章身为人师这一身份，大都出现于给弟子、子孙的诗中。陈献章多次在诗中表达对“师道”的担忧，“师友道久衰，穷乡无可者”[6]，正是基于传承“师道”的责任，陈献章于诗中屡屡向众弟子现身说法。不过，也许众弟子对老师的教导不以为然，常常使得陈献章在诗中自嘲：

---

〔1〕 真德秀：《咏古诗序》，《西山先生真文忠公文集》卷27，《四部丛刊初编》，1922年，集部，第1275册，第28页a。

〔2〕 纪昀：《四库全书总目提要》卷191，石家庄：河北人民出版社，2000年，第5225页。

〔3〕 张谦宜：《絸斋诗谈》卷1，北京大学图书馆藏康熙四十九年（1710）刻本，第2页b。

〔4〕 方应选：《邵康节击壤集陈白沙诗集合叙》，《方众甫集》卷5，《四库全书存目丛书》，济南：齐鲁书社，1997年，集部，第170册，第86－87页。

〔5〕 朱国祯《涌幢小品》尝言：“佛语衍为寒山诗，儒语衍为击壤集。”陈献章对寒山、邵雍都有接受，参见朱国祯：《涌幢小品》卷18，《续修四库全书》，上海：上海古籍出版社，2002年，子部，第1173册，第191页。

〔6〕 陈献章：《挽容珪》，《陈献章集》卷4，北京：中华书局，1987年，第301页。

无我无人无古今，天机何处不堪寻。风霆示教皆吾性，汗马收功正此心。
水火鼎中非玉液，鸳鸯谱里失金针。道人欲向诸君说，只恐诸君信未深。

浮生扰扰白头新，又见人间一度春。尔辈何时方发愤，老闻夜雨欲伤神。
此身天地逢人少，落日江门叫鹤频。为报杨朱莫相笑，孟轲不是褊心人。[1]

欲向诸弟子全抛自我心得之学，却担心他们将信将疑，不买自己的账，面对岁月的流逝，不求上进的学生何时才能明白自己的一番苦心，而加倍努力呢！陈献章此诗可谓细致道尽古今为师者的矛盾心态。虽如此，师的责任，还是促使陈献章道出自己的感悟与期望。为学首在勤快，在《戒懒文示诸生》中，陈献章以大舜、周公、孔子、匡衡、韩愈等人为例，指出大凡青史留名，成就一番事业者，皆离不开勤奋。接着，陈献章又通过反面之例，指出懒惰的危害，为官者偷懒会被下属欺瞒，将帅懒惰会让兵卒离心，母亲懒惰会使儿女无衣抵寒，丈夫懒惰会使妻儿食不果腹，猫懒会使老鼠猖獗，狗懒会使偷盗频发。通过正反的比对，陈献章希望诸弟子能够认识到懒惰的危害，听从自己的训诲，将此诗抄写一通，作为座右铭。

为学次第，亦是陈献章在诗中尝尝提及的话题。如《次韵廷实示学者》：

树倒藤枯始一扶，诸贤为计得毋疏。阅穷载籍终无补，坐破蒲团亦是枯。
定性未能忘外物，求心依旧落迷途。弄丸我爱张东所，只学尧夫也不孤。[2]

《与湛民泽》：

六经尽在虚无里，万里都归感应中。若向此边参得透，始知吾学是中庸。[3]

《次韵张廷实读伊洛渊源录》：

往古来今几圣贤，都从心上契心传。孟子聪明还孟子，如今且莫信人言。[4]

陈献章主张为学须从静中养出端倪，而这种静，并非兀自静坐，不假书籍之功。其先前所劝谕弟子要勤，亦是从下苦功而言。为学的根本在于自得，如果读书、静坐没有自己的体悟，那终归是无所得。在《赠陈秉常》一诗中，陈献章对弟子陈秉常的为学之法提出了批评：

我否子亦否，我然子亦然。然否苟由我，于子何有焉？[5]

---

〔1〕 陈献章：《示诸生》，《陈献章集》卷5，北京：中华书局，1987年，第494页。
〔2〕 陈献章：《次韵廷实示学者》，《陈献章集》卷5，北京：中华书局，1987年，第495页。
〔3〕 陈献章：《陈献章集》卷6，北京：中华书局，1987年，第644页。
〔4〕 陈献章：《陈献章集》卷6，北京：中华书局，1987年，第645页。
〔5〕 陈献章：《陈献章集》卷4，北京：中华书局，1987年，第287页。

为学之径，要突破名利、生死之关，也是陈献章教育弟子的课程之一。在陈献章看来，人之所以为人，最重要之处在于贵有此心此理，“人具七尺之躯，除了此心此理，便无可贵，浑是一包脓血里一大块骨头”[1]。故而陈献章在弟子访学归乡或向往出仕之际，总在歧路临别之际告以谆谆之意，如《林君求余一线之引示以六绝句》《送李世卿还嘉鱼》。以后诗为例：

楚地多佳人，可慕不可求。长江崩西浪，五岭障东眸。
翩翩李叔子，晤语沧溟秋。诸贤当未衰，济世吾何忧。
归去襄南州，问询李与刘。

襟怀有全楚，胜处多卧游。大崖月冏冏，赤壁风飕飕。
行藏君自知，可以与我否？我若登南岳，寄声黄鹤楼。

富贵何忻忻，贫贱何戚戚！一为利所驱，至死不得息。
夫君坐超此，俗眼多未识。勿以圣自居，昭昭谨形迹。

在物有常性，水湿而火燥。在人无常情，所恶变所好。
昨日见其恭，今日见其傲。蔓草轻芝兰，清源亦黄潦。
世情每如斯，聊为行者告。

疾风起惊涛，舟以柁为命。柁乎苟不操，舟也何由静？
是舟如我身，孰知身之阱？是柁如我心，孰祛心之病？
不如弃其舟，免与风涛竞。[2]

陈献章因“师”的身份，常借助诗的形式向弟子传达自己对他们的期望及自我学说，其主题，主要指涉出处观、名利观、自得观、生死观。因为采用教授的方式，故用语多直笔。就出处观而言，本书第一章第一节主要征引陈氏与弟子（特别是林光）、荐举官员书信作为材料加以论述。其实，在诗歌中，陈献章亦有详细的表述。对相关诗歌的分析，可使我们更准确地把握陈献章的出处观，尤其是成化十九年（1483）进京觐见前后的心态。

成化十九年（1483），陈献章应召入京，然此次进京，远非他的本意。因彭

〔1〕 陈献章：《禽兽说》，《陈献章集》卷1，北京：中华书局，1987年，第61页。
〔2〕 陈献章：《陈献章集》卷4，北京：中华书局，1987年，第314页。

诏在奏章中言明陈氏已在赴京途中，陈献章不得不踏上觐见之路。本书第一章已述，自成化二年（1466）进京博得盛名却仍不免落第事后，陈献章已打定主意不再出仕。这次不情愿地北上进京，陈献章决定上书乞求归养，《留别诸友，时赴召命》四首即是此种决心的写照：

玺书春晚下渔矶，中岁行藏与愿违。鸥鹭自来还自去，江山疑是又疑非。
难将寸草酬萱草，且着鹑衣拜衮衣。但得圣恩怜老母，满船明月是归时。

昆仑西北是官陂，灭迹烟霞我自迟。独往恐逢江上雪，相思还寄陇头枝。
风云想见千年会，消息终还七日期。总为高堂难离别，乾坤行道岂无时！

久服松花一大车，颠毛垂白齿牙疏。非关圣代无贤路，自爱清风卧绛厨。
道上或逢人卖屦，眼中谁谓我非夫？他时得遂投闲计，只对青山不著书。

钓渚风长袅故丝，水花含笑海鸥疑。都将老子行藏意，分付东溟水月知。
自昔愿从巢许后，而今岂异帝尧时？凭君寄语张东所，更与飞云作后期。〔1〕

临行迟迟，京城在望，退隐的决心有增无减。《莲窝驿月下自读所具奏章》：

中宵望眼依南斗，百转离肠绕白云。八十光阴心独畏，寻常謦欬梦相闻。
东西可但悲游子，去就真堪托圣君。渐近九天瞻日月，清光先为照斯文。〔2〕

莲窝驿在河北吴桥县，京师在望，陈献章夜卧驿站，望着漫天星斗，不禁思绪万千。家中老母在堂，健康状况大不如前。远游的他，只期望适逢圣君，唯有如此，才能被准予归乡养母。陈献章所上奏章内容，恰是诗中所忧。在给亲友朋侪诗中，陈献章所言主要内容即为思归，“明月梦回东海钓”〔3〕，“病枕却怜归故里，残书应悔寄他州”〔4〕，“久客帝乡劳梦魂”〔5〕，无一不是病卧京城陈献章的莼鲈之思。端午之日，寓居京城庆寿寺的陈献章在和友人诗韵中表达了自己准予

---

〔1〕 陈献章：《陈献章集》卷5，北京：中华书局，1987年，第497－498页。

〔2〕 陈献章：《白沙先生全集》卷7，沈乃文：《明别集丛刊》第1辑，合肥：黄山书社，2013年，第52册，第434页。

〔3〕 陈献章：《喜得容球书答之》，《白沙先生全集》卷7，沈乃文：《明别集丛刊》第1辑，合肥：黄山书社，2013年，第52册，第434－435页。

〔4〕 陈献章：《悼容士熙》，《白沙先生全集》卷7，沈乃文：《明别集丛刊》第1辑，合肥：黄山书社，2013年，第52册，第435－436页。

〔5〕 陈献章：《赠丁中书父易洞先生》，《白沙先生全集》卷7，沈乃文：《明别集丛刊》第1辑，合肥：黄山书社，2013年，第52册，第436页。

归养后的生活：

白鸟飞来拂钓船，绿蓑青笠旧因缘。天机皆是谁能厌，太极无方我亦迁。

点也只来沂水上，仲尼更上泰山巅。若还置我江门下，归枕江流乐舜天。[1]

而一旦准予归养，陈氏笔下诗语随着心情的改善也更加活泼明丽。陈献章从京师由海路归粤，一路写下《出潞河》《京回将至直沽》《至直沽》《直沽逢周文都》《乞恩南归先寄诸乡友候我于曹溪者》《南归先寄马默斋并诸乡旧二首》《寄怀故里十首》《漉酒巾》《舟中次麦岐韵》等诗作。《京回将至直沽》云：

玉堂居士领朝衣，乞得宁亲海上归。到眼碧波还漾漾，迎潮白鸟故飞飞。

何尝宇宙无通塞，到了江山省是非。今夜直须沽一斗，北来多负网鱼肥。[2]

在出处观上，陈献章自律如此，对弟子更是言传身教。在《林君求余一线之引示以六绝句》诗中，陈献章无一言提及引荐之事，却从为学功夫上作了一番教导：

时时心气要调停，心气功夫一体成。莫道求心不求气，须教心气两和平。

存心先要识端倪，未识端倪难强持。万象森罗都属我，何尝真体离斯须。

收敛一身调息坐，要贪真静入无为。脱然心境俱忘了，一片圆融大可知。

群贤列圣无他适，百伪千邪向此消。更向一源观体用，灵根着土发灵苗。

功夫须用宽而敬，鱼跃鸢飞在此间。不用苦心求太迫，转防日用自生难。

饱历冰霜十九冬，肝肠铁样对诸攻。群讥众诋寻常事，了取男儿一世中。[3]

陈献章和弟子林光的矛盾亦是由于出处观相左而起。此外，对友人尤其是为官者，无论他们是宦海失意者如郑顺，还是官运亨通者如周方伯，陈献章在诗中亦多劝说他们从官场中全身而退，“能将公事此中了，何啻于今第一流”[4]，“面前路阔身须退”[5]。《可左言赠宪副王乐用归瑞昌》一诗是陈献章劝为官者归隐的代表诗作，在陈献章看来，官场中的钩心斗角，只会让旁观者取笑，这些行径的背后，皆源于自我功名心作祟：

---

〔1〕 陈献章：《癸卯岁端午日书于庆寿寺和张兼素韵》，《白沙先生全集》卷7，沈乃文：《明别集丛刊》第1辑，合肥：黄山书社，2013年，第52册，第435页。

〔2〕 陈献章：《白沙先生全集》卷7，沈乃文：《明别集丛刊》第1辑，合肥：黄山书社，2013年，第52册，第436页。

〔3〕 陈献章：《白沙先生全集》卷9，沈乃文：《明别集丛刊》第1辑，合肥：黄山书社，2013年，第52册，第508页。

〔4〕 陈献章：《次韵王乐用佥宪见寄》，《陈献章集》卷6，北京：中华书局，1987年，第627页。

〔5〕 陈献章：《次韵顾别驾奉寄彭司寇》，《陈献章集》卷5，北京：中华书局，1987年，第474页。

可可可，左左左，费尽多少精神，惹得一场笑唾。

百年不满一瞬，烦恼皆由心作。若是向上辈人，达塞一齐觑破。

归来乎青山，还我白云满座。莫思量，但高卧。[1]

再如《闻周方伯升秩》：

生灵未厌今方伯，声誉初传古地官。红袖尊前断歌舞，青衫楼上倚栏干。

孤舟只尺仍多病，五月风涛尚薄寒。何日匡庐好消息，几时分授到鱼竿。[2]

周方伯仕途顺利，得以右迁，在常人看来，必会以诗祝贺，对其先前政绩、今后仕途大加赞赏与期待。然而陈献章此诗所描绘之景，却略显萧瑟，特别是颈联、颔联中"断""孤舟"等字眼。尾联指的好消息，不是指周方伯升官事，而是指垂钓即辞官归隐。全诗旨意归于尾联，意在劝隐。

伴随陈献章对出处观体认的是他对名利观、生死观的看破。在陈献章眼中，富贵如浮云，人一旦陷入富贵的泥淖，便会使此生不得自由，到头来是黄粱一梦，惹得一身烦扰。成化十九年（1483），陈献章至京，在给朱英的诗中，谈及自己的感受：

古来名利塞乾坤，都与时人作谤根。眼见晦明真有数，心知骨肉更何言。

一门可食汾阳报，千里遥瞻泰岳尊。应有高贤标史笔，山人今日到龙门。[3]

抱如此态度，所以陈献章才说出不羡封侯的话：

今古何人退激流，老仙端不羡封侯。醉眠鹤背无人唤，飞过天边得自由。[4]

四十九岁时，陈献章梦见自己观化，道出了对生死的态度：

孔子曳杖歌，逍遥梦化后。我梦已逍遥，六字书在牖。

圣愚各有尽，观化一遭走。问我年几何？春秋四十九。

死生若昼夜，当速何必久？即死无所怜，乾坤一刍狗。[5]

---

〔1〕 陈献章：《陈献章集》卷4，北京：中华书局，1987年，第324页。

〔2〕 陈献章：《白沙先生全集》卷7，沈乃文：《明别集丛刊》第1辑，合肥：黄山书社，2013年，第52册，第429页。

〔3〕 陈献章：《白沙先生全集》卷7，沈乃文：《明别集丛刊》第1辑，合肥：黄山书社，2013年，第52册，第443页。

〔4〕 陈献章：《游回仙亭》，《白沙先生全集》卷7，沈乃文：《明别集丛刊》第1辑，合肥：黄山书社，2013年，第52册，第427页。

〔5〕 陈献章：《梦观化书，六字壁间曰：造物一场变化》，《陈献章集》卷4，北京：中华书局，1987年，第285页。

不过，这并非意味着陈献章是纯然一隐者，对世事漠不关心。在陈献章看来，隐有“真隐”“假隐”之别，两者之区别在于，“真隐”是发生于世道混乱、社会不治之时，而“假隐”则是在世事清明，朝中不乏股肱之臣之时。在《晓枕偶成》中，陈献章云：“西北多奇峰，云深杳难认。汉廷无谋臣，黄绮皆真隐。”[1] 又《题画松泉，为张别驾吉》云：“水流石间，生两松树。洗耳挂瓢，无此佳处。幸逢尧舜，那无巢许?”[2] 汉廷没有股肱之臣，夏黄公、绮里季因没有治世能臣举荐，只得混迹乡间，终老一生。相比之下，巢父、许由生于尧、舜之治世，政治清明，无须在朝为官，即便为官也贡献不大。虽然黄、绮与巢、许都选择归隐，但背后的原因却大相径庭。陈献章亦说：“山林亦朝市，朝市亦山林。”[3]“朝市山林俱有事，今人忙处古人闲。”[4] 对此叶廷秀解释：“江湖者，廊庙也。廊庙者，江湖也。君子不忘江湖，乃能立廊庙也。”[5] 又云：“江湖廊庙，达观之，总一劳局。如仕宦而拯下民之溺，林居而表章圣贤之言，此中俱有苦心焉。……然则，处山林者，亦何尝闲也?”[6] 叶氏此言，可谓陈氏解人。陈献章多有悯民生之艰之作，如《悯雨，寄黄叔仁》《喜雨》《谢何秋官惠米追次陈后山韵》《赠梁志学兴业令》等。以《悯雨，寄黄叔仁》为例：

> 去年无雨谷不登，今年雨多种欲死。农夫十室九不炊，天道何为乃如此。
> 自从西贼来充斥，一十九年罢供亿。科征不停差役多，岁岁江边民荷戈。
> 旧债未填新债续，里中今有逃亡屋。安能为汝上诉天，五风十雨无凶年。[7]

去年农事因干旱而颗粒无收，今年洪涝又使禾苗受困。面对连年歉收，诗人禁不住追问苍天。天灾致使盗贼骚扰，加上“边事年来赋敛多”[8]，进一步加剧了人民的贫困。现实种种，诗人唯希望上天眷顾苍生，使民间风调雨顺。正是目睹、耳闻“睦洲饥杀人”[9] 的民生之艰，面对何秋官来惠米，陈献章才发出“惭

[1] 陈献章：《陈献章集》卷5，北京：中华书局，1987年，第527页。

[2] 陈献章：《陈献章集》卷4，北京：中华书局，1987年，第277页。

[3] 陈献章：《春日醉中言怀》，《陈献章集》卷4，北京：中华书局，1987年，第364页。

[4] 陈献章：《次韵罗仲明先生见寄》，《陈献章集》卷6，北京：中华书局，1987年，第602页。

[5] 叶廷秀：《诗谭》卷7，周维德：《全明诗话》，济南：齐鲁书社，2005年，第5册，第4277页。

[6] 叶廷秀：《诗谭》卷10，周维德：《全明诗话》，济南：齐鲁书社，2005年，第5册，第4337页。

[7] 陈献章：《陈献章集》卷4，北京：中华书局，1987年，第319－320页。

[8] 陈献章：《赠梁志学兴令》，《白沙先生全集》卷7，沈乃文：《明别集丛刊》第1辑，合肥：黄山书社，2013年，第52册，第428页。

[9] 陈献章：《喜雨》，《陈献章集》卷6，北京：中华书局，1987年，第556页。

愧太仓分一斗，乾坤多少病饥人”[1]的感慨。

除上述出处观、名利观外，陈献章亦有少量诗歌谈及自己的心学主张，即贵自然、求自得、持端默，如“昭昭圣学篇，授我自然度”[2]，“一弛一张皆自然”[3]，“谁会五行真动静，万古周流本自然”[4]，“寄语山中人，妙契在端默”[5]，“千卷万卷书，全功归在我。吾心内自得，糟粕安用那”[6]，等等。《答张内翰廷祥书，括而成诗，呈胡希仁提学》为回应质疑自我学说者的解答，《示诸生》为对自己门徒讲授自我学说。二诗可谓是陈献章主张的全面概括，分列如下：

> 古人弃糟粕，糟粕非真传。眇哉一勺水，积累成大川。
> 亦有非积累，源泉自涓涓。至无有至动，至近至神焉。
> 发用兹不穷，缄藏极渊泉。吾能握其机，何必窥陈编?
> 学患不用心，用心滋牵缠。本虚形乃实，立本贵自然。
> 戒慎与恐惧，斯言未云偏。后儒不省事，差失毫厘间。
> 寄语了心人，素琴本无弦。[7]

江门洗足上庐山，放脚一踏云霞穿。大行不加穷亦全，尧舜与我都自然。
大者便问跃与潜，守身当以藩篱先。世间膏火来熬煎，市朝名利相喧填。
百年光景空留连，丈夫事业何由宣？昔者绿鬓今华巅，呜呼老去谁之愆？[8]

陈献章不事著述，认为“圣人与天本无作”[9]，“千古遗篇都剩语”[10]，前一诗便是这一著述观的重申。陈献章强调学贵自得，不应束缚于文本章句，人一旦束缚于寻章摘句，书籍则真成糟粕之言，“读书不为章句缚，千卷万卷皆糟粕”[11]。学不误入歧途，就须调动自我的能动性，“学而不思则罔，思而不学则

---

〔1〕 陈献章：《谢何秋官惠米，追次陈后山韵》，《陈献章集》卷6，北京：中华书局，1987年，第678页。

〔2〕 陈献章：《读张地曹偶拈之作》，《陈献章集》卷4，北京：中华书局，1987年，第305页。

〔3〕 陈献章：《次韵顾别驾留宿碧玉楼》，《陈献章集》卷6，北京：中华书局，1987年，第623页。

〔4〕 陈献章：《枕上漫笔》，《陈献章集》卷6，北京：中华书局，1987年，第647页。

〔5〕 陈献章：《湖西八景，为罗修撰作：太极九春》，《陈献章集》卷4，北京：中华书局，1987年，第282页。

〔6〕 陈献章：《藤蓑》，《陈献章集》卷4，北京：中华书局，1987年，第288页。

〔7〕 陈献章：《陈献章集》卷4，北京：中华书局，1987年，第279页。

〔8〕 陈献章：《陈献章集》卷4，北京：中华书局，1987年，第325页。

〔9〕 陈献章：《题梁先生芸阁》，《陈献章集》卷4，北京：中华书局，1987年，第323页。

〔10〕 陈献章：《代简答林蒙庵先生》，《陈献章集》卷5，北京：中华书局，1987年，第464页。

〔11〕 陈献章：《题梁先生芸阁》，《陈献章集》卷4，北京：中华书局，1987年，第323页。

殆”。后一诗则告诫门人要突破名利观。人生短暂，什么是不朽之事业，人凭什么得以不朽？通观二诗，陈献章在给当权者的诗中，多用陈述，以体现对自我学说的肯定，在给弟子的诗中，多用反问，以启发弟子进一步反思，充分体现了其强调“自得”的教授之法。

诗歌中“理”的阐发，其一为哲理性的思辨。这“主要立足于内在的自我，所阐发的义理乃是创作主体自身精神反思的结果”[1]。而自宋代理学以降，“格物致知”成为理学的一个根本命题，这也注定了理学家多借物或事以参理。吴桂森赞赏陈献章诗皆含意蕴：“陈白沙妙蕴尽见于诗，故其自言曰：‘等闲拈弄尽吾诗。’入妙者甚多而有最妙一首，可拈以为压卷：‘耳目无交不展书，此身如在太清居（吴注：一丝不挂也）。雪消炉焰冰消日（吴注：私欲净尽也），月到天心水到渠（吴注：天理见前也）。一一园花都傍暖，飞飞江燕未将雏（吴注：满目行生也）。好春好伴须行乐，束起松根七尺蒲（吴注：随处流行也）。’旨既超出筌蹄而诗复妙脱蹊径，真化境也。”[2]

吴氏所评之诗为陈献章赠送贺钦之子贺士谘之作，全诗所写虽为平常景物，然而却有深刻的义理。此种诗歌的总体特点是借助某一景物或事件作契机，以此申发作哲理性的思辨。《赛兰》诗通过“赛兰”之香人，得出方寸之根“中禀天地塞”；《雨坐》由眼前所见雨中落花，所闻双鸟之鸣，引申出大化无极，逝者如斯之叹；《谢琴月惠荔枝》记述容慎[3]馈赠荔枝，因老母不尝，至暮夜时分，满室得以盈香。陈献章分别以此祭祖、分童仆。此种其乐融融的背后，陈献章所宣扬的是儒家的伦理道德：“在德不在物，岂为穷口腹？”[4]其他如《益母草》《寒菊》《偶书所见》《洗竹》《对竹》《题林良为朱都宪诚庵先生写林塘春晓图》《木犀枝上小鹊》《鳄洲山遇虎》《观物》等，都是此类作品。以《噩洲阻风》为例，诗云：

平冈凝农事，一语五日留。今晨阻长江，风雨眠归舟。
老牛不乳犊，宁为水草忧？念此结吾怀，人生易浇浮。
父子且有此，他人复何求？冥冥苍山屏，滮滮清溪流。
童仆屡反侧，晨炊渴薪槱。鸣鞭走泥潦，视我能来不？
行止各有时，天道匪我由。会当息风涛，鼓柁辞鸣鸥。[5]

---

〔1〕 许总：《理学文艺史纲》，南京：江苏教育出版社，2001年，第78页。

〔2〕 吴桂森：《息斋笔记》卷下，《续修四库全书》，上海：上海古籍出版社，2002年，子部，第1132册，第462页。

〔3〕 容慎号琴月。

〔4〕 陈献章：《陈献章集》卷4，北京：中华书局，1987年，第299页。

〔5〕 陈献章：《陈献章集》卷4，北京：中华书局，1987年，第313－314页。

陈献章到平冈务农，在噩洲阻风，在归舟所见，进而联想到人生的浇薄。童仆的辗转反侧，家人的期盼，让诗人难以释怀，因为行程中发生之事非自己所能左右，其旨在说明要遵循天道。再如《盆池栽莲，至秋始花》之三：

开花恨不早，花落却生愁。白露能消物，红莲不耐秋。

频来痴小女，对此泪长流。不识荣枯理，哀乐空相仇。[1]

陈献章用盆栽莲，至秋，花始开放。莲花不耐秋寒，花开即意味着花谢，这不禁引起了痴情小女儿的垂泪。这在文人墨客笔下，定会成为叶落知秋的悲秋情绪，然在陈献章笔下，笔锋却陡然一转，用事物荣枯之理的理性的语言作结，提示世人，只有认识到事物的荣枯之理，才能达到不以物喜，不以己悲的境界。

通观陈献章诗集，一个值得注意的现象是陈献章上述观点的表述多借助古体诗尤其是五古，陈献章弟子湛若水所辑解的《白沙先生诗教解》亦多选录古体之作。据统计，《白沙先生诗教解》选录各诗体数量如下：题跋 2 篇；赞 1 首；铭 4 首；墓表 4 篇；赋 1 首；四言诗 4 首；五古 71 首；七古 1 首；五绝 17 首；记 1 篇。对此，杨慎多有批评："白沙之诗，五言冲淡，有陶靖节遗意，然赏者少。徒见其七言近体，效简斋、康节渣滓，至于筋斗、样子、打乖、个里，如禅家呵佛骂祖之语。殆是《传灯录》偈子，非诗也。若其古诗之美，何可掩哉？然谬解者，篇篇皆附于心学性理，则是痴人说梦矣。"[2] 湛若水《白沙先生诗教解》虽有过度解读之嫌，但就实际而言，陈献章诗歌五古多含义理却是事实，前举陈献章出处观、名利观所引用即多为五古之作。相比之下，陈献章近体之作则多自然、恬静之作。王世贞曾举陈献章七言之作为例："七言最不易工，吾姑举诸公数联……'竹林背水题将遍，石笋穿沙坐欲平。''出墙老竹青千个，泛浦春鸥白一双。''时时竹儿眠看客，处处桃符写似人。''竹径傍通沽酒寺，桃花乱点钓鱼船。'此陈公甫句也。……何尝不极其致。"[3]

---

〔1〕 陈献章：《陈献章集》卷 4，北京：中华书局，1987 年，第 343 页。

〔2〕 杨慎：《升庵全集》卷 50，台北：台湾商务印书馆，1968 年，第 659 页。

〔3〕 王世贞：《艺苑卮言》卷 6，周维德：《全明诗话》，济南：齐鲁书社，2005 年，第 3 册，第 1953 页。

第二节　自然恬淡的山水田园诗

成化十九年（1483），陈献章受彭韶推荐进京，被授予翰林院检讨。随后，陈献章上书，乞求归养。此后，他便优游林下，以讲学为生。“文士弄笔砚，著述劳心神”〔1〕，陈献章的思想可见一斑。其结果，便是对“隐者”悠然自乐的向往与书写：“问我心何住，红藤拄杖端”〔2〕，“无心云自在，得意鸟同歌”〔3〕，“闲到忘闲始是闲，闲中消得几葵山。曲肱枕断疏桐影，梦绕白龙池上还”〔4〕，“身与白云同去住，客从何处问行藏”〔5〕。试观《次张廷实进士枕上偶成韵》：

何处青山一草庐，四无邻舍亦无徒。舞雩风日三杯酒，云谷交游一老夫。
白昼且便薪竹箪，青鞋不到阮郎途。静来人与天为一，说到华胥梦亦无。〔6〕

再看《题闲叟》：

前村烟火熟朝炊，正是先生睡足时。身带江山人在画，目穷今古世争棋。
花边击鼓诸孙戏，竹下扶筇一鹤随。应笑书生闲未得，白头忧世欲何为！〔7〕

二诗一正一反写出归隐之乐。前一首写对归隐青山的向往，后一首则写归隐者对不得闲书生的取笑。以上所举之例，反映的是陈献章从心态上对悠然之乐的追求，《宿榄山书屋》《春日偶成》《夏日》《夜酌》《元夕》《枳壳》《新年》《怀古次韵王半山》《晚步》等诗，则是他发自内心对悠然之乐的书写。如《宿榄山书屋》：

一片荷衣也盖身，闭窗眠者乃何人？江山雨里同歌啸，今古人间几屈伸？
长与白云为洞主，自栽香树作斋邻。山中甲子无人记，一度花开一度春。〔8〕

---

〔1〕陈献章：《拉马玄真看山》，《陈献章集》卷4，北京：中华书局，1987年，第291页。

〔2〕陈献章：《秋坐碧玉楼》，《陈献章集》卷4，北京：中华书局，1987年，第381页。

〔3〕陈献章：《张地曹寄林县博用韵答之》，《陈献章集》卷4，北京：中华书局，1987年，第380页。

〔4〕陈献章：《葵山小睡次韵谢天锡》，《陈献章集》卷6，北京：中华书局，1987年，第611页。

〔5〕陈献章：《游白云》，《陈献章集》卷6，北京：中华书局，1987年，第664页。

〔6〕陈献章：《白沙先生全集》卷7，沈乃文：《明别集丛刊》第1辑，合肥：黄山书社，2013年，第52册，第440页。

〔7〕陈献章：《陈献章集》卷5，北京：中华书局，1987年，第413页。

〔8〕陈献章：《陈献章集》卷5，北京：中华书局，1987年，第407页。

诗中所展现的是陈献章一种悠闲自乐之态。值得注意的是，陈献章这种状态的诗性书写，大都通过日用之常表现出来。恰如朱熹概括曾皙理想所说的“乐其日用之常”，这主要包括生活琐事之乐、游山玩水之乐、亲情友情之乐。

乡居生活使得陈献章多对生活中的点滴之事作生动细致的描绘。本章第一节所言主要涉及陈献章为师的一面，总体呈现出理性思辨的特点，而生活中的陈献章展示的是其感性的一面。感性、理性的统一，可以说反映了真实的陈献章。陈献章虽被研究者戴上理学的帽子，然其诗中所写，却真实反映了其性格的丰富性，有血有肉。诚如李泽厚先生所言：“在中国，不管是孔子、孟子，还是汉代的天人合一，或是宋明理学的心性修养，既是一种信仰，是情感性的，同时又是理性的推理、论证。信仰、情感和理性思辨是糅合在一起的。”[1]悠然田居，陈献章每每于诗中状写自己的坦然之睡，“岁月黑甜外，乾坤软饱中”[2]，“午枕清风汗不生，鼻雷打到日西倾”[3]，“科头坐转茅檐日，闲看蛛丝荡午风”[4]，“醉来添鼻息，震动小庐冈”[5]。日常之事不外乎饮酒、宴客、登高、垂钓、投壶、课诗、寻梅等，“山人无外事，白首稚儿同。弄水溪堂背，争棋纸局中”[6]，“今晨风日佳，策杖去寻梅”[7]，“长日山斋不弄棋，只凭种树遣衰迟”[8]，“偶因门外无来客，得向山中作睡仙”[9]，“浮生日月供眠外，付与携锄抱瓮休”[10]。《晨起》《早起》，恰是陈献章日常生活的典型写照。二诗分列如下：

群雀晓啾啾，闭门春事幽。下床花到眼，招手鹤朝头。
永日还书卷，衰年但酒瓯。醉来江柳下，笑引子陵钩。

推枕起新晴，披衣向小明。坐忘新病减，梦少夙心清。
轧轧开邻户，咚咚杀县更。跛奴呼具盥，旋起绕花行。[11]

---

〔1〕 李泽厚：《现代哲学还剩下什么》，《李泽厚对话集·中国哲学登场》，北京：中华书局，2014年，第10页。

〔2〕 陈献章：《次韵秋兴感事录寄东所》，《陈献章集》卷4，北京：中华书局，1987年，第361页。

〔3〕 陈献章：《与世卿闲谈，兼呈李宪副》，《陈献章集》卷5，北京：中华书局，1987年，第440页。

〔4〕 陈献章：《偶成》，《陈献章集》卷6，北京：中华书局，1987年，第546页。

〔5〕 陈献章：《倚眠》，《白沙先生全集》卷5，沈乃文：《明别集丛刊》第1辑，合肥：黄山书社，2013年，第52册，第391页。

〔6〕 陈献章：《秋中寄兴，同前感事韵，录寄东所，兼呈云谷老隐一笑》，《陈献章集》卷4，北京：中华书局，1987年，第363页。

〔7〕 陈献章：《寻梅隐李鸿宅，用服周韵》，《陈献章集》卷4，北京：中华书局，1987年，第377页。

〔8〕 陈献章：《种树》，《陈献章集》卷5，北京：中华书局，1987年，第457页。

〔9〕 陈献章：《雨中偶述，效康节》，《陈献章集》卷5，北京：中华书局，1987年，第461页。

〔10〕 陈献章：《种扶留，用旧韵》，《陈献章集》卷6，北京：中华书局，1987年，第571页。

〔11〕 陈献章：《陈献章集》卷4，北京：中华书局，1987年，第345页。

《晨起》是悠然林下生活的总体概括——读书、饮酒、垂钓，《早起》则是一次新病初愈的记录，二诗从两方面概括了陈献章的日常生活起居。《村中即事》则介绍了过节时的情景，诗云：

山风处处闻松花，江市日日来鱼虾。高田一弓走猎犬，灌木几株丛老鸦。正逢元宵市灯好，亦有杂剧村鼓挝。野老西畴急春事，长揖县官归县衙。[1]

诗中所写的是元宵节当天陈献章的所见。诗中所及有田野、闹市、飞禽、走兽，亦有符合节日气氛的灯市、杂剧等娱乐项目，全诗塑造的是一种悠然、祥和之景。以上种种，在陈献章笔下，无不是其“人间老去无愁思，独倚疏梅看月明”[2]式的林下之乐的缩影。

酒在陈献章诗中被频频提及。陈献章送弟子李承箕回乡时，忆及二人日常饮酒场景：“时时呼酒与世卿投壶共饮，必期于醉。醉则赋诗，或世卿唱，予和之，或予唱而世卿和之。”[3]陈献章亦坦言：“吟诗终日少，饮酒一生多”[4]，“病里春秋六十更，酒杯无日不渊明”[5]，“余事归诗卷里，残年放酒杯中”[6]，“留连晡时酒，吟咏古人诗”[7]，“微月瞰高楼，楼中酒初泻”[8]，“日日花边唤酒船，梅花开处酒家眠”[9]，“白头无酒不成狂，典尽春衫醉一场”[10]，“卷里我能题百首，溪篷斟酒莫辞深”[11]，“一百青钱解杖头，樽中有酒胜闲游”[12]，“因花催酒酒催诗，诗酒平生两不亏”[13]，“风光何处可怜生，共把闲愁向酒倾”[14]。在陈献章诗文集中，以酒为题者有《饮酒》《对酒》《谢姜大参惠酒》《九日诸生携酒饮白沙醉中和答》《对酒用九日韵》《谢惠酒》《端阳后一日里人送角黍酒至》

---

〔1〕 陈献章：《陈献章集》卷5，北京：中华书局，1987年，第405页。

〔2〕 陈献章：《夜坐》，《陈献章集》卷6，北京：中华书局，1987年，第670页。

〔3〕 陈献章：《送李世卿还嘉鱼序》，《陈献章集》卷1，北京：中华书局，1987年，第16页。

〔4〕 陈献章：《寄容一之》，《陈献章集》卷4，北京：中华书局，1987年，第356页。

〔5〕 陈献章：《次韵顾通判夜泊江门见示》，《陈献章集》卷5，北京：中华书局，1987年，第467页。

〔6〕 陈献章：《漫兴》，《陈献章集》卷5，北京：中华书局，1987年，第543页。

〔7〕 陈献章：《移居》，《陈献章集》卷4，北京：中华书局，1987年，第293页。

〔8〕 陈献章：《宾阳楼八景，为丘侍御作：毅城呼月》，《陈献章集》卷4，北京：中华书局，1987年，第297页。

〔9〕 陈献章：《梅花》，《陈献章集》卷6，北京：中华书局，1987年，第574页。

〔10〕 陈献章：《木犀》，《陈献章集》卷6，北京：中华书局，1987年，第588页。

〔11〕 陈献章：《麦秀夫于城南小渚中累土结茅居之，容一之、马伯干取酒共醉桃花下，各赋诗为乐，秀夫调余同作，附其韵》，《陈献章集》卷6，北京：中华书局，1987年，第593页。

〔12〕 陈献章：《得伦长官诗，疑其果于游而未可以游，次韵复之》，《陈献章集》卷6，北京：中华书局，1987年，第593页。

〔13〕 陈献章：《对菊》，《陈献章集》卷6，北京：中华书局，1987年，第604页。

〔14〕 陈献章：《与世卿闲谈，兼呈李宪副》，《陈献章集》卷5，北京：中华书局，1987年，第440页。

《沽酒》《次韵东所送姜酒》《饮名酒》《过滁县风大作取舟中储酒饮之》等。诗中提及饮酒者更是不胜枚举。这些写酒之作中，有酒后吟诗起舞之乐，如“水南有酒媪，酒熟唤我尝。半酣独速舞，舞罢还举觞”[1]，“醉即拍手歌，东西卧林莽”[2]，“美人遗我酒，小酌三杯烈。半酣发浩歌，声光真朗彻”[3]；有酒后半醉半醒的摹写，如“岩前上马兴难拿，卯酒三杯帽半斜”[4]，“酒醒西楼看月坐，清风湖上卷香来”[5]，“纵饮不知花落去，酒醒船上见花稀”[6]，“美酒花前已破颜”[7]，“忽有酒船邀半路，三杯不记主人谁”[8]；有佳节诗酒之会，如“霜前淡淡花，瓢内深深酒。今日陶渊明，庐山作重九”[9]，“遥持一杯酒，江上酹花神”[10]；亦有“劝君更尽一杯酒”的临别之作，如“论文一觞酒，惟我与子斟”[11]，“江门春酒无多少，须劝罗生一醉归”[12]。

垂钓在古人意象中是隐者的象征，陈献章于诗中常用垂钓这一活动来规劝出仕之友，“相期汗漫归何处？独占烟波理钓鱼”[13]，“独速溪边舞短蓑，月明醉影共婆娑”[14]，“夫君认得幽栖处，江门月底钓鱼槎”[15]。如《赠刘别驾肃庵解官归永丰》：

一蓑归去钓秋江，花近渔舟水亦香。却笑此翁闲未惯，水中鸥影尚回翔。[16]

陈献章亦常用“钓者”形象来定位自己的身份，“寻常只着藤蓑去，细雨斜风钓不归”[17]，“坐惜篱前水，垂竿试钓鱼”[18]。不过，享受乡居林下之乐的陈献章，与其说其借助钓者来宣扬归隐，不如说垂钓自是其生活中的一份消遣。

---

〔1〕 陈献章：《藤蓑》，《陈献章集》卷4，北京：中华书局，1987年，第287页。
〔2〕 陈献章：《和陶诗一十二首：归田园》，《陈献章集》卷4，北京：中华书局，1987年，第292页。
〔3〕 陈献章：《制布裘成，偶题寄黎雪青》，《陈献章集》卷4，北京：中华书局，1987年，第296页。
〔4〕 陈献章：《插花》，《陈献章集》卷6，北京：中华书局，1987年，第557页。
〔5〕 陈献章：《梅花》，《陈献章集》卷6，北京：中华书局，1987年，第573页。
〔6〕 陈献章：《梅花》，《陈献章集》卷6，北京：中华书局，1987年，第573页。
〔7〕 陈献章：《题杜少陵小影次韵柳文肃》，《陈献章集》卷6，北京：中华书局，1987年，第554页。
〔8〕 陈献章：《次韵柳渡头答乡友》，《陈献章集》卷6，北京：中华书局，1987年，第584页。
〔9〕 陈献章：《九日》，《陈献章集》卷5，北京：中华书局，1987年，第523页。
〔10〕 陈献章：《梅花》，《陈献章集》卷5，北京：中华书局，1987年，第538页。
〔11〕 陈献章：《和郭主簿，寄庄定山》，《陈献章集》卷4，北京：中华书局，1987年，第294页。
〔12〕 陈献章：《赠罗梁还程乡》，《陈献章集》卷6，北京：中华书局，1987年，第599页。
〔13〕 陈献章：《次韵张廷实东所寄兴见寄》，《陈献章集》卷6，北京：中华书局，1987年，第569页。
〔14〕 陈献章：《半江十咏为谢德明赋》，《陈献章集》卷6，北京：中华书局，1987年，第579页。
〔15〕 陈献章：《次韵吴县博别后见寄》，《陈献章集》卷6，北京：中华书局，1987年，第585页。
〔16〕 陈献章：《陈献章集》卷6，北京：中华书局，1987年，第629页。
〔17〕 陈献章：《次韵苏伯诚吉士》，《陈献章集》卷6，北京：中华书局，1987年，第608页。
〔18〕 陈献章：《闻方伯彭公上荐剡》，《陈献章集》卷4，北京：中华书局，1987年，第340页。

"竹长桃枯人老去，钓船春雨日高眠"[1]，"岩洞风光诗卷里，天涯岁月钓船中"[2]，"何处思君独举杯，江门薄暮钓船回"[3]，"一蓑春雨江门钓，万里长风海上吹"[4]。其文集中亦有多首提及与友人相伴垂钓之作，如《赠钓伴》《柳渡月下承苕溪翁约赏中秋月于潮连》《次韵答伯饶见拉出钓》等。在日常生活之中，陈献章既是垂钓者，亦是垂钓的旁观者，无论哪种身份，都使他在静静的观看中得到与他人不一样的体悟，观察到他人未发觉的景象。《梅花》诗题下有两首描绘江边梅、水中月与江中水三者水溶交融之景，加之江上淡淡的暗香，令读者无不有心旷神怡之感，垂钓归来，梅香满路，原是倩风之媒。此种水墨小写意似的感受，都源于诗人垂钓时的细细观察与体味，恰如陈献章所言："不是渔翁那得知?"[5]这种源于生活中细细观察的垂钓之作，不乏清新之风的同时，亦颇多生活的谐趣。如《观群儿钓》：

群儿齐弄钓，其一偏多遇。余三未得手，投竿来上树。[6]

该诗描绘垂钓之儿童。垂钓忌动，但儿童天性好动，此诗紧扣儿童按捺不住贪玩的这一个性。四位小伙伴虽是相约垂钓，然垂钓未果者三人，早已投竿上树。全诗四人，一静三动，动静结合，浑是一写生好素材。儿童如此，在陈献章笔下垂钓的大人何尝不是充满浓浓的情趣。如《古埠渔灯》：

埠头半点夜燃枯，钓得松江一尾鲈。渔父联舟向东岸，东岸人家有酒沽。[7]

短短四句，活脱脱地勾勒出一位洒脱不羁的渔者形象。前两句讲渔夫夜钓，得鲈鱼一尾。第三句写渔夫联舟向东，读者在此定以为渔夫将会携鱼满载而归。第四句却出乎意外，他们不是归家而是沽酒。鱼，渔者所欲者，酒，亦渔者所欲者，二者岂可不兼得！《钓鱼效张志和体》所描绘亦是此种景况："红蕖风起白鸥飞，大网拦江鱼正肥。微雨过，又斜晖，村北村南买醉归。"此诗，叶廷秀评价说："先生深于理学，而诗脱洒如此。"[8]

本章第一节言及陈献章身为人师的身份，论述其多借诗以寄寓对弟子的期

---

〔1〕 陈献章：《雨中漫兴》，《陈献章集》卷6，北京：中华书局，1987年，第601页。
〔2〕 陈献章：《赠同游马玄真伍伯饶甥舅》，《陈献章集》卷5，北京：中华书局，1987年，第415页。
〔3〕 陈献章：《代简奉寄饶平邱明府》，《陈献章集》卷6，北京：中华书局，1987年，第617页。
〔4〕 陈献章：《漫笔》，《陈献章集》卷6，北京：中华书局，1987年，第639页。
〔5〕 陈献章：《梅花》，《陈献章集》卷6，北京：中华书局，1987年，第573页。
〔6〕 陈献章：《陈献章集》卷5，北京：中华书局，1987年，第515页。
〔7〕 陈献章：《陈献章集》卷5，北京：中华书局，1987年，第575页。
〔8〕 叶廷秀：《诗谭》卷9，周维德：《全明诗话》，济南：齐鲁书社，2005年，第5册，第4313页。

望，故诗语多涉理性，但这并非意味着他总是板着一副面孔教育弟子。在生活中，陈献章亦时时用戏谑之笔来记录发生在弟子身上之事。如《容生与倪生投壶倪生多胜聊戏此作》：

客散山斋草堂静，两生呼酒对春晴。花间日照投壶影，竹下风传落矢声。

若道人心无物我，何劳敌手斗输赢。隔窗卧听儿童笑，但说倪生艺最精。[1]

陈献章喜作诗，因而作诗之道便成为师生间讲授课程之一，故平日亦不乏课诗之作。如《催诸友九日诗课》：

九日楼前客令新，黄花爱酒不饶贫。劝君火急交诗课，才到明朝罚主人。[2]

二诗一扫师者的严肃，其幽默风趣跃然纸上。

“由于宋代理学本身‘格物致知’的途径与方法，使得理学家于具体景物探究天人之理成为普遍现象，一方面企求‘登山水足以触发道机’，另一方面‘致吾之知在即物而穷其理’，理即存在于物之中，因此宋代理学家多有自然景物之咏”[3]，周敦颐就“雅好佳山水，复喜吟咏”[4]。山水之游亦是陈献章一大喜好，他在与李白洲书信中自陈：“病夫平生山水稍癖，待明年服阕后采药罗浮，访医南岳，上下黄龙洞，啸歌祝融峰，少偿夙愿，然后归拜先生之赐未晚也。”[5]“平生山水债欲偿之余年者。”[6]诗中亦常提及自己雅好山水之志，“野夫好游走，衰病只罗浮”[7]，“衰老而今尚好游”[8]，“胜游自喜多闲日，衰病还堪逐后生”[9]，如《次韵张东所厓山》：

劳形终日更劳心，何处名山不可寻。白首几人同出处，苍崖三月半晴阴。

云衣屡变桐花白，春思间随杜宇深。自有平生山水意，眼中谁号最知音。[10]

---

[1] 陈献章：《白沙先生全集》卷7，沈乃文：《明别集丛刊》第1辑，合肥：黄山书社，2013年，第52册，第427页。

[2] 陈献章：《陈献章集》卷6，北京：中华书局，1987年，第554页。

[3] 许总：《理学文艺史纲》，南京：江苏教育出版社，2001年，第130页。

[4] 度正：《跋濂溪序彭推官宿崇胜院诗后》，《性善堂稿》卷15，《景印文渊阁四库全书》，台北：台湾商务印书馆，1986年，集部，第1170册，第269页。

[5] 陈献章：《与李白洲宪副》，《陈献章集》卷2，北京：中华书局，1987年，第140页。

[6] 陈献章：《与李白洲宪副》，《陈献章集》卷2，北京：中华书局，1987年，第141页。

[7] 陈献章：《华山飞翠》，《陈献章集》卷4，北京：中华书局，1987年，第335－336页。

[8] 陈献章：《得伦长官诗，疑其果于游而未可以游，次韵复之》，《陈献章集》卷6，北京：中华书局，1987年，第593页。

[9] 陈献章：《次韵李子长至白沙》，《陈献章集》卷5，北京：中华书局，1987年，第455页。

[10] 陈献章：《白沙先生全集》卷7，沈乃文：《明别集丛刊》第1辑，合肥：黄山书社，2013年，第52册，第441页。

陈献章喜好游玩如此，故而屡次约好友出游，然陈氏自幼多病，加之朋友有时亦因事爽约，故陈献章常有望眼欲穿之叹，“西风从此去，几日到罗浮”[1]。思之不得，因而常有梦游、卧游之事，如《梦匡庐》《梦游天台》《梦后作》《梦游衡山，遇南极数老人来过，却须先生作主，与诸老对酌，洪崖、寿崖在旁歌诗以侑觞，合坐皆喜，予以诗一首识兴云》《碧玉楼昼梦扶病出游，村径甚适，忽安福罗进士携彭秀才来访，遂书以赠之》《卧游上游庄》《卧游罗浮四首》《卧游上游示湛民泽》。以《梦游天台》为例：

路入天台第八重，洞门刚与赤城通。脚根点到虹桥下，一笑那知是梦中。[2]

面对因各种缘由所导致的游玩不果，陈献章有时念之不快。在寄邓俊圭信中，他就对衡山之行未果表示了怅然：“予与世卿约游衡山，云：候世卿归途过乐昌，更与俊圭期定。今不果矣，念之怅然。”[3]有时陈献章怕友人不赴约或忘记赴约，便一次次予以提示。如《吴明府约过庐山，不果，使人送菊酒至，用世卿韵答之》：

合是先生酒处偏，菊边月下不能眠。儿歌野酌三杯后，花近藜床二尺前。
大块了空无极眼，濂溪分付小圆圈。长官解记庐山否，略欠庐山一日缘。[4]

以上对陈献章诗歌的介绍意在勾勒陈献章林下生活的有关细节，旨在说明陈献章对陶渊明那种悠然自乐生活的向往与实践。无论垂钓、饮酒、游玩，都是从动态的视角向外界展示其悠然之态，然陈献章并非只止于此，在其诗集中存有大量乡间自然景物的静态描绘。借助这些诗歌，陈献章展示了其所生活的周遭环境，陈氏笔下的乡村，大都呈现一种祥和的静谧之美，宛如陶渊明笔下的世外桃源。无疑，无论是动态的生活琐事之乐，还是静态的乡间生活，都是陈献章所追求并用以抗拒朝廷征召之策。《南归寄乡书》十首是他从京城返回途中所作，在诗中，陈献章首次大篇幅描绘乡居之美。《社西村》六首是对《南归寄乡书》的呼应之作。如果说《南归寄乡书》还多少带有虚构成分的话，那么《社西村》可说是现实生活的白描了：

---

〔1〕 陈献章：《金洲石》，《陈献章集》卷4，北京：中华书局，1987年，第349页。

〔2〕 陈献章：《陈献章集》卷6，北京：中华书局，1987年，第581页。

〔3〕 陈献章：《寄邓俊圭》，《陈献章集》卷6，北京：中华书局，1987年，第628页。

〔4〕 陈献章：《陈献章集》卷5，北京：中华书局，1987年，第474页。

孤村比屋静，疏竹小塘幽。何处还三径，如公也一丘。
晚田行布狗，春草散狗犅。汲涧谁家女，金樱插满头。

结茅依里社，村以社西名。客至惟谈稼，年衰不入城。
邻鸡上树宿，水鹤傍人鸣。向晚寻牛去，前冈笛又轰。

君家里社西，我家里社东。平分社公雨，不隔马牛风。
瓜地妻能种，衣巾俗与同。云边采芝迳，高尽玉台峰。

社主对诸阡，居庐散百烟。共来乡社会，同乐帝尧年。
折花潮没屐，吹笛月随船。偶寻社西去，又赋社西篇。

社西逢酒伴，埭北有花枝。讵识愚公意，聊同牧竖嬉。
围棋松崦久，度马板桥迟。袖有岁蕤草，还家不告饥。

卜筑真何意，施为但自由。乡音还杜阮，家业且陂头。
野老眠看客，山童坐饮牛。无生知乐否，更为问骷髅。[1]

“序天伦之乐事”亦是陈献章平淡闲居生活中的乐趣之一。与描写日常琐事一样，陈献章并没有去刻意地描摹刻画，而是娓娓道来，出之平淡，然在这平淡语言之中，却满含亲情，读来饶有趣味。陈献章以孝著称，作为遗腹子，他深知亲情的重要，故而对亲情的书写多发自本心。笔记小说载有母每念，陈氏必心动，回家问之，每次必验。某些笔记载陈氏逢事必向母请示，虽有戏谑之嫌，但反映了陈献章事亲之诚。友人请他题写有关节妇孝子的事迹，他都欣然应之，每每此时，陈献章多忆及自我身世，“我母寡更早，赋诗涕泛澜”[2]，为门人区越所作《慈母石歌，为门人区越作》是他借传说中的慈母石故事以表彰区越母子间的亲情。陈献章母亲因守节持家，故而受到朝廷的褒奖，旌表书至，陈献章喜不自言，写下“痴儿何以报，忠孝策诸孙”[3]。《太夫人晚归，携诸孙候于贞节桥下》诗写陈献章携孙候母之事，一急一喜，写尽焦急儿孙盼归的神态。诗云：

---

〔1〕 陈献章：《陈献章集》卷4，北京：中华书局，1987年，第353页。
〔2〕 陈献章：《题刘氏双节卷》，《陈献章集》卷4，北京：中华书局，1987年，第290页。
〔3〕 陈献章：《旌表家慈书至》，《陈献章集》卷4，北京：中华书局，1987年，第396页。

寒花明隔坞，暝色欲归潮。未愁山路黑，莫放板车摇。
耄耋供人事，儿孙候此桥。殷勤望四崦，风急暮云飘。

延缘看落日，伊轧到溪西。丫路依冈转，垂萝拂盖低。
喜从中道见，痴效小儿啼。报赐心何极，乾坤圣寿齐。[1]

陈献章笔下的天伦之乐除母子关系外，亦有爷孙关系。爷孙关系因隔代的缘故，故颇多融洽。畹、田是陈献章二孙，陈氏笔下多有写孙儿之作，如“所以慰我情，无非畹与田。提携众雏上，啼笑高堂前”[2]，“茅斋向暖抱孙眠”[3]，“携田拉畹朝朝去，江上田家秫酒新”[4]，等等。陈献章与孙嬉戏的书写颇多趣味。如《弄孙》：

画栋三重檐，曈昽晓雀穿。一儿卧我膝，一儿坐奴肩。
风日秋逾美，诗书老未传。二雏当慰我，心赏独悠然。[5]

诗写一秋日，陈献章在院中与畹、田二孙嬉戏的场景。《喜孙读书》描绘的是随着孙儿的渐长，自己教他们作诗的场景。诗云：

闲看溪水绕橙根，自握刀钼斸小园。日午课诗孙渐长，上堂夸与阿婆言。[6]

二孙的渐长，也就预示着自己日渐衰老，于是不自然间，触动自己儿时的回忆，其中不免心生一丝今夕何夕之感：

忆年童稚发如鸦，稍稍东陵学种瓜。今日肯嗟头似雪，江门三亩但蓖麻。[7]

不过，总体而言，陈献章还是十分享受这样的乡居生活，他给自己孙儿取名畹、田并告诉他们自己出生、生长于斯，即可看出他对乡间生活的迷恋。年过耳顺之年，陈献章在自寿诗中谈及一家祖孙四世同堂之景：

世间甲子是何年，母鬓双皤子亦然。十数曾孙罗膝下，两三杯酒笑灯前。
寻僧野寺花迷路，吹笛江门月满船。圣主万年歌不足，黄河清了凤翩跹。

孤子今来六十一，慈亲已过八旬三。旌书门外题新榜，拭泪床头换旧衫。
少有菑畬供俯仰，不妨渔钓老东南。些儿别作长生计，岩畔丹书有两函。[8]

---

[1] 陈献章：《陈献章集》卷4，北京：中华书局，1987年，第359－360页。
[2] 陈献章：《漫题》，《陈献章集》卷4，北京：中华书局，1987年，第290页。
[3] 陈献章：《命孙田》，《陈献章集》卷5，北京：中华书局，1987年，第411页。
[4] 陈献章：《梅花》，《陈献章集》卷6，北京：中华书局，1987年，第591页。
[5] 陈献章：《陈献章集》卷4，北京：中华书局，1987年，第348页。
[6] 陈献章：《陈献章集》卷6，北京：中华书局，1987年，第667页。
[7] 陈献章：《田夜读》，《陈献章集》卷6，北京：中华书局，1987年，第683页。
[8] 陈献章：《六十一自寿》，《陈献章集》卷5，北京：中华书局，1987年，第443页。

老母在堂，膝下孙儿成行，天伦之乐无过于此者。天伦之乐、乡间生活的静谧之美、游玩之乐前文已作介绍，检阅陈献章文集，怀友之作亦占很大比重。

陈献章成化二年（1466）京师之行，获友人颇多，陈献章在诗中三番提及此次结交挚友，“绿水青山置我曹，江西辽左一神交”[1]，“同襟问为谁，定山携一琴”，“茫茫宇宙内，与子契最深”[2]。“江西”指罗一峰，与陈献章为“石交”，“辽左”指贺钦，二人连同庄昶，都为此次京师之行所交。“士大夫闲居野处，必有同道同志之士相与往还，方称其乐”[3]。然就陈献章所作而言，多为送别之作，如《送刘方伯东山先生》《赠周文都》《赠世卿别》《送罗养明还江右》《次韵梅侍御赠别》《送李子长还五羊》《赠别邝知县云卿》《张克修别驾还梧州守来别白沙赠之》《峡山别胡提学还至九江作》等。“黯然销魂者，唯别而已矣”，面对离别，陈献章亦多有伤怀之辞，“未别情何如，已别情尤邈”[4]，“君行无日矣，奈此别离何”[5]，“离筵一杯酒，歌苦莫相忘”[6]，“相见儿童喜，别离琴瑟哀”[7]，“乾坤自古悲难合，伯仲而今契亦深”[8]，“江上明朝空引望，白云何处久支颐”[9]，如《峡山别胡提学还至九江作》：

峡行飞出两三舫，满载离愁下九江。夜泊孤舟不能寐，自烧银烛倒秋缸。[10]

面对离愁，诗人所作的或是送一程，再送一程，“山人偶出村，送客村南道”[11]；或是一再挽留，“满眼欲知留客意，庐冈孤月正天心”[12]；或是催人速还，如《民泽自白沙馆告归谒母故以归为望》。值得注意的是，催人速归多是对弟子而写，有趣的是陈献章的催促之辞并非直接道出，而是以弟子所好作诱惑。如《世卿赴顺德吴明府之召，五日不返，诗以促之》二首之二：

---

〔1〕陈献章：《次韵丘太守见寄并序》，《白沙先生全集》卷7，沈乃文：《明别集丛刊》第1辑，合肥：黄山书社，2013年，第52册，第448页。

〔2〕陈献章：《贺郭主簿寄庄定山》，《陈献章集》卷4，北京：中华书局，1987年，第294页。

〔3〕季汝虞：《古今诗话》卷12，张健：《珍本明诗话五种》，北京：北京大学出版社，2008年，第333页。

〔4〕陈献章：《送刘方伯东山先生》，《陈献章集》卷4，北京：中华书局，1987年，第302页。

〔5〕陈献章：《赠周文都》，《陈献章集》卷4，北京：中华书局，1987年，第388页。

〔6〕陈献章：《题罗一峰赠马龙道南卷》，《陈献章集》卷4，北京：中华书局，1987年，第336页。

〔7〕陈献章：《赠世卿别》，《陈献章集》卷4，北京：中华书局，1987年，第377页。

〔8〕陈献章：《送罗养明还江右》，《陈献章集》卷5，北京：中华书局，1987年，第404页。

〔9〕陈献章：《送李子长还五羊》，《陈献章集》卷5，北京：中华书局，1987年，第438页。

〔10〕陈献章：《白沙先生全集》卷10，沈乃文：《明别集丛刊》第1辑，合肥：黄山书社，2013年，第52册，第553页。

〔11〕陈献章：《送刘宗信还增城》，《陈献章集》卷5，北京：中华书局，1987年，第524页。

〔12〕陈献章：《次韵世卿，赠蔡亨嘉还饶平》，《陈献章集》卷5，北京：中华书局，1987年，第466页。

今雨相逢听此歌，江门渔父老婆娑。紫霞酒盏千回醉，黄鹤仙人两遍过。
遮莫支离亲药里，何曾造次出眠窝。庐冈准备明朝饭，小市津头蚌蛤多。[1]

李世卿喜食海鲜，故而陈献章以市场上多售蚌蛤相诱惑。对弟子陈冕，则以美景相召，如《赠陈冕》：

南有沧溟水，北有昆仑山；我屋正在溪山间，瞻望不远行实难。
白云朝暮常漫漫，桃花欲开梅又残，问君此去何时还？[2]

陈献章深知嘉会难得，但有时也不免有“欲来不来空断肠”[3]之叹。在“君来不来花又开”[4]的岁月流逝中，思友、梦友便成了常态：“空馆忽相思，云山杳何许？”[5]“昔别筠巢叟，如今是几年？”[6]“早晚求丹还入海，风涛满地却怀君。”[7]“常恐岁月晚，况与音问疏。申以伐木章，一日三卷舒。”[8]思友如此，难免在不自觉之间，睹物思人，《有鹤寓怀先友丁彦诚邑宰》由鹤起兴，忆及好友丁彦诚；《对菊》由菊花想起逝去的朱诚庵；《炒蚬忆世卿》由炒蚬想起爱吃蚬的弟子李世卿。以《炒蚬忆世卿》为例：

蚬酒三钟一曲歌，江边长袖舞婆娑。如今歌舞人何处，惭愧春铛蚬子多。
奴拾枯枝给早炊，铛中风味此奴知。春风解忆江门否，正是江门蚬贱时。[9]

师友之情如此。有时陈献章亦由人及人，如在赠别世卿之时，陈献章不由得想起远在南京的庄昶与在辽东的贺钦：

岂无千日酒，花下与君同。客思朝临水，归旗夜引风。
一榼当浦口，一枕在辽东。何事今为别，藤蓑还赠公。[10]

无疑，乡间远离城市的生活，尤其是门下弟子归乡或他往之际，更加剧思友之情。陈献章时有感叹“门下诸生无一个”[11]，“江湖诸子远如天”[12]，正是基

---

〔1〕 陈献章：《陈献章集》卷5，北京：中华书局，1987年，第466页。
〔2〕 陈献章：《陈献章集》卷4，北京：中华书局，1987年，第317页。
〔3〕 陈献章：《落花》，《陈献章集》卷6，北京：中华书局，1987年，第552页。
〔4〕 陈献章：《忆世卿》，《陈献章集》卷6，北京：中华书局，1987年，第640页。
〔5〕 陈献章：《有怀世卿四首》，《陈献章集》卷4，北京：中华书局，1987年，第301页。
〔6〕 陈献章：《奉寄筠巢翁》，《陈献章集》卷4，北京：中华书局，1987年，第389页。
〔7〕 陈献章：《寄张兼素》，《陈献章集》卷5，北京：中华书局，1987年，第433页。
〔8〕 陈献章：《赠羊长史，寄辽东贺黄门钦》，《陈献章集》卷4，北京：中华书局，1987年，第294页。
〔9〕 陈献章：《陈献章集》卷6，北京：中华书局，1987年，第601页。
〔10〕 陈献章：《赠世卿别》，《陈献章集》卷4，北京：中华书局，1987年，第377页。
〔11〕 陈献章：《次韵张廷实东所寄兴见寄十首》，《陈献章集》卷6，北京：中华书局，1987年，第569页。
〔12〕 陈献章：《送罗养明还江右二首》，《陈献章集》卷5，北京：中华书局，1987年，第404页。

于“信是人生会合难”[1]的体会。陈献章在诗中对友人弟子长时间不通书信表示批评，得弟子世卿书却讶其太略；病中思念庄昶，便质问：“定山何处无来耗，惹得江门梦寐勤。”[2]而面对弟子友朋的来访，便颇多喜色，如《喜康沛至》《喜梁文冠至》《喜何竹窗重过白沙话旧赠之》。友人的来访，不仅扫除久积的寂寞之感，而且杯酒之间，通过友人之口，可了解其他故交的状况，“开怀一夜梅村酒，时复停杯问故人”[3]。岁月匆匆，面对世事变迁，与友人身处两世，不免多有唏嘘：“衰病欲寻西华枕，旧游半落北邙山。”[4]“去年此夜客剧饮，此夜今年人悼亡。”[5]《赠邝云卿别》云：

我病三年下，君行万里余。旧游谁复在，远别意何如？
江阁频倾酒，金台懒发书。晴川未解缆，更与看芙蕖。[6]

身病三年，朋友又将远行，回顾平生挚友，多已作古。饯别之际，杯酒频斟，解缆迟迟。成化十九年（1483），陈献章进京觐见，间道访至友庄昶，会于白马庵，与友人联句唱和中，虽然陈献章于诗中畅言“人生须此会，何处问阴晴”[7]，但面对离别，还是悲从心起。庄昶送陈献章至扬州，又偕行至六合县，才依依惜别。其后八年，庄昶卧病于家，陈献章亦衰且老。当年做南京六合县令的周文化以监察御史治广，拜访陈献章。谈及庄昶，陈献章在和庄氏《瑞鹊诗》中感慨道：“如今柏府开诗卷，还对樽前两病翁。”[8]离愁别绪已如此，天人之隔更何堪，“里巷三年六七坟，老年无泪哭交亲”[9]。以罗伦为例，陈献章与罗伦最为友善，传言友人去世，“平生不下泪，今日尽沾缨”[10]。《秋梦》三首其一借伯牙、子期故事表达了对亡友罗伦的悼念之情。诗云：

〔1〕 陈献章：《与崔信臣夜话》，《白沙先生全集》卷7，沈乃文：《明别集丛刊》第1辑，合肥：黄山书社，2013年，第52册，第429页。

〔2〕 陈献章：《病中写怀二首》，《陈献章集》卷5，北京：中华书局，1987年，第476页。

〔3〕 陈献章：《月夜与何子有饮梅村社，赠之三首》，《陈献章集》卷6，北京：中华书局，1987年，第657页。

〔4〕 陈献章：《西良容君携孙来访》，《陈献章集》卷5，北京：中华书局，1987年，第426页。

〔5〕 陈献章：《悼陈冕三首》，《陈献章集》卷6，北京：中华书局，1987年，第626页。

〔6〕 陈献章：《白沙先生全集》卷5，沈乃文：《明别集丛刊》第1辑，合肥：黄山书社，2013年，第52册，第389页。

〔7〕 陈献章：《白马庵联句二首》，《陈献章集》卷4，北京：中华书局，1987年，第400页。

〔8〕 陈献章：《题瑞鹊卷有序》，《陈献章集》卷6，北京：中华书局，1987年，第599页。

〔9〕 陈献章：《悼周镐》，《陈献章集》卷6，北京：中华书局，1987年，第572页。

〔10〕 陈献章：《有传罗一峰观化二首》，《陈献章集》卷4，北京：中华书局，1987年，第339页。

山斗英魂在，江湖秋梦深。还将百年泪，滴破一峰心。

絮酒熏天地，金牛恨古今。龙泉不挂墓，吾欲殉吾琴。[1]

陈献章每每睹物思人。南雄书院有罗伦记书院文，陈献章有“秋坟何处草离离，千里湖西梦觉时”之哀；观罗伦遗墨，有“苍烟绿树湖西路，何处金牛吊一峰”[2]之叹；到蓬莱山祭奠伍光宇墓，忽然忆及曾归隐金牛山的罗伦，不禁为之“仍留一杯酒，何处酹金牛”[3]。

就陈献章诗歌内容比重而言，言生活琐事之乐之作远远多于言理之作。陈献章悠然林下，日间于生活琐事、游玩及亲情、友情之中品味其中之乐。裘君弘云：“人生乐事，无过天伦。若堂上并是黑头，膝下时邀青眼，楼前花萼大被无猜，林下风标布衾如友，此等岁月，活得四五十年，便是作状元宰相之荣，不以易此。”[4]以此而言，陈献章可谓尽得其乐。如此恬淡之意，发而为诗，出以自然，内多情韵，黄培芳评价陈献章之诗，即持此观点：

白沙子诗，如“时雨日夕来，郊原蔼新绿。白云被重崖，下映寒塘曲。情结竹上言，魂销井边躅。三年隔潇湘，书至不可读。”（《有怀世卿》）“远树晴堪数，孤云暝欲遮。自怜江海迹，能到友生家。落日明江色，轻风动麦花。相看吾鬓白，不必问年华。”（《至陈冕家》）“醉眠山影里，恨不与君同。松下泉来冷，鸡鸣日过中。就床梳白发，开户纳清风。起视沧溟暮，孤鸿没远空。”（《次韵秋兴感事寄东所》）“闲眠闲坐或闲行，身老溪云病亦轻。客至正当秋酿熟，船来莫待晚潮生。江山偶得三人对，风月还添一榻清。昨日书来张主事，头颅空讶老无成。”（《邀马元真》）“船中酒多少，船尾阁春沙。恰到溪穷处，山山枳壳花。”（《访客舟中》）“村南村北此宵同，好景难消一老翁。在处恐妨年少乐，踏歌归去月明中。”（《元夕》）句如：“碧草东西埭，黄骊远近山。”“时依当户竹，闲数上墙花。”“乳鸭争嬉水，寒牛不出村。”“时候花先觉，阴晴鸟自如。”“折花潮没屐，吹笛月随船。”皆性情风韵并臻者。[5]

---

[1] 陈献章：《陈献章集》卷4，北京：中华书局，1987年，第341页。

[2] 陈献章：《题一峰遗墨后何知卷》，《陈献章集》卷6，北京：中华书局，1987年，第586页。

[3] 陈献章：《蓬莱山祭伍光宇墓》，《陈献章集》卷4，北京：中华书局，1987年，第347页。

[4] 裘君弘：《天伦乐事》，《妙贯堂余谭》卷5，《续修四库全书》，上海：上海古籍出版社，2002年，子部，第1136册，第632页。

[5] 黄培芳：《粤岳草堂诗话》卷1，《黄培芳诗话三种》，广州：广东高等教育出版社，1995年，第80－81页。

第三节　寓理于文、不拘格套的散文

陈献章笔下文的范围，既包括论、说、题跋、序等文体，亦包含诗歌。本章第一、二节对陈氏诗歌主题内容已作概述，故本节主要介绍陈献章论、说、题跋、序、记、赞、铭、传、祭文等的主题内容及特色。陈献章文的特色，顾天埈曾作如下评价："本朝惟王阳明、陈白沙俱直透心体，得孔子真脉，发而为文，虽不以文名，实天下之至文在焉。"[1] 顾氏所云，不以文名，却为天下之至文，其中的缘由即在于陈献章为文之态度。

一是讲求为文要发真情，不为文造情，不妄加攀附。

陈献章在《汤氏族谱序》中借族谱的修撰原则，道出自己的作文原则是实录，即真。陈献章说："家之谱，国之史也。本始必正，远迩必明，同异必审，卑而不援高，微而不附彰，不以贵易亲，不以文覆愆，良谱也。……援焉以为重，无实而借之词，吾不欲观也。"[2] 持此原则，陈献章对周氏在修谱时"不可知者阙之，不敢妄有攀附"[3] 的做法表示赞赏。相反，对那些作伪失实者提出批评，认为那些作伪之人是掩耳盗铃，作伪之作最终不会逃过历史的审判，不会传之后世。他说："苟无是心，有文章足以收誉于众口，有功业足以耀荣于一时，有名节足以警动乎流俗，皆伪而已，岂能久而不变哉！"[4] 至于无真情、不知实情或不认同之事不苟作的态度，可从《襄阳府先圣庙记》一窥。陈献章虽修改此文，且署上自己的名字，然在是文末，陈献章却道出了此文写作的来龙去脉，他说："此文始属稿于邹汝愚，复略改次答曹察院，非我志也，览者详焉。"[5] 是文，陈献章予以拒绝，后曹察院命作，陈献章未予以回应，两年后，曹又托陈献章好友刘大夏代为求情，陈献章不得已而让弟子邹智代作，自己略加修改。此文主要记

---

〔1〕 顾天埈：《答庄逊之宫詹冲虚公子》，《顾太史文集》卷7，《四库禁毁书丛刊》，北京：北京出版社，1997年，集部，第9册，第141页。

〔2〕 陈献章：《陈献章集》卷1，北京：中华书局，1987年，第14页。

〔3〕 陈献章：《陈献章集》卷1，北京：中华书局，1987年，第24页。

〔4〕 陈献章：《陈献章集》卷1，北京：中华书局，1987年，第17页。

〔5〕 陈献章：《陈献章集》卷1，北京：中华书局，1987年，第54页。

太守郭侯修襄阳府先圣庙制乐器之事。曹察院想借陈献章之手记太守之功，以垂不朽，所谓“非属笔于先生，则石有时而朽也”[1]。按《周礼·大司乐》，陈献章认为“此非守臣所能与也”，不同意太守的做法，便一再推托是文的撰写。其实，陈献章的谨慎，还缘于其撰写《潮州三利溪记》的惨痛教训。陈献章认为潮州三利溪是太守利泽于民的工程，故对此举大加褒奖，然后来询问潮人，才知三利溪利民之事多不属实。陈献章曾就此事作诗以作警示，诗云：“欲写平生不可心，孤灯挑尽几沉吟。文章信史知谁是，且博人间润笔金。”[2]

失实或不认同者不苟作，然触情而发者则字字含情。此种之代表以陈献章祭奠好友罗伦及弟子邹智为最。陈献章自成化二年（1466）北游太学认识罗伦后，两人便成莫逆。陈献章夜梦罗伦逝世，曾作诗悼念。罗伦逝世后，陈献章曾作诗催促庄昶作罗伦墓志，并作《告罗一峰墓文》《罗伦传》《祭罗一峰文》以示悼念。其《祭罗一峰文》云：

> 呜呼，一峰为道义先觉，为仁义郛郭，为士庶依托，为当世医药，为沛八表之云，而翔千仞之鹫，为鼓万物之风，而架层空之阁。其心洞洞，其性落落，其文浩浩，其行卓卓，白日青天，泰山乔岳。呜呼一峰，九原不作，吾谁与归。吾终从子于冥漠。[3]

弟子邹智以星变言事，被贬广东石城吏目，从陈献章学二年，不久去世，时仅二十六岁。天妒英才，陈献章为之扼腕不已：

> 君子之贞，贞德之干，毋受天损，何命之短。已而已而，天道无知，哀此孤嫠，死不避险，生必就检，是曰无忝。北风萧萧，云旗摇摇，蜀道之辽，觞酒豆肉，尽此一哭，魂返无速，乌虖哀哉。[4]

唐伯元在“祭文”下评点说：“诸祭文写出先生心事，浑是一段至诚。”[5]

二是高扬自我主体精神。

自得是陈献章心学理论的核心，强调作为主体的人的独立性。陈献章认为拘守六经，只会使六经成为糟粕，哪怕六经是孔子之言。他说：“六经，夫子之书也；学者徒诵其言而忘味，六经一糟粕耳，犹未免于玩物丧志。”[6]陈献章认为

[1] 陈献章：《陈献章集》卷1，北京：中华书局，1987年，第53页。

[2] 陈献章：《陈献章集》卷1，北京：中华书局，1987年，第47页。

[3] 唐伯元：《白沙先生文编》卷6，哈佛燕京图书馆藏万历十一年（1583）刻本，第36页。

[4] 陈献章：《祭邹汝愚文》，唐伯元：《白沙先生文编》卷6，哈佛燕京图书馆藏万历十一年（1583）刻本，第44页。

[5] 唐伯元：《白沙先生文编》卷6，哈佛燕京图书馆藏万历十一年（1583）刻本，第35页b。

[6] 陈献章：《道学传序成化乙巳闰四月作》，《陈献章集》卷1，北京：中华书局，1987年，第20页。

这是人与动物区别所在。在《禽兽说》中，陈献章云：

> 人具七尺之躯，除了此心此理，便无可贵，浑是一包脓血里一大块骨头。饥能食，渴能饮，能着衣服，能行淫欲。贫贱而思富贵，富贵而贪权势，忿而争，忧而悲，穷则滥，乐则淫。凡百所为，一信气血，老死而后已，则命之曰“禽兽”可也。[1]

不仅如此，在《东晓序》中，陈献章指出若人“溺于蔽而不胜”，则最终导致“去禽兽不远矣”，而避免的方法，“在乎思不思、畏不畏之间耳”[2]，即陈献章主张的“自得”。清人王棠读陈献章《禽兽说》曾感慨说：“白沙此语，鞭策人不少。今时人谁不为血气所使？若能于心理上理会，不为血气所使，方能异于禽兽，方能具七尺之躯。若不问心问理，先已自失了主人翁，徒然一包脓血里裹了一块大骨头，可悲也。”[3]陈献章在《永慕堂记》中曾记载自己读《孟子·万章上》态度的变化过程，少时怀疑孟子之说，弱冠求友四方，始悟孟子之论的正确。由怀疑到深信，这一过程的转变正是基于陈献章的自我思考，而非苟从孟子所说，人云亦云。

正是本着上述的作文原则，陈献章文的内容，主要关涉文道观的论说、儒家伦理观的宣扬及道的阐述等方面。陈献章文道观已在本书第三章作叙述，此不赘述。陈献章对儒家伦理观的宣扬主要通过对忠君爱民之人及节义之士的赞美体现出来。陈献章笔下所写忠君之人一为厓山殉国的宋末三杰：文天祥、陆秀夫、张世杰。弘治四年（1491），陈献章与刘大夏泛舟厓门，倡议立祠于大忠庙之上，祠成，陈献章作《慈元庙记》。一为光复唐祚的狄仁杰。陈献章认为狄仁杰“可谓有大功于唐矣”。陈献章对忠君之人的赞美，并非止于此，其主旨在于引出孝，“夫孝，百行之源也”，“世宁有笃于亲而遗其君者乎？”[4]陈献章之所以如此说，一方面在于为自己张本，解释自己不出仕不等于不忠君；另一方面则在劝谏地方官以身作则，振颓风，扶世教。陈献章笔下“德”的形象以朱惟庆为代表。陈献章在朱氏墓志铭中通过四个例子，塑造了朱惟庆有德者的形象：恤家不恤己，同意充军；帮族兄弟孀妇告发横蛮黄一奇；劝盗贼金盆洗手；力却盐商馈金。通过

〔1〕 陈献章：《陈献章集》卷1，北京：中华书局，1987年，第61页。

〔2〕 陈献章：《陈献章集》卷1，北京：中华书局，1987年，第7－8页。

〔3〕 王棠：《燕在阁知新录》卷28，《四库全书存目丛书》，济南：齐鲁书社，1997年，子部，第100册，第647页。

〔4〕 陈献章：《望云阁诗序弘治辛亥十二月作》，《陈献章集》卷1，北京：中华书局，1987年，第17页。

以上例子，陈献章指出，朱氏“其在困也，不自卑而失守；其处亨也，不藉势以徼利”[1]。义的形象以韩、庄二节妇为代表。陈献章认为二人虽然贵贱有别，但在“义”上却是相同的。陈献章借韩、庄二节妇事，对那些徒从事于诗书者提出了批评。他们“学止于夸多斗靡，而不知其性为何物，变化气质为何事”[2]，使自己人欲日肆，天理日消，最终沦为禽兽。

陈献章对道的阐述，主要在《论前辈言铢视轩冕尘视金玉》三则。是文主要阐发周敦颐《通书·富贵》所提出的“铢视轩冕尘视金玉”。文中，陈献章没有从此论题出发，而是从本体论层面解释“道”，指出“道为天地之本”。作为天地之本的道，其显著特点有三：道至大；道存在于万事万物之中；道不可状。这三个特点，似乎在说明道的不可捉摸，指向虚无。陈献章又指出，道虽不可状，但“有其方则可。举一隅而括其三隅，状道之方也。据一隅而反其三隅，按状之述也”[3]。唯有掌握此方，人才能如陈献章所说“人得之为人”。道至大，天地只为其中太仓一粟，沧海一勺，而人又仅为天地间一物。身为天地间一物，比起至大的道，又是何等渺小，既如此，一身之微所得诸如富贵、贫贱、死生、祸福又何足以羁绊心怀呢？

习性论是陈献章在《梦记》一文集中探讨的话题。《梦记》写的是自己的一次做梦经历。梦中陈献章呼童子取行具，童子不应，陈献章不快，说“越人歌之，楚人听之”。梦醒后，陈献章想到“越与楚风气不同，人声随而异，必不能相通而相好”，其背后的原因就在于“越不可为楚，楚亦不可为越，越与楚不相能，非有生之初，习使然耳。习之久，殆与性成”[4]。习性一旦形成，非百倍之力不能改。

陈献章在论、说、题跋、杂著等作品中多阐述伦理道德、理学主旨，而在一些书信、墓志之中多有富有文学意味、简洁明快之作。《渔读居士墓志铭》记述的是一位为民请命，救人民于盗患的居士形象。陈献章对居士月下垂钓、读书的描绘颇有仙境的意味：

> 尝读书遇良夜，皓魄当空，水天上下一色，居士手持竿线，呼童冠三、五，高歌走舴艋，遨嬉于江。归则焚香呫哔，坐牖下吟哦，过夜分不寐，以为常。尤喜饮酒，子弟取杜诗之可歌者为越声，歌以侑觞，居士颓然真率。[5]

---

〔1〕 陈献章：《朱君惟庆墓志铭》，《陈献章集》卷1，北京：中华书局，1987年，第85页。
〔2〕 陈献章：《书韩庄二节妇事》，《陈献章集》卷1，北京：中华书局，1987年，第77页。
〔3〕 陈献章：《陈献章集》卷1，北京：中华书局，1987年，第56页。
〔4〕 陈献章：《陈献章集》卷1，北京：中华书局，1987年，第51页。
〔5〕 陈献章：《陈献章集》卷1，北京：中华书局，1987年，第95页。

虽寥寥百字，然居士月下垂钓、读书、歌诗侑觞的场景足以让读者留下深刻印象，三个场景活脱脱描绘出居士潇洒不羁的个性。无独有偶，陈献章笔下颇多对隐者惬意生活的细致描绘，陈献章为弟子范规父亲所作《东圃诗序》即为其中的代表。

东圃方十亩，沼其中，架草屋三间，傍植花卉、名木、蔬果。翁寄傲于兹，或荷丈人蓧，或抱汉阴瓮，兴至便投竿弄水，击壤而歌。四时之花，丹者摧，白者吐。或饮露而餐英，或寻芳而索笑；科头箕踞，柽阴竹影之下，徜徉独酌；目诸孙上树取果实，嬉戏笑语以为适。醉则曲肱而卧，藉之以绿草，洒之以清风，寤寐所为，不离乎山云水月，大抵皆可乐之事也。[1]

此处描绘范规之父归隐江湖，辟圃于西江之浒、花山之阴，悠然自乐的生活场景。

总体而言，陈献章写文章目的在实用，但这非意味着陈献章对写作技巧的忽略。陈献章文的特征，主要有两点：

一是注重运用事例，从容不迫，缓缓切入主题。陈献章深知劝谕之难，特别是那些正教化之作，如果单纯作教化之语，势必引人反感，结果便会适得其反。在《与罗彝正》中，陈献章说："君子极欲人入于善，但强而语之，必不能入，则垂吾言于无用，又安取之？且众人之情，既不受人之言，又必别生枝节以相矛盾。吾既不合，而责之益深，此取怨之道也，不可不戒！"[2] 陈献章把握人之情感心理透彻如此，故在行文时，通常采用举例的方式，将读者慢慢引入预设的主题之中，让他们在潜移默化之中自悟其中的道理。以《诫子弟》为例：

人家成立则难，倾覆则易。《孟子》曰："君子创业垂统，为可继也。若夫成功，则天也。"人家子弟才不才，父兄教之可固必耶？虽然，有不可委之命，在人宜自尽。

里中有以弹丝为业者。琴瑟，雅乐也，彼以之教人而获利，既可鄙矣，传于其子，托琴而衣食，由是琴益微而家益困，展转岁月，几不能生。里人贱之，耻与为伍，遂亡士夫之名。此岂尝为元恶大憝而丧其家乎？才不足也。既无高爵厚业以取重于时，其所挟者率时所不售者也，而又自贱焉，奈之何其能立也？大抵能立于一世，必有取重于一世之术。彼

〔1〕 陈献章：《陈献章集》卷1，北京：中华书局，1987年，第22页。

〔2〕 沈佳胤：《翰海》卷6，《四库禁毁书丛刊》，北京：北京出版社，1997年，集部，第20册，第245页。

之所取者，在我咸无之，及不能立，诿曰："命也。"果不在我乎？人家子弟不才者多，才者少，此昔人所以叹成立之难也。汝曹勉之。[1]

该文旨在说明"成立则难，倾覆则易"的道理。陈献章以里中弹丝为业者为例，通过其子孙琴益微而家益困的变迁，指出其主因在于弹丝者子孙才不足。借助此事例，陈献章告诫弟子能立于一世者，必有立于一世之术。

二是语言简洁明快、不拘常规。陈献章所为文章，形制短小，常常三言两语即作收束全文之语。如《味月亭序》：

成化丙午春正月，五羊何子有载酒过白沙，对月共饮，延缘数夕，告予："曩梦游仙甚适，扁所居第为味月亭，识梦境也，愿乞一言以归。"予口占一绝句云："骑羊仙客去仙城，风韵千年落杳冥。罗浮道士来何处，笑倒君家味月亭。"戏谓子有曰："君不知罗浮道士耶，尝俯仰子之亭矣。"因抚掌笑。前此五年，予被征过郡，通名子有之庐，道士即予，盖寓意耳。[2]

凡序文，重在序作者之意。以此判断，此序陈献章所作颇多随意。陈献章《送容一之如永丰诗序》体例亦是如此。先是简单几语介绍事情原委，然后以诗作结。文章语言简洁明快，可使读者当即明白作者主旨所在，但太过简洁，有时却会使得文章太过枯燥乏味。如《苍梧纪行》，游记重在景物的描绘及自我游览之感受，然是文却如账簿，简单记载每天行程，使得读者全然不能品味其中乐趣。

总之，陈献章因坚持不为文造情，在行文之时高扬自我的原则，使得其发而为文多含真情。与诗歌写作不同，陈献章为文重在教化，故多寓理于文。对于人性的把握，使得他在为文时多讲究技法，采用举例方式启发读者；在行文时又多采用短篇形式，这使得其文在当时独树一帜，别有特色，常有新奇之作。《尧山堂外纪》曾载陈献章成化初会试时竞作新奇之作："陈白沙当成化初会试，虽负重名，亦投时好，竞出新奇。作'老者安之，朋友信之，少者怀之'一题。其破云：'物各有其等，圣人等其等。'考官戏批其傍云：'若要中进士，还须等一等。'传者莫不绝倒。"[3]陈柱认为陈献章之文为八股文时代的独立派，由上述记载而言，当属实情。"明人理学之非正宗，自献章始；文章之非正宗，也自献章始"[4]。

---

〔1〕陈献章：《陈献章集》卷1，北京：中华书局，1987年，第77页。

〔2〕陈献章：《陈献章集》卷1，北京：中华书局，1987年，第19页。

〔3〕蒋一葵：《尧山堂外纪》卷86，《四库全书存目丛书》，济南：齐鲁书社，1997年，子部，第148册，第371页。

〔4〕郭预衡：《中国散文史》，上海：上海古籍出版社，2000年，下册，第110页。

第五章

陈献章后世之接受

陈献章一生优游林下，自上《乞终养疏》后便主要以讲学授徒为生。入其门之弟子，更是满天下，阮榕龄《白沙门人考》录陈献章弟子一百六十四人。然而，随着陈献章的去世，其门庭却有不胜今夕之感。罗洪先《寄王龙溪》曾作如是感慨："后之视今，犹今视昔，回首白沙门下，得力者有几？其行事心术，今岂能逃于吾辈一瞬？学问蹊径已极明白，更无可疑，而乃错过一生，不得受用，真可怜可愤也。"[1]其缘由，桑原忱将陈献章与王守仁作比较后，指出陈献章后世不显是限于地域、官路、交游、从学者、著述等因素，因而世多传王学，"陈氏生长于岭南之僻远，加之多病多厄，隐退伏息，所交不广，从学亦少。且王氏多著述，陈氏不以著述为意，是以世多称传王氏而不称陈氏焉耳"[2]。陈献章虽不如王守仁为天下知，然无论其生前还是卒后，明清两代亦不乏学之者。陈献章卒后，其门人弟子在谁是衣钵传人问题上有过争论。陈献章后世之接受情况，大体分为心学主张与诗学主张两个方面。总体而言，无论是在学说上还是诗学上，陈献章门下弟子相比其师多有异同。以上就陈献章入门弟子而言，陈献章卒后，私淑者亦大有人在，相较于入门弟子的衣钵之争，他们注重的是陈献章诗歌的特色，故而每每追和、仿效白沙诗体。陈献章在后世之接受，有着鲜明的目的性，此可以湛若水《白沙先生诗教解》与唐伯元《白沙先生文编》为代表。

第一节 陈献章心学、诗学接受概况

一、陈献章学说衣钵传人之争

何良俊言："我朝薛文清、陈白沙、吴康斋、王阳明好谈理性。岂是不长于经术。但既托之空言，遂鲜实用。其门弟子又蹈袭其师说各立门户，深衷厚默，剿取道学之名以为进取之捷径，自是经术、道学始歧而为二矣。"[3]设立门户，

[1] 徐儒宗：《罗洪先集》卷6，南京：凤凰出版社，2007年，第216页。

[2] 桑原忱：《陈白沙文抄序》，《陈白沙文抄》，长泽规矩也：《和刻本汉籍文集》第11辑，东京：汲古书院，1977年。

[3] 何良俊：《四友斋丛说》卷3，北京：中华书局，1959年，第27－28页。

要求名正言顺，对陈献章弟子而言，他们首先要做的是申明自己是陈献章的衣钵传人。此举自陈献章卒后即爆发，事件的起因是有关陈氏传、行状、墓志铭的写作分配。据张诩《白沙先生行状》所载，当时众弟子的分工为："先生殁后，门人聚议，以湛雨为行状，李承箕为墓志铭，梁储为传，而墓表则属于某也。"[1]据此，当初的分工是湛若水负责行状，李承箕负责墓志铭，梁储负责传记，张诩负责墓表。后来，张诩因湛若水仓促未能准备，自己便承担起行状的撰写。湛若水于正德十六年（1521）将陈献章改葬皂帽峰下，写就改葬墓志铭。梁储则未见有陈献章传传世。

《白沙先生行状》中，张诩载：

> 某也无似，自成化辛丑见我先生于白沙，我先生即以国士待，其后受教多而辱爱厚。临殁，具书趣至白沙，寄以斯文，告门人罗冕曰："吾道吾付吾某矣。"示以诗云："古往今来几圣贤，都在心上契心传。孟子聪明还孟子，从今切莫信人言。"……因执某手曰："出宇宙者，子也。"既而曰："孔子之道至矣，愿毋画蛇添足。"又曰："用斯行，舍则藏，子其勉之，吾言止是矣。"呜呼，言犹在耳，不肖某斗筲之器，何修何为而后可以少副我先生负托之重乎？[2]

陈献章临终，面对张诩历叙自己一生对著述、静坐、出处等的看法，大有殷殷重托之意。张诩言辞之中亦以衣钵传人自居。无疑，此番言语遭到了因出仕而未能到的林光的反对，在《与张廷实主事书》中，林光虽指责行状中的不实之载，然他是醉翁之意不在酒，最令他不满者乃是同僚友朋所说："某尊白沙为孔子，则某自为曾子矣。"林氏踌躇再三，最终还是说出了自己的想法："要判断白沙一生，则在门者非止一人，其学术皆系焉，其可苟乎？"[3]

湛若水当时虽没表述自己的意见，然在《奠先师白沙先生文》一文中，曾作如是说："先生昔尝执我之手：'惟我与尔，以慨斯文。'"[4]显然，湛氏亦以陈献章衣钵传人自居。湛氏之语亦非空穴来风，陈献章《江门钓濑与湛民泽收管》跋曰："达磨西来，传衣为信，江门钓台亦病夫之衣钵也。兹以付民泽，将来有无穷之讬。珍重，珍重。"[5]嘉靖二十年（1541），洪峻与湛若水临别，曾以此作为

---

〔1〕张诩：《白沙先生行状》，陈献章：《陈献章集》，北京：中华书局，1987年，第882页。
〔2〕张诩：《白沙先生行状》，陈献章：《陈献章集》，北京：中华书局，1987年，第881－882页。
〔3〕林光：《与张廷实主事书》，《南川冰蘖全集》卷5，北京：中国文史出版社，2004年，第155页。
〔4〕湛若水：《湛甘泉先生文集》卷30，桂林：广西师范大学出版社，2014年，第1778页。
〔5〕陈献章：《陈献章集》卷6，北京：中华书局，1987年，第644页。

先例，求湛氏之言。湛若水在《武夷风月代券付洪子歌》所作序中对此事有着详细记载："觉山洪峻之侍御，将别岭南，曰：'石翁谓达磨传衣为信，江门钓台亦衣钵也。既以付公矣，敢援此例，愿乞武夷风月以为衣钵之信，诗以代券云。'"〔1〕自我标榜的同时，湛若水在著作中常提及陈献章对诸人的评价来为自己张本。湛若水在《祭林南川文》中说："我疑进问，子长东所，并称高弟，语何不可。曰李诗癖，曰张高话，南川之去，无问学者。"〔2〕文中所陈，湛若水在《知新后语》中有详细记载，其云：

初年斋戒三日，始求教白沙先生，先生先叹曰："此学不讲三十年矣。"少顷讲罢，进问："今门下见有张廷实、李子长，而先生云不讲学三十年，何也？"先生曰："子长只作诗，廷实寻常来只讲些高话，亦不问，是以不讲。盖此学自林缉熙去后已不讲矣。"〔3〕

张廷实喜讲高话之事，湛若水多处提及。湛氏曾记载自己与张诩的一段对话，其文如下：

予后访廷实，廷实因问："白沙有古氏妇静坐，如何？"予应曰："坐忘耳。"张曰："坐忘是否？"予应曰："若说坐忘，便不识颜子。"张曰："不然，三教本同一道。"予知其非白沙之学，因叩之云："公曾问白沙先生否？"张曰："未曾问，只是打合同耳。"〔4〕

据湛氏文集所载，湛、张二人常常就释、儒作辩论，而陈献章知道此事后，每每劝阻湛若水。湛若水在《寄整庵公罗冢宰书》中云："嗣后遂往往与之辨论儒释，彼不以为然，白沙先生闻之，面语水曰：'东所是禅矣，但其人气高，且莫攻之，恐渠不回头无益也。'"〔5〕湛若水常对其师陈献章此举表示不解：

常恨石翁分明知廷实之学是禅，不早与之斩截，至遗后患。翁卒后，作墓表，全是以己学说翁，如不以手而能书，不以心而能诗，全是

---

〔1〕 湛若水：《湛甘泉先生文集》卷26，桂林：广西师范大学出版社，2014年，第1632页。

〔2〕 湛若水：《湛甘泉先生文集》卷30，桂林：广西师范大学出版社，2014年，第1782页。

〔3〕 湛若水：《甘泉先生文集》卷4，《四库全书存目丛书》，济南：齐鲁书社，1997年，集部，第56册，第543页。

〔4〕 湛若水：《知新后语》，《甘泉先生文集》卷4，《四库全书存目丛书》，济南：齐鲁书社，1997年，集部，第56册，第543页。

〔5〕 罗钦顺：《论学书信》，《困知记》附录，北京：中华书局，1990年，第232页。

禅意。奈何！奈何！[1]

不难发现，湛若水对张诩以白沙衣钵传人自居之事成见颇深。他悼张诩的《薤歌辞》，又可作一旁证：

> 薤歌者，甘泉子所作以悼东所张先生之辞也。东所生年六十，智性高明，往来白沙之门二三十年，未尝同学。性智超诣，自谓独打合同云。至谓三教同一道，一时师友无足以易君之见也。及其出处大致，物亦莫易之，其志尚矣。[2]

陈献章弟子各持己说，对此，学界亦各执一词。如《玉光剑气集》载："湛元明若水，增城人。从白沙游，以随处体认天理为宗。白沙曰：'此参前倚衡之学也。'平生志笃而力勤，无处不授徒，无日不讲学，从游者殆遍天下。所论以自然为本体，以勿忘勿助为工夫，大抵得之师门为多。"[3] 陈鼎亦认为陈献章将衣钵传给湛若水，"白沙传金针于甘泉"[4]。再如贺钦，张隽认为善学陈献章者为贺钦，贺氏为陈献章"克家之子"[5]。陈献章弟子以各自交游为阵营，借文集序跋的写作，进一步强化自己衣钵传人这一事实，如林光，李裕、陈命、卢挺等为林光《南川冰蘖全集》所作序、跋，都以林光为白沙衣钵传人。卢挺说："相传白沙弟子百余人，首先生而次湛文简，洵非虚语。"[6] 由于众说异词，故而出现了全祖望《端溪讲堂策问一》所说的情景："因谓白沙弟子，特以位望，先甘泉而能得白沙之传者，当推林缉熙，或曰当推张东所、李子长、谢天锡。"[7] 那么，陈献章卒后，谁是其衣钵传人呢？

陈献章弟子中，被后人所推重者主要有林光、湛若水、张诩。

成化五年（1469），林光从陈献章学，是年林光三十岁，陈献章四十二岁，两人亦师亦友，文字间多有交流。陈献章"静坐"学说的提出，林光可以说是见

---

〔1〕 湛若水：《甘泉先生文集》卷 4，《四库全书存目丛书》，济南：齐鲁书社，1997 年，集部，第 56 册，第 543 页。

〔2〕 湛若水：《湛甘泉先生文集》卷 26，桂林：广西师范大学出版社，2014 年，第 1634 页。

〔3〕 张怡：《玉光剑气集》卷 13，北京：中华书局，2006 年，第 518 页。

〔4〕 陈鼎：《东林列传》卷 11，《景印文渊阁四库全书》，台北：台湾商务印书馆，1986 年，史部，第 458 册，第 313 页。

〔5〕 张隽：《西庐文集》卷 2，《清代诗文集汇编》编纂委员会：《清代诗文集汇编》，上海：上海古籍出版社，2010 年，第 19 册，第 21 页。

〔6〕 卢挺：《林南川冰蘖全集后跋》，林光：《南川冰蘖全集》卷首，北京：中国文史出版社，2004 年，第 5 页。

〔7〕 付维森：《端溪书院志》卷 6，赵所生、薛正兴：《中国历代书院志》，南京：江苏教育出版社，1995 年，第 3 册，第 392 页。

证者。作为陈献章最早弟子之一，林光被寄予厚望。陈献章尝为林光父写墓志铭，唐伯元于题后评说：“先生得意缉熙，其志乃父特详。”[1]然而陈献章与林光二人在出处观上颇多分歧。随着林光出仕，陈献章与其关系越来越疏远。陈献章病卒，林光亦未能回去送葬，于是在陈献章行状、墓志等的写作上亦自然没有分工。爱之弥深，恨之弥切，因出处问题引发的矛盾，唐伯元曾感慨说：“痛责缉熙，却是以前许之太过耳。子曰：‘赐也，非尔所及也。’便照得破。”[2]湛若水记曾与陈献章讨论讲学之事，“又将讲之初，发叹曰：‘三十年不讲此学。’讲毕，水进问云：‘张东所系门下高第，如何三十年不讲？’先生答云：‘此学非是容易讲得，东所寻常来，只说些高话，渠不曾问，某亦不语之。自林缉熙出仕去后，遂无人问，某亦不讲矣。’”[3]由此来看，随着林光的出仕，陈献章竟三十年不讲。其中所包含的情感不言而喻，也透露出当初陈献章对林光的期待之深。

湛若水对张诩多持否定态度，并认为陈献章入禅的恶名是由张诩引起。那么陈献章对张诩如何评价呢？陈献章曾说：“盖廷实之学，以自然为宗，以忘己为大，以无欲为志，即心观妙，以揆圣人之用。其观于天地，日用晦明，山川流峙，四时所以运行，万物所以化生，无非在我之极，而思握其枢机，端其衔绥，行乎日用事物之中，以与之无穷。”[4]“以自然为宗”“行乎日用事物之中”，都契合陈献章心学之主张。现存陈献章诗文集中收录书信，以与张诩为最，师徒二人书信涉及出处观、诗文观。而从张诩一生来看，亦以不出仕，悠悠林下终其一生。陈献章学说主要涉及出处观、儒释观，强调自然与自得。对此，张诩亦有相关文字予以论述。“出处”问题，张诩在《赠林缉熙林先生教谕平湖序》中坦言：“今之论出处者，我知之矣，惟喜其同而忌其异。故仕者自以为通，而不仕者自以为高。余则以为，苟吾有主，则处是也，出亦是也，不复可以是非论矣；苟无所主，则处非也，出亦非也，是非于是乎生焉。非之生，由于是之相形也；苟无非，则所谓是者何所有耶？”[5]其观点，大类陈献章出与不出时也的论调。张诩虽自言自幼即怀抱用世之志，但从内心而言，还是倾向于退隐。他曾三次上疏请求归养，推辞朝廷的任命。在《下十八滩》一诗中，张诩自陈：“老矣无才堪用世，

[1] 唐伯元：《白沙先生文编》卷6，哈佛燕京图书馆藏万历十一年（1583）刻本，第23页b。
[2] 唐伯元：《白沙先生文编》卷5，哈佛燕京图书馆藏万历十一年（1583）刻本，第3页b。
[3] 罗钦顺：《论学书信》，《困知记》附录，北京：中华书局，1990年，第231页。
[4] 陈献章：《送张进士廷实还京序》，《陈献章集》卷1，北京：中华书局，1987年，第12页。
[5] 张诩：《赠林缉熙林先生教谕平湖序》，黄娇凤、黎业明：《张诩集》，上海：上海古籍出版社，2015年，第277页。

徒然有疏力辞官。此行端为趋君命，名利茫茫总不干。”[1]陈献章讲求静中养出端倪，对此，张诩亦有言说，“近岁，养疴之余，专静久之，理与心会，不必境之在目；情与神融，不必诗之出口。所谓至乐与至妙者，皆不假外求而得矣”[2]。诗文观，陈献章与之讨论最多，张诩观点大体不出陈献章诗文观范围，此在下文将述。由此而言，张诩并非如林光、湛若水所描述的好高谈、步入禅道。但这也并非意味着张诩对陈献章之学亦步亦趋。张诩虽称赞陈献章所学为古圣贤相传之正学，并将之比为孔子，但其说陈献章“多示人以无言之教，所以救僭伪之弊而长养夫真风也”，则容易引起他人的怀疑，将陈献章学说与释教的金针诀相联系。陈献章所主张的从静中养出端倪的自得说，并非无源之水，兀自随想。陈献章学说靠的是他一生从博到约、从杂到简等步骤一点点体悟得来。以此判断，湛若水将疑陈献章为禅者归罪于张诩，并非无的放矢。总体而言，张诩以守陈献章学说为主，少有发明。

作为陈献章晚年入门弟子，湛若水曾得到陈献章衣钵传人的赞许。湛若水本人亦以此自居，在编选《白沙先生诗教解》时，通过对陈献章临终赠言“有学”篇的解读予以重申。然通过对《白沙先生诗教解》的解读，不难发现，湛若水前后的思想有着很大的改变。湛若水生于成化二年（1466），卒于嘉靖三十九年（1560），享年九十五岁。湛若水弘治七年（1494）师陈献章，当时二十九岁，至弘治十三年（1500）陈献章逝世，才三十五岁。三十五年，对享有长寿的湛若水而言，可算作早年。何况，湛若水自弘治十八年（1505）中进士，并于第二年结识、订交王守仁后，二人有长达多年的论学，虽各立门户，但彼此门人却是相互走访交流。就早期而言，湛若水对陈献章静中养出端倪之说有所改动，其最重要的观点莫过于“随处体认天理”。相异于陈献章的“静”，湛若水既强调“静”，又追求“动”。他说：“古之论学未有以静坐为言者，而程氏言之，非其定论，乃欲补小学之缺，急时弊也。后之儒者，遂以静坐求之，过矣。古之论学未有以静为言者，以静为言者皆禅也。故孔门之教，皆欲事上求仁，动时著力，何者？静不可以致力，才致力即已非静矣。”[3]迨至晚年，湛若水更是倾向于圆融，其《心性图》便糅合了程朱与陆王的见解。可见，湛若水虽学出白沙，然其见解随

〔1〕张诩：《东所先生文集》卷12，《四库全书存目丛书》，济南：齐鲁书社，1997年，集部，第43册，第432页。

〔2〕张诩：《柳塘记》，《东所先生文集》卷5，《四库全书存目丛书》，济南：齐鲁书社，1997年，集部，第43册，第402页。

〔3〕湛若水：《答余督学》，《湛甘泉先生文集》卷7，桂林：广西师范大学出版社，2014年，第227－228页。

着年龄、阅历的增长，显然已有所变更。黄宗羲《明儒学案》将其单列为“甘泉学案”，不无有此种考虑在内。虽如此，但一个不争的事实是白沙之学多赖湛若水以传，方濬颐就言：“传世倚增城。”[1]

二、陈献章诗文观接受状况

就陈献章的诗文观而言，其接受情况又是另一番景象。陈献章弟子张诩在《嘉会楼记》中曾记叙当时往来白沙问学的情景：

> 白沙先生倡道东南，几四十年矣，天下之士闻风景从，而凡东西往来与夫部使者过必谒焉，村落懋茨土椽至无所容。[2]

当时，陈献章不仅以理学名世，亦以诗学闻名，故凡往来白沙者，除了问学者，还有跟随学诗者。根据陈献章与弟子通信的内容，课诗应该是他们师徒间日常的课程之一。陈献章在给张诩的书信中不仅和他讨论作诗之法，而且常对其诗歌进行点评。贺钦在信中亦时常提及陈献章寄诗给他，“并领手教及三诗诸草札”，“前后所惠诗，朝夕捧诵，尽有警发”，“领张叔亨绣衣转附先生前年十月二日与钦书，并和陶诗、寄钦绝句，所以教爱钦者至矣”[3]。

在陈献章弟子中，按照湛若水所载，李孔修好诗，其“月明海上开尊酒，花影船头落钓蓑”句深得陈献章称赞，称“后二十年恐子长无此句”[4]。李孔修诗现存《闲居百咏》一卷、《李抱真先生诗录》一卷。李孔修一生隐居不仕，与增城谢佑同称高士。现存诗主要存于《闲居百咏》，“百咏者，咏非一时，咏非一事，傍花随柳，月到风来，此心在常惺惺中”[5]，诗歌主旨在于抒发其粗衣蔬食，悠然自得之乐。陈献章其他弟子中，林光、湛若水、张诩、祁顺等的集中存诗较多，其他如贺钦、周瑛则存诗不多。总体而言，陈献章弟子诗歌水平无出其右者，各弟子诗风或趋向闲适一路，如张诩、林光；张诩少年已有诗名，被彭韶

---

〔1〕 方濬颐：《白沙祠四十韵》，《二知轩诗续抄》卷2，北京大学图书馆藏同治刻本，第35页b至36页a。

〔2〕 张诩：《东所先生文集》卷5，《四库全书存目丛书》，济南：齐鲁书社，1997年，集部，第43册，第396页。

〔3〕 贺钦：《简石斋陈先生》，《医闾先生集》卷5，辽宁省图书馆藏嘉靖二十三年（1544）刻本，第2页a、第5页a、第5页b。

〔4〕 李孔修：《抱真先生诗录》，《广州大典》，广州：广州出版社，2015年，第420册，第380页。

〔5〕 李长荣：《李抱真先生闲居百咏诗序》，李孔修：《闲居百咏》，《广州大典》，广州：广州出版社，2015年，第420册。

称赞为“岭南孤凤”，“少年诗闻四座惊，岭南孤凤有清声”[1]。张诩未拜师陈献章时，论诗即与陈献章暗合，讲求诗歌体裁的纯雅，音节和平[2]。问学陈献章后，虽登进士，然一生随荐随隐，其诗歌主旨多为出处名利而发，以归隐为志，如《下十八滩》云：“老矣无才堪用世，徒然有疏力辞官。此行端为趋君命，名利茫茫总不干。”[3]或趋向说理之路，如钱百川，“诗晚宗陈白沙，语多学究气”[4]。最有代表性者，莫若湛若水，此将在下文论述，此不赘述。

文学作品的接受是一个复杂的过程，它关注的是读者与作品间的关系。因读者个人因素的影响，每人的解读也千差万别，正如刘勰在分析骚体的接受者时所说：“才高者菀其鸿裁，中巧者猎其艳辞，吟讽者衔其山川，童蒙者拾其香草。”[5]即便是同一读者，也会因时机的不同得出不同的解读，所谓“作者有心，看者有心；作者有时，看者有时”[6]。正因为这些因素的存在，陈献章诗文的接受存在着肯定与否定的两极对立。肯定者注意到他诗歌出语的自然、音律的和谐；否定者则斤斤于其诗歌的理学色彩及以理语入诗，充满道学气味。其原因，多出于彼此立场的不同。朱彝尊《赠汪叟序》说：“汤武周孔，古之大圣人也，而嵇康非之薄之。韩愈之文至矣，而刘昫讪之。天下以为贤，一乡之人曰否，听者从而疑之矣。同调以为工，异乎己者以为拙，昧者从而信之矣。是则毁誉之至无定者，末世之文行也。因思艺事之微，有一定而不可淆者，宜莫如弈。方其胜败决乎前，某也一品，某也二三品，较然论定，有非毁誉之所能移。既极其诣，则其人虽吾所恶，但可诟及其人，终不得诟其艺之未至。”[7]就肯定陈献章诗歌者来说，因接受者的目的不同而呈现不同的侧重视角。大体而言，其主要表现在以下三个方面：

一是解读诗歌的旨意，以湛若水《白沙先生诗教解》为代表。陈献章认为“载籍多而功不专，耳目乱而知不明”[8]，主张学者不但求之书，更要求诸心，

---

〔1〕 罗惇衍：《集义轩咏史诗钞》卷55，《续修四库全书》，上海：上海古籍出版社，2002年，集部，第1543册，第474页。

〔2〕 张诩：《东所先生文集》卷2，《四库全书存目丛书》，济南：齐鲁书社，1997年，集部，第43册，第376页。

〔3〕 张诩：《东所先生文集》卷12，《四库全书存目丛书》，济南：齐鲁书社，1997年，集部，第43册，第432页。

〔4〕 钱谦益：《列朝诗集》丙集第7，北京：中华书局，2007年，第6册，第3203页。

〔5〕 周振甫：《文心雕龙注释》辨骚第5，北京：人民文学出版社，1981年，第36页。

〔6〕 傅山：《与戴枫仲》，《霜红龛集》卷24，《续修四库全书》，上海：上海古籍出版社，2002年，集部，第1395册，第607页。

〔7〕 朱彝尊：《曝书亭集》卷41，上海：世界书局，1937年，第501页。

〔8〕 陈献章：《道学传序》，《陈献章集》卷1，北京：中华书局，1987年，第20页。

以求自得，故不事著述，甚至同意许文正所说的“也须焚书一遭”。对此，张诩在陈献章行状中作了重申：

先生尝以道之显晦在人而不在言语也，遂绝意著述。故其诗曰：“他年倘遂投闲计，只对青山不著书。”又曰：“莫笑老慵无著述，真儒不是郑康成。”有劝之者，对曰：“伏羲著述数画耳，况画前又有易乎？”君子曰，先生著述可谓富矣，自一言演之可万言，自万言敛之可无言。今其诗文不下万余首，独非著述乎？其为文也，主理而辅之以气，虽不拘拘于古人之绳尺，故自有以大过人者。其为诗也，则功专而入神品，有古人所不到者矣，盖得李杜之制作，而兼周邵之情思，妙不容言。〔1〕

张诩虽道出陈献章不著述之事实，但同时也将陈献章诗文拉入著述的范畴，即陈献章以诗文为著述，故诗文所阐发多合诗教之旨。与张诩主张暗合，且比张诩走得更远者，当是湛若水的《白沙先生诗教解》，详细论述见本章第二节。

此外还有其他后来的学人。以罗洪先为例，在与友人论学书中，罗氏每每征引陈献章诗作注脚，大有“不学诗，无以言”的味道。比如，在《与钱绪山》中，罗洪先向钱绪山谈及自己对《夜坐诗》“先天之病”的见解，引述陈献章之诗以作佐证：“记得白沙《夜坐》有云：‘些儿若问天根处，亥子中间得最真。’又云：‘吾儒自有中和在，谁会求之未发前。’是白沙无心于言也，信口拈来自与道合。”〔2〕再如聂豹，他常以吟咏陈献章诗歌自娱，并感叹陈氏诗歌为“周程之坠绪”〔3〕。邹守益认为陈献章诗歌都关诗教之旨，故在任职广德县时，选取陈献章诗歌中切于身心者，令人将之编入训蒙读物《训蒙诗要》中。是书取《诗经》中有关伦理者及陶渊明、周敦颐、二程、张载、朱熹、薛瑄、陈献章、罗一峰、湛若水、王守仁之诗编辑而成，目的在于理儿童之性情，“全仁义之本体，以优入于君子”〔4〕。

二是承续陈献章，阐述文道关系。本书第四章已述，陈献章在文道观，尤其是诗道观上，坚持“道”的第一性，但又不同于同时代理学诸家的重道轻文，诗文无用，而是认为诗歌“小用之则小，大用之则大”。诗歌大用之则大，意在将诗歌回归至诗三百篇的诗教传统。在具体的操作上，一要以自然为宗，不追求模拟造作痕迹；二要发自自我真情。就陈献章弟子而言，继承其师主张者，以张

〔1〕张诩：《白沙先生行状》，陈献章：《陈献章集》，北京：中华书局，1987年，第880页。
〔2〕徐儒宗：《罗洪先集》卷6，南京：凤凰出版社，2007年，第204页。
〔3〕聂豹：《白沙先生绪言序》，吴可为：《聂豹集》卷3，南京：凤凰出版社，2007年，第53页。
〔4〕邹守益：《训蒙诗要序》，董平：《邹守益集》卷2，南京：凤凰出版社，2007年，第25页。

诩、李承箕二人为代表。张诩认为诗歌大用之则大，小用之则小，且诗歌之作要浑然发自内心。他说："诗之为体也甚微，而其为用也甚大。是故蓄深养厚者其气充然，而其为辞也沉婉以粹，其次雄浑以博，其次平易以直焉。不尔，则急躁以杂矣，肤浅以俚矣，艰涩以晦矣。良由发之性情胸次，卒弗能掩。如是，而夫人所蕴所立，恒于诗焉可考见，与夫观人臧否得失，亦恒于诗焉不差尺寸也。"〔1〕

古代文学批评，讲究文如其人，一个人因禀赋的差异，发而为辞，亦因人而异。张诩认识到此，认为通过读人的诗歌，可以有效地判断作诗者的性情，由此可辨得失。李承箕亦认为诗不可忽视，不认为作诗是末事。欧阳修、朱熹赞赏"曲径通幽处，禅房花木深"之妙，然后人都不解此中之味。李氏借此感慨说：

> 后世之论诗，卒不归于两公。何也？抑亦贤人君子不必致力于此乎？然而唐虞三代之圣君、贤臣，其诗载诸经可考已。孔子曰：不学诗无以言。其所以教门人小子者，亦未尝忘事于此也。若夫人之邪正，时之否泰，亦由是而见焉，诗可忽乎？〔2〕

李氏同样看到诗歌的作用，可以观风俗，即兴观群怨中的"观"。既然强调诗的观风传统，这就要求作诗者发自我真情，文辞质实，不尚淫词艳句。秉持此种观点，张诩称赞张璜即便是一时应酬性文字，也是发自肺腑。张诩在为章纶文集所作序中，称赞他的诗歌发乎情，止乎礼义，而非泛泛之作，无益之空谈：

> 平生所为诗文甚富，虽一时应酬之作，亦皆本于性道节义，该乎人伦物理，不为无益之空谈。故虽不屑屑求中于文士诗人之榘度，而精诚贯金石，光焰夺星斗，非有本者，能如是邪？窃尝妄评公之诗如关云长直取颜良头于百万军中，而阵伍有不必设焉者矣；文如郭子仪单骑见药葛罗于泾阳，而甲胄或在所免焉者矣。〔3〕

李承箕在与友人留别联句时亦惟以畅达自我心情为主，而不计较诗词的巧丽〔4〕。

---

〔1〕 张诩：《竹岩诗集序》，《东所先生文集》卷3，《四库全书存目丛书》，济南：齐鲁书社，1997年，集部，第43册，第379页。

〔2〕 李承箕：《白洲诗集序》，《大崖李先生文集》卷16，《四库全书存目丛书》，济南：齐鲁书社，1997年，集部，第43册，第588页。

〔3〕 张诩：《章恭毅公文集序》，《东所先生文集》卷3，《四库全书存目丛书》，济南：齐鲁书社，1997年，集部，第43册，第377页。

〔4〕 李承箕：《留别联句叙》，《大崖李先生文集》卷16，《四库全书存目丛书》，济南：齐鲁书社，1997年，集部，第43册，第590页。

陆九渊曾云："千古圣贤若同堂合席，必无尽合之理。"[1]虽同为陈献章弟子，但贺钦与张诩、李承箕相比，则显得略加保守。在文道关系上，贺钦认为道重文轻，文为末事，不值得提倡。贺钦弟子在《言行录》中曾记一事，贺钦见有和古人之诗者，便感慨说："弊精神縻岁月一至于此，可哀也已！"又说，"纵作得好，亦只假景虚情而已，何足道耶！"[2]

三是后人对陈献章诗文的接受，还表现在后人对其诗歌的追和、步韵及仿效上。陈献章弟子自不必说，其他人有罗洪先、董沄、庞嵩、林大春、张天赋、林大章等。追和、步韵及仿效陈献章诗歌者，其特点主要有两个：一是多为王守仁弟子，如罗洪先、董沄；二是多为陈献章乡梓之士，如庞嵩、林大春、张天赋、屈大均、胡方、何梦瑶等。以胡方为例，"粤人皆以金竹比白沙"[3]，认为他是粤地陈献章之后的化身。何梦瑶在《读历朝诗》中亦持此说，"识得江门为正派，始知金竹是高才"[4]，并在诗下作注说此语并非自己夸口，胡方继承陈献章诗法这一事实经得住时间的考验。胡方认为陈献章诗歌醇正，发之天籁，无组织追琢的弊病，因此，其诗文集中多有品评陈献章之作，如《白沙先生茅笔草书歌》《梦游圣池歌》《汪曰岸邵园看梅并观陈白沙夫子梅花诗卷》《路经白沙》《读白沙子梦道士囊贮罗浮遗之诗》《谒白沙夫子祠》《读白沙夫子诗》《白沙子自制玉台巾》《白沙子论》等。不惟如此，胡氏亦常借用白沙诗句或诗意入诗。《梅花四体诗》之"看花终日事，未把看花看。直待今朝悟，无心弄影难"[5]，"无心弄影难"一句即借用陈献章的五律《梅花》。

值得注意的是，作为清初三大儒之一的王夫之对陈献章多有肯定[6]，其诗文集中有《柳岸吟》一卷收诗八十七首，其中有二十六首为和白沙之作，另有四首提及白沙，此卷开篇为《和杨龟山此日不再得》，联系陈献章游太学时因和此诗成名，此首也可算为呼应陈献章之作，三部分相加，共计三十一首，占总数之百分之三十六，由此可见王夫之对陈献章的重视。此还可以卷中《见狂生诋康斋白沙者漫题》一诗为证，诗云：

〔1〕 陆九渊：《陆九渊集》卷34，北京：中华书局，1980年，第405页。

〔2〕 贺钦：《医闾先生集》卷3，辽宁省图书馆藏嘉靖二十三年（1544）刻本，第4页a。

〔3〕 陈澧：《序》，胡方：《鸿桷堂诗文集》，《清代诗文集汇编》编纂委员会：《清代诗文集汇编》，上海：上海古籍出版社，2010年，第196册，第2页。

〔4〕 何梦瑶：《匊芳园诗钞》卷7，桂林：广西师范大学出版社，2014年，第280页。

〔5〕 胡方：《梅花四体诗》，《鸿桷堂诗文集》，《清代诗文集汇编》编纂委员会：《清代诗文集汇编》，上海：上海古籍出版社，2010年，第196册，第98页。

〔6〕 相关论述可参看王立新：《船山评白沙述论》，《船山学刊》，2015年第2期，第12－18页。

任尔舌尖学语，谁知趺下生根。一线经分子午，双钩画破乾坤。
逼窄墨台狭路，萧条原宪柴门。天下古今几许，梨花春雨黄昏。[1]

据王夫之六十自定稿序所言，《柳岸吟》作于五十岁至六十岁这十年之间。在这十年之中，作者“欲遇一峰、白沙、定山于流连骀宕中。学诗几四十年，自适合旃，以求适于柳风桐月，则与马、班、颜、谢，了不相应，固其所以”[2]。由此知，此十年中，王夫之多研习庄昶、陈献章、罗一峰等有明一代及宋代邵雍等理学诸家，追求他们的闲适、自然之性，因而对他们多有肯定。此诗首联肯定了吴与弼、陈献章不可动摇的理学地位。颔联赞赏陈献章的贡献，正如黄宗羲所说的有明之学，白沙开其端。颈联赞赏他们的安贫乐道贤人风尚。尾联再次申明吴与弼、陈献章古今之地位。王夫之和白沙之诗作，皆缘于他对陈献章诗歌的首肯：“大雅中理语造极精微，除是周公道得，汉以下无人能嗣其响……朱子和陈、张之作，亦旷世而一遇。此后唯陈白沙为能以风韵写天真，使读之者如脱钩而游杜衡之沚。”[3]

总之，林光、张诩、湛若水可以说是陈献章一生中最重要的三位弟子。从时间跨度而言，林光代表着陈献章学说的形成期，张诩、湛若水为成熟期。三人都以自己为白沙衣钵传人自居，虽都在一定程度上与陈献章学说主张有出入，然他们对陈献章学说的传播起着不可替代的作用。无论是他们的学说，还是诗学主张，都在一定程度上反映着陈献章白沙之学的生命力与影响力，三人不同的趋向与结局，又预示着陈献章的心学、诗学主张在后世亦未能摆脱遭他人怀疑这一结局。

第二节 《白沙先生诗教解》编选及影响

湛若水《白沙先生诗教解》的成书经历了由《白沙子古诗教解》（本节简称“《古诗教解》”）到《白沙先生诗教解》（本节简称“《诗教解》”）的转变，其初衷在于解读、宣扬其师的主张，以减少同时代人的误解。然而，任何事物都是一把双刃剑，《诗教解》出，亦受到同时代和后代人的批评。

---

〔1〕 王夫之：《柳岸吟》，《王船山诗文集》，北京：中华书局，1962年，第300页。
〔2〕 王夫之：《姜斋六十自定稿》，《王船山诗文集》，北京：中华书局，1962年，第190页。
〔3〕 王夫之：《夕堂永日绪论内编》，《姜斋诗话》卷2，北京：人民文学出版社，1961年，第141页。

一、《白沙先生诗教解》的成书及版本概况

《白沙先生诗教解》现存版本，就时代而言，可分为明刻本与清刻本。明刻本对应为《诗教解》，现存主要有嘉靖四年（1525）马崧刻本、隆庆元年（1567）李茼刻本及天启元年（1621）王安舜序刻本；清刻本对应为《古诗教解》，为乾隆三十六年（1771）碧玉楼刻本。其版本状况介绍如下：

《白沙先生诗教解》十五卷，嘉靖四年（1525）马崧刻本：半页十行二十字，白口，左右双边，单鱼尾，版心题“白沙先生诗教解”、卷数、页数。卷一卷端题：门人东莞林时嘉编校；门人镇江府同知梁景行参定；门人南京国子监祭酒湛若水辑解；后学南京国子监助教麦孟阳、李翱参对。正文前有湛若水《白沙先生诗教叙》及陈献章《自序》[1]。

《白沙先生诗教解》十卷，隆庆元年（1567）李茼刻本：半页九行二十六字，白口，左右双边，单鱼尾，版心题“诗教”、卷数、页数，版心下刻“丽泽书院”。卷一卷端题：南京国子监祭酒门人湛若水辑解；海岱后学李茼重刊。正文前有王庭《重刻白沙先生诗教解序》、顾存仁《重刻白沙先生诗教解序》。

《白沙先生诗教解》十五卷，天启元年（1621）王安舜序刻本：半页九行十九字，白口，左右双边，单鱼尾，版心刻“白沙诗教解”、卷数、页数。卷一卷端题：岭南白沙陈献章著；性父王安舜定；秀水玄白李衷纯、晋陵光甫蒋绍煃参阅。正文前有陈寰《书白沙先生诗序》、陈献章《自序》及湛若水《白沙先生诗教叙》。

《白沙子古诗教解》上下卷，清乾隆三十六年（1771）碧玉楼刻本：半页十行二十一字，白口，左右双边，单鱼尾，版心刻“白沙子古诗教解”、卷数、页数。正文前有湛若水《诗教解原序》、炎宗《重刻诗教解序》。

以上版本，就所选篇章，《诗教解》三本一致，而《古诗教解》则略有差异。一是《古诗教解》有删有加，因《寄贺柯明府》诗中“有夷狄犯中国”等字，碧玉楼刻本因避讳而删除此诗，同时于卷首增加《和杨龟山此日不再得韵》一篇。二是《古诗教解》篇章顺序略有变动，主要在《诗教解》的卷五、卷六两卷。此外，《诗教解》的嘉靖本与天启本尚有《诗教外传》五卷。就体例，《诗教解》卷一首列湛若水所作“诗教解”，其后采用章首句名其篇的体例，共分为十

〔1〕 为《认真子诗集序》节选。

篇，如学诸篇第一；《古诗教解》则各以诗题名各篇的方式。就卷数而言，《诗教解》分为十卷，《古诗教解》分为上下两卷。就文字而言，二者差别较大，详见本书附录二。

《诗教解》与《古诗教解》差异虽如上述所列，表面看来，彼此分属于不同的版本系统，然细检《诗教解》卷一所列湛氏“诗教解”，实为《古诗教解》的《诗教解原序》。不同之处在于《古诗教解》后有此序所作时间：“时正德辛巳孟秋之吉门人湛若水谨撰”[1]。而现存《诗教解》，最早者为嘉靖四年（1525）马崧刻本，此版本未收录湛氏正德辛巳（1521）之序，那么在此之前，应尚有一版本刻于正德辛巳（1521）左右。《古诗教解》正德辛巳序后唯有乾隆三十六年（1771）炎宗之序。据此判断，清碧玉楼刻本《古诗教解》很有可能依据正德本进行翻刻。此种推测，还可以湛若水嘉靖四年（1525）所作的序作佐证。湛若水在《白沙先生诗教叙》中言此书收录篇数“凡兹百六十有六篇”，然据现有《诗教解》，其数量实为一百六十五篇。《古诗教解》亦收一百六十五篇，若加上因避讳所删掉的《寄贺柯明府》，共计一百六十六篇。湛氏很可能对正德辛巳本加以修订后，疏忽了数量上的删减，故在叙中依然采用先前的一百六十六篇。由此推断，诗教解经历了一个由《古诗教解》到《诗教解》的变化过程。在这一过程中，既有篇章的删减、文字的改动，亦有文字的增加。

现存《诗教解》删减情况，既有删除成篇的，如《和杨龟山此日不再得韵》，亦有删除部分文字的，如《答张内翰廷祥书括而成诗》《制布裘成偶题寄黎雪青》。文字改动方面，《诗教解》主要是缩减文字，其意思差别不大。如《改铸邑谯楼钟铭》，《古诗教解》作：“赋而比也。……所以警人心，使归于皇极，而万事之经常存。此丁侯作民之政教也。若谓作民之政无考信，则何不视此铭乎？钟始造模而丁侯卒，惜侯之志不及成。此铭亡，后有继之者何以考，故录之。”[2]《诗教解》作：“赋而比也。……所以警人心，使归于皇极，而万事之经常存。此丁侯作民之政教也。作民如作冢之作言，作民之政，若无考信，则宜视此铭也。”[3]

《诗教解》增加文字者，主要是释词及有关诗歌背景的介绍。以《正月二日雨雹》为例，《诗教解》作：“赋也。……何哉？如莲实、如弹丸、如拳，皆言雹

---

[1] 湛若水：《白沙子古诗教解》，哈佛燕京图书馆藏乾隆三十六年（1771）碧玉楼刻本。

[2] 湛若水：《白沙子古诗教解》卷上，哈佛燕京图书馆藏乾隆三十六年（1771）碧玉楼刻本，第9页a。

[3] 湛若水：《白沙先生诗教解》卷1，天津图书馆藏嘉靖马崧刻本，第7页b。

大小之行状也，盖以圣君功德格天，故雹往霰来，为丰年之兆耳。今详雹者，阴阳不和之所生灾异也。雪者，……亦忧后稍纾之意。霰，谓雪之小者。”[1]《古诗教解》作：“何哉？以圣君功德格天，故雹往霰来，为丰年之兆耳。霰，谓雪之小者。今详雹，阴阳不和之所生灾异也。霰者，……亦忧后稍纾之意。”[2]再以《寒菊》为例，《诗教解》作：“赋而比也。……碧玉，先生所居楼名。初建楼成，适有得古碧玉来献者，因以名之。”[3]《古诗教解》作：“碧玉，先生所居楼名。”[4]

无疑，相较于《诗教解》文字的改动与增加，其所删减内容，更有代表意义。众所周知，《和杨龟山此日不再得韵》是陈献章成化二年（1466）游太学时的成名之作。《答张内翰廷祥书括而成诗呈胡希仁提学》一诗，与《复赵提学佥宪》相互发明，是陈献章回应赵提学的质疑而作的解释。作为陈献章文集中的重要篇章，湛氏为何在嘉靖四年（1525）后的《诗教解》中予以整篇删除或删除大段文字，其背后之因，不得不令人深思。阅读湛氏为这两篇所作解，其主旨无外乎辟禅，为其师辩解。然解围的切入角度，《和杨龟山此日不再得韵》是将“静”与“敬”视为“二而一”的关系，湛若水从陈献章学术渊源入手，认为其师“主静而此篇言敬者，盖先生之学，原于敬而得力于静”。接着，又借陈献章所说“静”的渊源嬗变，来进一步证明“静与敬无二心，无二道”[5]，湛氏作如此推论，即在说明陈献章主张的“静”与禅所主张的“静”有着根本的不同。再看《答张内翰廷祥书括而成诗呈胡希仁提学》一诗的辑解，《古诗教解》所删除文字为：“此篇乃将答张内翰书会括成诗，虽书中之言不止此，而大意不外此也。世多訾之，抑亦未深思耳。……先生之意，总见先静而后动，须以静为之主；由虚乃至实，须以虚为之本。若不先从静虚中加存养，更何有于省察？故戒慎恐惧，虽是存养，而以此为主，以此为本，非偏于存养也。……无欲则静虚而动直。其即先生主静致虚之学乎？圣学精微，俱括于此，奈何以禅目之！”[6]此亦是对“静”的阐释。此处，湛若水引述《中庸》、朱子、周子的观点，进一步为陈献章

〔1〕 湛若水：《白沙先生诗教解》卷7，天津图书馆藏嘉靖马崧刻本，第9页a。

〔2〕 湛若水：《白沙子古诗教解》卷下，哈佛燕京图书馆藏乾隆三十六年（1771）碧玉楼刻本，第26页。

〔3〕 湛若水：《白沙先生诗教解》卷8，天津图书馆藏嘉靖马崧刻本，第6页b至第7页a。

〔4〕 湛若水：《白沙子古诗教解》卷下，哈佛燕京图书馆藏乾隆三十六年（1771）碧玉楼刻本，第32页b至第33页a。

〔5〕 湛若水：《白沙子古诗教解》卷上，哈佛燕京图书馆藏乾隆三十六年（1771）碧玉楼刻本，第3页a。

〔6〕 湛若水：《白沙子古诗教解》卷上，哈佛燕京图书馆藏乾隆三十六年（1771）碧玉楼刻本，第11页b至12页a。

主“静”做证。《制布裘成偶题寄黎雪青》所删引用《传灯录》文字亦然。此段的目的，在于指出陈献章此诗是由黎雪青事佛而发，目的在于指出儒释之别以使黎氏知晓。

上述文字，湛氏在修订时予以删除，其缘由在于湛氏思想的转变。一是对“静”，尤其是“静”与“敬”关系的理解；一是对朱子态度的变化。[1]《诗教解》虽是湛若水上述思想转变后的产物，但他编是书的主旨却未曾偏离，即为白沙学说张本，进而确立陈献章在儒学发展中的地位。

二、《白沙先生诗教解》的编写缘起

湛氏修订后的《诗教解》，相比于先前的《古诗教解》，从体例上言，更加具有“经”的性质。《诗教解》不仅有诗教解，亦有诗教外传，类似于先秦子学书的内编、外编之别，诗教解阐发陈献章诗歌的主要宗旨，而外传有与正传相互发明之效。湛若水由古诗教解到诗教解的转变，其原因，除去上述二因外，还可增添的一条是修改早期不采陈献章近体诗而采古诗的标准。湛若水在正德十六年（1521）《诗教解原序》中言：“若夫近体之作之妙者多矣，系于文集，吾未采焉耳。何以未之采也，明先生之著作，以别于后之诗流尔也。”[2]诗教外传正文前小叙说：“诗教外传何为者也？明诗教也。非正传而其义有相表里，有相发明者也。”[3]不仅如此，湛氏还借《易》的十传、《仪礼》之记作为佐证。篇章的体例如此安排，足见湛氏的良苦用心。湛若水坚持“诗必有序，古之制也”[4]，不管是诗教解，还是诗教外传，在正文前都加一小序，简述自己注解陈献章诗的缘由及宗旨。正文之分卷，先前的《古诗教解》以“诗题＋诗歌”的形式更加类似一种诗歌选本，而《诗教解》采用传统古书体例，以首章句名其篇，如“有学诸篇”第一。诗教解十篇十卷、诗教外传五篇五卷，共计十五卷。这样，从正文前小序，到篇章的命名，都具有浓浓的传统“经”的体例。经过湛氏一番调整，《诗教解》大类传统的解经之作。

《诗教解》的体例基本为篇名、诗歌、辑解。辑解内容首为明所选诗歌赋比

---

〔1〕 黎业明：《湛若水对陈白沙静坐学说的阐释：以〈白沙子古诗教解〉为中心》，《哲学动态》，2009年第8期，第29－33页。

〔2〕 湛若水：《白沙子古诗教解》，哈佛燕京图书馆藏乾隆三十六年（1771）碧玉楼刻本。

〔3〕 湛若水：《白沙先生诗教解》卷11，天津图书馆藏嘉靖马崧刻本，第1页a。

〔4〕 湛若水：《送储都宪先生之南都序》，《泉翁大全集》卷14，台北：“中央研究院”中国文哲研究所，2017年，第2册，第430页。

兴之属，既而释词，指出诗歌创作的历史背景及诗歌主旨[1]。如“《赠李克常》：‘桃花被东岸，江水日日深。赠君岂无言，亦有花水吟。’赋也。花发水流，莫非道之形。见不可言者道之体，而可言者道之用，花发水流是也。此赠李克常之诗。克常，举人，先生乡党弟子。言桃花之发被满于东岸矣，而江水之流则日日生长矣。其生生化化皆与道为体而流行无穷者如此，则我之赠君岂能无言乎？亦有花水之吟而已。孔子曰：‘予欲无言，四时行焉，百物生焉，天何言哉。’”[2]诗教外传所收内容为书信、题跋、记、铭、诗歌等的节选，在节选内容的布置上，亦能体现出湛氏的辑解目的。湛氏在节选内容的人称上作了转化，或用“先生”，或用“子”，如忘言第九：“子云：‘作诗尚平淡，当与风雅期。如饮玄酒者，器用瓦为卮。’此先生之诗，所以度越汉唐之名家乎。”[3]

体例上如此，在内容的诗解上，湛氏亦紧紧围绕为陈献章理学主张作申发这一目的。在《白沙先生诗教叙》中，湛若水曾言及陈献章作诗之旨不在诗，而在诗教。辑解是书的缘起，湛若水解释：“夫白沙诗教何为者也？言乎其以诗为教者也。何言乎教也，教也者，著作之谓也。白沙先生无著作也，著作之意，寓于诗也。是故道德之精必于诗焉发之，天下后世得之，因是以传，是为教。”[4]不仅如此，湛氏在自己文中亦时时提及此主张，在《重刻唐丞相曲江张子寿先生文集序》中说：“今白沙先生之言，其具存于诗教诸书者可考也。”[5]由此而言，湛若水是将此作为陈献章的著作看待的。如果联系此书的成书时间，湛氏此说的意图便更加清楚。《古诗教解》成书于正德十六年（1521）前后，《诗教解》修订于嘉靖四年（1525）前后，此时陈献章从祀孔庙尚未提上议程，然此前薛瑄入祀孔庙事屡以无著作被搁置。加之在陈献章生前，其门人亦屡屡提及为何不事著作。湛若水所说无疑是一种解说，即陈献章著作之意，寓之于诗。如果湛氏之说还属含蓄，那么隆庆元年（1567）刻本则更加直白了。王庭、顾存仁直接将“诗教”作为陈献章生前编辑之作，湛若水在是书基础上加以辑解[6]。王庭：“先生尝著诗教一册，其门人甘泉先生为之解。”[7]正是基于上述目的，湛若水才说：

---

〔1〕 诗教外解体例不一，前4卷基本是节选，未有解，第5卷为诗歌的节录，后有湛氏的诗解。

〔2〕 湛若水：《白沙先生诗教解》卷10，天津图书馆藏嘉靖马崧刻本，第8页。

〔3〕 湛若水：《白沙先生诗教解》卷15，天津图书馆藏嘉靖马崧刻本，第1页b。

〔4〕 湛若水：《白沙先生诗教解》卷1，天津图书馆藏嘉靖马崧刻本，第1页。

〔5〕 湛若水：《泉翁大全集》卷24，台北：“中央研究院”中国文哲研究所，2017年，第2册，第662页。

〔6〕 按：《古诗教解》题湛若水注，《诗教解》作湛若水辑解，可能是王、顾二人持此说缘由。

〔7〕 王庭：《重刻白沙先生诗教解序》，湛若水：《白沙先生诗教解》，《广州大典》，广州：广州出版社，2015年，第420册，第320页。

“白沙先生之志，其在诗乎？其在诗乎？是故明学觉必本乎天命，故作有学；明欛柄在乎反求，故作高明；究功烈之成，必由于有本，故作源之。”[1] 即陈献章所作之诗，其旨深远。湛若水关切的主要问题，还是围绕着其师陈献章生前乃至死后为人所怀疑者，即与禅之关系及出处问题。

前文所言，湛若水因思想的变化，在《诗教解》中删除了三处为其师辟佛的相关文字，但这并非意味着他默认陈献章学说堕入禅道。在《示湛雨》一诗的解说中，湛若水通过陈献章赠已之诗的解读，表明陈献章正学辟佛的决心。湛氏解道：

> 赋而比也。……言语当超于言语之外，而致力于不睹不闻之体，《中庸》所谓天下之大本也。大本立，则有一铢千金之重。此言一诺，则重于万金矣，如曾子唯一贯之旨是也。然必先用功艰难而后可获。则天理流行，其真机活泼，水到渠成，无非鸢飞鱼跃之妙。万化皆从此出，如太虚之无言，何用如得山、临济二僧以杖喝为教者乎？又借引绣罗，以比千变万化皆从本心应用。然则金针在我，又谁掇乎？盖佛氏所谓莫把金针度与人者。以金针比心，此心人人各具，我不能授之于人，人亦不能掇之于我。释氏可谓不识心者矣。[2]

与所删篇章一样，湛氏采取引用经典以证明陈献章所说不误的方式。在此，湛氏借《中庸》、曾子之语来证明陈献章诗语所言“言语当超于言语之外，而致力于不睹不闻之体”，如此方能大本立，也才能达到鸢飞鱼跃之境。而此种境界的获得，并非采用佛氏杖喝的方式，也非佛氏所谓的金针诀，而是经历一番苦功得来的，注重的是自得。于此，儒、释之别判然，那些怀疑陈献章为禅者亦不攻自破。此是陈献章临终之语，古语云，人之将死，其言也善，鸟之将死，其鸣也哀。此诗作为陈献章思想成熟期的观点，湛氏将其拈出作为诗教解的开篇，一方面在于宣扬其师陈白沙毕生之主张与禅判然有别，另一方面有借此诗宣扬他为白沙衣钵传人的目的。另，相较于陈献章成名的《和杨龟山此日不再得韵》，此诗也无疑更能代表陈氏一生之思想。虽然此诗的删除，部分源于湛氏思想的变化，但其更重要的原因还是上述两个方面的考量，此诗最终的删除，湛氏还是经过深思熟虑的。其病危之言如此，在湛若水看来，其师在平日亦如此。陈献章《随

---

〔1〕 湛若水：《白沙先生诗教叙》，《白沙先生诗教解》，天津图书馆藏嘉靖马崧刻本。

〔2〕 陈献章：《示湛雨》，湛若水：《白沙先生诗教解》卷1，天津图书馆藏嘉靖马崧刻本，第2页至第3页a。

笔》其一云："人不能外事，事不能外理。二障佛所名，吾儒宁有此？"在此诗解说中，湛氏说："此先生随笔之诗，所以深辟释氏之学，至为明白痛快。"[1]

士之出处，陈献章一直秉承出与隐随际遇的观点，在《处士陈忍庵墓铭》的解说中，湛若水说："赋也。言用舍在人，行藏无与，与时偕行。"[2]秉持此种观点，湛若水在《题吴兆麟采芳卷》《赠林汝和通判》等诗的解说上作了同样的申说。受其师影响，他所说的"时"，并不受富贵驱使，"丈夫重出处，富贵如浮烟"，湛氏云："丈夫所重者出处之义，而富贵则如浮烟之无有。在田在渊，惟其时耳，又何栖栖如是之劳乎？"[3]诚如本书第一章论述陈献章生平思想所言，陈献章虽主张出处随时，但其真实的主张在于隐，《可左言赠佥宪王乐用归瑞昌》通过对王乐用宦途的遭际，规劝其早早归隐，所谓"归来乎青山，还我白云满座"。对此，湛若水解说道：

> 此诗送之，叹其可之过矣，差之甚矣。人之作意以劳精神，反召人之笑唾。不知人寿几何，百年如一转瞬，所以致此烦恼者，皆心自为之耳。若向上之人，即明穷达之义，而不至此矣。今奈之何哉！但归来与青山、白云为伍，静坐省思虑，尚可求补过于晚景耳。[4]

湛若水通过辑解陈献章二诗，一为临终赠言，一为平日随笔，得出陈献章学说与佛无关。陈献章生前，其留人口实者，除了学禅，便是"出处"问题。对此，湛若水在诗教解中的解说多承续其师之说，没作进一步申说。正如前文所言，湛若水作是书之目的，在于申师说，廓清世人对陈献章的误会，使"后之学者，因是以明诗教，因诗教以明白沙夫子之道，以达诸伊洛洙泗之源"[5]。抱着如此宗旨，湛氏在诗歌的解说中，时时不忘褒扬陈献章对先贤学说的发扬与更正。如《龟山夜月》，湛若水解说道：

> 比也。……此诗本题《龟山夜月》。言龟山明月万古常在。人望龟山固如岱宗之高，以比杨中立为程门之高弟，其人品固出寻常，但恐山上云雾太多，又风吹云四散，蔽人之目睫耳。先生自注云："杨龟山先生修正《程氏遗书》，中间尧舜事业一段可疑，借此以正其谬耳。"今考《遗书》云："泰山高矣，泰山顶上已不属泰山。尧舜事业也，只是太虚

---

〔1〕 陈献章：《随笔》，湛若水：《白沙先生诗教解》卷9，天津图书馆藏嘉靖马崧刻本，第8页a。
〔2〕 湛若水：《白沙先生诗教解》卷1，天津图书馆藏嘉靖马崧刻本，第4页a。
〔3〕 湛若水：《赠林汝和通判》，《白沙先生诗教解》卷3，天津图书馆藏嘉靖马崧刻本，第2页。
〔4〕 湛若水：《白沙先生诗教解》卷1，天津图书馆藏嘉靖马崧刻本，第5页。
〔5〕 湛若水：《诗教外传》，《白沙先生诗教解》卷11，天津图书馆藏嘉靖马崧刻本，第1页。

中一点浮云过目。”盖言道体无穷，至为精切。而龟山改云：“尧舜事业，自尧舜视之也，只是一点浮云过目。”则其病明道之意为可惜也。先生正之，大有功于程门，大有功于来学矣。[1]

湛若水视此篇为修正明道之作，而《修竹》诗，更被视为“得洙泗濂洛之正传”[2]。

三、《白沙先生诗教解》的评价

郭维藩读湛氏《诗教解》后，有如下印象：

予读白沙先生诗教，喟然叹曰：懿哉！言乎斯可为教也已。夫观物探化，其义幽矣；谈学论政，其道广矣；审出辨处，其几渊矣；行道树勋，其用大矣；服食兴居，其事常矣；朋从宾旅，其接异矣；登山临水，其情适矣；题草咏木，其感微矣。多或数语，少即在韵，然皆阐阴阳，发性命，原道德，本人情，贯伦纪，其音沨沨乎，洋洋乎。讽咏之余，可使达者定其趋；卑者廓其量；寂者务其实；塞者通其机。不烦训告，可以辨得失，可以正性情，故曰：斯可为教也已。……作诗之旨，吾得诸先生自叙，先生著述之意，吾得诸甘泉湛子之叙诗云。[3]

倘若人都如郭维藩之观点，那湛若水辑解是书之目的可谓达到，然事实并非如此。夏尚朴就对湛若水的辑解多有不满，他说：“圣贤之训，明白恳切，无不欲人通晓。白沙之诗好为隐奥之语，至其论学处，藏形匿影，不可致诘。而甘泉之注，曲为回互，类若商度隐语，然又多非白沙之意。”[4]以诗教解开篇“有学”篇为例：

《有学有觉》篇言：有学乎，无学乎，有觉乎，无觉乎。盖谓学可以有觉也。先难后获一语，是学之要，乃千金之瓠，万金之诺。人能从事其间，自然天机活泼，有难以语人者，即此，是觉处，获处。何事得

[1] 湛若水：《白沙先生诗教解》卷9，天津图书馆藏嘉靖马崧刻本，第3页b至第4页a。

[2] 湛若水：《白沙先生诗教解》卷9，天津图书馆藏嘉靖马崧刻本，第7页a。

[3] 郭维藩：《读白沙先生诗教小序》，《杏东先生文集》卷8，《四库全书存目丛书》，济南：齐鲁书社，1997年，集部，第68册，第284页。

[4] 夏尚朴：《夏东岩先生文集》卷1，《北京图书馆古籍珍本丛刊》，北京：书目文献出版社，2000年，集部，第102册，第586页。

山之杖，临济之偈乎？甘泉之注，恐非公意。[1]

诚如前文所言，湛氏对此诗的解说，出于两个方面的考虑，其中难免有湛氏以白沙后学继承者自居的考虑，在解说之中难免有维护其师的成分。再如陈献章《答张内翰廷祥书括而成诗》一诗，针对湛若水的辑解，夏尚朴亦提出了自己的疑问：

古人弃糟粕，糟粕非真传。……愚谓六经载道之文，圣贤传授心法在焉，而谓糟粕非真传，何耶？……眇哉一酌水，积累成大川，亦有非积累，渊泉自涓涓。……天下之事未有不由积累而成者，孔子志学以至从心，孟子善信，以至圣神。朱子曰：予学实由铢累寸积得之。又云：予六十一岁，方理会得，若去年死，也枉了。今谓不由积累而成，得非释氏所谓一超直入如来地耶。[2]

就此诗解说而言，湛氏所云，更接近陈献章所持的观点。自汉儒以来，士子斤斤于字句的训诂而不去真正理解先圣的宗旨，这也是陈献章先前对章懋解释的，因时不同故有必要引入佛教的有些方法来扭转士子的恶习。何况陈献章所言，并非如释氏的杖喝、金针诀。夏尚朴忽略了陈献章学说的提出原本是经过一番苦功，是量变到质变后的言语总结。夏氏的解说与陈氏的旨意出发点不同，故而夏氏也就不能理解陈氏所言，而只能将陈献章的主张归入禅道了。

以上是夏尚朴解读陈诗与湛若水解读陈诗时的观点冲突，那么湛若水诗教解果真符合陈献章的解诗方式吗？陈献章在《书自题大塘书屋诗后》中曾对蒋世钦言及自己作诗的主旨，借助此文，我们可以一窥他解诗的方法。其云：

首言大塘书屋乃中书蒋世钦所建，颔联言为学当求诸心必得。所谓虚明静一者为之主，徐取古人紧要文字读之，庶能有所契合，不为影响依附，以陷于徇外自欺之弊，此心学法门也。颈联言大塘之景，以学之所得，《易》所谓复其见天地之心乎？此理洞如，然非涵养至极，胸次澄彻，则必不能有见于一动一静之间。纵百揣度，只益口耳。所谓何思何虑，同归殊途，百虑一致，亦必不能深信而自得也。末联借方士之

[1] 夏尚朴：《夏东岩先生文集》卷1，《北京图书馆古籍珍本丛刊》，北京：书目文献出版社，2000年，集部，第102册，第587页。

[2] 夏尚朴：《夏东岩先生文集》卷1，《北京图书馆古籍珍本丛刊》，北京：书目文献出版社，2000年，集部，第102册，第587－588页。

丹，以喻吾道之丹，卒归之龙门者，明其传出于程子而人未之知也。[1]

此诗虽不存，然从陈献章的解说中，我们能清晰地了解到他作诗的主旨所在，即阐发自己的自得学说。全诗步步为营，分析每联大意，又注重全诗逻辑的完整，起承转合，最终收束全诗，使之归于主旨。相比而下，湛若水所作诗教解，虽大体承续了陈献章的诗旨，但因为有着强烈的目的性，反而使得有时过分拔高诗歌的主旨，赋比兴手法的引用，尤其是“比”，使每一首诗附上浓浓的理学色彩。难怪王世贞会评价说：“献章襟度潇洒，神情充预，发为诗歌，毋论工拙，颇自风云。间作廋语，殊异本色。如禅家呵骂击杖，非达磨正法。又类优人出诨，便极借扣，终乖大雅。而增城湛若水，取为诗教，妄加笺释，真目中无珠者也。固知陈氏之忠臣，必将鸣鼓，湛生之罪矣。”[2]何况，陈献章生前就对过度解读诗歌主旨者不满，他对谢枋得《注解章泉涧泉二先生选唐诗》的态度就是证明。总体而言，虽然湛若水氏因持特定的宗旨而使得有些诗篇有妄加笺释之嫌，但基本也秉承了其师陈献章之诗旨。

四、湛若水的诗学观及其诗歌创作

诚如前文指出，无论是早期的《古诗教解》，还是修订后的《诗教解》，都具有选本的性质。就各体裁而言，其数量如表5－1所示。

表5－1 《诗教解》体裁一览

体裁	题跋	赞	铭	墓志铭	记	赋	四言诗	五古	七古	五绝
数量	2	1	4	4	1	1	4	71	1	17

《诗教解》虽然与早先书名稍有出入，但就选诗而言，还是秉承早期的《古诗教解》的理念[3]。古人多有选诗之难的感叹，选本是选者识力的集中体现，在诗歌的取舍之间，选者的诗学观亦随之凸显出来。那么，湛若水缘何偏重古诗呢？他在《诗教解原序》中曾言早年从陈献章请教古诗之学的经历。其具体之细节，湛若水在嘉靖三十一年（1552）所作的《精选古体诗自序》中记道：

〔1〕 陈献章：《陈献章集》卷1，北京：中华书局，1987年，第68－69页。

〔2〕 王世贞：《明诗评》卷3，周维德：《全明诗话》，济南：齐鲁书社，2005年，第3册，第2024页。

〔3〕 因诗教外传所收内容体裁颇杂，所收诗歌亦多是摘句解说，故不在统计范围之内。《白沙先生诗教解》的更名，或许是湛氏基于诗教外传加入的考虑，古诗已不能予以涵盖，故而采用现名。

甘泉子三十游江门，传习之余，端默无作。先师石翁谓之曰："子何不学夫诗，用以应世则。"对曰："水也见唐宋以降人作近体律诗，非惟虚费精神，工作对偶，又去三百篇愈远矣。水其作古选体乎！犹为近之。"翁曰："可也，然愈难矣。窃惟难者，难于古淡乎！诗者，心之声也。古淡之声，由心之古淡为之也。古则凡近之心释，读之者亦释；淡则躁妄之心平，读之者亦平。同声相应，同气相求。夫心也、气也、声也，一也。是故作诗者，气如其心，声如其气；诵诗者因声以感气，因气以得心。千万世之远，诵其诗者可知其人，故诗可以兴，可以观，可以群，可以怨。不可以兴观群怨，不足以言诗，比之俳优学人言语，乌足以动人哉？何以知其人哉？为古体者，非特词气之古淡，心亦古淡焉。服尧之服，诵尧之言，行尧之行，久之亦尧而已矣；服桀之服，言桀之言，行桀之行，久之亦桀而已矣。可不慎择哉！"故水也自兹以来，必作古体，古淡之心存于中而发于外，一去对偶绮丽之习，近体之声气不使留于聪明，恐其凡俗躁妄之心入之矣。今老矣，于古体之中积累繁多，乃命门人选其尤者，得三百余篇，写而藏之，以备观风者采焉，以为教云。〔1〕

湛若水三十从学于陈献章，闲暇之余，陈献章劝其学诗，湛若水不应。在湛若水看来唐宋以降的律诗之作，只能徒耗人的精力，于学无益。唯有古选，因多与《诗经》之旨合，故而欲从事古选之作。在湛若水看来，古诗之地位高于近体。正是源于自我这一认识，他辑解其师陈献章作品，主要着眼于古体之作。

不仅如此，湛氏还认为诗歌不能苟作，一定要基于自我澄净的心胸；作时亦不能使用绮丽之词，以使诗歌保持一种古淡韵味。湛氏门人曾问其为文之道，湛若水说："惟澄心以凝思焉，思之思之，斯其发也，沛乎其不可遏矣。"〔2〕然而，此种境况又有矛盾处，湛氏自己也意识到此种问题，他说：

诗文之作，发愤刊落固是矣，然必有不得已而作者。当其作时，涉于思索安排，则为思索安排者，窒吾心本体之虚，不思索安排，则又不成文理矣。抑且放下，俟吾心明静，意趣俱（到），然后操笔为之乎？

〔1〕 湛若水：《甘泉先生续编大全》卷2，台北："中央研究院"中国文哲研究所，2017年，第19－20页。

〔2〕 湛若水：《泉翁二业合一训·古训》，《泉翁大全集》卷1，台北："中央研究院"中国文哲研究所，2017年，第1册，第86页。

然而造次应酬，则又不得如此从容暇豫矣，如何而可？[1]

就诗歌创作而言，湛氏强调不为文造情，不强作文，在一定意义上是值得肯定的。然而湛氏作诗之目的，还是基于诗三百篇兴观群怨的诗教传统，且要求发乎情，止乎礼义，“然诗之教，本乎性情，止乎礼义，亦孔氏家法也。故予不得而易焉”[2]。正是要求诗人作诗是源自自我性情的不得不发，湛若水坚持“文如其人”的批评原则，认为读一个人的诗，能够读出其性情才是，如若不能，不是读者不用心，就是诗人之情不醇厚。通过一个人的诗歌，能够看出一个人性情醇正与否，他在《重刻山屋许先生先天集序》中批评那些为诗不出于心，不本于性情的人“如优人抵掌为离合悲欢之态，妆饰乎云烟月落风花之形，如巧鸟之声，又乌足以知其人之面目若何哉”[3]！

正是持古诗胜于近体诗、作诗坚持诗教的原则，寿高多产的湛若水有用理语入诗的趋向。在诗歌创作上，古诗数量明显多于律诗、绝句，诗歌含理语者亦多为古诗。其缘由，一方面是湛若水认为古诗离三百篇近，另一方面与诗文有别不无关系。“诗文有不相蒙者，律诗也；古诗则与之近”[4]，意思是说古诗在表述上与古文相近。理学话语注重思维的逻辑性，注重语句的连贯，散文能更流畅地表达，而律诗、绝句注重意象的跳跃，故而不太适合理性话语的阐述。以此而言，湛氏多作古诗也便自然，而所作近体诗，湛氏多附以小序，阐述诗歌创作的缘由。如《送周道原易掌教之和州诗》：

金陵见月送周郎，心如月圆性如光。我将心性托明月，随子去照和川阳。[5]

诗歌后两句模仿李白“我寄愁心与明月，随风直到夜郎西”之句，然湛氏却改为“心性”。按诗前小序：“周君道原有志于学者，以乙榜掌教和州，问言于予。予以心性图赠之，持此以往，教学之道不外是矣。”于此，读者才恍然大悟，诗歌意境全无，充斥其中的是浓浓的理学味。再如《孟母寿诗》：

---

〔1〕湛若水：《新泉问辩录》，《泉翁大全集》卷69，台北：“中央研究院”中国文哲研究所，2017年，第4册，第1699页。

〔2〕湛若水：《恬隐诗序》，《甘泉先生文录类选》卷4，《故宫珍本丛刊》，海口：海南出版社，2000年，第527册，第30页。

〔3〕湛若水：《重刻山屋许先生先天集序》，《湛甘泉先生文集》卷17，桂林：广西师范大学出版社，2014年，第791－792页。

〔4〕乔亿：《剑溪说诗》卷上，《续修四库全书》，上海：上海古籍出版社，2002年，集部，第1701册，第220页。

〔5〕中山大学中国古文献研究所：《全粤诗》卷197，广州：岭南美术出版社，2009年，第6册，第815页。

既有孟氏子，岂无孟氏母。经年学不归，寿亲在行道。

暮宿新泉源，朝望滁阳云。愿酌无穷泉，永言不朽萱。[1]

诗题寿母，全诗却是在宣扬孟氏子的求道即寿母。“寿亲在行道”，其所宣扬的与吴敬梓《儒林外史》所描绘的马二先生劝慰匡超人之词何其相似！诗语如此，何有诗味？

第三节 《白沙先生文编》的编选宗旨及意义

《白沙先生文编》是唐伯元编选的有关陈献章诗文的一部选集。他采用评点的方式对陈献章诗文的主旨、特点作了点评。是书虽为选本，但唐伯元编选是书时正是朝廷廷议陈献章、胡居仁、王守仁三人从祀与否不可开交之日。万历十二年（1584），三人从祀成功，第二年唐伯元即上疏反对王守仁从祀孔庙。这一系列事件的发生，必有相互关联之处。何况，自是书出，王守仁弟子就为之不满，纷纷对唐氏口诛笔伐。这再一次表明，唐氏上书反对王守仁从祀事并非一时兴起而是有着深思熟虑。在是书的评点文字中，唐伯元在赞扬陈献章学说的同时，偶尔不忘揶揄王守仁之学，其赞陈反王的态度不言自明。作为一部选本，在参考当时现存陈献章文集版本的同时，唐伯元亦根据自我所藏、所见对陈献章诗文作了一些辑佚工作，具有重要的文献价值。

一、《白沙先生文编》的成书及版本依据

《白沙先生文编》六卷，明唐伯元编次，姜召、范淶、王价、郭惟贤、汪应蛟校梓。万历十一年（1583）刻，半页十行二十一字。白口，单鱼尾，左右双边。采用评点形式。是编按体裁分类排列，卷一为四言古诗五首、五古七十六首、七古二十三首、赋三首、五绝五十九首、六绝九首、七绝一百八十二首，卷

〔1〕 中山大学中国古文献研究所：《全粤诗》卷194，广州：岭南美术出版社，2009年，第6册，第715页。

二为五律一百一十三首、五排二首、七律一百五十四首、七排二首，卷三论六首、说三首、赞一首、铭二首、序二十首、记十二首，卷四疏二首、书八十五首，卷五、书一百一十一首，卷六题跋手帖四十一首、墓志十一首、墓表一首、传一首、行状一首、祭文二十三首。附年谱、遗事。

据王弘诲所撰序，《白沙先生文编》始于万历十年（1582），完成于十一年（1583）。是书由唐伯元、王弘诲等倡议，南京同僚姜召等人出资付刻。根据本书第二章梳理的陈献章文集版本（1505），万历十年（1582）前，陈献章文集所刻版本主要有吴廷举刻本（1496），罗侨刻本（1505），林齐刻本（1508），高简、卞崃刻本（1533），萧世延刻本（1551）。那么《白沙先生文编》据哪一版本而定呢？

表 5－2 《白沙先生文编》与其他刻本异文一览

《白沙先生文编》	吴廷举刻本	罗侨刻本、林齐刻本	高简、卞崃刻本	萧世延刻本
示湛雨：千金一瓢	—	—	瓠	—
归田园：西渚收菰田	—	西	两	西
泠泠玉台风	—	泠泠	泠泠	泠泠
感鸟：育雏止庭竹	—	止	止	—
寄题严州严先生祠堂：今古称独妙	—	—	今	—
得何时矩书：下述君所趋	—	—	趋	—
晓枕偶成：千古嗟我独	—	—	—	—
清风岩为罗一峰题	—	—	—	—
题扇画面：终日抱膝坐	—	—	终	—
偶题扇面：日暮船不归	—	不	正	不
对酒用九日韵：行年二十许	—	—	三	—
古有所思：不为花	—	何	不	何
喜雨：昨日苍头木洲至	—	—	—	—
读鳄鱼文：可怜甫李生人世	—	—	如何皇甫兼逢吉	—
辞征文者：破戒随人老可嗤	—	嗤	媸	嗤
湛民泽携诸生游圭峰甚适奉寄小诗：还寻一个玉台僧	—	—	余	—
挽林别驾汝和：赤泥经雨草萋萋	—	泥	江	泥

续上表

《白沙先生文编》	吴廷举刻本	罗侨刻本、林齐刻本	高简、卞崃刻本	萧世延刻本
度岭有怀张曲江	—	—	—	—
挽刘显仁先生：曾倾白下郎官盖，忍读青田太守文	—	盏、又见	—	—
题新村书斋壁：柴门洗竹通	—	—	洗	—
至容贯宅：如今共白头	—	共	—	共
秋兴用前感事韵录寄东所	—	秋兴用前感事韵录寄东所	—	秋兴用前感事韵录寄东所
留别诸友：台书春晚下渔矶	—	—	台	—
要服松花一大车	—	—	要	—
西南驿晚望：晓来花雨湿诗囊，晚上邮亭望大荒。	—	—	—	—
次韵张廷实谢病后约游罗浮见寄：沧波共拟一桴浮	—	—	波	—
忆世卿廷实用寄景旸韵：晚凉松下一残棋	—	—	—	—
寄李世卿：再过湘江踏浪歌	—	歌	—	歌
寄景星海上：隔水残红堕几车	—	堕	—	堕
次韵林先生潮连馆中见寄：竹叶林中堪送老	—	—	林	—
刘进盛书来劝著述用旧韵答之：管勾风光却要诗	—	—	光	—
论前辈言铢视轩冕尘视金玉：来于吾前矣	—	—	来	—
奉饯方伯张公诗序：胡文定公	—	—	公	—
送李山人诗序：……夏四月七日某识	—	夏四月七日某识	—	夏四月七日某识
周氏族谱序：通府君	—	—	—	—
之旧	—	之旧	—	之旧
某始辞	—	某始辞	—	某始辞

续上表

《白沙先生文编》	吴廷举刻本	罗侨刻本、林齐刻本	高简、卞崃刻本	萧世延刻本
绿围伍氏族谱序：白沙陈某公甫识	—	白沙陈某公甫识	—	白沙陈某公甫识
处素记为外兄何经作：……成化八年夏六月七日石斋书	—	成化八年夏六月七日石斋书	—	成化八年夏六月七日石斋书
慈元庙记：草创	—	草创	—	草创
南海病夫陈献章识	—	南海病夫陈献章识	—	南海病夫陈献章识
乞终养疏：臣吏部听选监生臣陈献章谨奏为患病陈情乞恩终养疏……为此具本，令侄男陈景星抱赍具奏闻	—	同	—	同
谢恩疏：吏部听宣监生臣陈献章谨奏为谢恩事……此具本令侄男陈景星抱赍具奏闻	—	同	—	同
与朱都宪：复此、某再拜	—	同	—	同
与李白洲宪副（六）：章再拜	—	同	—	同
与胡佥宪提学（二）：某顿首宪司执事辛卯月日书	—	同	—	同
与林春官：……南海某再拜春官林大人阁下	—	同	—	同
与林缉熙（七）：辛卯四月	—	同	—	同
与何时矩（二）：壬辰五月三日，石斋书	—	同	—	同
与邓胜之：壬辰五月日某再拜	—	同	—	同
答陈宗汤：为我谢李侍御戊午八月十一日章复宗汤掌教	—	同	—	同
与张声远：……壬辰五月十八日陈某书	—	同	—	同
与崔楫（二）……弘治癸丑腊十二日某疏	—	同	—	同
与光禄何子完：……某再拜子完光禄足下。弘治戊午八月	—	同	—	同

续上表

《白沙先生文编》	吴廷举刻本	罗侨刻本、林齐刻本	高简、卞崃刻本	萧世延刻本
与潘舜弦：……九月二日古冈某顿首舜弦先生阁下	—	同	—	同
与庠中诸友：某再拜庠中列位俊游，辛卯月日	—	同	—	同
书韩庄二节妇事：辛卯夏五月四日病中捉笔	—	同	—	同
书孔高州平贼诗卷后：成化辛卯冬十月朔旦古冈陈某敬识	—	同	—	同
书一之自罚帖后：辛卯七月二十二日石斋书	—	同	—	同
跋张声远藏康斋真迹后：……念诸。壬辰五月十二日门人古冈陈某谨识	—	同	—	同
书郑检讨所编刘闵札后：取其、成化丁未夏五月	—	同	—	同
书邓政求济帖后：壬辰五月日	—	同	—	同
吴瑞卿采芳园记后：……瑞卿，戊午岁冬至日石翁题	—	同	—	同
罗伦传：弘治癸丑春三月既望古冈病夫陈某撰	—	同	—	同

由表 5 - 2 可知，《白沙先生文编》的底本为吴廷举刻本，也充分利用了罗侨刻本，高简、卞崃刻本及萧世延刻本系统。在字句上，对三个版本都有吸取，而在诗文的写作纪年上，《白沙先生文编》则一依罗侨刻本、萧世延刻本系统。不过，这并不意味着《白沙先生文编》只是起选本价值，而无文献价值，尤其是辑佚价值。

相较于此前的白沙诗文集，《白沙先生文编》收录有大量其他文集未收的诗文。以体裁而言，有：

赋一篇，《潜轩赋》；

五绝一首，《梅下有怀世卿》；

七绝二题七首，《喜晴》《林君求余一线之引示以六绝句》；

七律二首，《扬州宿宝胜寺》《追次康节先生小圃逢春之作》[1]；

书六首，《复周佥宪时可》《与王太守》《与莫知县》《与罗一峰》《与谢元吉》《与何时矩》[2]；

题跋十一则，《语录八条》《说纪云轩》《论诗》《赠彭惠安调谪别言》；

祭文两篇，《祭罗一峰》《祭邹汝愚文》。

《白沙先生文编》附录的《白沙先生年谱》及《遗事附》亦有重要的价值。其中，《白沙先生年谱》是陈献章平生履历的第一次系统整理。先前，陈献章行年只简略存在于陈氏弟子所作传、铭中，但囿于行文，只对某些行年作了记载。唐伯元在此基础上编成此年谱，有利于后世研究者更好地把握陈献章思想发展的历程及诗文纪年的坐实。年谱中还记载了陈氏弟子从学的时间，使研究者能够按图索骥，凭借其弟子文集中的往来书信确定陈献章思想发展的历程。不惟如此，该年谱非止于陈献章逝世之年，还记载了陈献章逝世后，朝中诸臣荐举陈献章从祀孔庙的相关历程，有助于研究者了解陈献章在后世的接受状况。

二、《白沙先生文编》的编选主旨

《白沙先生文编》共有163首题下有评点。此外，在五古、七绝、五律、七律、论、说、墓志、祭文等体裁下有总评，概述陈献章此种文体的特点。以祭文为例，唐伯元评道："凡先生铭、传极慎许可，及祭文往往推称之，尽己尽人之道也。又曰：诸祭文写出先生心事，浑是一段至诚。"[3]唐氏所评，有总评、夹批，亦有尾批。其批点内容，有的为唐氏自我观点的阐发，有的是唐伯元引用他人观点，再加以自我阐述。后者如《奠丘阁老文》，唐伯元文后评点说："罗文庄《困知记》亦谓：丘公雅不喜白沙，《衍义》中讥异学一处，似为白沙发。其卒也，白沙祭之以文，意殊不满，程子所谓克己最难者也。"[4]此文见罗钦顺《困知记》卷下，其全文如下："丘文庄公雅不喜陈白沙。《大学衍义》中有一处讥议异学，似乎为白沙发也。然公之文学固足以名世，而未有以深服白沙之心。其卒也，白沙祭之以文，意殊不满，此殆程子所谓'克己最难'者也。"[5]唐伯元在

---

[1] 《白沙先生文编》此诗收录两首，第二首他本未录。

[2] 另有一首《答张汝弼》为唐氏从陈献章行状中摘录。

[3] 唐伯元：《白沙先生文编》卷6，哈佛燕京图书馆藏万历十一年（1583）刻本，第35页b。

[4] 唐伯元：《白沙先生文编》卷6，哈佛燕京图书馆藏万历十一年（1583）刻本，第39页b。

[5] 罗钦顺：《困知记》卷下，北京：中华书局，1990年，第50页。

文后引用罗钦顺之言，在于与前面题后的评点相呼应。唐伯元在题下评说道："先生常谓忘己为太然，观此则似未忘者，文庄相业在一时，经济垂百代，自载简书，其于先生，抑所谓离之则双美耳。"[1] 批点内容既关涉文本的义理、主旨的阐发，亦涉及文本结构、意象、遣词造句的特点。

万历十二年（1584）十一月，朝廷下诏胡居仁、陈献章、王守仁从祀孔庙。次年春天，身居南京户部主事之职的唐伯元上疏抗议王守仁从祀孔庙，并进呈其所注释的《古石经大学》。由于此事，唐氏被降三级调外，贬为海州判官。

唐伯元上书抗议源于对王守仁的不满。

首先，唐伯元不满王守仁对陈献章的态度。他在《从祀疏》中说：

> 守仁之学，实从湛若水而兴。若水，献章之徒也，所谓良知，岂能出献章造悟之内，而生平论著满车，曾不挂口献章一语。呜呼！彼固上薄孔子，下掩曾、孟者，固宜其不屑为献章也。或者比而同之，过矣。推守仁之意，生不欲与献章齐名，殁岂与献章并祀。[2]

唐伯元师事吕怀，吕为湛若水弟子，湛为陈献章弟子，故作为陈献章弟子之再传弟子，唐氏对陈献章处处维护不言自明。《从祀疏》中所言王守仁事，在万历十一年（1583）编就的《白沙先生文编》中已略有端倪。在《古蒙州学记》文后，唐伯元评道：

> 王文成与湛文简以论学相善，岂非慕先生者？其后自立门户，进退前贤，独于先生绝不挂口，将其所云心学有加先生欤？抑欲掩前人之有也，或曰："文成只为一体意，重先生却宗自然。"今观《仁术》《敦仁》二论及《古蒙州学记》，则先生言仁之旨可知，果与今之张皇一体者不类，无怪其不挂口也。[3]

王氏后学胡直对此大为不满，针对唐氏之说一一进行了反驳：

> 盖先此有睹见是编者，谓此书题评，虽扬白沙，其实抑阳明，即语不干处，必宛转诋及阳明，近于文致。不穀不肯信，已而将来编读之，良然。如云："近儒疑先生引进后学，颇不倦倦。"尝遍观阳明语意，并无是说，不知足下何从得之？夫阳明不语及白沙，亦犹白沙不语及薛敬

---

〔1〕 唐伯元：《白沙先生文编》卷6，哈佛燕京图书馆藏万历十一年（1583）刻本，第39页a。
〔2〕 唐伯元：《醉经楼集奏疏附刻》，《醉经楼集》，北京：中华书局，2014年，第180页。
〔3〕 唐伯元：《白沙先生文编》卷3，哈佛燕京图书馆藏万历十一年（1583）刻本，第30页a。

轩，此在二先生自知之，而吾辈未臻其地，未可代为之说，又代为之争胜负，则凿矣。历观其评中，似不免为白沙立赤帜，恐亦非白沙之心也。[1]

陈献章与王守仁之关系，按胡直所说，看似有道理，然从实际联系而言，却有不通之处。毕竟，王守仁与陈献章弟子湛若水过从甚密，且拜于王守仁门下的弟子，如聂豹、罗洪先、钱德洪等人早年亦都向慕白沙之学。陈献章与薛瑄并未交游，陈氏不提及薛氏是情理之中。故不能拿陈献章与薛瑄的关系，来比拟王守仁与陈献章之关系。陈、王二人关系，乃一大公案，对王守仁不提及陈献章，顾宪成亦说“阳明目空千古，直是不数白沙，故生平并无一语及之”[2]，认为王守仁目空一切，故不提及陈献章。然而，事实亦非如唐伯元、顾宪成所言王氏闭口不及陈献章。黄宗羲就说王守仁是通过布衣许璋而对陈献章的学问有所了解的。姜允明《王阳明与陈白沙》一书有多节论证二人之关系，如《从王阳明狱中诗八首的解读论王阳明与陈白沙的承传关系》《王阳明何以不提陈白沙——儒佛会通在明代心学史中的事例》。

其次，唐氏在疏中对当时王学末派流弊的批评，在《白沙先生文编》的评点中亦有先例。唐伯元在《白沙先生文编·遗事附》中言：

王、湛初论学相合，其后不无少异。乃其徒至于争门户以角立，则其徒知过也。或曰：认天理即致良知；或曰：天理则而微，良知醒而荡；或曰：良知致处亦天理，无深浅之别；或曰：天理未易许湛，良知未易许王，迹其为则王胜，宗其说则湛优，概之以大匠诲人之意，不过彼善于此吁近之矣。[3]

唐伯元在《伍光宇行状》“则亦慨乎岁月之已晚，而其力之所及”等语下批注说：“张皇之夫，朝及其门，暮称闻道，夸诈可耻。”[4]对此，胡直颇不满意，为之辩解说：“《编》中云：‘良知醒而荡。’夫醒则无荡，荡则非醒，谓醒而荡，恐未见良知真面目也。又诋其‘张皇一体’，吾人分也。观今学者，只见尔我藩篱，一语不合，辄起戈矛，几曾有真见一体而肯张皇示人者哉！斯语宁无亦自左耶？虽然，足下令之高明者也，昔不喜心学，今表章之，安知异日不并契阳明，

〔1〕 胡直：《与唐仁卿》，张昭炜：《胡直集》，上海：上海古籍出版社，2015年，第869页。

〔2〕 顾宪成：《小心斋札记》卷18，《顾端文公遗书》，《四库全书存目丛书》，济南：齐鲁书社，1997年，子部，第14册，第356页。

〔3〕 唐伯元：《遗事附》，《白沙先生文编》，哈佛燕京图书馆藏万历十一年（1583）刻本，第25页。

〔4〕 唐伯元：《白沙先生文编》卷6，哈佛燕京图书馆藏万历十一年（1583）刻本，第35页a。

将如文恭之晚年笃信耶？近百年内，海内得此学，表表裨于世者不鲜，屡当权奸，亦惟知此学者能自屹立，今居然可数矣。其间虽有静言庸违者，此在孔门程门亦有之，于斯学何贬焉？”[1]

唐氏所论，多针对阳明后学而发，这势必引起阳明后学的不满。“此中同志初闻唐君疏时，中有愤然仇怒欲为参驳者”，耿定向对唐伯元多有指摘，在《与南中诸弟》中说：“顷从鲁廷尉处睹唐君所上封事，剖击阳明先生甚。想鉴于学阳明之学者，因疑阳明，未以阳明求阳明也。即求诸阳明，徒以语言知解求阳明，而未尝一自反证之本心，以求阳明也。”[2]晚年的唐伯元，听了顾宪成一番解说，忆及此事，亦稍显悔恨。顾宪成《小心斋札记》载：

> 岁丙戌，余晤孟我疆先生于都下，我疆问曰：“唐仁卿，何如人也？”余曰：“君子也。”我疆曰：“何以排王文成之甚？”余曰：“朱子以象山为告子，文成以朱子为杨、墨，皆甚辞也。何但仁卿？”已而过仁卿述之，仁卿曰：“固也，足下不见世之谈良知者乎？如鬼如蜮，还得为文成讳否？”余曰：“大学言致知，文成恐人认识为知，便走入支离去，故就中间点出一良字。孟子言良知，文成恐人将这个知作光景玩弄，便走入玄虚去，故就上面点出一致字。其意最为精密。至于如鬼如蜮，正良知之贼也。奈何归罪于良知？独其揭无善无恶四字为性宗，愚不能释然耳。因为细析其所以。”仁卿曰：“善。假令早闻足下之言，向者论从祀一疏，尚合有商量也。”[3]

相较于对王守仁的反驳，唐伯元在《白沙先生文编》中最重要的目的，则在于阐述陈献章学说，维护陈献章的形象。作为陈献章的三传弟子，唐伯元对陈献章推崇备至，他说：“国朝正儒莫如薛文清，高儒莫如陈白沙，功儒莫如罗文庄，使三子者不生考亭之后，得游明道之门，俱未可量。”[4]王弘诲在《白沙先生文编序》中曾记载唐伯元对陈献章态度的变化过程：

> 吾年十五六随长者，后诵说江门夫子，颇知嗜慕，及取其书读之，于应制无当也，置之。既举于乡，好为古文词，又取其书读之，于剽丽无当也，置之。已而再上春官，不第，从燕赵吴越间得聆师友之训，归

[1] 胡直：《与唐仁卿》，张昭炜：《胡直集》，上海：上海古籍出版社，2015 年，第 872 页。
[2] 耿定向：《耿定向集》卷 5，上海：华东师范大学出版社，2015 年，第 216 页。
[3] 顾宪成：《小心斋札记》卷 4，《顾端文公遗书》，《四库全书存目丛书》，济南：齐鲁书社，1997 年，子部，第 14 册，第 271 页。
[4] 唐伯元：《诸子解附七》，《醉经楼集》卷 2，北京：中华书局，2014 年，第 49 页。

而妄意于问学也，然后能稍绎其书，则见其有言必依乎道，有行必概乎教，无所用于今，而亦不必于用，殆孟氏子所谓立命者欤。[1]

唐氏早年两次放弃读陈氏之书，直到最后才认识到陈献章学说的意旨。如此现身说法，使得同僚王弘诲积极参与到《白沙先生文编》的编刻之中。

借文编中评点文字，唐伯元多处为陈献章辩护，如《沈石田作玉台图题诗其上见寄次韵以复》。唐伯元借陈献章与画家沈周、林良的交往，指出陈献章的胸次。罗钦顺评价陈献章“无穷吾亦在”，“类于佛氏天上地下，惟我独尊之说”。唐伯元认为这是湛若水《白沙先生诗教解》注释之误所引起：

此皆误解，读其全文自不类，盖湛文简后来主意与先生别，罗文庄未之考耳。独其金针杖喝之喻似赘，或曰：活泼泼地，程子亦不讳言之。孔孟以前未有二氏，如有之，或亦不嫌同辞也。回也屡空空中受道，圣人之心，空空如也。岂必避释氏语而曲为之释也。[2]

陈献章出处观，亦是其生前尝为人疑窦之处，唐伯元在《与黄大参》题下评道：“先生以士夫难进易退为衰世扶名教第一义，学者宜深思之。”[3]持如此观，唐氏对张东白评价陈献章“乐于退隐”，表示不能苟同。《与徐岭南》一书，陈献章针对其县近年来盗贼日盛、讼牒日多、人情泛澜的现实，希望徐岭南能够通过正风俗以扭转世风日下之弊。唐伯元借徐岭南对陈献章的评价，指出陈献章未忘用世之心：“徐名纮，武进人，先生既殁，常三复是书，曰：先生林下其心，日在吾君吾民。”[4]至此，陈献章出处之态度，不言自明。

唐氏力挺陈献章之学，认为陈氏之学“近宗濂洛而远涉乎洙泗之源”[5]，故而在文编所入选的作品的主旨上，力求能够凸显出诗教的旨意。在《与世卿闲谈兼呈李宪副》诗题后，唐伯元点评道：“观前后次韵诸诗，真是天才可驱百代而篇篇扶教惊俗，不堕风花雪月，围恐读者未必能知，特全录于此。”[6]唐伯元谈及之所以选入此诗，在于全诗彰显了陈献章诗教之旨。他恐怕读者未必能体会陈

---

〔1〕 王弘诲：《白沙先生文编序》，唐伯元：《白沙先生文编》，哈佛燕京图书馆藏万历十一年（1583）刻本，第1页b。

〔2〕 唐伯元：《白沙先生文编》卷1，哈佛燕京图书馆藏万历十一年（1583）刻本，第60页。

〔3〕 唐伯元：《白沙先生文编》卷4，哈佛燕京图书馆藏万历十一年（1583）刻本，第29页b至第30页a。

〔4〕 唐伯元：《白沙先生文编》卷4，哈佛燕京图书馆藏万历十一年（1583）刻本，第27页b。

〔5〕 王弘诲：《白沙先生文编序》，唐伯元：《白沙先生文编》，哈佛燕京图书馆藏万历十一年（1583）刻本，第1页a。

〔6〕 唐伯元：《白沙先生文编》卷2，哈佛燕京图书馆藏万历十一年（1583）刻本，第33页a。

献章之意，故而录于文编，以引起读者的注意。再如《认真子诗集序》，唐伯元评云："先生之教在诗旨，正如此前后诗人皆不敢道。"〔1〕陈献章之诗道观，重在人能弘教，诗亦可言教，教之传不传在人而不在诗，如果能充分利用诗的作用，诗亦能够发挥诗教的积极作用，即小用之则小，大用之则大。这一关系，陈献章在《夕惕斋诗集后序》中曾再次申说，唐伯元意识到陈献章用意所在，故在此篇的题后评点中点明："先生不惜言诗而惜夫世之小用之者，故此序复申其意。庄定山称先生诗为经为训，真谁识是也。"〔2〕

值得注意的是，据王弘诲载，唐伯元将陈献章主张归结为"诚"。在《答郭梦菊大参》中，唐伯元亦说："夫学，诚而已矣，其分数不同，而明亦因之。孟氏而后，明道诚且明矣，伊川、横渠次之，朱子又次之；江门别传，盖出濂溪、尧夫之派，然无愧于诚者也。"〔3〕由此足可见唐伯元用心所在。

陈献章主静，讲求自然之道，故而常被误解为入道。唐伯元深知此点，故用"诚"而不用"自然"来概述陈献章学说，恰是回避当时士人质疑陈献章之学入乎禅、道的一种权宜之策。其目的，无非是想减少外界的质疑所带来的舆论压力。其实，"诚"与"自然"，意思是一以贯之的。诚者，自然之道也。

三、《白沙先生文编》的价值

《白沙先生文编》的评点文字，除却申发所选诗文的主旨外，亦旁涉诗文的写作背景、文本结构、意象、遣词造句等。其中，写作背景的交代，有助于读者客观理解诗文的创作背景，更好地把握全诗的主旨。如《与陈进士时周》，唐伯元注云："陈，蒲人。受学先生，退而作《静思录》，终身佩服其言，卒以孝廉名世。"〔4〕在文本的注释上，唐氏大都持严谨的求实态度，考证其本事，力求客观。如《可左言赠宪府王乐用归瑞昌》，唐伯元通过该诗的措辞语气，评价说："语虽警俗而圭角太露，恐是闻王归报而作，非赠语也。"〔5〕再如，《林君求余一线之引示以六绝句》，此诗不载《白沙先生文编》之前版本，故唐氏在诗后注云："此诗原集缺，余尝亲见先生墨迹书此诗并后小柬三通共为一卷。"其后，唐伯元根据

〔1〕 唐伯元：《白沙先生文编》卷3，哈佛燕京图书馆藏万历十一年（1583）刻本，第8页b。
〔2〕 唐伯元：《白沙先生文编》卷3，哈佛燕京图书馆藏万历十一年（1583）刻本，第10页a。
〔3〕 唐伯元：《醉经楼集》卷5，北京：中华书局，2014年，第125－126页。
〔4〕 唐伯元：《白沙先生文编》卷5，哈佛燕京图书馆藏万历十一年（1583）刻本，第37页b。
〔5〕 唐伯元：《白沙先生文编》卷1，哈佛燕京图书馆藏万历十一年（1583）刻本，第23页b。

罗洪先所作跋语及此书卷的来源，指出林氏非林见素而是林体英。对此，唐伯元考证说："此卷得之莆田林氏，林所立亦不凡，谓林即见素公也。今按见素虽亟慕先生，乃在出仕之后，先生寄之诗，及见素荐先生疏，皆应聘以后事。当成化癸巳，见素只可弱冠，未闻曾至白沙，据先生与胡提学书云：'旧岁莆田有一举人林体英来访白沙，与语两月，比归，亦能激昂自进。'当即其人也。"[1]

前文已述，《白沙先生文编》重要的文献价值在于辑佚多篇当时陈献章文集所未载的文章。其中有些篇章为我们理解陈献章学说提供了重要的线索，如《赠彭惠安调谪别言》，此文虽为赠别之文，内容却是陈献章在向彭韶介绍自己"自得"之学的内涵。借助此文，我们可以一窥陈氏"自得"的内涵，以及陈献章提出该说的大概时间，从而更好地把握陈献章"自得"说的形成过程。

辑佚之作，最重要的是要保证资料的准确性，以防误收他人作品。唐伯元明确注明辑佚之文的来源，保证了诗文的准确性。据唐伯元所述，这些辑佚之文，一为自己旧藏，如《喜晴》，唐氏注道："余家藏有先生手书，原集缺，今补入。"[2]一为自己所见，如《寄李世卿》，题下注云："客有自惠州至者，曾见惠先生真迹，因得此诗，原刻不载。"[3]一为据石刻，如《扬州宿宝胜寺》，唐伯元注云："传有石刻。不知何时过？此集不载，今补入。"[4]

除辑佚价值外，我们从唐氏的评点文字中，还可一窥陈献章文集的异文及编纂状况。异文状况，以《追次康节先生小圃逢春之作》为例，唐伯元注道："余家藏先生墨迹，有此二首，诸刻第三句以下皆逸误，今正之。"该诗第二首与现存版本所录不同，是编作：小园风物正暄妍，白白朱朱径两边。折翅病蜂斜堕水，寻香痴蝶乱迷烟。典衣沽酒由来尔，买地栽花大抵然。安得此身辞药里，东游西泛也年年。[5]其他版本作：时物纷纷共斗妍，好春多在语莺边。傍花随柳我寻句，剩水残山天锡年。竹径旁通沽酒市，桃花乱点钓鱼船。而今我爱孙思邈，自古高人方又圆。[6]唐氏所据为家藏墨迹，故可信度较高。而他本所载，第一首与第二首首联相同。既然为追次之作，首联相同的可能性较小，可能为编刻者上板时错行所致。再如《次韵廷实示学者》"只学尧夫也不孤"句，唐氏评云："焦

〔1〕 唐伯元：《白沙先生文编》卷1，哈佛燕京图书馆藏万历十一年（1583）刻本，第57页a。
〔2〕 唐伯元：《白沙先生文编》卷1，哈佛燕京图书馆藏万历十一年（1583）刻本，第42页a。
〔3〕 唐伯元：《白沙先生文编》卷1，哈佛燕京图书馆藏万历十一年（1583）刻本，第44页b。
〔4〕 唐伯元：《白沙先生文编》卷2，哈佛燕京图书馆藏万历十一年（1583）刻本，第21页b。
〔5〕 唐伯元：《白沙先生文编》卷2，哈佛燕京图书馆藏万历十一年（1583）刻本，第25页b至第26页a。
〔6〕 陈献章：《陈献章集》卷5，北京：中华书局，1987年，第504页。

春元竑为余说：旧本‘学’是‘觉’字妙。”[1]

唐氏有时还针对诗歌本身提出自我见解，如《元旦试笔》，诗后评注：“二‘时’字，前字恐‘期’字之误。”[2]唐氏指的是《元旦试笔》的第二首，诗云：“天上风云庆会时，庙谟争遣草茅知。临墙旋打娱宾酒，稚子齐歌乐岁诗。老去又逢新岁月，春来更有好花枝。晚风何处江楼笛，吹到东溟月上时。”[3]律诗中，出现两“时”字，属于“重韵”，故唐氏所言应是。当时版本缘何有所改动，唐氏亦不解其故。如《得林宪副待用书有怀故友张兼素》，唐伯元记载：“欧水部对余言：昔闻黄泰泉先生云：曾于见素卷中览此作，是书恨故人穷，不知刻本何以不同也。”[4]不过，唐伯元有时根据所据版本所收录诗文的状况，指出现存版本所收诗文缺失的缘由。陈献章文集所收录诗文，因主持编刻者的不同而略有变化。通常情况下，主持编刻的陈氏弟子，相应会在陈献章文集中多收录与其师的书信，而其他弟子，因为资料的缺少便较少收录。林光《南川冰蘖全集》附录就载有陈献章文集所未收的十多通书信。此种情况，唐伯元在《与张廷实》下注道：“旧集有张序，乃张编刻者，故其书独多，其答他门人者十不存一二，惜哉。”[5]在《祭邹汝愚文》一文下，唐伯元借邹智之例感慨：“汝愚从先生二载，《名臣录》中载其问学书一首，诗二首，则当时问答必多，独先生与汝愚书，集中无一载者。”[6]

《白沙先生文编》，从性质而言，是陈献章诗文集的选本，故必然带有选本的性质，体现着选者的选择标准。首先，注重所收诗文的道德内涵。李孔修为陈献章弟子中以孝友闻者，被认为是陈献章抗节振世之志的继承者。故唐伯元收录了《李子高墓志铭》，在题下注道：“李本孝友，虽其死以哀毁之过，而其心与事可贯天日，不可不著。”[7]其次，注重诗文收录的平衡。这主要是相对于湛若水《白沙先生诗教解》而言，湛若水偏重收录陈献章五古之作，唐伯元则注重各文体的平衡，各体俱有收录，且各体裁收录数量与现存《陈献章集》各体裁的数量，大体呈正比关系。

作为一部选、评相结合的诗文选集，唐伯元在五古、七绝、五律、七律、论、

---

[1] 唐伯元：《白沙先生文编》卷2，哈佛燕京图书馆藏万历十一年（1583）刻本，第32页b。
[2] 唐伯元：《白沙先生文编》卷2，哈佛燕京图书馆藏万历十一年（1583）刻本，第23页b。
[3] 陈献章：《陈献章集》卷5，北京：中华书局，1987年，第437页。
[4] 唐伯元：《白沙先生文编》卷2，哈佛燕京图书馆藏万历十一年（1583）刻本，第16页a。
[5] 唐伯元：《白沙先生文编》卷5，哈佛燕京图书馆藏万历十一年（1583）刻本，第12页a。
[6] 唐伯元：《白沙先生文编》卷6，哈佛燕京图书馆藏万历十一年（1583）刻本，第44页b。
[7] 唐伯元：《白沙先生文编》卷6，哈佛燕京图书馆藏万历十一年（1583）刻本，第21页a。

说、墓志、祭文下有总评，简述陈献章各体裁的特点，并扼要提出这些诗体的承续关系。如五古，陈献章接续魏晋古风、律诗上承杜甫。这些评点文字，体现了唐伯元的“文体”意识。曹丕早已指出“文非一体，鲜能备善”，基于此理念，陆机《文赋》对诗、赋、碑、诔、铭、箴、颂、论、奏、说各文体之特点提出了精到的概括。唐伯元注意到陈献章各文体的写作特点，如在“祭文”下评论道：“凡先生铭、传极慎许可，及祭文往往推称之，尽己尽人之道也。又曰：诸祭文写出先生心事，浑是一段至诚。”[1]陈献章写“铭”的谨慎，唐伯元在《王徐墓志铭》中曾作评论：“先生最畏谀墓金，如王厚于赀，虽以林别驾之恳，亦不轻铭。”[2]

第四节　论陈庄体

陈献章、庄昶二人于成化二年（1466）在京师相识并订交[3]。此后二人又相见两次：一在成化五年（1469）陈献章下第南归，途经金陵时于庄昶处逗留十余日；一在成化十九年（1483），陈献章因荐北上，过江浦留宿月余。自此，二人遂成莫逆。二人主要活动于成化至弘治年间，这期间，儒林宗尚程朱之学，在文道观上重道轻文。陈、庄二人主张自得之学，在文道观上虽坚持道的第一性，但不废文艺，这给当时的诗坛吹进一股新风，二人诗歌也因他们的独特风格被称为“陈庄体”。

一、陈庄体的由来

“陈庄体”之称，最早是时人对陈、庄二人诗歌的谑称。此称谓的缘起，黄瑜《双槐岁钞》、黄佐《翰林记》、邓球《皇明泳化类编》等都有类似记载。如黄瑜记道：

〔1〕 唐伯元：《白沙先生文编》卷6，哈佛燕京图书馆藏万历十一年（1583）刻本，第35页b。

〔2〕 唐伯元：《白沙先生文编》卷6，哈佛燕京图书馆藏万历十一年（1583）刻本，第27页b。

〔3〕 王弘所作庄昶年谱《文节公年谱》载二人在天顺元年（1457）订交。

> 昶善为诗，《咏包节妇》云："二十夫君弃妾身，诸郎痴小舅姑贫。已甘薄命同衰叶，不扫蛾眉别嫁人。化石未成犹有泪，舞鸾虽在不惊尘。销窗独对东风树，岁岁花开他自春。"罗一峰伦见之曰："可以泣鬼神矣。"昶不以为然，惟乾坤鸢鱼、老眼脚头之类，自谓为佳，如"枝闲鸟共天机语，江上梅担太极行"诸句是也，时称陈庄体。[1]

所谓"陈庄体"主要指的是类似庄昶"枝闲鸟共天机语，江上梅担太极行"等直接以"理语"入诗的诗歌。无独有偶，陈献章诗句中亦有此类诗句，如"但闻司马衣裳古，更见伊川帽桶高"[2]，此诗为和庄昶《游茅山诗》，庄昶此诗有句云："山教太极圈中阔，天放先生帽顶高。"[3]讥之者便将庄昶《与王汝昌魏仲瞻雨夜小酌》"赠我一壶陶靖节，还他几首邵尧夫"改为"赠我两包陈福建，还他一匹好南京"[4]。"陈庄体"虽是批评者的谑语，却也正中陈、庄二人部分诗歌的弊病。实际上，庄昶描述他与陈献章诗歌创作的倾向时也是如此概述的，可以说是庄昶首先提出了"陈庄体"这一称谓，他在《题梅和韵》一诗中说：

> 舞罢真香草阁风，瘦筇水月放天踪。有圈太极真成借，无画乾坤妙莫穷。此外可寻桃李圣，眼中谁认古今雄。凭君莫说陈庄句，已费天机浪语中。[5]

诗中，太极、乾坤、天机等语，无不如批评者所说，"至乃鸟点天机，梅挑太极，如巫师降神，里老骂坐，儿女走听，雅士掩耳"[6]。此种诗作之由来，多缘于陈、庄二人的文道观。

陈、庄生活的时代，儒士以程朱为圭臬，在文道观上，他们大都坚持程朱一派道重于文的观点，而摒弃了朱熹文道一体的主张，认为文尤其是诗歌为小道，壮夫不为。陈献章认识到文亦载道，文载道与否在于人而非文，坚持文尤其是诗歌小用之则小，大用之则大。庄昶亦持此观，认为"诗，吾性情；文，吾威仪"，对当时儒林所持的道被文累的现象提出了自己的看法：

---

〔1〕黄瑜：《双槐岁钞》卷9，北京：中华书局，1999年，第172页。

〔2〕陈献章：《寄定山》，《陈献章集》卷5，北京：中华书局，1987年，第434页。

〔3〕庄昶：《定山先生集》卷4，沈乃文：《明别集丛刊》第1辑，合肥：黄山书社，2013年，第57册，第483－484页。

〔4〕褚人获：《坚瓠集》乙集卷3，上海古籍出版社：《清代笔记小说大观》，上海：上海古籍出版社，2007年，第1册，第763页。

〔5〕庄昶：《定山先生集》卷4，沈乃文：《明别集丛刊》第1辑，合肥：黄山书社，2013年，第57册，第492页。

〔6〕王世贞：《明诗评》卷3，周维德：《全明诗话》，济南：齐鲁书社，2005年，第3册，第2027页。

古今完器，造物所忌，而得亦有不可易者。康节讲易，伊川谓其好听，而朱子又有与圣门不同之说，盖康节得易之数而易之理不得也。朱子谓子美夔州已后之诗自出规模，横逆已甚；李、杜、陈、黄得诗之辞而诗之理不得也；先儒又谓六经已后无文，盖班、马、韩、苏得文之法而文之理不得也，惟周程张朱之学可以无间然。孔子自以为不试故艺，而子贡又谓孔子天纵将圣又多能也。是则康节之数，子美之诗，太史公之文，又岂足为吾道君子之累哉?〔1〕

庄昶提出以上观点，原因在于虽然邵雍、杜甫、李白、陈去病、黄庭坚等人在易、诗、文等方面有缺陷，但因他们都是继承先贤而来，因而白璧微瑕，总体还是值得肯定的。基于此种认识，庄昶认为文具有不同的类别，有诗人、文人之文，有圣人之文。在《滁州志序》中，庄昶以“天下之物固有遇不遇者，盖亦数也”作喻，指出滁州不足为遇，因为不管是为官于此的韦应物、王元之、欧阳修，还是做客于此的苏东坡、曾巩、满执中，都是文人、诗人，他们不足以使滁州闻名，因为“骚雅余谈，文章小技者，恶足以当此哉”〔2〕！不仅如此，庄昶还以“月亮”为例，指出有诗人之月、文人之月、诗颠酒狂之月、自得性天之月。在他看来，前三者之月当然无足取，唯有自得性天之月，即圣贤之月才值得追求和提倡：

夫诗文人之月，无所真得，无所真见，口耳之月也。诗颠酒狂之月，醉生梦死之月也。惟周茂叔之月，寂乎其月之体，感乎其月之用，得夫性天之妙而见夫性天之真，自有不知其我之为月而月之为我也，所谓曾点之浴沂，孔子之老安少怀，二程子之吟风弄月、傍柳随花，朱紫阳之千葩万蕊争红紫者是已。盖与天地万物为一体者也，上下与天地同流者也，所谓圣贤之月也。〔3〕

由此可知，庄昶坚持的文道一体之说，不是指所有的文，而是指圣贤之文，非文人、诗人之文。理解此，我们才能明白为何庄昶会说出“莫怪不知杨万里，

〔1〕 庄昶:《送潘应昌提学山东序》,《定山先生集》卷6，沈乃文:《明别集丛刊》第1辑，合肥：黄山书社，2013年，第57册，第526页。

〔2〕 庄昶:《滁州志序》,《定山先生集》卷6，沈乃文:《明别集丛刊》第1辑，合肥：黄山书社，2013年，第57册，第524－525页。

〔3〕 庄昶:《月轩序》,《定山先生集》卷7，沈乃文:《明别集丛刊》第1辑，合肥：黄山书社，2013年，第57册，第551页。

草庐文字子思心"[1]这样的话。对于陈庄体诗歌特点的缘由，吕怀在《定山庄先生祠田记》中曾作如下解释：

> 唯是退居定山，日事倡明斯道，尤锐志以诗文立言。是故其为言也，不曰太极则曰鸢鱼，不曰乾坤则曰经纶，曰位育，挥霍古今，吞吐宇宙，横骋乎羲轩尧舜之上，追踪乎风花雪月之豪。[2]

在吕怀看来，庄昶此举是借诗文以立言，此种说法，类似于其师湛若水辑解《白沙先生诗教解》，都源于陈、庄二人的著述观。

陈献章不事著述，认为著述文字，千古圣贤已经作过，自己无须再多言，自我只须在静坐中体悟千古圣贤之语即可。同陈献章一样，庄昶也坚持不著述。其受业门婿王弘曾询问他不著述之由，庄昶回答说："时而已矣。孔子之于六经，朱子之于传注亦时也。今时则著述之多，学者溺于见闻而失其本真。许文正所谓也须焚书一遭，是以更何书乎？"[3]针对学者溺于见闻，庄昶提倡贵自得的无言之教。他说："圣人之道贵无言而不贵有言，非不贵有言也，影响形迹而糟粕文字已落第二义矣。而无言则真静圆融若愦也；而真见若冥也；而真趣若虚寂也；而真乐彼以天得而此以天与极，其自得之真而出乎意象之外，是以圣人不贵有言也。"[4]千古圣人之所以有言是不得已而为之。庄昶不仅不主张著述，而且要求读者要有识见，分清书的差别，因为书"有吾心之书，有纸上之书"[5]。庄昶认为，老师亦有分类，"有心传之师，有讲说之师，有句读之师，有位号之师"[6]。书既有别，师又有别，在庄昶看来，两者之中无论哪一方不以心传，结果都是无用的。"圣人贵无言而不贵有言，有言则不以心契，不以心传，而言徒言矣"[7]，作为师要作心传之师，作为学生要读吾心之书，"善观六经者，不观六经而观吾

---

〔1〕 庄昶：《定山先生集》卷1，沈乃文：《明别集丛刊》第1辑，合肥：黄山书社，2013年，第57册，第439页。

〔2〕 吕怀：《定山庄先生祠田记》，庄昶：《定山先生集》附录，沈乃文：《明别集丛刊》第1辑，合肥：黄山书社，2013年，第57册，第604页。

〔3〕 王弘：《文节公年谱》，庄昶：《定山先生集》附录，沈乃文：《明别集丛刊》第1辑，合肥：黄山书社，2013年，第57册，第623页。

〔4〕 庄昶：《近思录序》，《定山先生集》卷6，沈乃文：《明别集丛刊》第1辑，合肥：黄山书社，2013年，第57册，第525页。

〔5〕 庄昶：《大梁书院记》，《定山先生集》卷8，沈乃文：《明别集丛刊》第1辑，合肥：黄山书社，2013年，第57册，第565页。

〔6〕 庄昶：《赠司训洪先生秩满序》，《定山先生集》卷7，沈乃文：《明别集丛刊》第1辑，合肥：黄山书社，2013年，第57册，第552页。

〔7〕 庄昶：《定山先生集》卷8，沈乃文：《明别集丛刊》第1辑，合肥：黄山书社，2013年，第57册，第565页。

心之六经；善观四书者，不观四书而观吾心之四书”[1]，师徒最终达到一种心领神会的自得境界：“此以心授而彼以心领也，此以心得而彼以心见也”[2]。其著述观如此，吕怀以此解释庄昶诗歌多用理语未免牵强，吕氏此举或受其师湛若水影响。就庄昶现存诗歌而言，诗含理却不用理语者亦不在少数，这些诗中不乏佳作。以《来教谓寻梅告劳且将移梅一章昶以移梅寻梅难易何如亦以一章奉和》为例，诗云：

> 折胶万里争严凝，瘦笻拄断江南冰。寻梅约到罗浮国，瘦马疲童总难色。
> 先生乃谓寻颇劳，岂若移梅两相得。移梅恐比寻更难，天几吹到春风鞍。
> 风光聊遣适吾兴，肯被梅花恼春暝。有无难易何足思，乾坤礼乐先生知。[3]

诗歌从寻梅不易，友人建议移梅一株以便一劳永逸。作者由此展开，认为移梅之计不妥，一方面在于气候，一方面寻梅的乐趣就在于风光旖旎之中消磨时光。诗歌在不计较计策难易，体味乾坤间礼乐中作结。庄昶借此诗，表达的是一种不计较得失，体味世间真乐的一种心态。寻梅、移梅只不过是作者阐发此种主张的跳板，其主旨都在最后两句中，即卒章现其旨。

陈庄体，在当时因多以理语入诗，“识者皆以为旁门”，然而以上所述诗歌在遣词、主旨方面并非陈、庄二人诗歌的全貌。

二、陈、庄二人诗歌的特色及异同

成化二年（1466），陈献章至京复游太学，因御史邢让之赞名动京师。是年新登进士如庄昶、罗伦、章懋等多与陈氏订交。其中，陈献章、庄昶、罗伦三人尤为默契。陈献章、庄昶因在重自得、崇自然、主静、不事著述等方面多不谋而合而多有交流。成化五年（1469），陈献章落第南归，便道金陵，看望因上书被贬在南京行人司任职的庄昶。成化十九年（1483），陈献章应聘至京师，过江浦，访庄昶并留宿月余，其间二人多有唱和。二人一生虽只相见三次，然交谊颇深。一在粤，一在金陵，二人常寄书一表怀念。此外，陈献章屡遣弟子前往江浦问学

---

〔1〕 庄昶：《大梁书院记》，《定山先生集》卷8，沈乃文：《明别集丛刊》第1辑，合肥：黄山书社，2013年，第57册，第565页。

〔2〕 庄昶：《大梁书院记》，《定山先生集》卷8，沈乃文：《明别集丛刊》第1辑，合肥：黄山书社，2013年，第57册，第565页。

〔3〕 庄昶：《定山先生集》卷1，沈乃文：《明别集丛刊》第1辑，合肥：黄山书社，2013年，第57册，第435页。

庄昶。成化十二年（1476），陈献章弟子陈秉常、容彦昭问学庄昶；成化十三年（1477），陈献章门人李德孚、林光游学至江浦；成化十六年（1480），陈献章门人范规、李承箕先后访学庄昶；成化十七年（1481），陈献章门人何宇新来访；成化十八年（1482），陈献章弟子张诩、梁宗烈先后来学；弘治元年（1488），陈献章门人麦秀夫持陈献章书及诗来访；弘治三年（1490），陈献章弟子湛若水寄书表访学之意；弘治九年（1496），陈献章遣弟子范规问疾庄昶。以上种种，无不说明二人交往之深。二人交往如此，书信交往内容颇多涉及二人对彼此诗文的看法。

赵宧光在《弹雅》中曾谈及诗歌的阅读之法有三，其中一条说："取亲知友朋之作，以观其人之学识，以叙彼此交情，疏阔者可勿观也。"[1]陈献章与庄昶为至交，又"同效康节法门"[2]，故他们在书信、诗文中难免彼此褒奖。比如，陈献章多次遣门人问学庄昶，对此，庄昶在《君忍为白沙门人倪圣祥作》中言："白沙门地皆沧海，莫下长江问老夫。"[3]又如，在为陈献章兄长所题的古愚卷时，庄昶写道："若道老兄甘起倒，石斋夫子是何人！"[4]然从另一方面言，作为知己，深知对方本性，故在下语之时透露出他人所不了解的信息。庄昶在《读白沙先生诗集》中云：

飞云一卷递中来，上有封题是石斋。喜把炷香焚展读，了无一字出安排。
为经为训真谁识，非谢非陶亦浪猜。何处想公堪此句，绝无烟火住蓬莱。

天然无句是推敲，诗到江门品绝高。几处风花真有此，古来周邵本人豪。
冥心水月谁堪会，盥手山泉我自抄。读到乌啼春在处，江山垂老觉神交。

海上千峰阁病舆，傍花随柳意何如？老谁静里都无事，笑此山中亦著书。
帝伯皇王铺叙里，乾坤今古笑谈余。我看此意终谁领，略与人间一破除。

〔1〕 赵宧光：《弹雅》卷6，陈广宏、侯荣川：《稀见明人诗话十六种》，上海：上海古籍出版社，2014年，第878页。

〔2〕 宋长白：《柳亭诗话》卷1，张寅彭：《清诗话三编》，上海：上海古籍出版社，2014年，第1册，第163页。

〔3〕 庄昶：《定山先生集》卷2，沈乃文：《明别集丛刊》第1辑，合肥：黄山书社，2013年，第57册，第445页。

〔4〕 庄昶：《古愚卷为白沙乃兄作》，《定山先生集》卷2，沈乃文：《明别集丛刊》第1辑，合肥：黄山书社，2013年，第57册，第456页。

才力凡今我与翁，百年端许自知公。横渠老笔虽终劲，周子通书自不同。

南海巨觥都水月，卧林狂句也溪风。酒杯许更何时约，烂醉罗浮四百峰。[1]

陈献章诗歌的特色，庄昶概括为“自然”。同样，陈献章对庄昶诗亦赞赏有加。李东阳说庄昶在未进士及第时已有诗名。陈献章亦有听闻，在给王乐用的信中说：“比岁闻南京有庄孔旸者，能自树立，于辞不一雷同今人语，心窃喜之。稍就而问焉，果出奇无穷。”[2]此是陈献章早期对庄昶诗歌的印象，此时陈献章还持诗为小技的观念。陈献章有时甚至以得到庄昶的只言片语为幸事：“江门之水常渊渊，月光云影江吞天，安得古今名家，如刘文靖、庄定山题一言？”[3]此后，陈献章逐渐意识到诗歌作用在人，小用之则小，大用之则大，便开始授门人弟子诗法。在诗法讲解中，他时常以庄昶诗歌作为范本，如在批复张诩诗歌时说：“概观所论，多只从意上求，语句、声调、体格尚欠工夫在。若论诗家，一齐要到。庄定山所以不可及者，用句、用字、用律极费工夫。”[4]在送别童子方祥庆时称赞庄昶之诗，说自己“千炼不如庄定山”[5]。

庄昶推许白沙之诗自然，而陈献章自愧己诗锻炼不如庄昶。陈献章诗歌自然的特点，评论者多无异议，然对庄昶诗歌锻炼与否多有异词，并引发了三次大的论争。第一次是安磐针对李东阳所举之例提出疑问。庄昶诗歌富于锻炼的特点，庄昶好友李东阳也曾指出，并列举数例作证，庄定山“苦思精炼，累日不成一章。如‘江稳得秋天’‘露冕春停江上树’，往往为人传诵。晚年亦豪纵，出入规格。如‘开辟以来元有此，蓬莱之外更无山’之类”[6]。对此，安磐指出“天地以来元有此，蓬莱之外更无山”为庄昶抄袭他人之句：“李西涯录为佳句。国初王当宗诗：‘三代以来方有学，六经之外更无书。’定山毋乃太相袭欤！”[7]第二次为邓伯羔对陈献章之说提出反例，他在《艺彀》中批评说：“定山每以自然推白沙，而白沙却以锻炼推定山，其诗曰‘一诗可送方童子，千炼不如庄定山’是也。定山之诗曰：‘赠我一杯陶靖节，答君两首邵尧夫。’是千炼而就乎？抑不炼

---

〔1〕 庄昶：《定山先生集》卷4，沈乃文：《明别集丛刊》第1辑，合肥：黄山书社，2013年，第57册，第491－492页。

〔2〕 陈献章：《与王乐用佥宪》，《陈献章集》卷2，北京：中华书局，1987年，第154页。

〔3〕 陈献章：《枕上》，《陈献章集》卷4，北京：中华书局，1987年，第325页。

〔4〕 陈献章：《批答张廷实诗笺》，《陈献章集》卷1，北京：中华书局，1987年，第75页。

〔5〕 陈献章：《夜坐与童子方祥庆话别偶成》，《陈献章集》卷6，北京：中华书局，1987年，第546页。

〔6〕 李东阳：《怀麓堂诗话校释》，北京：人民文学出版社，2009年，第192页。

〔7〕 安磐：《颐山诗话》，周维德：《全明诗话》，济南：齐鲁书社，2005年，第1册，第812页。

而就乎？侏儒问天于修人，修人不知。侏儒曰：‘子虽不知，犹近之于我。’两公相较，庄稍稍习白沙意，定山犹近之也。”〔1〕第三次为黄宗羲针对钱谦益之说表示反对。钱谦益在《列朝诗集》中说：“孟旸刻意为诗，酷拟唐人，白沙推之，有‘百炼不如庄定山’之句。多用道学语入诗，如所谓‘太极圈儿，先生帽子’、‘一壶陶靖节，两首邵尧夫’者，流传艺苑，用为口实。……余录孟旸诗，痛加绳削，存其不倍于雅道者，于白沙亦然。”〔2〕针对钱谦益谓庄昶“多用道学语入诗”，黄宗羲提出不同看法，认为这是钱谦益不了解庄昶所致。黄宗羲在庄昶小传中说：“先生形容道理，多见之诗，白沙所谓‘百炼不如庄定山’是也。唐之白乐天喜谈禅，其见之诗者，以禅言禅，无不可厌。先生之谈道，多在风云月露，傍花随柳之间，而意象跃如，加于乐天一等。钱牧斋反谓其多用道语入诗，是不知定山，其自谓知白沙，亦未必也。”〔3〕

回顾三次论争，其讨论的核心问题无非在于庄昶诗是否有“锻炼”的特点。第一次论争，安磐针对的主要是庄昶模仿前人语句问题；后两次，论争双方实际上都是从庄昶诗歌的优劣面自圆其说。李东阳所举庄昶诗句确实系借鉴前人诗句，但历代名家即便杜甫亦有化用前人诗句处，故安磐之说太过严苛。其实安磐并非针对庄昶一人，而是针对当时诗人模仿古人佳句这一风气，他说：“近世诗人，见古人佳句辄欲拟作，自谓得意，甚者笔之于书，以夸乎人。然而何尝得其仿佛，干鼠为璞，蹄涔自濡，殊可笑也。”〔4〕因庄昶这两句诗，集中不存，故我们无从得知此诗全篇意境如何，安磐批评聊作一说。后两次论争，实际上指出了庄昶诗歌的两种倾向，即前文所言，庄昶有些诗歌不免直接以道学语入诗，毫无诗歌意境可言，但有些诗歌虽融入理，但却能通过特殊意象的营造而使诗歌颇有韵味。

伴随着争论陈献章对庄昶赞语恰当与否，二人诗歌高下问题也成为谈论的焦点。二人集中虽然都有清逸之作，但就这些诗歌的所占比重而言，庄昶显然不及陈献章。诗歌虽不排斥理，但尚需意、趣的融入，方不失诗的韵味。诗者，兴也，理、意、趣，总成其为兴，“无理、无意、无趣不成兴，无兴不能动人”〔5〕。朱

---

〔1〕 邓伯羔：《艺彀》卷中，《景印文渊阁四库全书》，台北：台湾商务印书馆，1986年，子部，第856册，第18－19页。

〔2〕 钱谦益：《列朝诗集》丙集第4，北京：中华书局，2007年，第6册，第2917－2918页。

〔3〕 黄宗羲：《诸儒学案上三》，《明儒学案》卷45，北京：中华书局，1985年，第1079页。

〔4〕 安磐：《颐山诗话》，周维德：《全明诗话》，济南：齐鲁书社，2005年，第1册，第810页。

〔5〕 郝敬：《艺圃伧谈》卷3，周维德：《全明诗话》，济南：齐鲁书社，2005年，第4册，第2908页。

彝尊《静志居诗话》就说："成化间，白沙诗与定山齐称，号'陈庄体'。然白沙虽宗击壤，源出柴桑，其言曰：'论诗当论性情，论性情先论风韵，无风韵则无诗矣。'故所作，犹未堕恶道，非定山比也。其云：'百炼不如庄定山'，盖谦辞尔。"[1]朱氏所言比较公允。在文道观上，陈献章洒脱，其多能从生活的琐碎之事中觅得情味，下笔为诗，颇多静谧之美；庄昶则拘守，在生活中，虽也追求孔颜之乐，然在观物上，颇受邵雍影响，"玩物非吾事，聊观造化功"[2]是其宗旨所在，在"趣"上，显然不及陈献章。如陈献章《有怀世卿》诗，《明诗归》就评价说："明□讲道学，却似全不讲道学者，妙在不着相。"[3]抛开讲理之诗不论，二人因性情的不同，反映到诗歌风格上便多有不同。

陈献章之性格，庄昶概括为"大"。在《友山诗序》中，庄昶对在京中所交十友的性格曾作如下描述："陈白沙之大，罗一峰之廓，陈直夫之直，李宾之之敏，娄克让之公，潘应昌之伟，章德懋之浩，沈仲律之温，黄仲昭之畅，林缉熙之雅。"[4]王世贞则概括为"潇洒"："献章襟度潇洒，神情充预，发为诗歌，毋论工拙，颇自风云。"[5]而庄昶之性格，无论朋侪还是后辈都认为他主要特点是雄豪，霍韬云："先生豪杰也。"[6]闻人诠亦说："定山先生真所谓当时之豪杰也。"[7]从其早年上谏元宵灯火疏来看，其性格确有雄豪一面。其雄豪的性格，亦时时在其诗文中呈现出来，突出的特点便是"豪放不拘规格"，"发泄成章字字新"，"先生之学、之诗、之文，高古渊粹，机轴自成一家，不肯寄人篱下作活计"[8]。陈献章称赞庄昶注重锻炼，也是出于此种考虑。庄昶集中多有豪放、不肯寄人篱下之诗，如《木石图为许志完作》：

---

〔1〕 朱彝尊：《静志居诗话》卷7，北京：人民文学出版社，1990年，第182页。

〔2〕 庄昶：《定山先生集》卷3，沈乃文：《明别集丛刊》第1辑，合肥：黄山书社，2013年，第57册，第467页。

〔3〕 钟惺、谭元春：《明诗归》卷4，《四库全书存目丛书》，济南：齐鲁书社，1997年，集部，第338册，第632页。

〔4〕 庄昶：《送陈直夫先生序》，《定山先生集》卷6，沈乃文：《明别集丛刊》第1辑，合肥：黄山书社，2013年，第57册，第532页。

〔5〕 王世贞：《明诗评》卷3，周维德：《全明诗话》，济南：齐鲁书社，2005年，第3册，第2024页。

〔6〕 霍韬：《祭定山庄先生文》，庄昶：《定山先生集》附录，沈乃文：《明别集丛刊》第1辑，合肥：黄山书社，2013年，第57册，第609页。

〔7〕 闻人诠：《读定山先生集》，庄昶：《定山先生集》附录，沈乃文：《明别集丛刊》第1辑，合肥：黄山书社，2013年，第57册，第613页。

〔8〕 弓元：《书定山先生集后》，庄昶：《定山先生集》附录，沈乃文：《明别集丛刊》第1辑，合肥：黄山书社，2013年，第57册，第612页。

定山破袖无尺大，东归袖取蓬莱峰。峰头老秃几千树，槎牙万古撑长空。
箕山老人不晓事，问余欲向青天住。醉中见许不作难，袖中滚滚倾天地。
老人睹此造化权，返却而走心茫然。忽然江海一平地，千仞万仞飞苍烟。
锦树苍峰不须买，草阁秋崖明月在。白头得此当有知，还我东坡袖中海。[1]

全诗想象奇特，虽是题画之作，却出入于画面之外。首二句用夸张之语给人一种雄阔之势，三四句由整体转向局部，描绘出峰头秃树万笏朝天之势。中间六句通过箕山老人前后气色的转变再次凸显蓬莱峰的雄壮气势。接下来两句用“忽然”一词将观者的视线由峰引到海边平地。整幅画面，有万仞之高的险峰，有平如江海般的平地。一高一低，一险一缓，给人以强烈的视觉冲击。后四句由画阐发自我感悟，苍峰、明月何须购买，本属万物。最后两句化用苏轼“我携此石归，袖中有东海”之句，与首句呼应。

性格相异致使两人除在诗歌风格上不同外，在诗学渊源上亦稍有差异。邵雍诗是两人共同诗法的对象，但性格追求洒脱的陈献章更倾向于学习陶渊明的洒脱，庄昶则更倾向于杜甫、黄庭坚的顿挫之感。庄昶少时学诗即读黄庭坚之诗，据其门婿王弘记载，庄昶十七岁时读黄庭坚诗至“俗学已知回首晚’之句，慨叹几误年华，从此致力于性命之学。庄昶对黄诗印象颇深，认为他接续三百篇之旨。在《送潘应昌提学山东序》中，庄昶依次列举正学的各个余脉，他说：

> 河出龙马，洛出龟书，天地之秘泄矣，而伏羲神禹之后惟邵康节得之；光风霁月，鱼跃鸢飞，道之妙形矣，而仲尼、颜子之后惟濂溪、二程、朱晦庵得之；国风、雅、颂删自仲尼，人之善恶著矣，而三百篇之后惟杜甫、李白、陈后山、黄山谷得之；云行雨施，山峙川流，天地之文著矣，而典、谟、训、诰之后惟班固、马迁、韩愈、苏轼得之。[2]

庄昶虽认为杜甫、李白、陈师道、黄庭坚接续三百篇，但这并非意味着应奉他们为圭臬。在庄昶看来，他们只是“得诗之辞而诗之理不得也”。同样，在散文方面，庄昶认为班固、司马迁、韩愈、苏轼志得文法而“文之理不得也”[3]。庄昶旨在要学其辞并融入理，故其“发于诗文，出入杜、韩，脱换苏、陈，终则

[1] 庄昶：《定山先生集》卷1，沈乃文：《明别集丛刊》第1辑，合肥：黄山书社，2013年，第57册，第434页。

[2] 庄昶：《定山先生集》卷6，沈乃文：《明别集丛刊》第1辑，合肥：黄山书社，2013年，第57册，第526页。

[3] 庄昶：《定山先生集》卷6，沈乃文：《明别集丛刊》第1辑，合肥：黄山书社，2013年，第57册，第526页。

一濯其秽，大音希声，溢为雅风”〔1〕。

除杜、黄、韩、苏之外，庄昶在诗文中常提及元儒刘因，“草庭凉露未眠时，歌尽刘因一卷诗”〔2〕，“江山不了刘因句，贤孝初开邵子天”〔3〕，“明日会寻留鹤老，北山灯火拜刘因”〔4〕。不仅如此，庄昶还时常在诗中化用刘因之句，如《宿伯显家》一诗尾联“若许论更鼓，因知某亦知”即化用刘因《春夜不寐》“倘使一时俱闭息，知更数鼓是何人”〔5〕。庄昶喜刘因诗事，陈献章在和弟子李孔修诗中曾提及，他说：“定山却喜刘文靖，贤辈如何都不思?”〔6〕刘因，号静修，“其学本诸周程，而于邵子观物之书深有契焉”〔7〕。邵雍“以物观物”即静观或物观，其归旨在于达到“因闲观时，因静照物，因时起志，因物寓言，因志发咏，因言成诗，因咏成声，因诗成音，是故哀而未尝伤，乐而未尝淫。虽曰吟咏情性，曾何累于性情哉”〔8〕。无独有偶，庄昶对邵雍观物之说亦多推崇，将自己的亭子名为观物亭。其《牡丹圃》诗说“玩物非吾事，聊观造化功”〔9〕、《题孙痴春草》“未了物何我，了了我一物”〔10〕、《题兰》“万物我一兰，天地乃一我”〔11〕等，都是观物说的鲜明例子。

值得注意的是，陈献章也推崇杜甫、黄庭坚、刘因等人，如顾允成就指出陈献章诗句多模仿黄庭坚，他说：“黄山谷诗曰：‘朝市山林俱有累。’陈白沙诗曰：‘朝市山林俱有事。’山谷又曰：‘古人冷淡今人笑。’白沙又曰：‘今人闲处古人忙。’”〔12〕再如

〔1〕 庄昶：《定山先生集》补遗，沈乃文：《明别集丛刊》第1辑，合肥：黄山书社，2013年，第57册，第630页。

〔2〕 庄昶：《和光岳》，《定山先生集》卷4，沈乃文：《明别集丛刊》第1辑，合肥：黄山书社，2013年，第57册，第483页。

〔3〕 庄昶：《寿祁侍御母》，《定山先生集》卷5，沈乃文：《明别集丛刊》第1辑，合肥：黄山书社，2013年，第57册，第512页。

〔4〕 庄昶：《读杨时秀诗集》，《定山先生集》卷2，沈乃文：《明别集丛刊》第1辑，合肥：黄山书社，2013年，第57册，第444页。

〔5〕 刘因：《静修先生文集》卷11，《丛书集成初编》，上海：商务印书馆，1935年，第2078册，第235页。

〔6〕 陈献章：《和答李子长见寄》，《陈献章集》卷5，北京：中华书局，1987年，第487页。

〔7〕 苏天爵：《静修先生刘公墓表》，《滋溪文稿》卷8，《丛书集成续编》，上海：上海书店出版社，1994年，第109册，第622页。

〔8〕 邵雍：《伊川击壤集序》，《邵雍全集》，上海：上海古籍出版社，2016年。

〔9〕 庄昶：《定山先生集》卷3，沈乃文：《明别集丛刊》第1辑，合肥：黄山书社，2013年，第57册，第467页。

〔10〕 庄昶：《定山先生集》卷2，沈乃文：《明别集丛刊》第1辑，合肥：黄山书社，2013年，第57册，第440页。

〔11〕 庄昶：《定山先生集》卷2，沈乃文：《明别集丛刊》第1辑，合肥：黄山书社，2013年，第57册，第440页。

〔12〕 顾允成：《小辨斋偶存》卷3，《丛书集成续编》，上海：上海书店出版社，1994年，第117册，第776页。

刘因，唐伯元在陈献章《追和刘文靖偶得韵》诗下评点说："先生极喜文靖，其推重如此。"[1]陈、庄二人的差别，诚如朱彝尊所说，在于陈献章在诗歌入理的同时，亦主张性情，标举风韵。乔亿亦云："先生（陈白沙）深味道腴，自具性情，故首以风韵为言。"这最终使得陈献章的诗歌"有真趣存焉"[2]。

三、陈庄体之地位

陈献章、庄昶的诗歌主张及诗文异同，诚如前文所述，他们二人之诗，缺点如批评家所言，如村巫降神、里老骂坐，然佳处亦有放入唐人集中而莫能辨之作。此种毁誉参半的反差，客观而言，正体现出陈、庄二人在明诗诗坛中的独特性。

明初承续元制，推崇宋儒之学，倡导文道合一。然而，这一政策的推行，却靠着明初统治者的高压政策及八股取士来完成，这种高压在宣德时期相对宽松的氛围下势必引起反弹，使得当时的士子重新思考本朝学术的宗脉，将明初的宋濂、方孝孺等人排除在理学之外，认为他们只是文人。同时，针对科举引发的弊病，他们重新倡导道重文轻。他们虽奉程朱为圭臬，但并没有接受朱熹文道一贯的主张，而是持诗文小道，儒士不为的观点。明代前期的文道观风气如此，陈献章、庄昶在早期也未摆脱此种风气的影响，但在长期的习静体悟中，二人逐渐意识到自我在文、道二者中的作用，正如孔子所云，人能弘道，非道弘人。在此基础上，陈献章提出了诗歌"小用之则小，大用之则大"的观点，重新举起文道一贯的大旗，欲使诗文回到《诗经》温柔敦厚的诗教传统。

陈、庄二人讲求自得，他们在诗文写作上亦坚持自我的独特性，要求发自我之真情，此在当时诗坛亦属难得。明永乐以降，诗坛盛行台阁体，诗歌内容多以鸣盛世感圣恩为主，风格上雍容典雅。此种风格虽与时代的繁荣昌盛有着莫大联系，然此种风气长久充斥文坛，势必造成一种沉闷之气，特别是倡导台阁者多为台阁重臣，亦形成广泛影响，长此以往，"其弊也冗沓肤廓，万喙一音，形模徒具，兴象不存"[3]。李东阳比较山林之诗与台阁诗，认为"台阁诗或失之俗"[4]。不惟如此，因台阁体的主要成员为达官贵人，故其为文有时出于交游之

[1] 唐伯元：《白沙先生文编》卷2，哈佛燕京图书馆藏万历十一年（1583）刻本，第25页a。

[2] 乔亿：《剑溪说诗》卷下，《续修四库全书》，上海：上海古籍出版社，2002年，集部，第1701册，第2269页。

[3] 纪昀：《四库全书总目提要》卷190，石家庄：河北人民出版社，2000年，第5206页。

[4] 李东阳：《怀麓堂诗话校释》，北京：人民文学出版社，2009年，225页。

目的，多为文而造情。陈献章在《澹斋先生挽诗序》中曾言及在京师从贵公卿游诗的一番经历，他说："余顷居京师二年，间从贵公卿游，入其室，见新故卷册满案，其端皆书谒者之辞。就而阅之，凡以其亲故求挽诗者，十恒八、九，而莫不与也。一或拒之，则艴然矣。惧其艴然而且为怨也而强与之，岂情也哉！噫，习俗之移人，一至于此，亦可叹也。天下之伪，其自兹可忧矣。"[1]相较于台阁重臣，陈献章、庄昶虽是释褐之人，有过短暂的任职经历，然两人长期端居林下，故而少受此种风气影响，况且二人重心学，讲求自得，反对模拟，从而表现出不一样的行文风格。庄昶说："人贵乎自得，不贵乎摹拟；贵乎真见，不贵乎仿佛。优孟之学孙叔敖，人徒见其袛掌谈笑无不相似，以为真叔敖矣，殊不知去冠解衣，谢其摹仿，而故吾犹自凛然，而所谓真叔敖者，终不可以为固无恙也。"[2]在台阁体大盛天下之时，陈、庄二人之诗因其独特个性傲然耸立于诗坛。李东阳当时亦意识到台阁之文与山林之文的区别，虽然未明言所说的山林之文以陈献章、庄昶为代表，但他说山林之文"尚志节，远声利，其体则清耸奇峻，涤陈剃冗，以成一家之论"[3]，这些特点无疑是符合陈献章、庄昶二人为文特点的。杨慎好友唐元荐论明朝之诗时便将陈献章、庄昶归为山林之类，"山林则陈白沙、庄定山称白眉"[4]。安磐虽然对二人之诗多有微词，但是也承认他们诗歌的独特之处："若论其兴致之高，自成一家，可以震响流俗，亦一时之英，不可诬也。"[5]

陈、庄二人为文要求发自我真情主张，倡导自我主体精神的高扬，对后世重个性的文学思潮有开启之功。陈、庄之后，无论是复古派还是后来袁宏道的性灵派，都主张诗歌要自得，反对模拟，发自我之真情，从一定程度上而言，可说是与陈、庄二人相呼应。屠隆即云："至我明之诗，则不患其不雅，而患其太袭；不患其无辞采，而患其鲜自得也。夫鲜自得，则不至也。"[6]公安三袁更是主张独抒性灵，不拘格套。文学特别是抒情性的文学，贵在发自我的真情，不受固定模式的牵绊，陈献章、庄昶二人追求自得，倡导真情，某些诗文诚如王世贞所

〔1〕 陈献章：《陈献章集》卷1，北京：中华书局，1987年，第9页。

〔2〕 庄昶：《醉月跋》，《定山先生集》卷10，沈乃文：《明别集丛刊》第1辑，合肥：黄山书社，2013年，第57册，第591页。

〔3〕 李东阳：《倪文僖公集序》，《李东阳集》第二卷，卷9，长沙：岳麓书社，1985年，第128页。

〔4〕 杨慎：《胡唐论诗》，《升庵全集》卷54，台北：台湾商务印书馆，1968年，第631页。

〔5〕 安磐：《颐山诗话》，周维德：《全明诗话》，济南：齐鲁书社，2005年，第1册，第816页。

〔6〕 屠隆：《论诗文》，《鸿苞》卷17，《四库全书存目丛书》，济南：齐鲁书社，1997年，子部，第89册，第248页。

言，“诗不入法，文不入体，又皆不入题，而妙处有超乎法与体与题之外者”[1]，这无疑符合文人的审美，获得他们的青睐自不待言。此外，陈、庄二人尤其是陈献章的诗歌写作多倾向自然山水以寄田园之乐，晚明的性灵派亦多自然山水的书写，虽然我们不能确定两者间的必然联系，但陈献章在诗歌中所体现出的注重自我的情感倾向及对山水田园的审美观照，却是无二致的。然而，理学毕竟具有二重性，陈、庄二人的诗作亦不例外，他们的初衷在于贯道，难免有些诗作含理甚至将诸如“乾坤鸢鱼”“老眼脚头”之类的理语入诗，使得诗歌的韵味全无。其流弊虽如此，但从另一方面讲，这些弊端的存在又刺激着后继者加以改进，重新思考诗歌的格调关系、文道关系、情理关系等方面的问题，这些最终在先后的两次复古运动中得到了集中讨论。黄佐在《文体三变》中说：“弘治，检讨陈献章、庄昶，养高山林以诗鸣，谓之陈庄体，为世所宗。李东阳极力变之。”[2]复古派领袖李梦阳即针对诗歌言理、用理语的倾向提出批评：“今人有作性气诗，辄自贤于‘穿花蛱蝶’‘点水蜻蜓’等句，此何异于痴人前说梦也？即以理言，则所谓‘深深’‘款款’者何物邪？诗云：鸢飞戾天，鱼跃于渊，又何说也？”[3]

此外，陈、庄二人还对当时的宗唐宗宋之风提出了批评，陈献章说：“近代之诗，远宗唐，近法宋。非唐非宋，名曰‘俗作’。后生溺于见闻，不可告语。”[4] 陈、庄二人虽渊源于邵雍击壤诗，有着宋诗主理的特征，但陈献章又主张性情、风韵，这与唐诗颇相近，杨慎亦盛赞庄昶的诗“有可并入唐人者”[5]。正是因为坚持诗文得之心而发乎外，陈献章畅言自己的诗是“还属姓陈人”[6]，庄昶之诗，“非魏晋诗，非唐、非宋、非元诸名家诗，定山之诗也”[7]。

总之，陈庄体虽在当时被目为旁门，然正如四库馆臣所言：“盖其学以主静为宗，故息虑澄观，天机偶到，往往妙合自然。不可以文章格律论，要亦文章之一种。”[8]

〔1〕《四库全书总目白沙集九卷提要》，陈献章：《陈献章集》，北京：中华书局，1987年，第918页。

〔2〕黄佐：《翰林记》卷19，《景印文渊阁四库全书》，台北：台湾商务印书馆，1986年，史部，第596册，第1073页。

〔3〕李梦阳：《缶音序》，《空同集》卷52，《景印文渊阁四库全书》，台北：台湾商务印书馆，1986年，集部，第1262册，第477－478页。

〔4〕陈献章：《跋沈氏新藏考亭真迹卷后》，《陈献章集》卷1，北京：中华书局，1987年，第66页。

〔5〕杨慎：《庄定山诗》，《升庵全集》卷55，台北：台湾商务印书馆，1968年，第658页。

〔6〕陈献章：《陈湾叠嶂》，《陈献章集》卷5，北京：中华书局，1987年，第533页。

〔7〕李承箕：《定山先生诗集序》，《大厓李先生文集》卷17，《四库全书存目丛书》，济南：齐鲁书社，1997年，集部，第43册，第595页。

〔8〕纪昀：《四库全书总目提要》卷171，石家庄：河北人民出版社，2000年，第4445页。

结语

陈献章诗文尤其是诗歌的成就，无论在其生前还是卒后，褒之者与贬之者一直存在且势若水火。这种现象的出现缘于接受者采用不同的衡量标准，其结果自然是各说各理，互不相让，诚如王世贞所言："讲学者动以词藻为雕搜之技；工文者，则举拙语为谈笑之资，若枘凿不相入。"[1]褒之者大都是陈献章的弟子、再传弟子或桑梓人士。贬之者，一是坚持道德第一性者，认为诗文小道，他们主要以理学名世；一是坚持诗歌创作要重情，拒绝以理入诗者，他们主要以诗文名世。就陈献章而言，那些讲学者因其从事诗文而斥他误入诗文小道，那些工文者又以其诗文多含理语而视他为酸腐。简而言之，陈献章诗歌所面临的境遇实际上关涉"文道之辨"与"文理之辨"。陈献章因自己调和文、道而备受冷遇也就不难理解。

立德、立功、立言，"三不朽"事业一直是中国古代士大夫毕生为之奋斗的方向，以期能成圣希贤，"人至没世而莫能分食一块冷肉于孔庙，则为虚生"[2]，道尽多少士子的心声。在大一统时代，可以说，每一位士大夫都是将"三不朽"作为自己的座右铭。然而立德、立功、立言三者并非平等关系，立德居首，立言居末，"朝闻道，夕死可矣"，"士当以器识为先，一号为文人，无足观矣"，[3]此种观念，孔子时代已如此，"行有余力，则以学文"，即便到了晚清亦如此，长年不得一第的鲁一同亦自问"吾乃为文人耶?"那些以文人自居者，究其实，无不是政治失意的一种自嘲，而这其中包含的何尝不是对自我抱负不售的耿耿于怀。这一观念的存在，造成了对文人这一身份认同的轻视，在历史的书写中又逐渐被强化，渗透到每一个读书人的头脑中，最终在宋代理学家那儿发展到极致。

理学，又称道学，最初指二程之学，程颐在《祭李端伯文》中也说："自予兄弟倡明道学，世方惊疑。"[4]此处，道学是二程对自我之学的自称，其被广为接受，成为一特定称谓则是在南宋时期，是反对二程者对他们的称呼，"方乾道、淳熙间程氏学稍振，忌之者目为道学"[5]。朱熹通过对四书章句的集注，大力宣扬二程之学，强调道学的重要性，还上续道学之源，接续孔孟，他说："夫以二先生倡明道学于孔孟既没千载不传之后，可谓盛矣。"[6]不仅如此，朱熹通过

[1] 王世贞：《艺苑卮言》卷6，周维德：《全明诗话》，济南：齐鲁书社，2005年，第3册，第1953页。

[2] 刘大鹏：《晋祠志》，太原：山西人民出版社，1986年，第201页。

[3] 脱脱等：《宋史》卷340，北京：中华书局，1977年，第10858页。

[4] 程颢、程颐：《二程集》，北京：中华书局，1981年，第643页。

[5] 脱脱等：《宋史》卷389，北京：中华书局，1977年，第11929页。

[6] 朱熹：《程氏遗书后序》，《朱熹集》卷75，成都：四川教育出版社，1996年，第3937页。

《伊洛渊源录》的编选，将道学的范围限定在了周敦颐、二程、邵雍、张载、杨时及胡安国。道学之名便主要指程、朱一派学说。至此，诸如北宋的王学、蜀学及南宋的陆学、婺学等被排除在道学之外。不仅如此，统治者亦颁布相关文件给予正名。宋理宗颁布诏令，梳理自孔子以降儒家的发展脉络，确立周、程、朱子等传道之功，其云："朕惟孔子之道，自孟轲后不得其传，至我朝周敦颐、张载、程颢、程颐，真见实践，深探圣域，千载绝学，始有指归。中兴以来，又得朱熹精思明辨，表里浑融，使《大学》《论》《孟》《中庸》之书，本末洞彻，孔子之道，益以大明于世。朕每观五臣论著，启沃良多，今视学有日，其令学官列诸从祀，以示崇奖之意。"[1]其结果，恰如黄进兴所言，"不只代表理学重大的胜利，且是理学荣枯的分水岭"[2]。故而，在程朱后学眼中，道学为正统，而其他派别就不足道了，元修《宋史》将儒林划出道学一派，正是基于朱熹编选此书之旨的考虑。黄百家就指出"十七史以来，止有儒林。至《宋史》别立《道学》一门，在《儒林》之前，以处周、程、张、邵、朱、张及程、朱门人数人，以示隆也"[3]。元人张九韶《理学类编》亦专录周、程、张、邵、朱等人之文，与此种风气不无关系。

就明代前中期理学家而言，他们是发自内心地想承续宋代道学之脉，并深信自己是宋儒的继承者的。无论是薛瑄、吴与弼，还是胡居仁，在描述儒学兴废时，都是以承续宋儒自任的。如胡居仁在《复于先生》中说："又念道自宋儒去后，不胜寥落。自元及今，儒以训诂务博为业，以注书为能传道。使世之学者，浅陋昏昧，无穷理力行之实。此有志者，不能不以为忧也。"[4]然而，明代的理学家，虽以程朱后学自居，但在文道观上，却并没有接受朱熹的观点。总体而言，程朱一派坚持道德第一性，认为作文害道，诗歌只是余事。在朱熹看来，文道关系亦如此，但颇具诗人才性的朱熹又按捺不住作诗的冲动，他说："闲隙之时，感事触物，又有不能无言者，则亦未免以诗发之。"[5]既作又未免心里矛盾，告诫自己不要溺于其中。或许正是注意到了朱熹对待诗文的这种矛盾心态，陈献章同时代的理学家便主动打消了作诗的念头，对陈献章作诗之举当然也就不以为然了，章懋评价陈献章"只是一诗人"即是证明。

---

〔1〕 脱脱等：《宋史》卷42，北京：中华书局，1977年，第821页。
〔2〕 黄进兴：《从理学到伦理学：清末民初道德意识的转化》，北京：中华书局，2014年，第8页。
〔3〕 黄宗羲、黄百家：《泰山学案》，《宋元学案》，北京：中华书局，1986年，第121页。
〔4〕 胡居仁：《胡敬斋集》卷1，《正谊堂全书》同治刻本，第51册，第13页b。
〔5〕 朱熹：《东归乱稿序》，《朱熹集》卷75，成都：四川教育出版社，1996年，第3941页。

中国诗歌说理的传统亦是渊源有自，中国古典诗歌自先秦时代即追求言志与缘情的和谐统一。其中，志的指涉内涵中就有理的成分，故而有人将诗歌的言理上溯至《诗经》，清人张谦宜就认为“诗中谈理，肇自三颂”[1]，“理无不包，语无不韵者，《三百篇》之《雅》《颂》是也”[2]。自此而降，中国诗歌的说理成分随着玄学、佛教的介入而获得长足发展。玄学的介入，促使了魏晋玄言诗的发展，其中以孙绰、许洵、郭璞为代表，他们徜徉于山水之间，借山水以谈玄理，钟嵘批评他们诗歌“贵黄老，尚虚谈，理过其辞，淡乎寡味”，钱锺书谈起孙绰诗，说“孙兴公诗，不论哀逝赠友，必以‘太虚’‘太朴’‘太素’‘大造’作冒，真来头大而帽子高者”[3]。至于陶渊明，其诗中亦不乏含哲理之作，都穆《南濠诗话》云：“东坡尝拈出渊明谈理之诗有三，一曰：‘采菊东篱下，悠然见南山。’二曰：‘笑[4]傲东轩下，聊复得此生。’三曰：‘客养千金躯，临化消其宝。’皆以为知道之言。予谓渊明不止于知道，而其妙语亦不止是。……观是数诗，则渊明盖真有得于道者，非常人能蹈其轨辙也。”[5]以《饮酒（十一）》为例：

颜生称为任，荣公言有道，屡空不获年，长饥至于老。
虽留身后名，一生亦枯槁，死去何所知，称心固为好。
客养千金躯，临化消其宝。裸葬何必恶，人当解意表。[6]

陶渊明归田后，生活并不如意，衣食无靠，难免心中彷徨，对人活着的终极目的、价值作一番思考。诗歌前八句便是诗人从贤人颜渊、荣公身上得到的一份感悟。后四句转而对身体、生命死后的之境作一设想，生前富贵，但难免一死，死后，生前的富贵也就随之消散了。由此而言，历史上争论不休的杨王孙裸葬风波，倒也不是什么不赦之事。

佛理入诗，主要盛行于魏晋至唐代。以释身份为后人广为知晓者莫若王梵志、寒山、拾得。寒山、拾得二人之诗，钱锺书颇有赞语：“初唐寒山、拾得二集，能不搬弄翻译名义，自出手眼；而意在贬俗警顽，反复譬释，言俚而旨亦浅。”[7]非释

[1] 张谦宜：《絸斋诗谈》卷1，北京大学图书馆藏康熙四十九年（1710）刻本，第2页b。
[2] 张谦宜：《絸斋诗谈》卷1，北京大学图书馆藏康熙四十九年（1710）刻本，第2页。
[3] 钱锺书：《谈艺录》，北京：中华书局，1984年，第224页。
[4] 应为啸。
[5] 都穆：《南濠诗话》卷下，周维德：《全明诗话》，济南：齐鲁书社，2005年，第1册，第522页。
[6] 陶渊明：《陶渊明集》卷3，北京：中华书局，1979年，第93页。
[7] 钱锺书：《谈艺录》，北京：中华书局，1984年，第225页。

者主要以王维、韦应物、柳宗元、白居易等人为代表。沈德潜在释律然《息影斋诗钞》所作序中曾对王维、韦应物之诗评价说："诗贵有禅理禅趣，不贵有禅语。王右丞诗：'行到水穷处，坐看云起时''松风吹解带，山月照弹琴'。韦苏州诗：'经声在深竹，高斋空掩扉''水性自云静，石中本无声'。柳仪曹诗：'寒月上东岭，泠泠疏竹根''山花落幽户，中有忘机客'。随江山鱼鸟，烟云花树，友朋酬对，皆能悟入上乘。"[1]

以上种种，除却早期玄言诗外，评论者大都给予肯定，这似乎在告诉我们诗歌含理是合理的，对诗是无害的。然而此种观点，在宋代却开始发生扭转。张谦宜说诗中言理始自三颂的同时，对宋诗作了批评，他说："宋人则直泄道秘，近于抄疏，将古法婉妙处，尽变平浅，反觉腐而可厌。"[2]又说："诗非不要理，只是人不能于诗中见理耳。理无不包，语无不韵者，《三百篇》之《雅》《颂》是也。不必以理为名，诗妙而理无不通者，《离骚》以讫汉、魏是也。但求词佳不堕理窠者，两晋、六朝以讫三唐是也。只求理胜不暇修词者，程、朱、邵子辈是也。风气日下，得一层必失一层，若天限之，生古人以后者，何处下手?"[3]无独有偶，沈德潜在欣赏王、韦、柳的同时，话锋一转，针对的则是宋人苏轼："宋人精禅学者，孰如苏子瞻，然《赠三朵花》云：'两手欲遮瓶里雀，四条深怕井中蛇。'意蕴句中，言外索然矣。"[4]众所周知，自"宋以后，重'理趣'已不仅仅是理学家们的一种嗜好，而且已成为文学创作中的普遍风尚"[5]。至此，我们不得不面对这样一个问题：理学与诗歌关系究竟如何，如何才能掌握二者结合的度?

我们先从批评者的言辞入手：

> 宋人主理作理语，于是薄风云月露，一切铲去不为，又作诗话教人，人不复知诗矣。诗何尝无理，若专作理语，何不作文，而诗为耶?今人有作性气诗，辄自贤于"穿花蛱蝶""点水蜻蜓"等句，此何异痴人前说梦也?即以理言，则所谓"深深""款款"者何物邪?诗云：鸢

〔1〕 释律然：《息影斋诗钞》，《清代诗文集汇编》编纂委员会：《清代诗文集汇编》，上海：上海古籍出版社，2010年，第230册，第343页。

〔2〕 张谦宜：《絸斋诗谈》卷1，北京大学图书馆藏康熙四十九年（1710）刻本，第2页b。

〔3〕 张谦宜：《絸斋诗谈》卷1，北京大学图书馆藏康熙四十九年（1710）刻本，第2页。

〔4〕 释律然：《息影斋诗钞》，《清代诗文集汇编》编纂委员会：《清代诗文集汇编》，上海：上海古籍出版社，2010年，第230册，第343页。

〔5〕 廖可斌：《理学的二重性及其对文学影响的复杂性》，《理学与文学论集》，北京：东方出版社，2015年，第62页。

飞戾天，鱼跃于渊，又何说也？[1]

程、邵好谈理，而为理缚，理障也。[2]

李梦阳反对专作理语，胡应麟认为程、邵之诗为理所缚。既为理所缚，解决之道，一为不涉理，二为涉理，但要保持度。

第一种方案，诗不涉理。此观点自然不能服众，郝敬就说："近代人谓诗不主理，一落议论，便成恶道。按，二雅献纳，三颂扬功德，其谁不根道理，涉议论者乎？今俗士学诗，疾理如仇，惟嘲弄风月，流连光景，即使铿金戛玉，无关性情，无补风教，诗道之赘疣耳。"[3]再看第二种方案，诗歌涉理，但怎么表达或中和诗中之理。袁枚说："或云：'诗无理语。'予谓不然。……亦皆理语，何尝非诗家上乘？至乃'月窟''天根'等语，便令人闻而生厌矣。"[4]按袁枚所言，诗歌要去除专作理语或生吞活剥而将理语入诗的做法。"诗家有不说理而真乃说理者"[5]，此种诗作即便说理，亦不碍诗之妙，其缘由一贵在"趣"。沈德潜在《清诗别裁集》中言："诗不能离理，然贵有理趣，不贵下理语。"[6]二贵在使理与辞相辅相成。贺裳《载酒园诗话》云："'诗有别趣，非关理也'。然理原不足以碍诗之妙，如元次山《舂陵行》、孟东野《游子吟》、韩退之《拘幽操》、李公垂《悯农诗》，真是《六经》鼓吹。乐天与微之书曰：'文章合为时而著，歌诗合为事而作。'然其平生所负，如《哭孔戡》诸诗，终不谐于众口。此又所谓'言之无文，行之不远'。故必理与辞相辅而行，乃为善耳，非理可尽废也。"[7]郝敬则主张诗歌理、意、趣的融合，达到水乳交融。他说："先辈谓诗有兴有趣，有意有理。……此分别近似，要之意与理与趣，总成其为兴。诗者，兴而已。无兴不可为诗，无理、无意、无趣不成兴。无兴不能动人"[8]，"诗有理与意，然

---

〔1〕 李梦阳：《缶音序》，《空同集》卷52，《景印文渊阁四库全书》，台北：台湾商务印书馆，1986年，集部，第1262册，第477－478页。

〔2〕 胡应麟：《诗薮》内编卷2，周维德：《全明诗话》，济南：齐鲁书社，2005年，第3册，第2512页。

〔3〕 郝敬：《艺圃伧谈》卷1，周维德：《全明诗话》，济南：齐鲁书社，2005年，第4册，第2888页。

〔4〕 袁枚：《随园诗话》卷3，北京：人民文学出版社，1982年，第94页。

〔5〕 袁枚：《随园诗话》卷3，北京：人民文学出版社，1982年，第94页。

〔6〕 沈德潜：《清诗别裁集》凡例，上海：上海古籍出版社，1984年。

〔7〕 贺裳：《载酒园诗话》卷1，郭绍虞：《清诗话续编》，上海：上海古籍出版社，1983年，第209页。

〔8〕 郝敬：《艺圃伧谈》卷3，周维德：《全明诗话》，济南：齐鲁书社，2005年，第4册，第2908页。

后晓畅，可观可风。”[1]其实，药宋诗尤其是理学家诗歌之病的药方，宋代张戒、严羽、包恢早已提出。严羽指出：“诗有词理意兴。南朝人尚词而病于理；本朝人尚理而病于意兴；唐人尚意兴而理在其中；汉、魏之诗，词理意兴，无迹可求。”[2]唐人之诗、汉魏之诗，意兴、理能够自然融合，无不是理趣浑然的另一种表述。包恢在《答曾子华论诗》一文也说：“古人于诗不苟作，不多作。而或一诗之出，必极天下之至精，状理则理趣浑然，状事则事情昭然，状物则物态宛然。”[3]

对宋明理学家来说，陶渊明、杜甫是他们所树立的两位道德楷模，其诗歌也是他们心目中的一座丰碑。杜诗多有说理倾向，广濑淡窗《淡窗诗话》、钱锺书《谈艺录》、饶宗颐《澄心论萃·杜诗以义理义高妙见胜》等已指出，此不赘述。在此，我们再次借助沈德潜与翁方纲比对杜甫与宋明理学诸子之诗，品味其中的缘由所在。

> 杜诗“江山如有待，花柳自无私”“水深鱼极乐，林茂鸟知归”“水流心不竞，云在意俱迟”俱入理趣。邵子则云：“一阳初动处，万物未生时”以理语成诗矣。[4]
>
> 然则何以别夫击壤之开陈庄者欤？曰：理之中通也，而理不外露，故俟读者而后知之云尔。若白沙、定山之为击壤派也，则直言理耳，非诗之言理也。”[5]

需要注意的是，翁、沈二人所说，主要针对的是邵雍、陈献章及庄昶诗歌中理学化倾向比较严重者而言，并非指涉他们的全部诗歌。邵雍、陈献章、庄昶与杜甫说理之诗的差别即在于“趣”，毕竟，他们的诗歌有好坏之别，就人而言，理学家当中，也不乏具有诗人气质者，李重华就称赞朱熹为“南宋一大家”[6]，而陈献章，钱谦益亦以诗人目之。

以上就诗歌是否含理及如何不陷入理障作了分析，似乎言之成理，切实可

---

〔1〕 郝敬：《艺圃伧谈》卷3，周维德：《全明诗话》，济南：齐鲁书社，2005年，第4册，第2913页。

〔2〕 严羽：《沧浪诗话校释》诗评，北京：人民文学出版社，1961年，第148页。

〔3〕 包恢：《敝帚稿略》卷2，《景印文渊阁四库全书》，台北：台湾商务印书馆，1986年，集部，第1178册，第717页。

〔4〕 沈德潜：《说诗晬语》卷下，北京：人民文学出版社，1979年，第252页。

〔5〕 翁方纲：《杜诗精熟文选理字说》，《复初斋文集》卷10，《续修四库全书》，上海：上海古籍出版社，2002年，集部，第1455册，第440页。

〔6〕 李重华：《贞一斋诗说》，丁福保：《清诗话》，上海：上海古籍出版社，1978年，第927页。

行，但李梦阳在反对专作理语时，说“若专作理语，何不作文”，这明显是在说明诗文有别。诗文之别，就有明一代而言，早于李梦阳的李东阳就已指出“诗与文不同体”[1]。诗文之别，“以其有声律讽咏，能使人反复讽咏，以畅达情思，感发志气，取类于鸟兽草木之微，而有益于名教政事之大”[2]。据此而言，理的确与诗有隔阂之处。理的阐述需要思维前后的逻辑性，在表述上要求用长短自如的语言以配合需要，这恰与散文的特性相吻合，与诗歌讲究思维的跳跃性、句式的固定性相冲突，其结果便是理学与古文结下了不解之缘[3]。即便理学家用诗歌阐述理，也有值得注意的两个现象：一是他们多用古诗而非近体诗，这是因为古诗与文相近，且不拘于韵律及篇章限制。乔亿《剑溪说诗》就说：“诗文不相蒙者，律诗也。古诗则与之近。”[4]二是诗多有序言或后记以阐述所要表述之理。湛若水、夏尚朴都有此倾向。以夏尚朴《赵元默以诗论学次韵复之》为例，诗云：

> 造道无二门，得门远可至。进学在致知，涵养敬而已。
> 求之必在此，得之无远迩。大哉程子言，千圣了无异。
> 妙契濂溪翁，广大克于己。吟风弄月归，夙得与点意。
> 内外能两忘，乾坤同简易。胡为几十年，出入靡至止。
> 反求于六经，始克克其志。斯言不我诬，吃紧提人耳。
> 愿自持坚车，反求发轫地。好辩岂予心，但欲求个是。
>
> 程子曰：昔受学于周茂叔，每令寻仲尼、颜子乐处所乐何事？……学者于此正须痛下工夫，主敬穷理，交修并进，而积之以岁月之久，庶几渐有凑泊处耳。不然，决入异教无疑也。前诗欲发此言，奈拘于韵语，未甚条达，因书此于后。元默以为何如？[5]

此诗一百二十言，文后之记竟长达五百字，其目的，正如夏尚朴所言拘于韵语，未甚条贯。如此来看，用诗歌来表达理，确实有枘凿不入之感。张谦宜说：“诗家不许于诗中谈理，亦有所见，盖理由我运则操纵如意，或虚或实，或大或

[1] 李东阳：《怀麓堂诗话校释》，北京：人民文学出版社，2009年，第55页。

[2] 李东阳：《沧州诗集序》，《李东阳集》第二卷，卷5，长沙：岳麓书社，1985年，第72页。

[3] 廖可斌：《明代文学思潮史》，北京：人民文学出版社，2016年，第47页。

[4] 乔亿：《剑溪说诗》卷上，《续修四库全书》，上海：上海古籍出版社，2002年，集部，第1701册，第220页。

[5] 夏尚朴：《夏东岩先生诗集》卷1，《北京图书馆古籍珍本丛刊》，北京：书目文献出版社，2000年，集部，第102册，第629-630页。

小，随其识力所到，变没隐见于语言外者，皆诗之根也。若以我听理，非十成死语不敢下，非陈陈相因者不敢言，由是板木臃肿、酸腐油腻之病，交萃一时，虽澡洗频加，旧性难改，顺口而成，依然尘土，其于诗也，愈远愈支，不可救药矣。”[1]张氏之言不无道理，降至晚清，范当世还在告诫：“莫谈道，谈道能令诗不好。君诗谈道甘如饴，我甚味之无由嗤。惟其言语既诙诡，难复瞻顾如常时。”[2]

总之，陈献章欲“以诗人比兴之体，发圣门理义之秘”[3]，试图将成化、弘治间业已分裂的文道关系重新合拢。他由博返约的方式，吸收佛、道，招致了理学内部的排斥；诗歌含理的特点又引起工诗者的不满，使得其毁誉参半。然而陈献章在诗歌创作上强调自得，注重诗的性情、风韵，使得其诗歌有独特的个性，虽被视为旁门，但在有明一代诗坛足备一格。钱锺书评价刘子翚为“诗人里的一位道学家，并非只在道学家里充个诗人”，因为“他沾染‘讲义语录’的习气最少，就是讲心理学伦理学的时候，也能够用鲜明的比喻，使抽象的东西有了形象”[4]。钱锺书之言，借来评价陈献章，甚为恰当，因为陈献章亦少沾染讲义语录的习气，在说理中善用比喻，用生动、形象的例子一扫理的枯燥。

---

〔1〕张谦宜：《絸斋诗谈》卷1，北京大学图书馆藏康熙四十九年（1710）刻本，第1页b至第2页a。

〔2〕范当世：《范伯子诗文集》卷6，上海：上海古籍出版社，2015年，第83-84页。

〔3〕真德秀：《咏古诗序》，《西山先生真文忠公文集》卷27，《四部丛刊初编》，1922年，集部，第1275册，第28页a。

〔4〕钱锺书：《宋诗选注》，北京：生活·读书·新知三联书店，1958年，第246页。

参考文献

传统文献

《崇祯长编》，台北：“中央研究院”历史语言研究所，1967 年。

《神宗显皇帝实录》，台北：“中央研究院”历史语言研究所，1967 年。

《太宗文皇帝实录》，台北：“中央研究院”历史语言研究所，1967 年。

《太祖高皇帝实录》，台北：“中央研究院”历史语言研究所，1967 年。

《万历邸钞》，台北：“中央研究院”历史语言研究所，1969 年。

《宪宗纯皇帝实录》，台北：“中央研究院”历史语言研究所，1967 年。

《孝宗敬皇帝实录》，台北：“中央研究院”历史语言研究所，1967 年。

《宣宗章皇帝实录》，台北：“中央研究院”历史语言研究所，1967 年。

安磐：《颐山诗话》，周维德：《全明诗话》，济南：齐鲁书社，2005 年，第 1 册。

包恢：《敝帚稿略》，《景印文渊阁四库全书》，台北：台湾商务印书馆，1986 年，集部，第 1178 册。

卞永誉：《式古堂书画汇考》，台北：正中书局，1958 年。

蔡钧：《诗法指南》，《续修四库全书》，上海：上海古籍出版社，2002 年，集部，第 1702 册。

蔡新：《缉斋文集》，《四库未收书辑刊》，北京：北京出版社，2000 年，第 9 辑，第 29 册。

蔡衍鎤：《操斋集》，《四库未收书辑刊》，北京：北京出版社，2000 年，第 9 辑，第 30 册。

曹端：《曹端集》，北京：中华书局，2003 年。

曹学佺：《石仓十二代诗选》，吉林大学图书馆藏明崇祯四年序刻本。

晁瑮：《晁氏宝文堂书目》，上海：上海古籍出版社，2005 年。

陈淳：《北溪字义》，北京：中华书局，1983 年。

陈鼎：《东林列传》，《景印文渊阁四库全书》，台北：台湾商务印书馆，1986 年，史部，第 458 册。
陈法：《易笺》，《景印文渊阁四库全书》，台北：台湾商务印书馆，1986 年，经部，第 49 册。
陈恭尹：《独漉堂诗集》，《续修四库全书》，上海：上海古籍出版社，2002 年，集部，第 1413 册。
陈广宏、侯荣川：《稀见明人诗话十六种》，上海：上海古籍出版社，2014 年。
陈沆：《简学斋诗》，《续修四库全书》，上海：上海古籍出版社，2002 年，集部，第 1512 册。
陈鹤：《明纪》，《四库未收书辑刊》，北京：北京出版社，2000 年，第 6 辑，第 6 – 7 册。
陈弘绪：《寒夜录》，《续修四库全书》，上海：上海古籍出版社，2002 年，子部，第 1134 册。
陈建：《皇明通纪法传全录》，《续修四库全书》，上海：上海古籍出版社，2002 年，史部，第 357 册。
陈建：《皇明通纪集要》，《四库禁毁书丛刊》，北京：北京出版社，1997 年，史部，第 34 册。
陈建：《学蔀通辨》，《正谊堂全书》同治刻本。
陈锦：《补勤诗存》，《续修四库全书》，上海：上海古籍出版社，2002 年，集部，第 1548 册。
陈康祺：《壬癸藏札记》，《近代中国史料丛刊》，台北：文海出版社，1966 年，第 56 辑。
陈澧：《东塾集》，《续修四库全书》，上海：上海古籍出版社，2002 年，集部，第 1537 册。
陈龙正：《几亭外书》，《续修四库全书》，上海：上海古籍出版社，2002 年，子部，第 1133 册。
陈梦雷：《松鹤山房诗集》，《续修四库全书》，上海：上海古籍出版社，2002 年，集部，第 1415 册。
陈璞：《尺冈草堂遗集》，《续修四库全书》，上海：上海古籍出版社，2002 年，集部，第 1547 册。
陈其晟：《布衣陈先生存稿》，《续修四库全书》，上海：上海古籍出版社，2002 年，集部，第 1330 册。
陈庆镛：《籀经堂类稿》，《清代诗文集汇编》编纂委员会：《清代诗文集汇编》，上海：上海古籍出版社，2010 年，第 587 册。
陈全之：《蓬窗日录》，上海：上海书店，1985 年。
陈仁锡：《陈太史无梦园初集》，《续修四库全书》，上海：上海古籍出版社，2002 年，集部，第 1381－1383 册。
陈仁锡：《无梦园遗集》，《续修四库全书》，上海：上海古籍出版社，2002 年，集部，第 1383 册。
陈汝锜：《甘露园短书》，《四库全书存目丛书》，济南：齐鲁书社，1997 年，子部，第 87 册。
陈寿祺：《左海文集》，《续修四库全书》，上海：上海古籍出版社，2002 年，集部，第 1496 册。
陈田：《明诗纪事》，上海：商务印书馆，1936 年。
陈廷敬：《午亭文编》，《清代诗文集汇编》编纂委员会：《清代诗文集汇编》，上海：上海古籍出版社，2010 年，第 153 册。
陈吾德：《谢山存稿》，《四库全书存目丛书》，济南：齐鲁书社，1997 年，集部，第 138 册。
陈献章：《白沙先生全集》，国家图书馆藏万历元年何子明刻本。
陈献章：《白沙先生全集》，嘉靖三十年萧世延刻本，中国国家图书馆：《原国立北平图书馆甲库善本丛书》，北京：国家图书馆出版社，2013 年，第 711 册。
陈献章：《白沙先生全集》，国家图书馆藏顺治十二年黄之正刻本。
陈献章：《白沙先生全集》，天启元年王安舜序刻本，沈乃文：《明别集丛刊》第 1 辑，合肥：黄山书社，2013 年，第 52 册。
陈献章：《白沙先生全集》，上海图书馆藏万历三十二年许钦顺刻本。
陈献章：《白沙先生全集》，国家图书馆藏正德三年林齐刻本。
陈献章：《白沙先生诗近稿》，弘治九年吴廷举刻本，中国国家图书馆：《原国立北平图书馆甲库善本丛书》，北京：国家图书馆出版社，2013 年，第 711 册。
陈献章：《白沙子》，《四部丛刊三编》，上海：上海书店，1985 年，集部，第 28 册。
陈献章：《白沙子全集》，北京大学图书馆藏康熙四十九年何九畴刻本。
陈献章：《白沙子全集》，哈佛燕京图书馆藏乾隆三十六年碧玉楼刻本。
陈献章：《白沙子全集》，日本内阁文库藏万历四十年何熊祥刻本。
陈献章：《陈献章集》，北京：中华书局，1987 年。
陈椰：《薛侃集》，上海：上海古籍出版社，2014 年。

陈音：《愧斋文粹》，中国国家图书馆：《原国立北平图书馆甲库善本丛书》，北京：国家图书馆出版社，2013 年，第 713 册。

陈永革：《欧阳德集》，南京：凤凰出版社，2007 年。

陈子升：《中洲草堂遗集》，《清代诗文集汇编》编纂委员会：《清代诗文集汇编》，上海：上海古籍出版社，2010 年，第 48 册。

陈梓：《删后文集》，《清代诗文集汇编》编纂委员会：《清代诗文集汇编》，上海：上海古籍出版社，2010 年，第 254 册。

成文昭：《暮觞诗集》，《四库未收书辑刊》，北京：北京出版社，2000 年，第 8 辑，第 26 册。

程颢、程颐：《二程集》，北京：中华书局，1981 年。

程晋芳：《勉行堂文集》，《续修四库全书》，上海：上海古籍出版社，2002 年，集部，第 1433 册。

程敏政：《篁墩程先生文集》，中国国家图书馆：《原国立北平图书馆甲库善本丛书》，北京：国家图书馆出版社，2013 年，第 718 – 719 册。

程嗣章：《明儒讲学考》，《四库全书存目丛书》，济南：齐鲁书社，1997 年，子部，第 29 册。

程文德：《程文德集》，上海：上海古籍出版社，2012 年。

程哲：《蓉槎蠡说》，《续修四库全书》，上海：上海古籍出版社，2002 年，子部，第 1137 册。

褚人获：《坚瓠集》，上海古籍出版社：《清代笔记小说大观》，上海：上海古籍出版社，2007 年，第 1 册。

崔铣：《洹词》，《景印文渊阁四库全书》，台北：台湾商务印书馆，1986 年，集部，第 1267 册。

崔铣：《士翼》，《景印文渊阁四库全书》，台北：台湾商务印书馆，1986 年，子部，第 714 册。

戴殿江：《金华理学粹编》，《四库未收书辑刊》，北京：北京出版社，2000 年，第 6 辑，第 12 册。

邓伯羔：《艺彀》，《景印文渊阁四库全书》，台北：台湾商务印书馆，1986 年，子部，第 856 册。

邓庆采：《闽中荔支通谱》，《续修四库全书》，上海：上海古籍出版社，2002 年，子部，第 1116 册。

邓球：《闲适剧谈》，《续修四库全书》，上海：上海古籍出版社，2002 年，子部，第1127册。
邓显鹤：《沅湘耆旧集》，《续修四库全书》，上海：上海古籍出版社，2002年，集部，第1690－1693册。
刁包：《潜室札记》，《续修四库全书》，上海：上海古籍出版社，2002年，子部，第945册。
刁包：《用六集》，《四库全书存目丛书》，济南：齐鲁书社，1997年，集部，第196册。
丁宾：《丁清惠公遗集》，《四库禁毁书丛刊》，北京：北京出版社，1997年，集部，第44册。
丁丙：《善本书室藏书志》，《续修四库全书》，上海：上海古籍出版社，2002年，史部，第927册。
丁福保：《清诗话》，上海：上海古籍出版社，1978年。
丁敬涵：《马一浮诗话》，上海：学林出版社，1999年。
丁仁：《八千卷楼书目》，北京：北京图书馆出版社，2008年。
丁宿章：《湖北诗征传略》，《续修四库全书》，上海：上海古籍出版社，2002年，集部，第1707册。
董沛：《正谊堂文集》，《续修四库全书》，上海：上海古籍出版社，2002年，集部，第1558册。
董平：《邹守益集》，南京：凤凰出版社，2007年。
董以宁：《正谊堂文集》，《四库未收书辑刊》，北京：北京出版社，2000年，第7辑，第24册。
董佑诚：《董方立甲集》《董方立乙集》，《续修四库全书》，上海：上海古籍出版社，2002年，集部，第1518册。
董沄：《董沄集》，南京：凤凰出版社，2007年。
都穆：《南濠诗话》，周维德：《全明诗话》，济南：齐鲁书社，2005年，第1册。
独逸窝退士：《笑笑录》，《续修四库全书》，上海：上海古籍出版社，2002年，子部，第1273册。
杜应芳：《补续全蜀秇文志》，《续修四库全书》，上海：上海古籍出版社，2002年，集部，第1677册。
度正：《性善堂稿》，《景印文渊阁四库全书》，台北：台湾商务印书馆，1986年，集部，第1170册。
樊增祥：《樊山集》，《续修四库全书》，上海：上海古籍出版社，2002年，集部，第 1574 册。
范邦甸、范懋敏：《天一阁书目》，《续修四库全书》，上海：上海古籍出版社，2002 年，史部，第 920 册。
范当世：《范伯子诗文集》，上海：上海古籍出版社，2015 年。
范尔梅：《雪庵文集》，《四库未收书辑刊》，北京：北京出版社，2000 年，第 9 辑，第 22 册。
范涞：《咙言》，中国国家图书馆：《原国立北平图书馆甲库善本丛书》，北京：国家图书馆出版社，2013 年，第 482 册。
范钦：《天一阁集》，《续修四库全书》，上海：上海古籍出版社，2002 年，集部，第 1341 册。
方东树：《汉学商兑》，《续修四库全书》，上海：上海古籍出版社，2002 年，子部，第 951 册。
方东树：《考槃集文录》，《续修四库全书》，上海：上海古籍出版社，2002 年，集部，第 1497 册。
方文：《嵞山集》，《续修四库全书》，上海：上海古籍出版社，2002 年，集部，第 1400 册。
方学渐：《心学宗》，《四库全书存目丛书》，济南：齐鲁书社，1997 年，子部，第 12 册。
方濬师：《蕉轩续录》，《续修四库全书》，上海：上海古籍出版社，2002 年，子部，第 1141 册。
方濬师：《随园先生年谱》，北京图书馆：《北京图书馆藏珍本年谱丛刊》第 98 册，北京：北京图书馆出版社，1999 年。
方濬颐：《二知轩诗续抄》，北京大学图书馆藏同治刻本。
方濬颐：《二知轩文存》，《续修四库全书》，上海：上海古籍出版社，2002 年，集部，第 1556－1557 册。
方濬颐：《梦园书画录》，《续修四库全书》，上海：上海古籍出版社，2002 年，子部，第 1086 册。
方应选：《方众甫集》，《四库全书存目丛书》，济南：齐鲁书社，1997 年，集部，第 170 册。
方祖范：《四书解琐言》，《续修四库全书》，上海：上海古籍出版社，2002 年，经部，第 170 册。
费经虞：《雅伦》，《续修四库全书》，上海：上海古籍出版社，2002 年，集部，第 1697 册。
冯从吾：《少墟集》，《景印文渊阁四库全书》，台北：台湾商务印书馆，1986 年，集部，第 1293 册。
付维森：《端溪书院志》，赵所生、薛正兴：《中国历代书院志》，南京：江苏教育出版社，1995 年，第 3 册。
傅恒：《御批历代通鉴辑览》，《景印文渊阁四库全书》，台北：台湾商务印书馆，1986 年，史部，第 335 – 339 册。
傅山：《霜红龛集》，《续修四库全书》，上海：上海古籍出版社，2002 年，集部，第 1395 册。
傅维鳞：《明书》，《畿辅丛书》光绪十八年刻本。
傅夏器：《重刻叔祖锦泉先生文集》，《四库未收书辑刊》，北京：北京出版社，2000 年，第 5 辑，第 21 册。
高儒：《百川书志》，上海：上海古籍出版社，2005 年。
高廷珍：《东林书院志》，《续修四库全书》，上海：上海古籍出版社，2002 年，史部，第 721 册。
葛立方：《韵语阳秋》，上海：上海古籍出版社，1979 年。
耿定向：《耿定向集》，上海：华东师范大学出版社，2015 年。
顾复：《平生壮观》，《续修四库全书》，上海：上海古籍出版社，2002 年，子部，第 1065 册。
顾璘：《顾华玉集》，《金陵丛书》辑印本，1914 年，甲集。
顾枢：《顾端文公年谱》，《续修四库全书》，上海：上海古籍出版社，2002 年，史部，第 553 册。
顾天埈：《顾太史文集》，《四库禁毁书丛刊》，北京：北京出版社，1997 年，集部，第 9 册。
顾宪成：《顾端文公遗书》，《四库全书存目丛书》，济南：齐鲁书社，1997 年，子部，第 14 册。
顾炎武：《顾亭林诗文集》，北京：中华书局，1959 年。
顾炎武：《日知录集释》，上海：上海古籍出版社，2006 年。
顾应祥：《静虚斋惜阴录》，《续修四库全书》，上海：上海古籍出版社，2002 年，子部，第 1122 册。
顾有孝：《明文英华》，《四库禁毁书丛刊》，北京：北京出版社，1997 年，集部，第 34 册。

顾允成：《小辨斋偶存》，《丛书集成续编》，上海：上海书店出版社，1994年，第117册。
郭维藩：《杏东先生文集》，《四库全书存目丛书》，济南：齐鲁书社，1997年，集部，第68册。
郭应聘：《郭襄靖公遗集》，《续修四库全书》，上海：上海古籍出版社，2002年，集部，第1349册。
郭子章：《豫章诗话》，济南：齐鲁书社，2005年。
过庭训：《本朝分省人物考》，《续修四库全书》，上海：上海古籍出版社，2002年，史部，第533－536册。
韩愈：《韩昌黎文集校注》，上海：上海古籍出版社，2014年。
杭淮：《双溪集》，《景印文渊阁四库全书》，台北：台湾商务印书馆，1986年，集部，第1266册。
郝敬：《艺圃伧谈》，周维德：《全明诗话》，济南：齐鲁书社，2005年，第4册。
何良俊：《四友斋丛说》，北京：中华书局，1959年。
何梦瑶：《匊芳园诗钞》，桂林：广西师范大学出版社，2014年。
何乔新：《椒丘文集》，《明人文集丛刊》，台北：文海出版社，1970年，第9辑。
何乔远：《名山藏列传》，周骏富：《明代传记丛刊》，台北：明文书局，1991年，第77册。
何絜：《晴江阁集》，《四库未收书辑刊》，北京：北京出版社，2000年，第7辑，第30册。
何三畏：《云间志略》，中国国家图书馆：《原国立北平图书馆甲库善本丛书》，北京：国家图书馆出版社，2013年，第259册。
何文焕：《历代诗话》，北京：中华书局，1981年。
何汶：《竹庄诗话》，北京：中华书局，1984年。
贺钦：《医闾先生集》，辽宁省图书馆藏嘉靖二十三年刻本。
贺裳：《载酒园诗话》，郭绍虞：《清诗话续编》，上海：上海古籍出版社，1983年。
贺贻孙：《水田居文集》，《四库全书存目丛书》，济南：齐鲁书社，1997年，集部，第208册。
洪迈：《容斋随笔》，上海：上海古籍出版社，1978年。
胡方：《鸿桷堂诗文集》，《清代诗文集汇编》编纂委员会：《清代诗文集汇编》，上海：上海古籍出版社，2010年，第196册。

胡凤丹：《退补斋诗文二编》，《续修四库全书》，上海：上海古籍出版社，2002年，集部，第1552册。
胡广：《胡文穆公文集》，《四库全书存目丛书》，济南：齐鲁书社，1997年，集部，第28册。
胡居仁：《胡敬斋集》，《正谊堂全书》同治刻本。
胡统虞：《此庵讲录》，《续修四库全书》，上海：上海古籍出版社，2002年，子部，第944册。
胡维霖：《胡维霖集》，《四库禁毁书丛刊》，北京：北京出版社，1997年，集部，第164－165册。
胡文学：《甬上耆旧诗》，《景印文渊阁四库全书》，台北：台湾商务印书馆，1986年，集部，第1474册。
胡应麟：《诗薮》，周维德：《全明诗话》，济南：齐鲁书社，2005年，第3册。
黄娇凤、黎业明：《张诩集》，上海：上海古籍出版社，2015年。
黄灵庚：《宋濂全集》，北京：人民文学出版社，2014年。
黄培芳：《黄培芳诗话三种》，广州：广东高等教育出版社，1995年。
黄培芳：《香石诗话》，上海：上海书店，1985年。
黄石麟：《半芜园集》，《四库禁毁书丛刊》，北京：北京出版社，1997年，集部，第150册。
黄绾：《黄绾集》，上海：上海古籍出版社，2014年。
黄锡蕃：《闽中书画录》，《续修四库全书》，上海：上海古籍出版社，2002年，子部，第1068册。
黄训：《名臣经济录》，《景印文渊阁四库全书》，台北：台湾商务印书馆，1986年，史部，第443－444册。
黄瑜：《双槐岁钞》，北京：中华书局，1999年。
黄虞稷：《千顷堂书目》，上海：上海古籍出版社，2001年。
黄中坚：《蓄斋二集》，《四库未收书辑刊》，北京：北京出版社，2000年，第8辑，第27册。
黄宗羲、黄百家：《宋元学案》，北京：中华书局，1986年。
黄宗羲：《黄梨洲文集》，北京：中华书局，1959年。
黄宗羲：《明儒学案》，北京：中华书局，1985年。
黄宗羲：《明文海》，北京：中华书局，1987年。
黄佐：《翰林记》，《景印文渊阁四库全书》，台北：台湾商务印书馆，1986年，史部，第 596 册。
计东：《改亭诗集》，《续修四库全书》，上海：上海古籍出版社，2002 年，集部，第 1408 册。
纪昀：《四库全书总目提要》，石家庄：河北人民出版社，2000 年。
季汝虞：《古今诗话》，张健：《珍本明诗话五种》，北京：北京大学出版社，2008 年。
江源：《桂轩稿》，《续修四库全书》，上海：上海古籍出版社，2002 年，集部，第 1330 册。
蒋超伯：《南漘楛语》，《续修四库全书》，上海：上海古籍出版社，2002 年，子部，第 1161 册。
蒋鸣珂：《古今诗话探奇》，《中国诗话珍本丛书》，北京：北京图书馆出版社，2004 年，第 15 册。
蒋一葵：《尧山堂外纪》，《四库全书存目丛书》，济南：齐鲁书社，1997 年，子部，第 147－148 册。
蒋乙经：《文庙汇考》，北京大学图书馆藏道光七年刻本。
焦竑：《熙朝名臣实录》，《续修四库全书》，上海：上海古籍出版社，2002 年，史部，第 532 册。
焦竑：《玉堂丛语》，北京：中华书局，1981 年。
金良年：《孟子译注》，上海：上海古籍出版社，2004 年。
金武祥：《粟香随笔》，《续修四库全书》，上海：上海古籍出版社，2002 年，子部，第 1183－1184 册。
金埴：《不下带编》，北京：中华书局，1982 年。
孔继汾：《阙里文献考》，《续修四库全书》，上海：上海古籍出版社，2002 年，史部，第 512 册。
来集之：《倘湖樵书》，《续修四库全书》，上海：上海古籍出版社，2002 年，子部，第 1195 册。
蓝鼎元：《鹿洲初集》，《景印文渊阁四库全书》，台北：台湾商务印书馆，1986 年，集部，第 1327 册。
郎廷极：《文庙从祀先贤先儒考》，曹溶：《学海类编》，扬州：广陵书社，2007 年，第 42 册。
郎瑛：《七修类稿》，上海：上海书店出版社，2009 年。
雷铉：《读书偶记》，《景印文渊阁四库全书》，台北：台湾商务印书馆，1986 年，子部，第725册。
黎靖德：《朱子语类》，北京：中华书局，1986年。
黎民表：《瑶石山人诗稿》，广东省立中山图书馆藏万历十六年刻本。
黎业明：《陈献章年谱》，上海：上海古籍出版社，2015年。
黎业明：《湛若水年谱》，上海：上海古籍出版社，2009年。
黎元宽：《进贤堂稿》，《四库禁毁书丛刊》，北京：北京出版社，1997年，集部，第145－146册。
黎贞：《重刻秫坡先生文集》，《四库全书存目丛书》，济南：齐鲁书社，1997年，集部，第25册。
李安仁：《石鼓书院志》，《续修四库全书》，上海：上海古籍出版社，2002年，史部，第720册。
李承芳：《东峤先生集》，《四库全书存目丛书补编》，济南：齐鲁书社，2001年，集部，第75册。
李承箕：《大厓李先生诗集》，《四库全书存目丛书》，济南：齐鲁书社，1997年，集部，第43册。
李春熙：《道听录》，《续修四库全书》，上海：上海古籍出版社，2002年，子部，第1132册。
李调元：《南越笔记》，《丛书集成初编》，上海：商务印书馆，1935年，第3146册。
李调元：《制义科琐记》，《丛书集成新编》，台北：新文丰出版公司，1985年，第970册。
李东阳：《怀麓堂诗话校释》，北京：人民文学出版社，2009年。
李东阳：《李东阳集》，长沙：岳麓书社，1985年。
李绂：《穆堂初稿》《穆堂别稿》，《续修四库全书》，上海：上海古籍出版社，2002年，集部，第1421册。
李庚乾：《佐杂谱》，国家图书馆藏光绪刊本。
李公焕：《笺注陶渊明集》，《四部丛刊初编》，1922年，集部，第590册。
李塨：《小学稽业》，《续修四库全书》，上海：上海古籍出版社，2002年，子部，第947册。
李光地：《榕村集》，《景印文渊阁四库全书》，台北：台湾商务印书馆，1986年，集部，第1324册。
李继圣：《寻古斋诗文集》，《四库禁毁书丛刊》，北京：北京出版社，1997年，集部，第168册。
李孔修：《抱真先生诗录》，《广州大典》，广州：广州出版社，2015年，第420册。
李孔修：《闲居百咏》，《广州大典》，广州：广州出版社，2015年，第420册。
李梦阳：《空同集》，《景印文渊阁四库全书》，台北：台湾商务印书馆，1986年，集部，第1262册。
李默：《孤树裒谈》，《续修四库全书》，上海：上海古籍出版社，2002年，子部，第1170册。
李清馥：《闽中理学渊源考》，南京：凤凰出版社，2011年。
李绍文：《皇明世说新语》，《续修四库全书》，上海：上海古籍出版社，2002年，子部，第1173册。
李圣华：《冷斋诗话》，上海：上海古籍出版社，2007年。
李孙宸：《建霞楼诗集》《建霞楼文集》，《广州大典》，广州：广州出版社，2015年，第431册。
李文藻：《岭南诗集》，《续修四库全书》，上海：上海古籍出版社，2002年，集部，第1449册。
李文藻：《南涧文集》，《续修四库全书》，上海：上海古籍出版社，2002年，集部，第1449册。
李西月：《张三丰先生全集》，《藏外道书》，成都：巴蜀书社，1994年，第5册。
李诩：《戒庵老人漫笔》，北京：中华书局，1982年。
李颙：《二曲集》，《续修四库全书》，上海：上海古籍出版社，2002年，集部，第1410册。
李颙：《四书反身录》，《续修四库全书》，上海：上海古籍出版社，2002年，经部，第165册。
李元度：《国朝先正事略》，《续修四库全书》，上海：上海古籍出版社，2002年，史部，第538－539册。
李元度：《天岳山馆文钞》，《续修四库全书》，上海：上海古籍出版社，2002年，集部，第1549册。
李兆洛：《养一斋集》，《续修四库全书》，上海：上海古籍出版社，2002年，集部，第1510册。
李之世：《鹤汀诗集》，《四库禁毁书丛刊》，北京：北京出版社，1997年，集部，第80册。

李贽：《续藏书》，北京：中华书局，1959 年。
李祖陶：《国朝文录》，《续修四库全书》，上海：上海古籍出版社，2002 年，集部，第 1669－1670 册。
李祖陶：《国朝文录续编》，《续修四库全书》，上海：上海古籍出版社，2002 年，集部，第 1671－1672 册。
梁储：《郁洲遗稿》，《景印文渊阁四库全书》，台北：台湾商务印书馆，1986 年，集部，第 1256 册。
梁绍壬：《两般秋雨盦随笔》，《续修四库全书》，上海：上海古籍出版社，2002 年，子部，第 1263 册。
梁维枢：《玉剑尊闻》，《四库全书存目丛书》，济南：齐鲁书社，1997 年，子部，第 244 册。
梁显祖：《大呼集》，《四库禁毁书丛刊》，北京：北京出版社，1997 年，集部，第 74 册。
梁以壮：《兰扃前集》，《四库未收书辑刊》，北京：北京出版社，2000 年，第 8 辑，第 29 册。
梁章钜：《退庵随笔》，《续修四库全书》，上海：上海古籍出版社，2002 年，子部，第 1197 册。
梁章钜：《制义丛话》，《续修四库全书》，上海：上海古籍出版社，2002 年，集部，第 1718 册。
廖道南：《楚纪》，《北京图书馆古籍珍本丛刊》，北京：书目文献出版社，2000 年，史部，第 7 册。
廖志灏：《燕日堂录七种》，《四库禁毁书丛刊》，北京：北京出版社，1997 年，集部，第 133 册。
林昌彝：《衣讔山房诗集》，《续修四库全书》，上海：上海古籍出版社，2002 年，集部，第 1530 册。
林传甲：《林传甲日记》，北京：中华书局，2014 年。
林光：《南川冰蘖全集》，北京：中国文史出版社，2004 年。
林俊：《见素集》，《景印文渊阁四库全书》，台北：台湾商务印书馆，1986 年，集部，1257 册。
林俊：《见素集》，沈乃文：《明别集丛刊》第 1 辑，合肥：黄山书社，2013 年，第 68 册。
林希元：《同安林次崖先生文集》，《四库全书存目丛书》，济南：齐鲁书社，1997

年，集部，第75册。
林直：《壮怀堂诗二集》，《续修四库全书》，上海：上海古籍出版社，2002年，集部，第1557册。
凌迪知：《万姓统谱》，《景印文渊阁四库全书》，台北：台湾商务印书馆，1986年，子部，第956－957册。
凌扬藻：《蠡勺编》，《续修四库全书》，上海：上海古籍出版社，2002年，子部，第1155册。
刘彬华：《岭南群雅》，《续修四库全书》，上海：上海古籍出版社，2002年，集部，第1693册。
刘承幹：《明史例案》，《四库未收书辑刊》，北京：北京出版社，2000年，第5辑，第4册。
刘城：《峄桐文集》《峄桐诗集》，《四库禁毁书丛刊》，北京：北京出版社，1997年，集部，第121册。
刘大鹏：《晋祠志》，太原：山西人民出版社，1986年。
刘大绅：《寄庵诗文钞》，《续修四库全书》，上海：上海古籍出版社，2002年，集部，第1473册。
刘大夏：《刘大夏集》，长沙：岳麓书社，2009年。
刘基：《刘伯温集》，杭州：浙江古籍出版社，2011年。
刘克庄：《后村诗话》，北京：中华书局，1983年。
刘师培：《理学字义通释》，宁武南氏校印本，1934年。
刘廷诏：《理学宗传辨证》，《丛书人物传记资料类编·学林卷》，北京：北京图书馆出版社，2006年，第4－5册。
刘万春：《守官漫录》，《四库禁毁书丛刊》，北京：北京出版社，1997年，子部，第37册。
刘咸炘：《推十书》，成都古籍书店影印本，1996年。
刘献廷：《广阳杂记》，《续修四库全书》，上海：上海古籍出版社，2002年，子部，第1176册。
刘壎：《隐居通议》，北京：中华书局，1985年。
刘因：《静修先生文集》，《丛书集成初编》，上海：商务印书馆，1935年，第2076－2078册。
刘肇虞：《元明八大家古文》，《四库禁毁书丛刊》，北京：北京出版社，1997年，集部，第171册。

刘汋：《先君子蕺山先生年谱》，北京图书馆：《北京图书馆藏珍本年谱丛刊》第58册，北京：北京图书馆出版社，1999年。
刘宗周：《人谱类记》，《景印文渊阁四库全书》，台北：台湾商务印书馆，1986年，子部，第717册。
卢世漼：《尊水园集略》，《续修四库全书》，上海：上海古籍出版社，2002年，集部，第1392册。
鲁之裕：《式馨堂文集》，《四库禁毁书丛刊》，北京：北京出版社，1997年，集部，第150册。
陆九渊：《陆九渊集》，北京：中华书局，1980年。
陆可教：《陆学士先生遗稿》，《四库禁毁书丛刊》，北京：北京出版社，1997年，集部，第160册。
陆陇其：《三鱼堂集》，安徽师范大学图书馆藏康熙刻本。
陆绍曾：《古今名扇录》，《续修四库全书》，上海：上海古籍出版社，2002年，子部，第1111册。
陆深：《俨山外集》，《景印文渊阁四库全书》，台北：台湾商务印书馆，1986年，子部，第885册。
陆世仪：《论学酬答》，《续修四库全书》，上海：上海古籍出版社，2002年，子部，第946册。
陆世仪：《思辨录辑要》，《丛书集成初编》，上海：商务印书馆，1935年，第668－670册。
陆心源：《穰梨馆过眼录》，《续修四库全书》，上海：上海古籍出版社，2002年，子部，第1087册。
陆耀：《切问斋集》，《四库未收书辑刊》，北京：北京出版社，2000年，第10辑，第19册。
陆以湉：《冷庐杂识》，北京：中华书局，1984年。
陆应阳：《广舆记》，《四库全书存目丛书》，济南：齐鲁书社，1997年，史部，第173册。
罗惇衍：《集义轩咏史诗钞》，《续修四库全书》，上海：上海古籍出版社，2002年，集部，第1543册。
罗伦：《一峰先生文集》，中国国家图书馆：《原国立北平图书馆甲库善本丛书》，北京：国家图书馆出版社，2013年，第717－718册。
罗钦顺：《困知记》，北京：中华书局，1990年。

罗汝芳：《罗明德公文集》，日本内阁文库藏崇祯五年序刻本。
罗天尺：《瘿晕山房诗删》，《四库未收书辑刊》，北京：北京出版社，2000年，第10辑，第18册。
罗用霖：《重修昭觉寺志》，《四库未收书辑刊》，北京：北京出版社，2000年，第9辑，第7册。
罗有高：《尊闻居士集》，《续修四库全书》，上海：上海古籍出版社，2002年，集部，第1453册。
罗虞臣：《罗司勋文集》，《四库全书存目丛书》，济南：齐鲁书社，1997年，集部，第94册。
罗正钧：《船山师友记》，《续修四库全书》，上海：上海古籍出版社，2002年，史部，第540册。
吕留良：《吕晚村先生四书讲义》，《续修四库全书》，上海：上海古籍出版社，2002年，经部，第165册。
吕留良：《吕晚村先生文集》，《续修四库全书》，上海：上海古籍出版社，2002年，集部，第1411册。
吕柟：《泾野子内篇》，《景印文渊阁四库全书》，台北：台湾商务印书馆，1986年，史部，第714册。
毛德琦：《白鹿书院志》，《续修四库全书》，上海：上海古籍出版社，2002年，史部，第720册。
毛德琦：《庐山志》，《四库全书存目丛书》，济南：齐鲁书社，1997年，史部，第239－240册。
毛奇龄：《王文成传本》，《续修四库全书》，上海：上海古籍出版社，2002年，史部，第551册。
毛宪：《古庵毛先生文集》，《四库全书存目丛书》，济南：齐鲁书社，1997年，集部，第67册。
茅坤：《茅鹿门先生文集》，《续修四库全书》，上海：上海古籍出版社，2002年，集部，第1344册。
茅元仪：《石民四十集》，《续修四库全书》，上海：上海古籍出版社，2002年，集部，第1386册。
明之纲、卢维球：《桑园围总志》，《四库未收书辑刊》，北京：北京出版社，2000年，第9辑，第6册。
倪涛：《六艺之一录》，《景印文渊阁四库全书》，台北：台湾商务印书馆，1986

年，子部，第830－838册。
牛天宿：《百僚金鉴》，《续修四库全书》，上海：上海古籍出版社，2002年，史部，第755册。
欧阳修等：《新唐书》，北京：中华书局，1975年。
潘德舆：《养一斋集》，《续修四库全书》，上海：上海古籍出版社，2002年，集部，第1510－1511册。
潘耒：《遂初堂集》，《丛书集成续编》，上海：上海书店出版社，1994年，第127册。
潘衍桐：《两浙辅轩续录》，《续修四库全书》，上海：上海古籍出版社，2002年，集部，第1685－1687册。
庞尚鹏：《百可亭摘稿七卷诗集摘稿二卷》，《四库全书存目丛书》，济南：齐鲁书社，1997年，集部，第129册。
庞元济：《虚斋名画录》，《续修四库全书》，上海：上海古籍出版社，2002年，子部，第1090－1091册。
彭而述：《读史亭诗集》《读史亭文集》，《四库全书存目丛书》，济南：齐鲁书社，1997年，集部，第200－201册。
彭鹏：《古愚心言》，《四库全书存目丛书》，济南：齐鲁书社，1997年，集部，第231－232册。
彭韶：《彭惠安公文集》，中国国家图书馆：《原国立北平图书馆甲库善本丛书》，北京：国家图书馆出版社，2013年，第713册。
彭绍升：《二林居集》，《续修四库全书》，上海：上海古籍出版社，2002年，集部，第1461册。
彭士望：《耻躬堂文钞》《耻躬堂诗钞》，《四库禁毁书丛刊》，北京：北京出版社，1997年，集部，第52册。
彭树欣：《刘元卿集》，上海：上海古籍出版社，2014年。
彭孙贻：《明朝纪事本末补编》，孙毓修：《涵芬楼秘籍》，上海：商务印书馆，1924年，第33－34册。
彭蕴璨：《历代画史汇传》，《续修四库全书》，上海：上海古籍出版社，2002年，子部，第1093册。
彭蕴章：《归朴龛丛稿》，《续修四库全书》，上海：上海古籍出版社，2002年，集部，第1518册。
平步青：《霞外攟屑》，《续修四库全书》，上海：上海古籍出版社，2002年，子部，第1163册。
蒲秉权：《硕薖园集》，《四库禁毁书丛刊》，北京：北京出版社，1997年，集部，第161－162册。
祁顺：《巽川祁先生文集》，《四库全书存目丛书》，济南：齐鲁书社，1997年，集部，第37册。
钱澄之：《田间文集》《田间诗集》，《续修四库全书》，上海：上海古籍出版社，2002年，集部，第1401册。
钱大昕：《潜研堂集》，上海：上海古籍出版社，1989年。
钱林：《文献征存录》，《续修四库全书》，上海：上海古籍出版社，2002年，史部，第540册。
钱明：《徐爱　钱德洪　董沄集》，南京：凤凰出版社，2007年。
钱明：《张元忭集》，上海：上海古籍出版社，2015年。
钱谦益：《列朝诗集》，北京：中华书局，2007年。
钱仪吉：《碑传集》，北京：中华书局，1993年。
钱泳：《履园丛话》，北京：中华书局，1979年。
乔光烈：《最乐堂文集》，《四库未收书辑刊》，北京：北京出版社，2000年，第10辑，第13册。
乔松年：《萝藦亭札记》，《续修四库全书》，上海：上海古籍出版社，2002年，子部，第1159册。
乔亿：《剑溪说诗》，《续修四库全书》，上海：上海古籍出版社，2002年，集部，第1701册。
秦瀛：《小岘山人诗文集》，《续修四库全书》，上海：上海古籍出版社，2002年，集部，第1464－1465册。
裘君弘：《妙贯堂余谭》，《续修四库全书》，上海：上海古籍出版社，2002年，子部，第1136册。
裘君弘：《西江诗话》，《续修四库全书》，上海：上海古籍出版社，2002年，集部，第1699册。
区元晋：《区奉政遗稿》，《广州大典》，广州：广州出版社，2015年，第423册。
屈大均：《广东文选》，《四库禁毁书丛刊》，北京：北京出版社，1997年，集部，第136－137册。
屈大均：《广东新语》，北京：中华书局，1985年。
瞿九思：《孔庙礼乐考》，《续修四库全书》，上海：上海古籍出版社，2002年，史部，第 824 册。
瞿佑：《归田诗话》，周维德：《全明诗话》，济南：齐鲁书社，2005 年，第 1 册。
阮榕龄：《编次陈白沙先生年谱》《白沙丛考》，北京图书馆：《北京图书馆藏珍本年谱丛刊》第 40 册，北京：北京图书馆出版社，1999 年。
阮元：《两浙𬨎轩录》，《续修四库全书》，上海：上海古籍出版社，2002 年，集部，第 1683 册。
桑原忱：《陈白沙文抄》，长泽规矩也：《和刻本汉籍文集》第 11 辑，东京：汲古书院，1977 年。
邵宝：《容春堂前集》，中国国家图书馆：《原国立北平图书馆甲库善本丛书》，北京：国家图书馆出版社，2013 年，第 725 – 726 册。
邵雍：《邵雍集》，北京：中华书局，2010 年。
邵雍：《邵雍全集》，上海：上海古籍出版社，2016 年。
沈德符：《万历野获编》，北京：中华书局，1959 年。
沈德潜：《清诗别裁集》，上海：上海古籍出版社，1984 年。
沈德潜：《说诗晬语》，北京：人民文学出版社，1979 年。
沈国元：《皇明从信录》，《续修四库全书》，上海：上海古籍出版社，2002 年，史部，第 355 册。
沈佳：《明儒言行录》，周骏富：《明代传记丛刊》，台北：明文书局，1991 年，第 3 册。
沈佳胤：《翰海》，《四库禁毁书丛刊》，北京：北京出版社，1997 年，集部，第 20 册。
沈鲤：《亦玉堂稿》，《景印文渊阁四库全书》，台北：台湾商务印书馆，1986 年，集部，1288 册。
沈一贯：《敬事草》，上海：上海古籍出版社，1996 年。
沈周：《沈周集》，上海：上海古籍出版社，2013 年。
石珤：《熊峰集》，《景印文渊阁四库全书》，台北：台湾商务印书馆，1986 年，集部，第 1259 册。
释律然：《息影斋诗钞》，《清代诗文集汇编》编纂委员会：《清代诗文集汇编》，上海：上海古籍出版社，2010 年，第 230 册。
宋广业：《罗浮山志会编》，《续修四库全书》，上海：上海古籍出版社，2002 年，史部，第 725 册。
宋长白：《柳亭诗话》，张寅彭：《清诗话三编》，上海：上海古籍出版社，2014

年，第1册。
苏轼：《苏轼文集》，北京：中华书局，1986年。
苏天爵：《滋溪文稿》，《丛书集成续编》，上海：上海书店出版社，1994年，第109册。
苏之琨：《明诗话》，福州：福建人民出版社，2012年。
苏仲：《古愚集》，《广州大典》，广州：广州出版社，2015年，第423册。
孙承泽：《畿辅人物志》，北京：北京出版社，2010年。
孙承泽：《藤阴札记》，《续修四库全书》，上海：上海古籍出版社，2002年，子部，第994册。
孙继芳：《矶园稗史》，孙毓修：《涵芬楼秘籍》，上海：商务印书馆，1924年，第71册。
孙继皋：《宗伯集》，《景印文渊阁四库全书》，台北：台湾商务印书馆，1986年，集部，第1291册。
孙能传：《剡溪漫笔》，《续修四库全书》，上海：上海古籍出版社，2002年，子部，第1132册。
孙奇逢：《理学宗传》，南京：凤凰出版社，2015年。
孙绪：《沙溪集》，《景印文渊阁四库全书》，台北：台湾商务印书馆，1986年，集部，第1264册。
孙旬：《皇明疏钞》，《续修四库全书》，上海：上海古籍出版社，2002年，史部，第463－464册。
孙原湘：《天真阁集》，《续修四库全书》，上海：上海古籍出版社，2002年，集部，第1487册。
谈迁：《国榷》，上海：上海古籍出版社，2007年。
谭嗣同：《谭嗣同全集》，北京：生活·读书·新知三联书店，1954年。
谭莹：《乐志堂诗集》，《续修四库全书》，上海：上海古籍出版社，2002年，集部，第1528册。
谭宗浚：《荔村草堂诗钞》，《续修四库全书》，上海：上海古籍出版社，2002年，集部，第1564册。
唐伯元：《白沙先生文编》，哈佛燕京图书馆藏万历十一年刻本。
唐伯元：《醉经楼集》，北京：中华书局，2014年。
唐鉴：《学案小识》，《续修四库全书》，上海：上海古籍出版社，2002年，史部，第539册。

唐顺之：《唐顺之集》，杭州：浙江古籍出版社，2014 年。
陶汝鼐：《陶汝鼐集》，长沙：岳麓书社，2008 年。
陶渊明：《陶渊明集》，北京：中华书局，1979 年。
陶元藻：《全浙诗话》，杭州：浙江古籍出版社，2015 年。
陶越：《过庭纪余》，《四库全书存目丛书》，济南：齐鲁书社，1997 年，子部，第 245 册。
田兰芳：《逸德轩文集》《逸德轩诗集》，《四库未收书辑刊》，北京：北京出版社，2000 年，第 8 辑，第 17 册。
田同之：《西圃诗说》，《续修四库全书》，上海：上海古籍出版社，2002 年，集部，第 1714 册。
田艺蘅：《留青日札》，上海：上海古籍出版社，1992 年。
童槐：《今白华堂诗录补》，《续修四库全书》，上海：上海古籍出版社，2002 年，集部，第 1498 册。
涂山：《明政统宗》，《四库禁毁书丛刊》，北京：北京出版社，1997 年，史部，第 2 – 3 册。
屠隆：《鸿苞》，《四库全书存目丛书》，济南：齐鲁书社，1997 年，子部，第 88 – 90 册。
脱脱等：《宋史》，北京：中华书局，1977 年。
汪绂：《理学逢源》，《续修四库全书》，上海：上海古籍出版社，2002 年，子部，第 947 册。
汪灏：《御定佩文斋广群芳谱》，《景印文渊阁四库全书》，台北：台湾商务印书馆，1986 年，子部，第 845 – 847 册。
汪荣宝：《法言义疏》，北京：中华书局，1987 年。
汪森：《粤西丛载》，《景印文渊阁四库全书》，台北：台湾商务印书馆，1986 年，集部，第 1467 册。
王昶：《春融堂集》，《续修四库全书》，上海：上海古籍出版社，2002 年，集部，第 1437 册。
王夫之：《读四书大全说》，北京：中华书局，1975 年。
王夫之：《姜斋诗话》，北京：人民文学出版社，1961 年。
王夫之：《王船山诗文集》，北京：中华书局，1962 年。
王艮：《王心斋全集》，南京：江苏教育出版社，2001 年。
王国轩、王秀梅：《吕坤全集》，北京：中华书局，2008 年。

王弘：《山志》，北京：中华书局，1999 年。

王鸿儒：《凝斋集》，邵松年：《续中州名贤文表》，北京大学图书馆藏光绪鸿文书局石印本。

王渐逵：《王青萝先生诗集》《王青萝先生文集》，《广州大典》，广州：广州出版社，2015 年，第 425 册。

王圻：《续文献通考》，《续修四库全书》，上海：上海古籍出版社，2002 年，史部，第 761－770 册。

王樵：《方麓集》，《景印文渊阁四库全书》，台北：台湾商务印书馆，1986 年，集部，第 1285 册。

王韶生：《怀冰室经学论集》，香港：致达公司，1981 年。

王士祯：《池北偶谈》，北京：中华书局，1982 年。

王士祯：《带经堂诗话》，北京：人民文学出版社，1963 年。

王士祯：《居易录》，北京：中华书局，1985 年。

王世贞：《明诗评》，周维德：《全明诗话》，济南：齐鲁书社，2005 年，第 3 册。

王世贞：《弇州山人读书后》，黄振萍：《王世贞文献辑刊》，北京：北京燕山出版社，2020 年，第 27 册。

王世贞：《弇州山人四部稿》，黄振萍：《王世贞文献辑刊》，北京：北京燕山出版社，2020 年，第 1－15 册。

王世贞：《艺苑卮言》，周维德：《全明诗话》，济南：齐鲁书社，2005 年，第 3 册。

王棠：《燕在阁知新录》，《四库全书存目丛书》，济南：齐鲁书社，1997 年，子部，第 100 册。

王文禄：《海沂子》，《续修四库全书》，上海：上海古籍出版社，2002 年，子部，第 1125 册。

王永熙：《震泽先生别集》，北京：中华书局，2014 年。

王钺：《世德堂集》，《四库全书存目丛书》，济南：齐鲁书社，1997 年，集部，第 231 册。

王蕴章：《然脂余韵》，张寅彭：《民国诗话丛编》，上海：上海书店出版社，2002 年，第 5 册。

魏时亮：《大儒学粹》，《四库全书存目丛书》，济南：齐鲁书社，1997 年，子部，第 11 册。

魏禧：《魏叔子文集》，北京：中华书局，2003 年。

魏宪:《百名家诗选》,《续修四库全书》,上海:上海古籍出版社,2002 年,集部,第 1624 册。
魏象枢:《寒松堂全集》,《四库全书存目丛书》,济南:齐鲁书社,1997 年,集部,第 213 册。
魏校:《庄渠先生遗书》,中国国家图书馆:《原国立北平图书馆甲库善本丛书》,北京:国家图书馆出版社,2013 年,第 741 册。
魏裔介:《静怡斋约言录》,《续修四库全书》,上海:上海古籍出版社,2002 年,子部,第 946 册。
翁方纲:《复初斋文集》,《续修四库全书》,上海:上海古籍出版社,2002 年,集部,第 1455 册。
翁方纲:《石洲诗话》,北京:人民文学出版社,1981 年。
翁方纲:《粤东金石略》,《续修四库全书》,上海:上海古籍出版社,2002 年,史部,第 913 册。
吴桂森:《息斋笔记》,《续修四库全书》,上海:上海古籍出版社,2002 年,子部,第 1132 册。
吴可为:《聂豹集》,南京:凤凰出版社,2007 年。
吴琏:《竹庐诗集》,中国国家图书馆:《原国立北平图书馆甲库善本丛书》,北京:国家图书馆出版社,2013 年,第 726 册。
吴荣光:《石云山人诗集》《石云山人文集》,《续修四库全书》,上海:上海古籍出版社,2002 年,集部,第 1497-1498 册。
吴荣光:《辛丑销夏记》,《续修四库全书》,上海:上海古籍出版社,2002 年,子部,第 1082 册。
吴肃公:《明语林》,《续修四库全书》,上海:上海古籍出版社,2002 年,子部,第 1175 册。
吴廷举:《东湖集》,湖北省图书馆藏光绪元年刻本。
吴文治:《明诗话全编》,南京:凤凰出版社,1997 年。
吴与弼:《康斋先生文集》,天津图书馆藏正德十年刻本。
吴震方:《岭南杂记》,《丛书集成初编》,上海:商务印书馆,1935 年,第 3129 册。
夏尚朴:《夏东岩先生诗集》《夏东岩先生文集》,《北京图书馆古籍珍本丛刊》,北京:书目文献出版社,2000 年,集部,第 102 册。
谢枋得:《注解章泉涧泉二先生选唐诗》,南京:江苏古籍出版社,1988 年。

谢启昆：《树经堂诗续集》，《续修四库全书》，上海：上海古籍出版社，2002 年，集部，第 1458 册。
熊赐履：《闲道录》，《四库全书存目丛书》，济南：齐鲁书社，1997 年，子部，第 22 册。
熊赐履：《学统》，南京：凤凰出版社，2011 年。
熊文举：《侣鸥阁近集》，《四库禁毁书丛刊》，北京：北京出版社，1997 年，集部，第 120 册。
熊文举：《雪堂先生文集》，北京图书馆：《北京图书馆藏珍本年谱丛刊》第 112 册，北京：北京图书馆出版社，1999 年。
徐阶：《世经堂集》，《四库全书存目丛书》，济南：齐鲁书社，1997 年，集部，第 79 – 80 册。
徐儒宗：《罗洪先集》，南京：凤凰出版社，2007 年。
徐三重：《采芹录》，《景印文渊阁四库全书》，台北：台湾商务印书馆，1986 年，子部，第 867 册。
徐石麒：《可经堂集》，《四库禁毁书丛刊》，北京：北京出版社，1997 年，集部，第 72 册。
徐渭：《徐渭集》，北京：中华书局，1983 年。
徐文靖：《管城硕记》，《景印文渊阁四库全书》，台北：台湾商务印书馆，1986 年，子部，第 861 册。
徐咸：《皇明名臣言行录》，《续修四库全书》，上海：上海古籍出版社，2002 年，史部，第 520 册。
许孚远：《敬和堂集》，《四库全书存目丛书》，济南：齐鲁书社，1997 年，集部，第 136 册。
薛瑄：《薛瑄全集》，太原：山西人民出版社，1990 年。
严羽：《沧浪诗话校释》，北京：人民文学出版社，1961 年。
杨廉：《皇明理学名臣言行录》，北京大学图书馆藏嘉靖三年序刻本。
杨廉：《杨文恪公文集》，《续修四库全书》，上海：上海古籍出版社，2002 年，集部，第 1332 – 1333 册。
杨起元：《续刻杨复所先生家藏文集》，《四库全书存目丛书》，济南：齐鲁书社，1997 年，集部，第 167 册。
杨慎：《升庵全集》，台北：台湾商务印书馆，1968 年。
杨慎：《升庵诗话笺证》，北京：中华书局，2008 年。

杨时：《龟山先生语录》，《四部丛刊续编》，1934 年，子部，第 317 册。
杨士奇：《东里集续集》，《景印文渊阁四库全书》，台北：台湾商务印书馆，1986 年，集部，第 1238 册。
杨士奇：《东里文集》，《四库全书存目丛书》，济南：齐鲁书社，1997 年，集部，第 167 册。
杨希闵：《十五家年谱丛书》，扬州：江苏广陵古籍刻印社，1980 年。
姚之骃：《元明事类钞》，《景印文渊阁四库全书》，台北：台湾商务印书馆，1986 年，子部，第 884 册。
叶廷秀：《诗谭》，周维德：《全明诗话》，济南：齐鲁书社，2005 年，第 5 册。
尹守衡：《明史窃》，周骏富：《明代传记丛刊》，台北：明文书局，1991 年，第 82 – 84 册。
永瑢等：《四库全书简明目录》，上海：上海科学技术文献出版社，2016 年。
尤侗：《艮斋杂说续说》，北京：中华书局，1992 年。
游潜：《梦蕉诗话》，周维德：《全明诗话》，济南：齐鲁书社，2005 年，第 1 册。
俞国林：《吕留良诗笺释》，北京：中华书局，2015 年。
俞樾：《春在堂杂文》，《续修四库全书》，上海：上海古籍出版社，2002 年，集部，第 1550 – 1551 册。
袁昶：《于湖小集》，《续修四库全书》，上海：上海古籍出版社，2002 年，集部，第 1565 册。
袁奎：《白沙先生遗诗补集》，武汉大学图书馆藏万历十二年刻本。
袁枚：《随园诗话》，北京：人民文学出版社，1982 年。
袁枚：《小仓山房诗文集》，上海：上海古籍出版社，1988 年。
袁帙：《皇明献实》，周骏富：《明代传记丛刊》，台北：明文书局，1991 年，第 30 册。
恽敬：《恽敬集》，上海：上海古籍出版社，2013 年。
曾巩：《元丰类稿》，上海：商务印书馆，1937 年。
曾燠：《江西诗征》，《续修四库全书》，上海：上海古籍出版社，2002 年，集部，第 1702 册。
查继佐：《罪惟录》，《四部丛刊三编》，上海：上海书店，1985 年，史部，第 6 册。
查慎行：《得树楼杂钞》，《适园丛书》民国初刻本，第 7 集。
查应光：《靳史》，《四库禁毁书丛刊》，北京：北京出版社，1997 年，史部，第 29 册。

詹陵：《异端辩正》，国家图书馆藏嘉靖五年序刻本。
湛若水：《白沙先生诗教解》，天津图书馆藏嘉靖四年马崧刻本。
湛若水：《白沙先生诗教解》，隆庆元年刻本，《广州大典》，广州：广州出版社，2015 年，第 420 册。
湛若水：《白沙先生诗教解》，天启元年王安舜序刻本，《四库全书存目丛书》，济南：齐鲁书社，1997 年，集部，第 35 册。
湛若水：《白沙子古诗教解》，哈佛燕京图书馆藏乾隆三十六年碧玉楼刻本。
湛若水：《甘泉先生文集》，《四库全书存目丛书》，济南：齐鲁书社，1997 年，集部，第 56－57 册。
湛若水：《甘泉先生文录类选》，《故宫珍本丛刊》，海口：海南出版社，2000 年，第 527 册。
湛若水：《甘泉先生续编大全》，台北："中央研究院"中国文哲研究所，2017 年。
湛若水：《泉翁大全集》，台北："中央研究院"中国文哲研究所，2017 年。
湛若水：《湛甘泉先生文集》，桂林：广西师范大学出版社，2014 年。
湛若水：《湛甘泉先生文集》，国家图书馆藏万历七年刻本。
张瀚：《皇明疏议辑略》，《续修四库全书》，上海：上海古籍出版社，2002 年，史部，第 462 册。
张吉：《古城集》，清华大学图书馆藏康熙三十年杨抡刻四十九年增修本。
张健：《珍本明诗话五种》，北京：北京大学出版社，2008 年。
张九韶：《理学类编》，《景印文渊阁四库全书》，台北：台湾商务印书馆，1986 年，子部，第 709 册。
张隽：《西庐文集》，《清代诗文集汇编》编纂委员会：《清代诗文集汇编》，上海：上海古籍出版社，2010 年，第 19 册。
张履祥：《杨园先生全集》，《四库全书存目丛书》，济南：齐鲁书社，1997 年，子部，第 165 册。
张毛健：《鹤汀集》，《四库未收书辑刊》，北京：北京出版社，2000 年，第 8 辑，第 22 册。
张鼐：《山中读书印》，日本内阁文库藏抄本。
张宁：《方洲先生集》，沈乃文：《明别集丛刊》第 1 辑，合肥：黄山书社，2013 年，第 48 册。
张谦宜：《絸斋诗谈》，北京大学图书馆藏康熙四十九年刻本。
张世伟：《自广斋集》，《四库禁毁书丛刊》，北京：北京出版社，1997 年，集部，第162册。
张澍：《养素堂诗集》，《续修四库全书》，上海：上海古籍出版社，2002年，集部，第1506册。
张廷玉等：《明史》，北京：中华书局，1974年。
张维屏：《松心诗录》，《续修四库全书》，上海：上海古籍出版社，2002年，集部，第1496册。
张诩：《东所先生文集》，《四库全书存目丛书》，济南：齐鲁书社，1997年，集部，第43册。
张萱：《西园闻见录》，《续修四库全书》，上海：上海古籍出版社，2002年，子部，第1168－1170册。
张埙：《竹叶庵文集》，《续修四库全书》，上海：上海古籍出版社，2002年，集部，第1449册。
张一中：《尺牍争奇》，《四库未收书辑刊》，北京：北京出版社，2000年，第10辑，第30册。
张怡：《玉光剑气集》，北京：中华书局，2006年。
张英：《御定渊鉴类函》，《景印文渊阁四库全书》，台北：台湾商务印书馆，1986年，子部，第982－993册。
张豫章：《御选宋金元明四朝诗》，《景印文渊阁四库全书》，台北：台湾商务印书馆，1986年，集部，第1437－1444册。
张昭炜：《胡直集》，上海：上海古籍出版社，2015年。
张自烈：《芑山文集》，《四库禁毁书丛刊》，北京：北京出版社，1997年，集部，第166册。
章潢：《图书编》，《景印文渊阁四库全书》，台北：台湾商务印书馆，1986年，子部，第968－972册。
章懋：《枫山集》，《景印文渊阁四库全书》，台北：台湾商务印书馆，1986年，集部，第1254册。
章懋：《枫山语录》，《金华丛书》同治辑刻本。
章懋：《枫山章先生集》，北京：中华书局，1985年。
章懋：《枫山章先生文集》，国家图书馆藏嘉靖九年刻本。
昭梿：《啸亭杂录》，北京：中华书局，1980年。
赵宧光：《弹雅》，陈广宏、侯荣川：《稀见明人诗话十六种》，上海：上海古籍出版社，2014年。

真德秀：《西山先生真文忠公文集》，《四部丛刊初编》，1922 年，集部，第1263 - 1286 册。
郑方坤：《全闽诗话》，《续修四库全书》，上海：上海古籍出版社，2002 年，集部，第 1702 册。
郑虎文：《吞松阁集》，《四库未收书辑刊》，北京：北京出版社，2000 年，第 10 辑，第 14 册。
郑晓：《今言》，北京：中华书局，1984 年。
郑学醇：《勾漏集》《咏史诗》，《广州大典》，广州：广州出版社，2015 年，第 427 册。
郑以伟：《灵山藏》，《四库禁毁书丛刊》，北京：北京出版社，1997 年，集部，第 175 册。
郑岳：《莆阳文献列传》，《四库全书存目丛书》，济南：齐鲁书社，1997 年，史部，第 89 册。
郑岳：《山斋文集》，《景印文渊阁四库全书》，台北：台湾商务印书馆，1986 年，集部，第 1263 册。
中山大学中国古文献研究所：《全粤诗》，广州：岭南美术出版社，2009 年。
钟惺、谭元春：《明诗归》，《四库全书存目丛书》，济南：齐鲁书社，1997 年，集部，第 338 册。
周弘祖：《古今书刻》，上海：上海古籍出版社，2005 年。
周亮工：《因树屋书影》，《续修四库全书》，上海：上海古籍出版社，2002 年，子部，第 1134 册。
周谦山：《新刻国朝白沙陈先生诗选》，日本内阁文库藏万历四十年序本。
周汝登：《圣学宗传》，南京：凤凰出版社，2015 年。
周维德：《全明诗话》，济南：齐鲁书社，2005 年。
周瑛：《翠渠摘稿》，《景印文渊阁四库全书》，台北：台湾商务印书馆，1986 年，集部，第 1254 册。
周召：《双桥随笔》，《景印文渊阁四库全书》，台北：台湾商务印书馆，1986 年，子部，第 724 册。
周振甫：《文心雕龙注释》，北京：人民文学出版社，1981 年。
周子文：《艺薮谈宗》，周维德：《全明诗话》，济南：齐鲁书社，2005 年，第 4 册。
朱国祯：《涌幢小品》，《续修四库全书》，上海：上海古籍出版社，2002 年，子部，第1172－1173册。
朱奇龄：《拙斋集》，《四库全书存目丛书》，济南：齐鲁书社，1997年，集部，第251册。
朱庭珍：《筱园诗话》，《续修四库全书》，上海：上海古籍出版社，2002年，集部，第1708册。
朱吾弼：《皇明留台奏议》，《四库全书存目丛书》，济南：齐鲁书社，1997年，史部，第74－75册。
朱熹：《朱熹集》，成都：四川教育出版社，1996年。
朱彝尊：《经义考》，《景印文渊阁四库全书》，台北：台湾商务印书馆，1986年，史部，第677－680册。
朱彝尊：《静志居诗话》，北京：人民文学出版社，1990年。
朱彝尊：《明诗综》，北京：中华书局，2006年。
朱彝尊：《曝书亭集》，上海：世界书局，1937年。
庄昶：《定山集》，《金陵丛书》辑印本，1914年，丁集。
庄昶：《定山先生集》，沈乃文：《明别集丛刊》第1辑，合肥：黄山书社，2013年，第57册。
邹智：《立斋遗文》，《景印文渊阁四库全书》，台北：台湾商务印书馆，1986年，集部，第1259册。
嘉靖《潮州府志》，《广东历代方志集成》，广州：岭南美术出版社，潮州府部，第1册。
嘉靖《赣州府志》，《天一阁藏明代方志选刊》，上海：上海书店出版社，1990年，第50册。
嘉靖《衡州府志》，《天一阁藏明代方志选刊》，上海：上海书店出版社，1990年，第90册。
隆庆《临江府志》，《天一阁藏明代方志选刊》，上海：上海书店出版社，1990年，第47册。
万历《江浦县志》，《天一阁藏明代方志选刊续编》，上海：上海书店出版社，2014年，第7册。
万历《新修南昌府志》，《稀见中国地方志汇刊》，北京：中国书店，1992年，第25册。
万历《粤大记》，《日本藏中国罕见地方志汇刊》，北京：书目文献出版社，1990年，第2册。

崇祯《东莞县志》，东莞：东莞市人民政府办公室，1995 年。
康熙《江西通志》，《景印文渊阁四库全书》，台北：台湾商务印书馆，1986 年，史部，第 513 – 518 册。
雍正《广西通志》，《景印文渊阁四库全书》，台北：台湾商务印书馆，1986 年，史部，第 565 – 568 册。
雍正《四川通志》，《景印文渊阁四库全书》，台北：台湾商务印书馆，1986 年，史部，第 559 – 561 册。
雍正《浙江通志》，《景印文渊阁四库全书》，台北：台湾商务印书馆，1986 年，史部，第 519 – 526 册。
乾隆《雅州府志》，《中国方志丛书》，台北：成文出版社，1969 年，西部第 28 册。
嘉庆《直隶太仓州志》，《续修四库全书》，上海：上海古籍出版社，2002 年，史部，第 697 册。
道光《鹤山县志》，《广东历代方志集成》，广州：岭南美术出版社，肇庆府部，第 38 册。
道光《济南府志》，《中国地方志集成·山东府县志辑》，南京：凤凰出版社，2004 年，第 1 – 3 册。
道光《新会县志》，《广东历代方志集成》，广州：岭南美术出版社，广州府部，第 39 册。
道光《肇庆府志》，《广东历代方志集成》，广州：岭南美术出版社，肇庆府部，第 8 – 9 册。
同治《清江县志》，《中国地方志集成·江西府县志辑》，南京：江苏古籍出版社，1996 年，第 41 册。
同治《韶州府志》，《广东历代方志集成》，广州：岭南美术出版社，韶州府部，第 3 册。
光绪《潮阳县志》，《广东历代方志集成》，广州：岭南美术出版社，潮州府部，第 15 册。
光绪《广州府志》，《广东历代方志集成》，广州：岭南美术出版社，广州府部，第 6 – 9 册。
光绪《吉林通志》，《续修四库全书》，上海：上海古籍出版社，2002 年，史部，第 647 – 648 册。
光绪《香山县志》，《广东历代方志集成》，广州：岭南美术出版社，广州府部，第36册。
光绪《新宁县志》，《广东历代方志集成》，广州：岭南美术出版社，广州府部，第30册。
光绪《重修安徽通志》，《续修四库全书》，上海：上海古籍出版社，2002年，史部，第651-655册。
民国《潮州志》，《广东历代方志集成》，广州：岭南美术出版社，潮州府部，第6-10册。

今人论著

De Bary W T. Self and Society in Ming Thought. New York: Columbia University Press, 1970.
Weber M, Fischoff E. The Sociology of Religion. Boston: Beacon Press, 1963.
包弼德：《历史上的理学》，2版，王昌伟译，杭州：浙江大学出版社，2012年。
蔡灼暖：《陈白沙诗歌研究》，暨南大学硕士学位论文，2010年。
曹太乙：《明代大儒陈白沙》，广州：广东人民出版社，2004年。
陈奇思：《丹青在人目，千古共沾缨》，《江门文史》1996年第32辑。
陈书录：《明代诗文的演变》，南京：江苏教育出版社，1996年。
陈文新：《明代诗学》，长沙：湖南人民出版社，2000年。
陈文新：《明代诗学的逻辑进程与主要理论问题》，武汉：武汉大学出版社，2007年。
陈永正：《〈白沙先生诗近稿〉校读小记》，《岭南文史》2008年第2期。
陈郁夫：《江门学记：陈白沙及湛甘泉研究》，台北：台湾学生书局，1984年。
陈郁夫：《明陈白沙先生献章年谱》，台北：台湾商务印书馆，1980年。
戴菀珊：《陈献章的伦理思想初探》，湖南师范大学硕士学位论文，2012年。
狄百瑞：《儒家的困境》，黄水婴译，北京：北京大学出版社，2009年。
丁怀超：《诗与思谐——陈白沙心学思想新诠》，《安徽大学学报》（哲学社会科学版）2003年第5期。
富路特、房兆楹：《明代名人传》，北京：北京时代华文书局，2015年。
葛兆光：《中国思想史》，上海：复旦大学出版社，2015年。
龚鹏程：《中国文学批评史论》，北京：北京大学出版社，2008年。
龚鹏程：《中国文学史》，北京：东方出版社，2015年。
龚显宗：《明初诗文研究》，台北：华正书局，1985年。

苟小泉：《近三十年陈献章哲学思想研究述评》，《哲学动态》2006 年第 9 期。
郭预衡：《中国散文史》，上海：上海古籍出版社，2000 年。
韩经太：《理学文化与文学思潮》，北京：中华书局，1997 年。
荒木见悟：《心学与理学》，《复旦学报》（社会科学版）1998 年第 5 期。
黄桂兰：《白沙学说及其诗之研究》，台北：文史哲出版社，1981 年。
黄海娟：《陈白沙从祀孔庙考》，《五邑大学学报》（社会科学版）2007 年第 1 期。
黄进兴：《从理学到伦理学：清末民初道德意识的转化》，北京：中华书局，2014 年。
黄进兴：《优入圣域——权力、信仰与正当性》，北京：中华书局，2010 年。
黄明同：《陈献章评传》，南京：南京大学出版社，1998 年。
黄明同：《明代心学开篇者——陈献章》，上海：上海古籍出版社，2013 年。
黄树雄：《唐伯元〈白沙先生文编〉编纂考》，陈景熙：《潮青学刊》第 1 辑，北京：社会科学文献出版社，2013 年。
蒋梦麟：《西潮》，沈阳：辽宁教育出版社，1997 年。
柯文：《历史三调：作为事件、经历和神话的义和团》，北京：社会科学文献出版社，2015 年。
孔锐：《从邵康节、陈白沙之诗与诗论看宋明理学诗的特点》，《现代哲学》2013 年第 1 期。
黎业明：《湛若水对陈白沙静坐学说的阐释：以〈白沙子古诗教解〉为中心》，《哲学动态》2009 年第 8 期。
李维武：《徐复观文集》，武汉：湖北人民出版社，2002 年。
李霞：《陈白沙研究综述》，《广东城市职业学院学报》2009 年第 4 期。
李旭：《诗与本体之心——陈白沙美学思想发凡》，《华中师范大学学报》（人文社会科学版）1997 年第 5 期。
李泽厚：《李泽厚对话集·中国哲学登场》，北京：中华书局，2014 年。
廖可斌：《复古派与明代文学思潮》，台北：文津出版社，1994 年。
廖可斌：《理学与文学论集》，北京：东方出版社，2015 年。
廖可斌：《明代文学复古运动研究》，上海：上海古籍出版社，1994 年。
廖可斌：《明代文学思潮史》，北京：人民文学出版社，2016 年。
廖可斌：《文学史的维度：廖可斌学术论集》，贵阳：孔学堂书局，2016 年。
刘化兵：《士风与诗风的演进——明成化至正德前期士人与诗派研究》，北京：社会科学文献出版社，2007 年。

刘兴邦：《白沙心学》，北京：社会科学文献出版社，2012 年。
刘兴邦：《论江门学派》，《五邑大学学报》（社会科学版）2004 年第 1 期。
刘志华：《明代前中期陈献章讲学活动初探》，《哈尔滨市委党校学报》2012 年第 2 期。
罗宗强：《明代文学思想史》，北京：中华书局，2013 年。
马积高：《宋明理学与文学》，长沙：湖南师范大学出版社，1989 年。
麦仲贵：《明清儒学家著述生卒年表》，台北：台湾学生书局，1977 年。
莫砺锋：《朱熹文学研究》，南京：南京大学出版社，2000 年。
莫尚葭：《语默出处非殊调——试论陈白沙的出处观及其在诗歌中的表现》，《求索》2013 年第 7 期。
彭建康：《陈白沙诗论探索》，《学术研究》1991 年第 6 期。
钱基博：《中国文学史》，北京：中华书局，1993 年。
钱穆：《理学六家诗钞》，台北：联经出版事业公司，1998 年。
钱穆：《理学六家诗钞》，北京：九州出版社，2011 年。
钱穆：《中国文学论丛》，北京：生活·读书·新知三联书店，2002 年。
钱穆：《中国学术通义》，台北：台湾学生书局，1993 年。
钱锺书：《宋诗选注》，北京：生活·读书·新知三联书店，1958 年。
钱锺书：《谈艺录》，北京：中华书局，1984 年。
饶宗颐：《饶宗颐二十世纪学术文集》，台北：新文丰出版公司，2003 年。
任熹：《明成弘年间士人的出处考虑——以庄昶为中心的讨论》，《中山大学研究生学刊》（社会科学版）2011 年第 3 期。
申旻也：《陈白沙诗学研究》，南京大学博士学位论文，2000 年。
申旻也：《陈白沙文学研究情况综述》，《古典文学知识》2001 年第 1 期。
斯蒂文·卢克斯：《西方人看个人主义》，李光远译，北京：红旗出版社，2002 年。
宋克夫、韩晓：《心学与文学论稿——明代嘉靖万历时期文学概观》，北京：中国社会科学出版社，2002 年。
孙立：《广东第一人——陈献章与明清岭南诗论初探》，《广东社会科学》1993 年第 2 期。
孙学堂：《陈献章与晚明文学思潮》，《南开学报》（哲学社会科学版）2006 年第 4 期。
涂波：《〈柳岸吟〉：论陈白沙与王船山的诗学渊源》，《三峡论坛》2011 年第 1 期。

王汎森：《权力的毛细管作用》，北京：北京大学出版社，2015 年。
王光松：《〈白沙门人考〉考订及补遗》，《广东第二师范学院学报》2015 年第 2 期。
王立新：《船山评白沙述论》，《船山学刊》2015 年第 2 期。
王玉琴：《朱子理学诗研究》，南京：南京大学出版社，2014 年。
王忠阁：《陈庄体及其在明代诗坛的历史地位》，《河南师范大学学报》（哲学社会科学版）2001 年第 5 期。
魏崇周：《邵雍“删后无诗”简论》，《芒种》2015 年第 9 期。
魏崇周：《邵雍文学思想研究》，郑州：中州古籍出版社，2009 年。
文仪：《陈献章诗歌研究》，西北师范大学硕士学位论文，2011 年。
闻峻：《从陈白沙的诗词论证他的哲学思想》，《学术研究》1958 年第 7 期。
翁绍军：《心学思潮》，上海：上海社会科学院出版社，2006 年。
吴道镕：《广东文征作者考》，广东省中山图书馆参考研究部改编本，1958 年。
熊礼汇：《论陈白沙的文论倾向和山林散文艺术——从陈白沙“自然”“自得”说谈起》，《武汉大学学报》（人文科学版）2002 年第 4 期。
徐复观：《学术与政治之间》，北京：九州出版社，2014 年。
徐朔方、孙秋克：《明代文学史》，杭州：浙江大学出版社，2006 年。
许总：《理学文艺史纲》，南京：江苏教育出版社，2001 年。
许总：《宋明理学与中国文学》，南昌：百花洲文艺出版社，2000 年。
阳达：《陈献章散文研究》，暨南大学硕士学位论文，2006 年。
阳达：《论陈献章诗歌对陶渊明的接受》，《农业考古》2010 年第 1 期。
杨海明：《陈白沙的诗意化人生和“生存诗学”观》，西北大学硕士学位论文，2008 年。
杨伟雄：《陈白沙研究论文集》，珠海：珠海出版社，2009 年。
雍繁星：《从性气到性情——陈献章与明代主情文学思想》，《首都师范大学学报》（社会科学版）2007 年第 1 期。
袁震宇、刘明今：《明代文学批评史》，上海：上海古籍出版社，1991 年。
曾毅：《中国文学史》，上海：泰东图书局，1915 年。
查洪德：《论“自得”》，《文史哲》2013 年第 5 期。
张晶、张振兴：《诗学与心学中的陈白沙》，《社会科学辑刊》2002 年第 3 期。
张晶：《陈献章：诗与哲学的融通》，《华南师范大学学报》（社会科学版）1994 年第 1 期。

张峻歌：《明初理学思想特征研究》，苏州大学硕士学位论文，2006 年。
张运华：《白沙心学与道家思想》，广州：广州出版社，2004 年。
章继光：《白沙诗学与禅学刍论》，《五邑大学学报》（社会科学版）2000 年第 4 期。
章继光：《超逸绝尘　穆如清风——白沙诗的人格风采》，《五邑大学学报》（社会科学版）1998 年第 2 期。
章继光：《陈白沙诗学论稿》，长沙：岳麓书社，1999 年。
章继光：《陈献章诗论探微》，《船山学刊》1997 年第 2 期。
中国科学院哲学研究所西方哲学史组：《存在主义哲学》，北京：商务印书馆，1963 年。
钟泰：《中国哲学史》，沈阳：辽宁教育出版社，1998 年。
周裕锴：《宋代诗学通论》，成都：巴蜀书社，1997 年。
朱东润：《中国文学批评史大纲》，上海：上海古籍出版社，2001 年。
朱鸿林：《孔庙从祀与乡约》，北京：生活·读书·新知三联书店，2015 年。
朱鸿林：《明人著作与生平发微》，桂林：广西师范大学出版社，2005 年。
朱鸿林：《〈明儒学案〉研究及论学杂著》，北京：生活·读书·新知三联书店，2015 年。
朱鸿林：《儒者思想与出处》，北京：生活·读书·新知三联书店，2015 年。
朱鸿林：《文集的史料意义问题举说——并论明儒陈白沙文集的文本差异问题》，《“中央研究院”历史语言研究所集刊》2002 年第 3 期。
朱瑞：《陈献章心学思想研究》，山东大学硕士学位论文，2010 年。
左东岭：《二十世纪以来心学与明代文学思想关系研究述评》，《文学评论》2003 年第 3 期。
左东岭：《明代心学与诗学》，北京：学苑出版社，2002 年。
左东岭：《王学与中晚明世人心态》，北京：人民文学出版社，2000 年。

附　　录

附录一　王安舜序刻本《白沙先生全集》所录其他版本未收之佚文

卷二

书

1. 答戴惠（按："或有非之者"内容后其他版本未录）

……或有非之者。惠独疑之，岂非天理之在人心，因事而发，有不可泯者欤？虽然有父兄在，若都不禀命，直行己志，至生嫌妒，又觉不安。必须委曲，将顺喻之于道，乃佳。子弟不习礼教，都坏了。昨日发一柬，招梁景孚来精舍主教事，先令诸生习礼，次讲读，次作课，从新整顿一番，庶几有益。不知毕婚尚能来学否？

卷五

五言古诗

1. 寒夜独坐偶成

端居夜何悠，索莫怀远辰。弱冠起慕仕，始为金台宾。
驱驰未十载，汩没随埃尘。发愤去故迹，来趋圣途津。
文字多所爱，焉知贱与贫。悄悄到京师，偶与名士亲。
出处各有命，终然高钦伦。眷言同心友，岁暮期亨屯。

2. 读王城山人诗

客从黄岩来，遗我诗一帙。诗中多苦言，读罢意不悦。
由来王城山，草木皆南越。不见山中人，溪上步明月。

3. �雪坡

萧萧坡中竹，霭霭竹上雪。万木纷改容，此君独高节。
冻涵翡翠寒，光映琅玕白。唯想轩中人，相看两清绝。

4. 送李世卿还嘉鱼

块在不欲空，空于破块中。形形绝庞赘，处处得圆融。
皋夔不得□，箕颍宁无功。舟楫欲何向，青山鄂渚东。

5. 浴香泉赠庄定山

点也一丸丹，点化无穷铁。寥寥二千载，谁当继其绝。
下浴香泉汤，仰视龙洞雪。不待春服成，乾坤王正月。

6. 厓山

中流日始旦，孤舟骋游瞩。长江一以眺，寒山鼻头绿。
鸣榔集万桡，翳翳沧海曲。乐意转悲歌，慨然念张陆。
堂堂厦已倾，谁能置一木。

7. 漉酒巾

取彼头上巾，漉酒无乃卑。但求当日醉，不管后生疑。
衷情万里隔，志士千古期。无人知此意，只有东林师。

8. 赠容珽易元陈庸使永丰谒罗一峰

夜发白沙口，席影寒江月。扬扬一峰论，望望何时接。
男儿亦何事，料理经世业。千载曲江祠，中间可停楫。

七言古诗

1. 湖南柱史歌

湖南柱史不可当，八尺长躯满面霜。左提右挈罗与庄，忠言决死惊庙堂。
天子置之淮南邦，何事更买淮南航。劝君不上湖南航，淮南木落终悲伤。

2. 除夕用韵

天台山僧乞诗稿，见比定山诗格老。我诗安得比定山，只有崖山数句好。

却忆除夕当去年，诗如春云酒如川。醉中歌舞拍手笑，富贵于我如浮烟。今年除夕兴不少，次第桃花开遍了。东阁朝弦绿绮琴，西廊夜放歌声炒。杜康赐我老不衰，起舞大袖如健儿。乃知浊醪有妙理，不用清斋空画眉。

3. 与周时可提学

胡皇皇，胡悠悠。
紫宸阁下沧江头，鹏飞不过九万里。
九万里，谁能收。丈夫呼吸动一世。
此道不系去与留，夔龙以后伊吕作。
挥斥六合令人愁，颜生自引一瓢饮。
乐天知命吾何忧，无位当学孔，有位当学周。

4. 题罗修直东壁

紫髯老人卧东墅，大流山中石为伍。六月清风扇炎暑，唤醒羲皇枕边语。仰视云霄凤高翥，肯与乌鸢争腐鼠。水心沧洲吾祖武，富贵浮云何足数。

5. 寿张抚州

太守春秋逾六十，面如丹砂发如漆。挥毫落纸神飘逸，拄颊向空思纡郁。白云满野山露骨，谁道头衔非外物。笑傲得之宠为失，平生自许刚不屈。两山晏坐何处山，愿晓南山保终吉。

五言律诗

1. 金坝梅波

金坝梅花发，孤山点缀工。短檐低落月，疏影动香风。
残雪休矜白，春桃自斗红。欲延楼上赏，须待主人公。

2. 钱塘荔圃

钱塘四月尾，荔子正垂丹。不异炎方戏，无因圣主看。
微风香井落，细雨压楼栏。蔡老应怜汝，名家谱可刊。

3. 榕阜分阴

十亩榕生地，余阴自此分。一楼背秋水，千仞坐飞云。
夜气应常在，时嚣绝不闻。黑甜高一枕，天地正氤氲。

4. 答李勉恕过访

故乡一杯酒，已过十年余。藻鉴三场试，皋皮六馆模。
壮心知未已，秋鬓又何疏。潮满江门月，还来别老夫。

5. 偶诵林缉熙游罗浮诗赋此

乱水有溪出，飞云独石留。幽林人欲到，斜日鸟深投。
碧海初供眼，青天已厌头。圭峰才一点，还许小罗浮。

6. 圭峰次林缉熙韵

祇过圭峰寺，往来成白头。江山频日落，宇宙一烟浮。
寺里灯长在，山前水不流。蒲团高兀兀，晚坐且须留。

行止非无意，东西各有缘。山中怀旧日，竹下弄飞泉。
遇境堪为适，忘机即是禅。支颐山阁望，翳翳夕阳烟。

7. 伍伯饶生孙以诗来报答之

养子南山下，而今亦弄璋。颊间如带酒，鬓脚有微霜。
忽忽催人老，看看共我长。会携青竹杖，扶醉白云乡。

8. 入峡借柳子厚韵

峡里烟霾塞，江间笑语清。未谙真宰意，须著老生行。
微月三洲净，北风双橹鸣。葛洪有丹井，谁复一凝情。

9. 寄陶宪副

河汾非一策，贾传乃多伤。贱士何能尔，先生独讶忙。
功名春日梦，母子暮年肠。凭借春风力，吹嘘到庙堂。

10. 前菊会

荒村开紫菊，细雨隔苍梧。漂泊逢山鬼，归来觅酒徒。
佳期宾不赴，幽赏子何孤。为罚南山老，青钱买百壶。

11. 后菊会

余花留醉客，缺月到疏梧。我老真违世，人生各有徒。
交游今日少，宇宙此亭孤。惯得趋时理，千金买一壶。

12. 后菊会再次李九渊韵

黄花憎竞赏，人事夺幽期。长夜来寻醉，微霜落满枝。
行藏深盏酒，风月小囊诗。长啸东轩下[1]，苍髯白接䍠。

留连杯酒下，重叠菊花期。熟犬知过客，寒蜂亦恋枝。
溪山回月色，香影入梅诗。地窄君休舞，倾斜尔接䍠。

13. 发江门

北风何太急，亭午缆江门。红叶津头路，黄花市外村。
病从书课减，老悔剑心存。勿动江湖兴，陶然近一尊。

14. 赠羽士

红泉双屐驻，碧落一宵同。去去尔性得，劳劳吾鬓蓬。
书回谢阛阓，迹灭夜崆峒。预恐迷前路，先来访葛洪。

15. 受平冈钟氏开垦田券

城郭无闲地，山林有夙缘。平生疑梦寐，今日定神仙。
鹤舞三间屋，猿声十顷田。赋诗传胜事，堪为主人镌。

16. 赠邝云卿别

我病三年下，君行万里余。旧游谁复在，远别意何如？
江阁频倾酒，金台懒发书。晴川未解缆，更与看芙蕖。

17. 用前韵谢方公酒

濯缨来试手，浣浣得清沟。高阁看磨剑，担书欲汗牛。
花边聊酒盏，笔底见春秋。此日开怀道，石家信也不。

18. 题雨葵为冯允祯推官

葵花本向日，谁误雨中开。推节晚挥动，江山聊剪裁。
世故浮云外，雩风锦瑟来。几人担此意，涵泳了余杯。

[1] 一作老。

附录

19. 东皋（追和半山韵）

东皋兴不浅，况乃暮春时。风日此为美，吾颜曷不怡。
香犹索锦树，老不恨黄鹂。回首西园下，纷纷月一陂。

风急云飘野，春晴花映陂。长茵铺绿草，清奏响黄鹂。
饮罢携儿去，诗成足自怡。前村隔横篴，吹到暝钟时。

20. 即事（和半山韵）

东湖芳草遍，西崦杂化繁。白发端居老，青藜懒出村。
鸟吟山院静，月出野塘昏。独有贪奇者，乘舟觅水源。

21. 昼睡（次半山韵）

身劳归家睡，名教要人扶。朽木诚无谓，柴桑独不如。
岁华蓬鬓白，风度角巾乌。亦有匪躬者，君无笑屈胥。

陶令爱一揖，犹能却群胥。客来莫系马，吾睡及栖乌。
何曾走颜阖，也似病相如。输与湖西老，乾坤只手扶。

22. 怀古（追和半山韵）

弦歌谢彭泽，短褐归田园。且入达公社，犹须刺史尊。
月流松下径，风洒柳边门。晋无赤松子，有亦不须言。

儿曹知觅栗，采摘向谁园。乞食那能饱，赋诗空复存。
一床归独卧，五柳隔群喧。除却高僧外，青山谁到门。

23. 倚眠（追和半山韵）

白云千仞冈，高卧小藜床。身落江湖外，年侵梦寐凉。
贫非原宪病，坐亦子渊忘。若个东轩月，流光照我裳。

汉儒错喜事，一语涕沾裳。当时祇好睡，竟日那能忘。
香阁春醪暖，荷风午簟凉。醉来添鼻息，震动小庐冈。

24. 经故居（追和半山）

幽居移小步，胜事负名园。立马方池暮，伤心老树存。

浮云看物变，流水阅寒温。头白江湖梦，何曾离筚门。

25. 山行（追和半山）

难与俗子伍，勾漏事幽寻。碧树有佳色，青莺遗好音。

云霞生草屦，风月爱秋吟。不见稚川老，踟蹰桂树阴。

26. 露坐

有句酬风月，无衣制芰荷。寸心同止水，万感不生波。

露下阶除静，山空夜气多。跏趺兴不浅，更遣小童歌。

27. 赠张叔亭别

昼枕醒何处，倏然疏柳阴。衰年只独坐，胜事与谁言。

屡泊仙郎舫，时开野老尊。别离歌莫动，垂老易销魂。

28. 久雨

涧水出何许，涧花粘竹根。雨多嗔屋漏，雷动觉天烦。

绿草生满地，黄鹂啼过村。古来通造化，兹理其谁言。

29. 寄贺黄门

传缄一万里，江上送征鸿。形影丹青老，心神柬札通。

半生如昼梦，一笑隔春风。病起知何日，贤声四海同。

30. 灯夕饮平冈钟氏斋（次坐客韵）

灯市歌初闹，篱门夜转幽。主翁难罢酒，诗客且停舟。

已幸云同宿，微伤月映流。此中寻笑语，时节尽悠悠。

31. 偶诵陈用拙《登临淮楼》“浮世自无闲日月，高楼长有好山川”两句，叹赏成诗

有客高结喉，赋诗楼上头。初疑杜子美，定是韦苏州。

隔水山如画，斜阳笛起愁。百年将满日，兴尽此登楼。

32. 胡提学将至白沙

信息来终大，村边识画船。佳期今雨近，久病故人怜。

合眼韦编绝，凭身木榻穿。公来须薄暮，水月任洄沿。

33. 黄塘道中

梦去只高堂，觉来还异乡。山云愁复起，江水意何长。
未歇黄茅瘴，那无碧树霜。坛经久相对，不是学西方。

34. 宿回龙寺

孤烛江边寺，疏钟雨后天。愁人知永夜，远客惜流年。
不买南安酒，留充玉枕钱。床风无意绪，吹断药炉烟。

35. 九月晦日至南康

清溪一百曲，乃到县官衙。尽日阁双橹，中流横一槎。
晚来山气重，秋尽水程赊。旧隐龙溪上，相思日又斜。

36. 过庐山

为客三冬暮，行舟五老前。孤云朝徙壑，高雪夜封泉。
鹿去空遗洞，僧亡祇故莲。经过不敢惜，万里正朝天。

37. 扬州保圣寺太虚长老来访白马庵赠之

知我携琴至，冲寒得得来。太虚真惠远，白马小蓬莱。
习气冰消涧，禅机月在梅。老夫留不得，聊赠小诗回。

38. 三月三日将至德州南风大作飞尘塞舟拨闷二首

震荡长河水，离披北上尘。乾坤亦何事，行客欲伤神。
卷入清源混，飞来白葛新。岱宗高几许，齐鲁近吟身。

搅坐复搅眠，斯须满客船。何人借白鹤，老子上青天。
稍稍又相及，劳劳还自怜。平生北窗下，一枕羲皇前。

39. 留别山东提学潘先生

在昔或相忌，而今都不争。春风吹万物，时雨被诸生。
道果无难易，人当系重轻。冲寒三百里，不但见交情。

病瘦亦何事，江湖闲往来。貌虽云长老，心不异儿孙。
既有连朝雪，那无半夜雷。愿言各珍重，保此太和胎。

40．宿潭口寨

朔吹无消息，寒云结暝阴。药炉还养火，市酒不留金。
正是思乡处，难忘永夜心。相依江寨宿，灯火白头吟。

41．庆寿寺写怀呈李侍讲

书来慈侍下，一字一金酬。客散寺钟夕，雨声藜叶秋。
床前修白芨，枕上续丹丘。痴病且如此，乾坤何所求。

42．送张方伯

去梦劳精爽，投书阻岁年。壮游眇车盖，虚卧老江烟。
功德清南服，帝心简时贤。神仙休嘱付，卿相待回旋。

卷七

七言律诗

1．约诸友同游匡山

劳形终日更劳心，何处名山不可寻。白首几人同出处，苍崖二月半晴阴。
云衣屡变桐花白，春思闲随杜宇深。自有平生山水意，眼中谁号最知琴。

2．东山

此山刚与泰山连，气象岩岩势插天。黄鹤独怜苍树表，白云长护翠薇巅。
涧边幽草沾春早，岩畔奇花得日先。中有道人闲自足，半篙红日尚高眠。

3．筮已

天地同归一束蓍，河之龙马洛之龟。梦中昨夜逢姬旦，窗下今朝见伏羲。
非分一毫终莫强，初占六画更何疑。卷帘独爱春风早，翠袅炉烟上桂枝。

4．睡起

一枕春风睡正甜，不求富贵不求仙。茅根笔下生风雨，竹叶杯中别圣贤。
出没波涛三万里，笑谈今古几千年。有时漏泄天机话，尽是玄黄未判前。

5．月逢

西良琴酒上孤舟，水国光连万顷秋。击楫不闻红蓼岸，濯缨多在白鸥洲。
三更珠斗初藏焰，一派银河正倒流。自古江湖忧物色，如今蓑笠溷羊裘。

6. 容生与倪生投壶倪生多胜聊戏此作

客散山斋草堂静，两生呼酒对春晴。花间日照投壶影，竹下风传落矢声。若道人心无物我，何劳敌手斗输赢。隔窗卧听儿童笑，但说倪生艺最精。

7. 游回仙亭

今古何人退急流，老仙端不羡封侯。醉眠鹤背无人唤，飞过天边得自由。瑞气光腾三万丈，残棋声断几千秋。诸公此日同来往，忽到苍梧亭上头。

8. 次赵提学十月赏菊韵

不论开早与开迟，到处逢花把一枝。清献插来纱帽重，陶潜醉倒葛巾欹。青藜不赴先生召，白雪虚传幼妇辞。却对药阑何意绪，江门店酒独斟时。

9. 代简答祁大参致和见寄游白鹿洞赋

文章后出众称工，乡里斯人岂易逢。聊将白鹿千言赋，直压庐山五老峰。胡儿岂尽能骑马，赤手如何敢捕龙。酩酊一壶春酒后，半笼衫袖笑龙钟。

10. 赠梁志学兴业令

山城地辟阳和少，边事年来赋敛多。彭泽休耽元亮酒，武城试听子游歌。书生报国心常赤，县令之官鬓已皤。路入苍梧望瑶阙，九疑云尽碧嵯峨。

11. 贺陶宪长凯旋次方伯东山刘先生韵

九重屡授诸公节，百险都须此剑平。赤日也来岩下照，黑云休傍马头生。东山此老同开手，南海今年定洗兵。只恐下乡还鼠窃，夜深愁听斫门声。

12. 答彭宣慰世忠楼[1]

碧桷朱栏映斗杓，果然天语在云霄。乾坤覆载同诸夏，日月光华自累朝。天子万年归颂祷，边陲无地起氛妖。白头西望那能赋，应是词官合赞尧。

13. 春怀追次后山韵

皂帽由来见管宁，江湖何处有春冰。桃蹊柳径频频过，盏酒篇诗稍稍能。人间紫凤何时至，梦里青山昨夜登。垂白卧林亭上客，闭门春雨睡懵腾。[2]

---

〔1〕 本作中世堂盖自谓云耳。

〔2〕 卧林，定山亭名。

14. 萧黄门以书为丁县尹求益于仆赋此奉勖兼寄黄门

尺间一语荷留情，迢递春风到广城。小邑直教闲白日，大夫真是爱苍生。平生刀水心何切，天下功名手自成。司谏无私天子圣，未闻当道欠逢迎。

15. 偶阅定山集爱其偶成之篇绝去雕饰骎骎太朴有击壤之遗音焉因用其意效其体次韵以为笑

绿荇清蒲间紫烟，江边亭子不知年。疏帘钩起看山坐，小榻移来近水眠。调理筋骸须酒盏，发挥情性费诗篇。少年误落樊笼里，老大于今只自然。

16. 赠严廉宪迁湖广右方伯

公持宪节我渔蓑，共是浮生五十过。朝市山林真有定，著书行道欲如何。生灵再睹新方伯，时望元从旧甲科。今日济川还有楫，不须愁向洞庭波。

17. 次颐庵感雁诗韵

蒲塘鸥渚隐双鸿，一棹惊起西又东。乍出黄芦翱碧落，可堪弱羽寄冲风。关河此去一千里，云水遥经十万重。此日任从篱鷃笑，上林何处更相同。

18. 夜归

秋风淅淅月辉辉，夜半东邻醉始归。自脱衣冠眠竹椅，更无童稚候柴扉。疏狂幸免时人忌，牢落空悲心事违。何日扁舟沧海去，一竿长弄钓鱼矶。

19. 与崔信臣夜话

十年才一款柴关，信是人生会合难。镜里愁容双鬓短，灯前细语五更寒。豪华自昔推孤迈，地步于今各总宽。我有无弦琴一曲，逢君携向月中弹。

20. 闻周方伯升秩

生灵未厌今方伯，声誉初传古地官。红袖尊前断歌舞，青衫楼上倚阑干。孤舟只尺仍多病，五月风涛尚薄寒。何日匡庐好消息，几时分授到鱼竿。

21. 小诗代简答刘大参见召

今人交态浓如春，昔人偃蹇麋鹿群。正在诸公怜薄俗，倘容野老接清尘。秋来陇亩无闲日，老向渔樵只病身。万古乾坤一回首，百年涕泪在衣巾。

22. 送胡佥宪赴京

狼藉杯盘餐菊后，峥嵘剑佩谒京时。朝廷雨露真均被，天地行藏敢后疑。
帝里看花来岁酒，湖山卜筑去年诗。扁舟万里沧溟别，肯信归期是定期。

23. 县主召陪钟地曹游玉台以病不果二首

病怯冲寒紫翠堆，肩舆欲上更徘徊。虽孤一日登高眼，如到千岩拨闷杯。
竹叶满山翻翠幄，水声落涧讶冬雷。山僧自对长松坐，县尹何妨喝道来。

一株二株松可人，三里五里路无尘。粉署仙郎今始到，圭峰长老未应嗔。
可怜病客几回首，怅望梅花何处春。江山雨过空经眼，指点青囊问景纯。

24. 将宿绿围寄李九渊馆中

万家烟树绿为庄，一水寒萦斗概冈。韦曲自应来杜老，天台无计宿刘郎。
柳条学弄春风软，花气浓沾暮雨香。为报风流爱酒伴，明朝将尔倒诗肠。

25. 阅张侍御巡边图

古来边事无人见，眼底山河问此图。圣主万年安社稷，绣衣一骑走匈奴。
经营韩范今须有，东北关城秦岂无。野老不知成败事，只将仁义谕防胡。

26. 赠钓伴

三三两两乘桴游，老翁稚子俱忘忧。江雨霏霏白欲下，田鸡角角鸣相求。
三更欲钓银河水，万里如乘赤壁舟。但使河豚供柏酒，不劳使者问羊裘。

27. 九日晚对菊有怀玉泉上人

清枝冷蕊却层层，大雅题诗谢不能。独插一枝当白鬓，相看频日到青灯。
东篱竹矮愁将偃，南岳峰高醉欲凭。更遣丹青来貌取，缄题寄与玉泉僧。

28. 九日晚对菊次容处士韵是日县主曹侯二尹邵侯持酒过白沙李九渊容贯各馆乡中未归

一年佳节到黄花，霜在篱根月在沙。今日县侯亲送酒，几时诗客报还家。
疏枝向晚青如许，老鬓逢秋白未涯。更欲西良开酒盏，胜游堪泛五更槎。

29. 再用韵

焉知老子非元亮，请看黄花满白沙。剩有香醪供采采，何须蜡屐到家家。
屡经细雨开花面，独立西风背水涯。欲把一株种蟾阙，恐惊天女笑乘槎。

30. 将往罗浮

重阳采菊出斋频，已觉飞云顶上身。今日山灵应待我，西风舟子忽催人。
江湖已破千回梦，云水初生一笑春。却到惠州城郭里，青藜高映华阳巾。

31. 大石访李德孚

江树人家远近烟，水边桑柘曲相连。主人携药出乘马，客子入关来舣船。
落日云霞生涧底，秋风禾黍满村前。浮生此地堪为乐，何必移居傍市廛。

32. 羚羊峡次简斋韵

搅树风声日夜悲，羚羊峡里一舟飞。青山不管行人老，黄叶如催客子归。
寻常屋里偏饶睡，五十年来未觉非。千里西游本乘兴，晚来一咏更沾衣。

33. 题易隐求斋

茆茨清绝有蟾宫，水表婵娟竹表风。高枕隔林啼鸟净，小斋终日白云蒙。
江边好景诗难道，世上闲愁酒可空。题作隐求争未信，如君方许学屠龙。

34. 次韵顾别驾拟归二首

才力虽堪数则奇，肯拼高枕也便宜。青山后放归田早，白首何妨见事迟。
壶峤不驰千里梦，木兰刚少两年诗。世间甲子从头数，一筋依然下一期。

飘然何处想君容，李白闲歌太极宫。山北山南双谢屐，花开花落几郫筒。
尊前偶似陶元亮，诗卷多余陆放翁。只恐飞云看不惯，未堪收入锦囊中。

35. 白牛冈

是处青山可卜藏，脚头刚到白牛冈。纵横五患须全避，祸福千年敢易量。
此日飞鹅重见李，当时鬼劫尽疑汤。老夫独对昆仑笑，争得秦灰化锦囊。

36. 乘骡至奇山寻桃饭李九渊宅

沙桥西上独乘骡，山径萧萧落叶多。渡口日斜归鸟影，陂头风起饭牛歌。
僧依朽骨开兰若，我觅寒花到薜萝。为恨渊明新止酒，杯盘邀坐失烹鹅。

37. 叠韵

细路江干爱一骡，冷烟浮水夕阳多。孤山处士寻梅处，洛下先生击壤歌。风飐溪沙随断柳，月生松坞照垂萝。晚来更有临池兴，笑杀山阴博白鹅。[1]

38. 寿黄野舟母八十一

旧家文物有随冈，都老而今更擅方。八耋喜逢花水会，一杯持上寿萱堂。夜来南极星华灿，秋入东溟水气凉。海屋添筹君莫记，直留老眼看沧桑。

39. 九日小庐山与赵日新

万里沧溟指顾间，赵生今在小庐山。行攀月里一枝桂，试踏涯头百尺竿。芳气腾腾分菊盏，清吟稍稍对芝盘。明朝不惮圭峰远，更取青钱挂杖端。

40. 游三洲岩

五漏地应无勾漏，三洲岩亦小蓬莱。娲皇须补青天破，人世那知紫府开。亭午虎声来石窦，千年鹤迹印溪苔。苍梧亦是经游地，多少心情属老回。

41. 经悦城

何处庙前江水流，野人于此暂维舟。玲珑竹日冬犹暖，轻薄潭烟晓未收。龙母衣冠终宇宙，悦城钟鼓自春秋。杖头一百青钱在，烦恼嘉鱼不上钩。

42. 再游三洲岩

去年骢马不同游，随意云帆此系舟。万壑寒流千丈碧，五更残月四山秋。天门夜迥人初到，仙树年芳鹤自留。高挂一瓢休便得，人间何处问巢由。

43. 暮春酬黄廷美见过

秋抽平野绿初匀，乳燕飞飞不避人。春尽忽惊花去眼，老来空有病随身。药炉候火人事废，草履登堂野客亲。与话平生灯火事，羞看白发满乌巾。

44. 同定山宿慧济寺[2]

香泉寺里悬灯宿，东莞城中抱被来。绿鬓高歌六七辈，春风相属两三杯。未愁此地山灵厌，衹恐明朝县马催。我与定山何处似，但言夫子铸颜回。

---

[1] 笑杀，一作不用。

[2] 一名香泉寺。

45. 再用宿香泉寺韵

招提烛暗连床语，龙洞云开并马来。半枕未成南海梦，几人同醉定山杯。身轻舞袖还双举，鬓短流年又一催。正月路旁梅发尽，插花须插满头回。

46. 至定山次木斋韵

四千里外无消息，一日定山相对闲。仰止人心都万仞，萧然我屋只三间。知音荷蒉门前过，送米邻僧月下还。着我与公同白首，西华东岳往来山。

47. 宝胜寺二首[1]

巢许夔龙不两能，江湖去住任腾腾。他乡此夜扬州月，对客歌诗宝胜僧。药气氤氲窗下枕，茶烟缭绕佛前灯。道人不是西华客，心在西华第一层。

48. 同定山诸公游石洞

小洞长年翳野莱，冥冥勾漏可谁来。数公马迹深深到，一径梅花笑笑开。弦上宫商分雅调，盏中玄碧自仙醅。闲人也是无心出，应与闲云作伴回。

49. 过恭襄庙[2]

恭襄庙前淮水流，清江院里竹亭幽。帝乡去日云为驾，客子来时月满舟。姓氏遥遥同宇宙，儿孙滚滚自公侯。夜来一枕还家梦，又理沧溟旧钓钩。

50. 邳州寄娄侍御庄定山

乾坤紫气一青牛，名利红尘几白头。北极星辰虽共向，江湖鸥鸟不同忧。定山居士三间足，乌府先生两眼秋。道路相思无了日，船头搔首看邳州。

51. 陈庄敏公庙

黔国勋劳存社稷，清源父老泣旌旗。只疑景泰未成日，便是中原曲突机。庙食千年天子赐，碑褒一字史官宜。不知他日麒麟阁，还画南州野老诗。

52. 徐州作

万机清净欲何为，百万仪刑固有之。如此明良共吁咈，当今宇宙一雍熙。由来大舜垂衣事，只有西周老凤知。引领大彭山下路，朝来风日满征旗。

---

〔1〕 按：实录一首。宝胜寺，一名香泉寺。

〔2〕 平江伯之祖。

53. 与潘留鹤夜话

乾坤何事日劳劳，留鹤先生已绣袍。天下行藏吾辈老，古来科级圣贤高。忘言臻极诗书奥，得手都从亥子交。万变在人无一事，男儿到此是雄豪。

54. 莲窝驿月下自读所具奏章

中宵望眼依南斗，百转离肠绕白云。八十光阴心独畏，寻常謦欬梦相闻。东西可但悲游子，去就真堪讬圣君。渐近九天瞻日月，清光先为照斯文。

55. 喜得容球书答之

一春闭阁卧皇都，几处行窝忆老夫。明月梦回东海钓，白云愁到北溪书。锋棱去尽名犹赘，起倒伤多病不除。若问长安今面目，依然张翰旧头颅。

56. 得马广书寄丁明府

多时不见长官面，万里忽传都老书。州县贤劳真自爱，乾坤公道要人扶。精神分付簿书外，得失交争议论余。良夜小楼君莫去，青天明月到踟跌。

57. 癸卯岁端午日书于庆寿寺和张兼素韵

白鸟飞来拂钓船，绿蓑青笠旧因缘。天机皆是谁能厌，太极无方我亦迁。点也只来沂水上，仲尼更上泰山巅。若还置我江门下，归枕江流乐舜天。

58. 次韵答李侍讲

曾放东溟万里船，天涯孤客笑延缘。百年只好供高卧，一岁何劳问九迁。夜枕蝉声犹在耳，秋风雪色已盈颠。久知病骨难牵强，肯把行藏更问天。

59. 再用韵答王内翰

折木津头两系船，相逢因话旧时缘。衣冠阙下寻常见，寒暑人间十五迁。诗入唐音称子美，字临苏帖抗张颠。看君九万扶摇翼，一夜秋风飞上天。

60. 次韵答钟濯海

平生家业在渔船，亦是闲中未了缘。万里修程今始到，一元休运正中迁。闲看芳树春如醉，只恐东风夜放颠。幸有如渑欢喜酒，劝君直到太和天。

61．何晦叔讣至[1]

贯辈得公当抚柩，秀夫从我亦沾巾。三千里外同灯火，二十年前一伟人。尘世只应愁太早，酒杯谁不羡长春。天涯四尺知何处，好卜松楸母子邻。

62．庆寿寺与麦岐夜坐写怀寄乡中诸友

手擘荔枝松下饮，青山何处了残杯。三更古寺邮人语，万里长安递马来。白首肯为妻子计，壮心暗逐岁年颓。经游也恨曹溪水，直下江门绕玉台。

63．寓庆寿寺通奉乡闾诸亲旧

行人初发渡头船，细雨持醪忆去年。处处争歌留别句，家家富有送行钱。诗书日看儿孙长，乡党都凭父老贤。俗虑不干窗下枕，诸公真个是神仙。

64．悼容士熙

长安孤客不曾愁，万里开缄失旧游。病枕却怜归故里，残书应悔寄他州。土中白发三千丈，身上青袍二十秋。莫道不如江汉水，夕阳呜咽似东流。

65．京回将至直沽

玉堂居士领朝衣，乞得宁亲海上归。到眼碧波还漾漾，迎潮白鸟故飞飞。何尝宇宙无通塞，到了江山省是非。今夜直须沽一斗，北来多负网鱼肥。

66．直沽逢周文都

病者宜休壮者行，老夫长揖谢周生。停船沽酒日初下，烧烛赋诗潮欲平。岂有文章供世用，不留门户得身轻。华山有语君须记，造物元来也忌名。

67．次韵庄定山先生见赠

病余白发不胜簪，还拟扶衰过卧林。南斗望沉将母处，西风吹断过江心。作官于我何嗟晚，爱酒如公不厌深。万里烟波从此去，扁舟垂老梦相寻。

68．经石先生墓[2]

丈夫无地救苍生，和扁伊周不大争。终古可收文技传，先生真得定山铭。杏林本为他人种，药笼犹嫌旧日轻。惭愧平生医国手，病骑瘦马过公茔。

〔1〕 有母未葬。

〔2〕 名医。石佥宪淮之父。

69．代简答周成之称天下士

老子亦称天下士，也因书写见胸襟。须君少缀忧时计，知我曾无喜事心。贾谊疏中流涕早，刘蕡策里谏言深。平生溥博渊泉意，又向秋风寄短吟。

70．赠丁中书父易洞先生

老人眠坐爱松根，久客帝乡劳梦魂。纱帽肯留官里养，茅斋归去蚬东村。青灯照几翻书帙，白发临池数鹤孙。窥破先天无一事，梅花消息与谁论。

71．代简平江总戎

信息连朝好是真，野夫何敢与朝臣。公归阙下称元老，我忆淮阳是故人。未信洪钟收响疾，共看强弩发机新。三边此日思韩范，为剪胡雏息塞尘。

72．次韵成天本中秋对月

行藏脱略倚楼时，见月开尊得睡迟。五十丘园天与静，寻常进退我何思。襟怀欲共骷髅语，霜雪真成老树知。多少勋劳在西汉，留侯偏与赤松期。

73．和答梁白鸿

渔笛声沉碧海涯，别来几度梦中吹。似闻世祖无穷计，也爱桐江百尺丝。选占龙头宁有意，食空驴尾不防饥。罗浮果欲相随去，请向西风访楫师。

74．和林缉熙受教职

百年文物盛东吴，画舫春风忆此都。到手闲官如处士，从头诗卷又江湖。秋风淅淅将吹雁，渚雨飞飞急下凫。衰病倘逢诸老问，莫言筋力尚支吾。

75．诸友诵周镐秋居次韵唐人之作率与同和二首

诗来镐也和雍陶，风会蝉声过柳梢。万事尽从生出起，百年谁向死前抛。能将清净除烦恼，何异王师破贼巢。堪笑后生无定力，深山何处欲诛茅。

石上春风吹醉陶，门前疏柳落寒梢。抄方多后病难却，读易醒来梦易抛。老马尚堪千里驾，鹪鹩初稳一枝巢。眼中未敢轻年少，廊庙他年看拔茅。

76．次韵乡友别后见寄

风流洛社何由见，击壤声中窥一班。好客欲留烧笋饭，扁舟寻过浴凫湾。渊明到处须持酒，巢父从来懒下山。莫道不如真率会，品题正在数公间。

77. 和康节闲适吟寄默斋五首

二十年来不读书，滥随偕计到皇都。救时伎俩吾何有，谐俗夤缘命却无。梦里已归垂柳斋，江门先问打鱼徒。白沙敢比桐江濑，出处当年亦少殊。

圣主哀怜许乞身，我生谁道不逢辰。正当四海无虞日，且作中年省事人。卷里题诗无靖节，花前对酒有玄真。诛茅我欲同烟火，颇费肩舆往复频。

衰荣无定只嗟伤，岁月已多人意长。本拟功名能进步，奈何时命阻飞翔。水中玉兔空留影，匣里青蛇肯露芒。寄语太和须保合，任他人世自炎凉。

水满陂池云满山，小车来往百花间。但知有酒留君醉，料想无人似我闲。红杏枝边才雨过，子规声里又春还。郢中白雪无人和，我为君歌菩萨蛮。

老夫叉手问东风，天地无穷还有穷。沧海平生偏得意，诗书垂老未收功。藤蓑漫舞春溪绿，纸帐安眠晓日红。天外白鸥闲个个，飞来飞去水云中。

78. 次韵马肇文

长醉仙家碧酒春，曲肱高枕玉堂云。老来岁月何曾数，人与乾坤不必分。弄水钓鱼无我乐，看花骑马共谁群。功名自古负年少，草莽如今荷圣君。

79. 次韵黄泽

只有群鸥共钓湍，江门何敢望龙门。不迷苍耳行边路，直到黄云住处村。谁共垂庢分华岳，偶逢渔父话桃源。月明我欲留君醉，分付家人酒莫寒。

80. 寄李德孚

青山真与白头期，箕颍陶唐混昔时。虚惊骐骥行千里，实见鸼鹩坐一枝。涉世风波吾亦早，著书日月子空迟。浊醪共醉无消息，醉倚山瓶有所思。

81. 次韵赠杨荣夫

问我行藏不我疑，暮年怀抱亦君知。白云坐枉青云驾，今雨来歌旧雨诗。沧海孤舟从去远，玉台高塔见登迟。明朝又与东南别，莫惜临风酒盏飞。

82. 处困呈丁明府

对越常如上帝临，一毫非僻敢相侵。明珠薏苡从人谤，白日青天共此心。
未信中流欺砥柱，还须百炼到真金。死生都是毫芒事，好揭西斋七子箴。

83. 挽丁明府彦诚二首

亲调冰粉写铭旌，六载劳心悬政成。楼外晚风谁奏角，城南春柳自啼莺。
均徭累岁闾阎静，乡社连村祀典明。千古桐乡遗爱在，长官何必葬金晶[1]。

长官家住古虔州，暂试牛刀越海头。劝课马闲春雨地，游心人上太空楼。
百年天地谁青眼，万里江湖几白鸥。寡妇孤儿忧未了，满江风雨进归舟。

84. 嘉会楼次韵任少参

江上秋风又卷沙，一尊还许共烟霞。莫言老去楼空倚，每到公来酒不赊。
直以狂诗传胜事，也因秋实辨春华。江门亦是西来水，流向人间未有涯。

85. 和伍伯饶登碧玉楼

坡老诗怀到此开，风生何处妙高台。常闻尼父乘槎去，又见麻姑控鹤来。
岛屿自堪供极目，头颅端合老南垓。高眠尽日无人到，闲看飞鸿点雪回。

86. 和俊圭白沙夜坐三首

沙田漠漠海之滨，携惯孤琴不问津。乡里尽闻君世德，乾坤合是我流人。
瓶中泻粟还供客，叉顶那钱始笑贫。却恐明朝君又去，只留山石伴刘因。

携书几过曲江滨，老去何心更问津。风月满斟黄菊酒，功名分付黑头人。
昼眠山阁偏多静，秋到诗囊也未贫。办得曹溪双草屦，明朝欲往定谁因。

白竹台前紫涧滨，拍天风浪已无津。几时木屐还来此，何处渔舟肯共人。
荣叟自便多乐在，后山真认百年贫。东西好记闲游处，山月留谁话此因。

87. 写怀

曲肱枕老海东涯，短疏何须更乞骸。着翅登天无此梦，碧波明月荡人怀。
花边浊酒闲三盏，天下名山费几鞋。惆怅春阴连晦朔，蜗牛粘户草侵阶。

[1] 宁都山名。

88．答吴乐善送菊

两茎何处委霜根，路入庐山不问村。佳节总非前月日，新香犹裛旧龙门。气清天与金行秀，色浅人知土德尊。今日渊明不能领，倒巾檐下弄诗魂。

89．次韵刘方伯海上有感见寄

五湖波浪六街尘，今古贤愚共寄身。顾我亦非忘世者，须君莫羡钓鱼人。寻常丘壑轻轩冕，万古君皇访隐沦。浩笑不知天壤阔，万钟何异一杯尊。

90．次韵张廷实瑞香花开有怀

三径归来辟草莱，偶逢名士乞花栽。莫愁冷艳无人爱，正递寒香别圃开。年光暗逐东流水，春信才通半树梅。必有比邻高二仲，手扪花树共徘徊。

91．奉陪赵提学登圭峰佛阁次韵

江城落日见楼台，远渡孤烟逐鸟来。竹里疏钟看客打，云边杰阁是僧开。崎岖径石虽妨马，淡薄风光亦借梅。却笑诸公游不惯，登高须着老僧陪。

92．留客出钓

江上东风生白浪，行人初听竹枝歌。飞残柳絮莺还语，空尽花枝蝶尚多。雨过云山图对展，月明空水镜相磨。欲将君钓河豚去，肯驻龙溪十日么？

93．题庄节妇

江水呜呜江月流，千秋遗魄此江头。干戈寄食家何在，贞白捐躯骨不收。谁勒穹牌留姓字，人怜虚冢祭春秋。何时突兀曹娥庙，一写凄凉野老愁。

94．次韵麦岐途中见寄诸乡友约游曹溪二首

二年白浪与红尘，愁杀蒲团打睡人。万驷千钟浑是累，清泉白石岂非珍。招呼熊子江边客，来看曹溪洞里春。闻道庾关消息早，红梅先放数花新。

麻衣穿破不沾尘，海上支离一野人。本为圣朝无弃物，偶逢儒席得称珍。红蕖绿浪横孤艇，白雨黄牛废一春。却愧南山髯长老，闭门深坐一蒲新。

95．甲辰春祭

少长参差进影堂，前头班短后班长。春秋此日严同祀，水木千年敢易忘。堂下放歌山月白，花边罗馔木犀香。吾亲未遣吾扶拜，犹为焚膏视酒浆。

96. 次张廷实进士枕上偶成韵

何处青山一草庐，四无邻舍亦无徒。舞雩风日三杯酒，云谷交游一老夫。
白昼且便薪竹簟，青鞋不到阮郎途。静来人与天为一，说到华胥梦亦无。

97. 寄彭都宪

今朝试拂镜中尘，何物头颅敢负人。但得圣恩怜老母，也叨供奉作词臣。
公无私我公当进，我不随公我自真。却愧南安张太守，笑人头上玉台巾。

98. 吊陈子威老仆

早赎奴身费主钱，主翁骨肉甚颠连。托巢生子五六口，尽死酬恩三十年。
畎亩自堪供独力，妻奴何用乞分烟。留诗留传奴当尔，只恐吾诗不易传。

99. 次韵林缉熙

风雨斋中坐亦安，天涯孤客叹之官。莫愁飞雪登程晚，还喜凭书作限宽。
笠影远离沧海月，手痕犹在富春竿。乾坤欲了男儿事，日月东西跳两丸。

100. 送林缉熙

天高月朗送君还，紫水黄云又闭关。但得笑谈如此辈，不妨来往共人间。
岂无贵介同倾酒，每忆知心恨隔山。官在太湖家万里，老夫何地索开颜。

101. 次韵伦德明

劝酒人人爱石斋，若为不吟负朋侪。破除英气亲流俗，纵放讴歌诵泰阶。
多病一官堪到手，穷愁三斗正开怀。石生自有风波分，何日扁舟怕渡淮。

102. 月下闻拍鼓

人间灯火隔年开，何处歌声月下来。快举酒卮深似盎，拍来村鼓闹如雷。
犹闻此昼丰年乐，解忆先朝令尹才。请看中霄旋斗柄，便从今夜定春回。

103. 书圭峰寺壁

厓门酒不对君倾，决策登山不吝情。小歇松林还系马，谩题诗卷不装绫。
青山已住多时别，白首都无一事成。若见高僧谈画远，始知陶令我前生。

104. 次韵李世卿山房偶题

山房东畔涧西偏，僻绝还宜看散仙。新芋满盘君试擘，破瓢高树我真悬。
烦襟漱井泉三尺，倦足蟠云石几拳。欲展秋枰逢国手，闲中真有日如年。

百诗斗酒是君偏，子美歌中第几仙。竹径井阑幽鸟下，茅檐蛛网乱虫悬。飞云阁不迷秋望，黄鹤楼曾碎老拳。我种石田三亩芋，留君还许过残年。

诗瓢酒盏两家偏，未领头衔总是仙。何处芙蓉堪共倚，此生天地觉孤悬。淄尘紫陌遗千里，白鹭黄槐度两拳。却忆旧游林县博，江湖何日是归年。

长笑苏门趣已偏，刘安鸡犬亦成仙。连崖竹色千茎绿，傍树藤稍十丈悬。老去松风犹露顶，秋来村酒得猜拳。何人不厌生涯薄，菽饭蛙羹共暮年。

彭殇所值一何偏，谁把黄金买得仙。公子尊前红袖舞，将军船上赤旗悬。贤愚不管题三尺，贵贱终同握两拳。却喜骚坛李居士，今年诗好过前年。

105．再用偶题韵呈世卿

圣到阿衡还是偏，首阳绝谷宁非仙。西山忽报朱凤下，东海遥看赤日悬。语为投机须喋喋，事非师古莫拳拳。词臣已献清河赋，圣主龙飞第一年。

碧瞳青颊两眉偏，我问麻衣合得仙。郢内尚留诸曲在，杖头刚有百钱悬。小谈世事聊挥麈，惯视天机不竖拳。为说大厓真未有，欲将君去学长年。

猎猎旌旗海一偏，西风只舫似登仙。不将白浪供闲眺，恐有苍生在倒悬。媚俗本无新妇态，参诗聊擘老僧拳。江门尊酒相逢处，不记今年是去年。

106．用前韵寄若虚宪副

堂后木犀青两偏，小瓢挑日醉花仙。谈玄树下客不到，弄巧枝间雀倒悬。无位圣贤多似蚁，有形天地小如拳。白头野老生何世，上下还吾六万年。

107．次韵答张廷实见赠

百千年代一回头，多少贤人着去留。华岭桐江烟水客，南阳莘野庙堂忧。用材始见千寻木，涉海方知万斛舟。自笑此身无检束，虚名只好博闲愁。

108．庚子除夕

屋角轻云锁暮灯，踟跌不语鬓鬅鬙。受诬恐作乡邦耻，靖难还来盗贼憎。福善祸淫天可信，翻云覆雨世难凭。明年此夕公何处，好在庐峰最上层。

今夕杯盘除旧岁，明朝笔砚试新春。风云散入挥毫手，花鸟偏供闭户人。
不愿骑驴去县里，只凭看柳到江滨。虞丘知我头颅白，许傍闲鸥理钓纶。

109. 平冈开圳成太守钟美宣诸君携酒往看

凿破青山注白云，梅花和月乱纷纷。数家青接茆茨起，百亩萦环井地分。
南盍山人劳送酒，惠州太守喜镌文。诸公素有登临约，不借高歌此耳闻。

110. 槎涌口

两川风雨上归舟，水国潇潇昨夜秋。钟鼓不来南海庙，梦魂深绕白沙楼。
荔丹映雨垂垂湿，江练随风滚滚流。不敢久贪山水胜，白头正动倚门忧。

111. 赠太平令袁德纯

西江已见罗内翰，东浙更闻袁德纯。令尹车前三日雨，太平县里万家春。
眼中人物我将老，岁晚交情谁最真。邂逅南京倾盖客，徘徊吉水系舟辰。

112. 风雨池上偶作

春尽东南云水乡，满身风雨看林塘。眼昏焉识乾坤大，发短方知岁月长。
疾病久叨同辈药，是非不到小斋香。赤松但有长生术，辟谷何须快子房。

113. 寄张纯

经过有客沧溟上，问讯悲君剑水西。地湿固应蚯蚓伏，月昏还着散鸦啼。
清江无钱即沽酒，白发寄声能杖藜。拟假青鸾报消息，碧桃花压钓船底。

114. 赠钟地曹

北风渺渺泛轻舠，堪为江山载酒醪。何处诗篇有陶谢，此公气岸失刘曹。
三江宿桨闻朝落，一夜挥觞坐月高。回首蓬莱隔烟雾，山灵应谢马蹄劳。

115. 读钟地曹诗卷次韵

大雅少陵俱渺漫，名家今日是谁看。出人总让一头地，进步还于百尺竿。
山谷巧伤坡老俗，退之豪绝孟郊寒。千秋万岁交料理，不道无诗与地官。

116. 寄上诚庵朱先生

诸贤斧钺镇西东，岁岁江湖拟拜公。国有大臣堪柱石，世无公论过儿童。
三台共觇调元手，四序兼成造化功。多病一身吾槁木，也随桃李育春风。

古来名利塞乾坤，都与时人作谤根。眼见晦明真有数，心知骨肉更何言。

一门可食汾阳报，千里遥瞻泰岳尊。应有高贤标史笔，山人今日到龙门。

117. 次韵林缉熙游罗浮

拔地决起瘦鹘躯，插天壁立东南隅。眼中非子不能到，海上何山可与俱。更欲往种扶桑树，即将补入方舆图。群仙未用夸三岛，一览还应隘八区。

118. 经黄道娘娘坟诵元人黄子长圆明庄诗有怀旧游因借其韵十首[1]

远公结社庐山隈，五柳先生入社来。取醉何曾问来去，有言犹足贲蒿莱。正思庄壁有遗句，也得斯人未扫苔。山僧何不开松径，觅取寒松万个栽。

怅望不见东海隈，道娘老仙何日来。一杯明月上丘垄，六月凄风动草莱。鸟迹且留苍峭石，马蹄声碎碧溪苔。千秋万岁樵牧地，松柏如今亦谩栽。

一从我马驻江隈，紫帽游人久不来。劫火一烧丘垄木，飞鸟不过野田莱。一方照夜中庭月，几度移春没座苔。怪得往来诗句恶，许多因果为谁栽。

小立诸郎旧堵隈，先生马已隔溪来。一篇递唱新亭句，数里扶归老屋莱。沂水春风收舞袖，杏坛秋露洗香苔。不知今日谁门内，收拾乾坤桃李栽。

119. 寄李勉恕

风光曾共醉潮连，旋卷荷杯当酒船。物态已随秋气改，人情还在藕丝牵。江村来往孤舟上，草阁东西一水边。莫向渔矶苦相忆，乡人要看锦衣旋。

120. 湖西先生将往浙东宪副公以诗留别次韵四首

行住一生云在天，只因离合故凄然。沙门许护三年法，浙水今撑万里船。酒盏正挥秋月下，铎声初散晓风前。相逢尽说无愁事，翻得愁多雪满颠。

云影初生水底天，此心天地有同然。自怜此日双蓬鬓，也得先生一系船。南越波涛南斗下，曲江秋月曲肱前。明朝回首知何处，却怪留衣与太颠。

何日纶音下九天，此邦弟子欲潸然。哪知南海是长夜，安得北风来驻船。幽思无端秋岛外，离心暗折暮江前。一尊何幸留今雨，再着裳衣再倒颠。

[1] 按：补四首。

日尽东吴万里天，湖山佳处想依然。不知它夜梅花月，还照谁家钓濑船。
大雅风流千载后，洪荒心事六经前。先生出否非无意，不用人忧鼎趾颠。

121. 寄题南安周元公吟风弄月台次张太守韵

八月缄封寄我开，公诗古迹两崔嵬。明月只疑周子过，清风更是洛阳来。
冥冥此夜英灵语，拍拍环区老佛埃。独立江干闲引望，白头何日赋登台。

未拜元公风月台，南安消息眼中来。千秋神爽今如接，累日头风忽此开。
无欲可同天广大，至诚不取岳崔嵬。浴沂也是当年意，吾眼犹能辨一埃。

122. 与梁文冠说诗

东风把卷木犀傍，花气浓薰翰墨香。月满楼中催凤管，春深谷口试莺簧。
知音未可轻容贯，得法终须拜孔阳。梦破小斋人不见，一番春草遍池塘。

123. 何时矩新著堪舆家穴法辨因容生寄之

一编初见锦囊新，后出何生更绝伦。它日待君沙上语，新诗示我岭头人。
未将白发忧藜杖，总爱青山映葛巾。应有峰峦随指点，咏归何独舞雩春。

124. 次韵李掌教游寒岩见寄

人在寒岩未觉尊，至今传者谩消魂。可怜驻马岩前客，欲见当年石罅痕。
元亮行藏虽栗里，武陵信息想桃源。江边忽送天台使，一曲棹歌烟水昏。

125. 圭峰次韵

白沙先生游玉台，三日城中无马来。看尽青山心似水，睡高红日鼻如雷。
不生鬼魅僧常住，直为妻孥我欲回。涧水西头有闲地，明朝再拟剪蒿莱。

126. 次南雄守江侯赠伦司训韵

东流万里凌江水，不及江侯送客情。短短诗篇惊俗子，频频酒盏别先生。
百年地位青云迥，一老东南白发明，自笑平生空学道，此心垂老向谁征。

127. 贺李德孚生孙并序

李昭受室久而未育，其尊公德孚先生以为忧。余尝宽譬之曰：天之所与在德，余闻李氏自忠简公来，善世有积，后其有不昌乎？天道可信，此未足忧。至成化丙申秋乃生一孙。德孚大喜，同游者咸为德孚喜也。德孚己丑岁与余同舟过南畿，庄木斋赠以诗曰：归路携诸友，迎船立两孙。是时，木斋但见德孚年貌，不知德孚实未有孙也。相视一笑，今且十年。德孚首已皓矣，始抱一孙，诵木斋之诗，喜德孚之喜，可无贺乎？律诗二首以侑斝并为乃孙祝也。

月建在戊岁丙申，时有神物降兹门。昭穆遂添忠简世，公侯再见德孚孙。舞斜天上神仙袖，撞碎田家老瓦盆。公甫作诗聊贺汝，犀钱玉果不须论。

忠简家声可世论，手提赤子洗银盆。更应来岁连双璧，真个迎船立两孙。列宿又看朱鸟影，麒麟终走玉皇门。相将五岭回中气，第一先生甫及申。

128. 赠张叔亨别

老病侵寻年屡更，相逢杯酒话平生。人心未始甘为恶，世路何须不着行。畎亩乐闻天子圣，庙堂初简宰相清。它年记得同眠处，夜半圭峰磬一声。

129. 小圃逢春追次康节韵二首[1]

小园风物正暄妍，白白朱朱径两边。折翅病蜂斜堕水，寻香痴蝶乱迷烟。典衣沽酒由来尔，买地栽花大抵然。安得此身辞药里，东游西泛也年年。

130. 中秋

风清月朗一中秋，乌石山前柳渡头。东岸老迎西岸老，今年游胜去年游。忽怜诗酒追陶谢，亦有行藏问孔周。河汉三更看醉客，歌声十里送归舟。

131. 悼老曾呈马默斋

曹溪并骑远寻僧，荷盖相随愧老曾。造次小心供作粥，平生高手见挑灯。藉资肯落时人后，织畚难逃造物憎。六十二年成幻化，西邻愁杀马先生。

132. 次韵乡友见寄

此心吾久证玄通，还借骚坛为发蒙。月照破囱秋冏冏，风回高树晚蓬蓬。几茎白发笼纱帽，万顷沧波着钓蓬。爱杀西良多酒处，唱歌人在水云中。

133. 嘲不同赏中秋

水月将开月下筵，一金携酒胜前年。[2] 我无一事惟留客，公看中秋不系船。老去闲居当宁赐，晚来凉风小亭偏。寻思合伴西湖隐，只对孤山也自贤。

---

[1] 按：增一首。

[2] 中秋旧诗有“食有金携之”句。

134．书庄定山梅花诗后

梅花只似河图样，谁识庖義万古心。清庙朱弦悦者寡，穷乡白水愧君深。狂歌余响连三日，短札如收累百金。吾君合是唐虞世，四海而今击壤音。

卷九

五言绝句

1．梦伍光宇

亭亭一轮月，终古光未彻。忽持梦中人，共立平腔雪。

2．题画兰

阴崖百草枯，兰蕙多生意。君子居险夷，乃与恒人异。

3．晓起偶得

此地无钟鼓，鸡鸣有曙烟。野夫能早起，白发映霜田。

4．题杜甫游春

驴背诗情远，归来忘却鞭。蜀乡春似锦，只记洛阳年。

5．题周子观莲

是花吾惜汝，惜汝过春陵。秋风吹又尽，回首涕沾膺。

6．题渊明赏菊

尊酒千年话，王郎昔未知。莫将今日意，容易恼东篱。

7．题和靖寻梅

今日林和靖，梅花较有功。杖藜不惜远，惟畏玉枝空。

8．乞荔枝

逢春思种树，垂老笑开斋。未厌青红在，从君乞荔栽。

9．吊戴球

开元一日雅，来往到于今。若向斯文契，湘江恨更深。

10．题枯木竹图

美节晴欺雪，残株冷谢春。因知名画手，不是徇时人。

六言绝句

1. 次韵景云苍梧往复杂诗六言[1]

崖妆矮日寂淡，江带翠烟轻浮。来往扁舟闲转，悦城古水槎头。

白日村前布狗，黄茆山里軥辀。诗人吟遍适意，估客欹为消愁。

学得脱胎换骨，何须东走西奔。宇宙滞形骸内，未免恋恋儿孙。

七言绝句

1. 林君求余一线之引示以六绝句

时时心气要调停，心气功夫一体成。莫道求心不求气，须教心气两和平。

存心先要识端倪，未识端倪难强持。万象森罗都属我，何尝真体离斯须。

收敛一身调息坐，要贪真静入无为。脱然心境俱忘了，一片圆融大可知。

群贤列圣无他适，百伪千邪向此消。更向一源观体用，灵根著土发灵苗。

工夫须用宽而敬，鱼跃鸢飞在此间。不用苦心求太迫，转防日用自生难。

饱历冰霜十九冬，肝肠铁样对诸攻。群讥众诋寻常事，了取男儿一世中。

2. 题到轩

明朝花酒难留客，他雨往来共一灯。忽近绿檐啼不去，只疑山鸟是山灵。

3. 访榄山归将至扶胥口作

西望扶胥收雨脚，江声昨夜响如雷。贪看白浪船头坐，恰似银河天上回。

4. 斋大父忌日作[2]

身上麻衣是道装，酒酣风月满林塘。阿婆膝上黄毛笑，笑着仙冠舞袖长。

---

〔1〕 按：增三首。

〔2〕 章儿时顶发赤，太父每呼为黄毛儿云。

江村十室九为农，一种田家有异同。白酒黄柑谁共醉，隔篱呼取老区公[1]。

5. 访龙塘

新筑沙堤踏欲沉，桃花初放水云深。先生若许移舟过，江上咿哑是好音。

6. 春日偶成

春分已过未清明，花落花开阴复晴。九十春光正强半，黄鹂休作送春声。

一蓑一笠坐鱼台，白鸟飞来更不猜。如此风光如此伴，葛天人物与无怀。

村北村南风雨夜，讴歌何处荷锄归。明朝更有祈年会，酾酒椎牛愿莫违。

7. 题画

红锦裁衾翠织衣，一般文彩见雍熙。绿荫苍树无人伴，闲看东风燕子飞。

暂逼烟江野鸟俦，忘机正好共沉浮。不须坚傍高枝立，为惜浓阴自白头。

芙蓉香冷越江湄，呼得潇湘伴侣归。日暮水寒栖不足，离群更傍五云飞。

8. 肇庆峡赠伍伯饶

白头无路几时休，来弄羚羊峡里舟。紫气函关天上事，更从何处望青牛。

9. 夏日偶成

闪闪茅檐飞乳燕，青青瓦沼荫垂莲。眼前是事皆神理，只恨乾坤不会言。

梢柏树头鸠对语，白龙池上梦初还。不知何处征书至，趺坐蒲团擘荔丹。

10. 将赴平冈卜居小述

厓门直北是平冈，巨浸东南接混茫。便与山灵留故事，即携妻子踏轻艎。

水边簇簇见连冈，却到冈头路渺茫。争道花源逐渔父，不知水曲是仙艎。

西望移家不作难，秋风吹近海门山。闭斋想象书红叶，见月仓皇放白鹇。

[1] 田父，区仕达也。

胜处何嗟步往难，此身还着此江山。山中老夫能驯鹿，江畔儿童解网鹇。

春雨闲门花满冈，长烟十里水茫茫。笑接何郎为酒会，插花扶醉下归艎。

不算黄猿与白鹇，无边大木胜孤山。如今纵有林和靖，安置吾庐也不难。

伐木何时作巨艎，东溟烟浪割山冈。傍人莫话吾庐窄，不隔藩篱路渺茫。

11. 与邝德和

自家患病自家知，自把身心自疗治。心境静时身也静，心生还是病生时。

12. 晓雨赠人

门前宿雨卷征旗，一枕黑甜都不知。滑滑红泥人去后，朦朦树色鹊飞时。

13. 到家日呈光宇

黄云木石居然有，紫水菰蒲在眼中。毅卿已死诸郎少，林下归来合共公。

14. 闻刘一谷讣

家累纷纷忽蜕蝉，人间尘土异皇天。千秋倘有良非子，莫浪归来一谷仙。

15. 看易

精义入神以致用，利用出入之谓神。神无方而易无体，藏诸用而显诸仁。

16. 春日偶成

飞飞蛱蝶花枝午，恰恰流莺柳市东。睡起西斋读周易，江春如酒醉衰翁。

17. 夏日

山禽得侣昼啼稀，坐倚芙蓉面翠微。五月南窗无暑气，隔帘风卷水烟飞。

杨花台下水翻波，拨刺江鱼奈尔何？安得散人三五辈，短槎明月共渔歌。

万里长风万里波，只今无奈病衰何？竹弓射鸭荷花渚，闲听回桡女伴歌。

18. 次赵佥宪留宿白沙诗韵三首

列炬溪边树影斜，隔花遥迓使君车。酒杯欲别微风起，吹动馨香下柳沙。

低草尽从车下偃，闲云亦傍枕边生。如何夜半山阴雪，只道王猷一舫清。

一杯一曲到春阑，老去情怀更作宽。却愧孟郊当此际，看花骑马醉长安。

19. 与谢叔贞里长

社中孺子能均肉，汉相功名定此时。我有双眸亦秋月，请君开手略施为。

20. 建文丞相哀歌亭代疏

祠堂千顷厌江波，张陆之名更可磨。只少当时文相国，一间亭子表哀歌。

21. 武当道士说天柱峰

罗浮三千六百丈，未闻天柱高如许。会须更上天柱峰，独立峰头视环宇。

22. 迳口道中

仆夫伊轧走肩舆，十里霜田路欲无。不怕玉楼寒起粟，坐旁须挂酒葫芦。

肩舆前度正花开，花落肩舆客又来。恰似刘郎归去后，重新山色到天台。

23. 小年

今夕人间度小年，五男四女共炊烟。且看满席斓斑舞，勿问明朝婚嫁钱。

小酌江村对小年，青灯茅屋吐青烟。黄柑白酒春来具，不用成都卖卜钱。

24. 寄朱素庵

龙虎山高云气深，桃花闲动武陵心。仙家自昔无烟火，欲报新诗何处寻。

25. 谢朱素庵寄八角盏及香炉

八角杯倾碧酒深，香炉烟灭老禅心。沙边竹径频频醉，湖上峰堆日一寻。

26. 奇石牌吊古

长年碑迹洗残潮，野鬼还将野火烧。来往不知亡国恨，只将奇石问渔樵。

27. 大湘峡

竹里鸲鹆鸣一个，云中仙鹤舞成双。乱山对客皆为越，怪石如江僧堕江。

28. 送梁金会试

长歌送客江门道，山鬼听歌浑绝倒。去岁来书意谓何，相思为谢蒙庵老。

29. 访友不遇

芒鞋竹杖小桥东，胜日相寻一笑同。芳草离离人不见，荜门半掩夕阳红。

漫叟泉头收百丈，回仙亭下住多时。如今纵有行藏意，那得楼中一句诗。

30. 赠区孟章[1]

山人久矣灭心兵，自信神清梦亦清。谁道仙家无伉俪，瑶池还有董双成。

31. 梅花

似嫌桃李竞春红，素面盈盈霜雪中。惟有暗香禁不住，依稀犹似少年风。

32. 登楼

清水溪边古渡头，花开十里一危楼。凭高痛饮不归去，何得人间汗漫愁。

33. 梅花下忆李长

香似梅关马上闻，江门半树晚氤氲。上林本是看花客，一见花开便忆君。

34. 景云忽为曾点诗赏之遂次其韵

乾坤生意满江南，花下痴儿睡正酣。夜半啼鹃忽惊觉，起来香露湿青衫。

点笔春风得指南，篱门新月兴初酣。浩哥欲索山瓶醉，却典中宵旧葛衫。

35. 送钟地曹至柳渡

一身长病又离群，客舫栖栖野水滨。落花落日如红锦，只醉沙鸥不醉人。

36. 寓意

莲花滴滴莲子香，采莲女儿莲叶裳。笑入花间不知处，错疑轻瓣是新妆。

37. 挽容彦昭

泪尽秋风草木间，游魂暗逐薤歌残。千秋只有无情月，遍照松根处处山。

〔1〕 章好仙术不娶。

闲去闲来一片云，山南山北映人坟。年年相见江门下，只有梅花是故人。

38. 暮春

春眠闭阁日沉溟，咫尺溪篱懒更行。却愧枝头子规鸟，千秋人国未忘情。

39. 乐岁呈杨大尹[1]

妇问姑餐弟问兄，茅柴酒熟压双瓶。明年禾似今年好，水北牛栏共弟耕。

厥夫撑舫赛田神，厥妇烧钱拜水滨。小弟今年人事好，买鱼沽酒招比邻。

40. 江浦白马庵次娄提学侍御韵二首

坐我黎床弄我琴，春风一曲杏坛音。从今直到无弦去，万古乾坤万古心。

朝忆罗浮暮武夷，山中明月几盈虚。扁舟归去东溟上，只钓清风不钓鱼

41. 与戴老达

老达聪明清且奇，六龄能诵石翁诗。江山此夜携明月，压我壶献十二枝。

42. 次韵答孟期

茫茫洙泗派来长，老眼谁开第一眶。东海观穷今北海，诗船还须共辉煌。

43. 成化丁未哀诏至杂言

萧萧白布裹乌纱，十载君恩许卧家。溪上不曾携酒去，空交明月管梅花。

44. 祷雨

眼见闾阎愁卖犊，忍看枯槁遍畴中。几宵祈祷真忘寐，一点精神便可通。

45. 至潮连二首

何处停舟问酒东，客程三日雨蒙蒙。青灯醉杀潮连夜，白酒红柑对马公。

煮蚬津头舫欲东，隔陂细雨昼蒙蒙。三人对酌两人醉，公别江门我别公。

〔1〕 按：补二首。

46. 次韵乡友四首

梧桐月到井西头，分与芭蕉共管秋。君忆白沙秋色否，请君见月上西楼。

何处松根枕白头，玉台风日美新秋。此中若有行藏意，不唱唐人独倚楼。

平湖去后少同游，可惜江门一片秋。携取西良佳子弟，月明来共庾公楼。

笼鹅榼酒选苍头，孙侍儿扶病出游。笑杀西邻富年少，满楼明月不登楼。

47. 寄李世卿

去岁逢君笑一回，今年笑口不曾开。山中莫谓无人笑，不是真情懒放怀。

48. 喜家慈病愈

莱衣喜见白头亲，又喜今朝病去身。七十二年如作佛，世间惟有未亡人。

49. 次韵伍元白

春波何处弄弥茫，天道阴晴未可量。却爱放船东浦口，采菱歌斗竹枝长。

酒店无钱与酒迟，轻寒天气菊残时。自怜不是陶元亮，也得偷闲坐短篱。

50. 城南火呈丁县主

六载朝天未买舟，长官还为此民忧。南厢昨夜无人睡，共对寒灰哭未休。

51. 遣景云往祭梁长官益

独将杯酒祭丘坟，甥舅情深不笑贫。谩说浔阳江路险，北风还有远行人。

52. 暮春有怀马默斋

春花欲烂爱身轻，晓枕醒来问雨晴。十里东西隔烟水，五旬不见马先生。

53. 无题

清世何须更出家，岂无真静抗浮华。曾闻点石旌阳令，任是神仙也坐衙。

54. 经水心遗址[1]

功名竹帛莽难寻，万古青山对水心。逆旅乾坤应是尽，不须怀古动长吟。

55. 题红梅

桃李春风锦是宜，梅花如锦使人疑。江边昨夜无穷意，分付乾坤水月知。

56. 厓门见渔樵者

奇石矶头有鱼卖，孤舟日暮忽相投。渔家锻治俱无赖，争取青钱与细钩。

春夏有船来斩薪，天风万舫正愁人。书生皓首浑无用，愿备山虞禁斧斤。

57. 示门人

两脚着地此何关，白云与尔同去还。正当海阔天高处，不离区区跬步间。

卷十

七言绝句

1. 与邓茗溪约赏中秋于潮连柳渡

欲借中秋酒一杯，清溪明月笑徘徊。山村亦有如拳米，自带狂夫五斗来。

2. 过罗一峰墓

一峰原上夕阳斜，云掩闲门几树花。见说西风吹不死，散分春色与邻家。

3. 梦中作[2]

风动微香洗得尘，独行山路不逢人。梅花岁岁还依旧，只看行人着句新。

---

〔1〕 宋罗开礼所居之地。

〔2〕 按：增一首。

附录二 《白沙先生诗教解》与《白沙子古诗教解》对照表

诗题	明刻本	碧玉楼刻本	备注
示湛雨	皆谓溺于记诵，滞于见闻者	皆谓溺于记诵，滞于见闻者。虽有学如无学，虽有觉如无觉	
示黄昊	当反身求之，则可以极高明矣	诚能反身求之，则可以极高明之量。心常惺惺，何所不照乎？	
鲁伯真墓铭	人无固本兮，草木弗如	人无固本兮，草木弗如。泽不竭兮公之余，我铭示后昆兮勿替厥初	
李子高墓铭	义不足，何有于年	义不足，何有于年。乌乎，子高之心，匪我铭之，而谁与传	
	虽年长，亦何用哉？	虽年长，亦何用哉？谓夭寿不足计，惟当尽道于己也	
李元春墓铭	能者谓贤，不能者耻	能者谓贤，不能者耻。母疾子侍，弟扶兄醉。尧舜之道，孝弟而已	
	而不能在道耳	而不能在道，贤愚之分，总决于此	
处士陈忍庵墓铭	与时偕行	君子在世，与时偕行而已，不必于隐，亦不必于不隐也	
拨闷	然而动亦有时，不徐不疾	然而举动亦自有时，须不徐不疾	
可左言赠佥宪王乐用归瑞昌	但归来与青山白云为伍	但归来与青山白云为侣	

续上表

诗题	明刻本	碧玉楼刻本	备注
题吴兆麟采芳卷	比而赋也	比而赋也。兆麟，字瑞清	
家庙钟铭	故其为声则迟也	故其为声则迟	
	喻人之语默动静	喻人之动静语默	
	永以为神之依者	永为神依者	
丁氏祠堂钟铭	其声则镗镗然而震于无穷矣	其声则镗镗然而震于无疆矣	
改铸邑谯楼钟铭	然坏则宜改铸，故曰不伤	然坏则宜改铸，费所当费，故曰不伤	
	作民如作豕之作言，作民之政若无考信，则宜视此铭也	若谓作民之政无考信，则何不视此铭乎？钟始造模而丁侯卒，惜侯之志不及成。此铭亡，后有继之者何以考，故录之	
世赖堂铭	堂以渭川府君为高祖，言敬思我渭川高祖，所立殊众。……而德音甚大矣	堂以渭川府君为祖，所立殊众。……而德音孔恢，皆自此始矣	
忍字赞	则愈坚厉，……若夫小不忍而乱大谋，岂非人所当深戒也？	使愈坚厉，……若小不忍而乱大谋，岂非人所当深戒乎？	
答张内翰廷祥书，括而成诗，呈胡希仁提学	与胡希仁提学者也。……言古人之以经书为糟粕者，……古人读书不过以开发此聪明也	以与胡希仁提学者。……言古人之经书为糟粕者，……古人读书不过以开发聪明，不可牵缠此心也	
	然此学以自然为为本，……即明道圣人之常以情顺万事而无情之意	盖圣学以自然为为本，……即明道所谓圣人以情顺万物而无情之意。此篇乃将答张内翰书会括成诗。……奈何以禅目之	

续上表

诗题	明刻本	碧玉楼刻本	备注
代简答罗一峰殿元	此诗先生所作以寄罗一峰先生者，……别久而思苦，……然而夫昔年曹溪之约	此诗先生所以寄罗一峰先生者，……年久而思苦，……则夫昔年曹溪之约，……一峰约会南华不至，故云	
自策示诸生	赋也。鲁阳战酣，日暮挥戈而日退三舍。此诗先生作以自策而示诸生者。……又复离，故圣人不常有也。……而及时以勉进耳。	赋也。此诗先生以自策而示诸生者。……既一合又一离，故圣人不常有也。……而乘时以精进耳。鲁阳战酣，日暮挥戈而日退三舍，言欲假年以勉力也	
冬夜	田无废锄耰。……水菽吾当求	田芜废锄耰。……菽水吾当求	
	因气寒而拥裘	因寒气而拥裘	
	平居昧慎独……念此不成眠	平生昧慎独……念此不成寐	
	是以思不能寐矣	是以思不能寐，自夜至晨，尚耿耿然对东牖之星也	
经鳄洲	周游八极。其意之远，盖有与天地万物上下同流矣	以周游乎八极。其托意之远，盖有与天地万物上下同流者矣	
厓山看大忠祠竖柱阻风七日后发舟用旧韵	秀夫皆死宋亡之难……渔人植木于江中，……浮云之散而初日明矣，……然我则行矣，又畏波心之木触之而有倾覆之祸	陆秀夫皆死宋亡之难……渔人植木江中，……浮云既散而初日明矣，……故我行不遽行，小心谨慎，畏波心之木触之而有倾覆之祸	
太极丸春	不因此名象由生	不因此名象所由生	
翠玄洞天	此名翠玄洞天之诗	此题翠玄洞天之诗	
	石门甚为幽深必须秉明烛乃可入游	石门幽深必须秉烛乃可入游	

续上表

诗题	明刻本	碧玉楼刻本	备注
金鳌霁雪	仙人以比一峰为非常人也。……言此鳌从海而来	以比一峰为非常人也。……言此鳌从海上而来	
	然一峰怀抱道德，如仙人然永，游戏于此山之侧矣。弥勒佛相传十二月八日生，盖先生此时与一峰别于南都欤？	金鳌山所由名如此，今一峰怀抱道德，如仙人然乃来，游戏于此山之侧。借问一峰何时来此，乃十二月八日在南都别我而来也。弥勒佛相传十二月八日生，盖先生此时与一峰别于南都。此乃假借之辞，读者不得错解指为佞佛	天启本作“然来”
玉冕晴云	是以怅望此山兴云雨生百谷以济苍生之饥耳	是以怅望此山庶几兴云雨生百谷以济苍生之饥耳	
飞辇横翠	飞辇、翠虬，湖西山名	飞辇、翠虬，皆湖西山名	
大流垂玉	恐其溷浊也	勿使为尘世溷浊也	
题冷庵	于世非有绝屏之心乎	于世非有绝屏之心	
	为中正太和耳	乃为中正太和耳	
感事	此岂天使之然哉，盖由己自取之也。……何不为智士之自全其身也哉？	此岂天使之然，盖由我自取之也。……何不为智士之自全其身也乎？	
梦观化书六字壁间曰造物一场变化	刍狗，老子云：“天地不仁，以万物为刍狗。”此诗先生梦观化而作，……先生深明昼夜之道矣	刍狗，老子云：“天地不仁，以万物为刍狗。”刍狗者，结刍为狗，巫祝用之，详《庄子·天运篇》。此诗先生梦观化而作，……先生深明昼夜之道，夭寿不贰者矣	“老子”隆庆本作“庄子”
赠林汝和通判	先生作此诗赠之，……如孤凤之骞举。今乃来判肇庆，……然夫丈夫所重者出处之义，而富贵则如浮烟之无有。……等于千金之重。所以警之至矣	先生作此赠之，……如孤鹄之骞举。今则来判肇庆，……夫丈夫所重者出处之义，若富贵则如浮烟之无有。……等千金之重。所以警之者至矣	

续上表

诗题	明刻本	碧玉楼刻本	备注
赠陈秉常	此与后二篇，皆先生赠门人陈举人秉常孝廉之诗	此与后三篇，皆先生赠门人陈秉常孝廉之诗	
	此亦赠秉常之诗，……日月之迈，良时诚为可惜。叹不能法天之行以自强不息也。其警深也	此亦赠秉常诗，……日月易迈，则良时诚为可惜。若听其逝而莫竞，则可悲矣。盖叹不能法天之行以自强不息也。其警深也	
赠陈秉常	故不足取	其言不足取	
	又言自己固有之性则，……则见先生真得尧舜以来心学之传而不为异端所惑者	又言自己固有之性，……则见先生真得尧舜以来心学之传而不为异端所惑者	“以来”天启本作“自来”
藤蓑（其四）	搔头白发少	搔首白发少	
	全功归我大	全功归在我	
	吾心内自得	吾心能自得	
	言随处默坐	言随处静坐	
	不过时时处处默坐而已	不过随处静坐而已	
（其五）	新故；里则然	新故理则然	
	以比贵贱荣辱不同	以比贵贱荣辱之不同	
	复明其真景	复明其真境	
	以共今日之乐哉	共此今夕之乐哉	
答梅侍御见寄	再枉三洲吟	再寄三洲吟	
	鸾凤，以喻温雅者	鸾凤，以比温雅者	
	春阳忽来	阳春忽来	
	而写其琴	而写心于琴	
寄题三洲岩	即今梧州之地	即今苍州之地	

续上表

诗题	明刻本	碧玉楼刻本	备注
病中写怀，寄李九渊	五十去始衰	五十云始衰	
	鬓颜倏以凋	鬓颜倏已凋	
	即此意也	即此意	
和梅侍御见寄	可拂飞鸟……日月如轮转耳	可拂朱鸟……日月如轮之转绕于其间	
	使一峰若在，则所知必多，不但一士也	使一峰若在，则所知虽一士不为少也	
题刘氏双节卷	颓波良独难	颓波良独难	“波”天启本作“浪”
	亦难乎卓立矣	亦难乎独立砥柱矣	
送李刘二生还江右用陶韵	我亦愿往遂不还，然为行迹所滞，……盖先生实有不欲往，婉言以辞之耳	我岂不愿往，但为行迹所滞，……盖先生实不欲往，特婉言以辞之耳	
漫题（其二）	因言出处异道如此，然我但知隐与鹿豕之游，……然圣人履中正之道……圣人不忍忘天下之心如此，……所以宁曲肱饮水而不出游遨也	言出处异道如此，吾人或可隐为鹿豕之游，……然吾见圣人履中正之道……其不忍忘天下之心如此，……所以宁曲肱饮水而不出游	
感刘琨与卢谌事	历叙二子之所遭，成败如此……于是乎见矣	历叙二子遭晋运之衰微，一生行为出处，其成败历历如此，……于是乎见矣。坏，又作阫，屋后墙也。淮南子齐俗训：“鲁君欲相颜阖，使人以币先焉。阖凿阫而遁。”	

续上表

诗题	明刻本	碧玉楼刻本	备注
归田园	圣池，在新会昆仑山绿护屏之上。此篇与后十二篇皆和陶诗。……古之道如斯而已矣，复何求哉?	圣池，在新会绿护屏之上。此后十二篇皆和陶诗。……古道皆如斯，予复何求哉?	
	畚，土箕之类	畚，土笼之类	
移居	所以舍都会而来为白沙。……但寄一席之间可矣。虽乐新邻，犹怀旧土	所以舍都会而来趋白沙。……但寄一席之间可矣。虽今日者乐新邻，亦未尝不怀旧土	
九日闲居	见花外白衣人来	见白衣人自花外来	
	碧水丹葩，形容菊酒之色	碧水丹葩，形容对酒之色	
和刘柴桑，寄袁道，见怀一峰之意	庶几百代下，扳驾以忘劬	庶几百代下，攀驾以忘劬	
和郭主簿，寄庄定山	岁暮还同襟	岁暮怀同襟	
	何时还合簪	何时还盍簪	
	言松竹乔林	言松出乔林	
赠羊长史，寄辽东贺黄门钦	克恭，初为黄门，……盖书所以养心以明道也。寂寂四句，言人之出处各有定分。……言以时游山	克恭，名钦，初为黄门，……寂寂四句，言人之出处各有定分。……言乘时游山	
饮酒	然则对花饮酒，坐进此道，岂昏冥之逃者比哉?	然则对花饮酒，莫非行藏安于所遇道理?先生之志，岂在酒哉?	
庚子岁九月中于西田获早稻	此亦和陶《庚子岁九月中于西田获早稻》之诗	此亦和陶之诗	
怀古田舍	此亦和陶《怀古田舍》诗	此亦和陶诗	
	今时又春生，而奔走道路者不止，可悲也	今时又春生，而求富贵者奔走道路不止，可悲也	

续上表

诗题	明刻本	碧玉楼刻本	备注
怀古田舍	此时而出，转为穷而不失已者，……况多有耦耕者多近邻乎？……则我永从耕桑之民矣	此时而出，转为穷厄而不失已者，……况多有耦耕者为近邻乎？……则我永从耕桑之民耳	
梦作洗心诗	建诸天地而不倍	建诸天地而不悖	
题余别驾中流砥柱图	使君不以荣落为屈信	使君不以荣辱为屈信	
题心泉	以泉比心	以泉比本心	
	孟子所恶于智者为其凿也，亦此意	孟子所恶于智者为其凿也，亦此意。桔槔，汲水机也。《庄子·天运篇》："桔槔者，引之则俯，舍之则仰。"	
赠潮州守周鹏	楚，谓湖广	楚，谓湖广。九苞，凤也	
紫菊吟寄林时嘉	因见此秋菊而叹屈原已逝	因此秋菊而叹屈原已逝	
感鸟	皎然闺中清。育雏止庭竹	皎然闺中清。育雏上庭竹	"清"天启本作"情"
牌山樵唱	因目击意全，有会于心岂在多哉？所会维何，盖见樵夫于白云之中，负薪行歌，彼则以贫贱自处而乐之者也	目击意会，其会心岂在多乎？所会维何，彼樵夫于白云之中，负薪行歌，盖以贫贱自处而乐之者也	
罗水渔歌	则沉竿于罗水之傍矣。……故夜静而乃放歌。此实吕太公钓渭之事，而宾阳之子则异于是矣	则沉竿于罗水之旁矣。……故夜静而放歌。此实太公钓渭之事，而宾阳子则异于是矣	

续上表

诗题	明刻本	碧玉楼刻本	备注
筑室	辛苦结吾庐	辛勤结吾庐	
	良友交助余	良友交助予	
将如外海看山，先寄道傍诸友	静久动亦宜	静久动乃宜	
	但久静长住之后	然久静长住之后	
	但有东老，则有回公，岂为恶客	彼有东老，则有回公，愿无恶客	
制布裘成，偶题，寄黎雪青	故诗中语借引佛书勉之	故诗中语借引佛书晓之	
	得于心发之于诗歌，……而吾廓然太公，身如在太虚无物之中矣，则释氏之乐所谓生灭灭已者，果如是乎？然谓之如虚空者则非真空矣。夫望月、饮酒、放歌，乐由此生，则先生之乐在于生，释氏之乐在于灭。乐者生，日用动静与时偕行，乐灭者，窈冥昏默与物扞格。生者，人道也。灭者，鬼道也。噫，人鬼之判远矣	得于心而发于诗歌，……而吾廓然大公，此身如在太虚无物之中，彼释氏之乐所谓生灭者，果如是乎？然谓之如虚空则非真虚空。盖释氏以寂灭无闻为虚空，吾儒则以随事顺应不滞于物为虚空，相似实不同也。释氏之乐在于灭，是以灭而灭生。若夫望月、饮酒、放歌，乐由此生，则先生之乐在于生，是以生而灭灭。乐灭者，窈冥昏默与物扞格。何有于生。乐生者，日用日用动静与时偕行，何有于灭？生者，人道也。灭者，鬼道也。噫，人鬼之判远矣。传灯录：无住禅师尝务晏寂，……读者亦贵从而精择之	
秋兴	昆仑顶白龙池，见前篇	昆仑顶白龙池，即绿护屏圣池	
	或就胥靡饭	或就胥靡饮	
	无弦，陶渊明壁上惟有无弦琴	无弦，陶渊明壁上常有无弦琴	
	岂如世情之浅浅者，或饮酒在得酒中之味而不在醉	岂如世情之浅浅者然乎？饮酒在得酒中之味而不在醉	

续上表

诗题	明刻本	碧玉楼刻本	备注
赠世卿	或谓菊花之落	王荆公谓菊花之落	
	惟有此落英	惟有此落落之英	
	故企其旷世相感如此也	故企其旷世相感如此也。其寄托深矣	
	盖世卿尚未能问，故犹未足也，然世卿登舟别江门而去，北风日见凌厉。比世习日相侵夺，不可不谨素节也	盖世卿尚未能问，是以未及语之。今将远别，故此情难置也。况世卿登舟别江门而去，北风日见凌厉乎！此又比世习日相侵夺，不可不谨素节也	
	九霄，至高也，以喻富贵利达。深沟，言险也	九霄，至高也，喻爵位之崇高。深沟，言险也，喻利欲之陷溺	
	不可不审其去取也，此原于善恶之机，古人向道者所以能察其几，察之不早决之，非易也	不可不审其去取，古来人向道之人所以必审辨乎此也	
	故谓之门也	故谓之门	
	则主于理。其本然之体言之也	其根则主于理。须究其本然之体言之也	
	老夫尝自力，兹以告吾子	老夫尝用力，兹以告吾子	
	则其小小者奚足取哉？又言此大乃我之所自力者	则其小者奚足取哉？又言此大者乃我之所自力者	
容珪挽	以比二兄先逝也。此先生悼容珪兄弟二人先死。……不能不为之泪下也	以比珪与兄先逝也。此先生悼容珪与兄先死。……不能不为之泪下也。雍门周鼓琴，能令孟尝君涕泣憎哀	

续上表

诗题	明刻本	碧玉楼刻本	备注
有怀世卿	兴起空馆相思而不知云山之相隔也	兴下空馆相思而不知云山之相隔也	
	兴也。竹上言	兴也。竹上言者	
	盖念世卿谈论去耳之久，不知今日风韵何如？今我此灼灼之花，嘤嘤之鸟，自为媚娱而已	盖因念世卿谈论去耳之久，不知风韵何如？今此灼灼之花，嘤嘤之鸟，不过自为媚娱而已	
有怀世卿	盖欲脱去烦嚣以游于寂寞之滨也	尽欲脱去尘嚣以归宁静之境也	
	奚必绝人逃世而后能然哉？读者不可以辞害意也	奚必绝人逃世而后能哉？读者不可以辞害意可也	
观自作茅笔书	此先生作草书时学也	此先生作草书以寓学也	
	于是又言文字者道之所寓	于是又言文字皆道之所寓	“者”天启本作“若”
益母草	生风雷，言能鼓动变化也	生风雷，言其气能鼓动变化也	
	生者，谓胎之生者。死者，谓胎之死在腹中者	生，谓胎之生者。死，谓胎之死在腹中者	
送刘方伯东山先生	天一角，谓岭南，乃东南之地，亦言远也	天一角，谓岭南之地，亦言远也	
	公岂无书尺见寄天涯耶？	公岂无尺书见寄天涯耶？	
	酒醒惟觉盖身之蓑衣寒薄。……清风来洒此孤鹤耳	酒醒惟觉盖身之蓑寒薄。……清风来洒此孤鹤耳。此诗“江门卧烟艇”，及临终诗“弄艇江门月”等句，皆作诗假托之常，犹采卷耳陟高冈之意耳。……古人所谓不可向痴人前说梦也	

续上表

诗题	明刻本	碧玉楼刻本	备注
游圭峰，同世卿作	言学者皆依仿圣人之汲汲皇皇不忘天下	言学者专欲速仕，但喜谈圣人汲汲皇皇不忘天下之事	
示李孔修近诗	试为我读此近作诸诗	试为我读此近诗	
蒋韶州书至，代简答之	梅花，生于岁寒之后，……犹一岁也。……天地之春夏不能不肃之以秋冬也	梅花，生于岁寒之后，……犹一岁也。梅花十寒，则经十岁矣。……天地之春夏不能不肃之以秋冬也。蒋之政偏于宽，故以此箴之	
八月二十四日飓风作多溺死者	饶舌，犹多舌也。寒山云："丰干饶舌"	饶舌，谓多舌也	
赠针灸杨飞	金陵，即今南京	金陵，即南京。我主，谓所主之家也	
	抗疏落职为行人司副，……遂言于定山处一会共饮	抗疏落职为行人司，……遂言于定山处会晤共饮	
正月二日雨雹	何哉？如莲实、如弹丸、如拳，皆言雹大小之形状也，盖以圣君功德格天，故雹往霰来，为丰年之兆耳。今详雹阴阳不和之所生灾异也。雪者，……亦忧后稍纾之意。霰，谓雪之小者	何哉？以圣君功德格天，故雹往霰来，为丰年之兆耳。霰，谓雪之小者。今详雹阴阳不和之所生灾异也。霰者，……亦忧后稍纾之意	
五日雨霰	则见白映虚空如絮之飞	忽见白映虚空如絮之飞	
	即得中气，先生谓有一星者云	先生谓有一星者云	
读张地曹偶拈之作	而日出扶桑矣	如日出扶桑矣　、	
	所谓拈一不二而斯道大明者	所谓拈一不拈二而斯道大明者	

续上表

诗题	明刻本	碧玉楼刻本	备注
赠黎秀才	而偶借使司之使以来共弄此月	而偶值使司之使以来共弄此月	
寄李子长	又如渊明之儿但觅梨与栗者也	又如渊明之儿但觅枣与栗者也	
	是身元有患，即吾之有患为吾有身之意	是身原有患，谓身牵于病也	
	然吾之有身，不能无患	然既有身，则不能无患	
登飞云	自海上浮来相博	自海上浮来相附	
	以喻方天理流行，忽为人欲间断。正通塞之几	以喻天理方流行，忽为人欲间断。此正通塞之几	
度铁桥	然此度乃飞空而度	然此度乃飞空而来	
	如浑然高虚静一之中矣	如浑然一私不存，万理明净之侯矣	
望罗浮	此望罗浮之诗，一名望罗浮	此望罗浮之诗，即卧游罗浮也	
寒菊	碧玉，先生所居楼名。初建楼成，适有得古碧玉来献者，因以名之	碧玉，先生所居楼名	
谢邓督府惠交藤酒	其贵重过于遇仙	其贵重过于百金，喜同遇仙	
晓枕	此先生晓枕之作，此吾谓道。……此道本自然，自然者，道也。道则与物无对。故云独立无俦无配也	此先生晓枕之作，此吾谓道。……此道本自然，必其人学归自然者，乃能与为俦而相配。当今之世谁乎？故云独立无俦无配也	
	冥会，谓默契	神会，谓默契	
偶得寄东所	谓万物万事之有形者与道为体而道则无形也	谓万物万事之形与道为体者而道则无形也	
	何必如庄子所谓穷扶摇而求之于高虚哉？	何必如庄子所谓穷扶摇而求之于高远哉？	

续上表

诗题	明刻本	碧玉楼刻本	备注
偶得寄东所	而何必拟古圣人之心，如象山云：“斯人千古不磨心”，与梭山云：“千圣相传只此心”，其亦所谓见在拟古之辨欤？	而何必拟古圣人之心哉？	
	然咫尺犹在外，而道与心为一。非有咫尺，但言其至近耳	夫咫尺犹在外，而道与心则合而为一。兹云咫尺许者，但言其至近耳	
	又言得失非在久也，止在斯须顷刻之间	又言得失非在久，止在斯须顷刻之间	
和罗服周对菊见寄	而鲜鲜之菊则生于秋而不污，何也？故吾作此以续征君之诗耳	而鲜鲜之菊则生于秋而不污也？故作此以续征君诗耳	
清风岩	伯夷，圣之清者	伯夷，圣之清者，以比一峰也	
观群儿钓	此后二篇	此与后篇	
对竹	究竟，穷格之也	究竟，穷极之也	
	推之于飞潜皆然。故周濂溪窗前草不除去	推之飞潜皆然。故周濂溪窗前草木除去	
	岂可不念此难得，独赏之乎？	岂可不念其难得，独听其独照而不赏之乎？	
随笔	象山曰：宇宙内事，即己性分内事	宇宙内事，即己性分内事	
	体用一原，微显无间	体用一原，显微无间	
	但为嗜欲蔽障之耳	俱为嗜欲蔽障之耳	
张克修见访	则所见精明	则所见精明也	
	初甚微细	初甚细微	
	以山泉比大本，达道由于大本，故曰溥博渊泉而时出之。……不足以与此	以山泉比大本，故曰溥博渊泉而时出之。……不足以语此	

续上表

诗题	明刻本	碧玉楼刻本	备注
梦后作	何必舍此外求耶	何必舍此他求耶	
	天地之升降，……此先生所以吟风月，见川水而有得者乎！	天地之升隆，……此先生所以吟弄风月，见川水而有得乎！	
	然皆实理也	此皆实理也	
	啸，蹙口出声以舒愤闷之气	啸，谓蹙口出声以舒愤闷之气	
	此时适有山风吹彼萝襟	因此时适有山风吹彼萝襟	
	于是觉己小卧久不出门而不知秋之深如此	于是觉自己小卧久不出门忽不知门前秋色之深已如此也	
赠邝筠巢	见此，则襟怀洒落而光风霁月在我矣	知此，则襟期洒落而光风霁月在我矣	
客乞题随时子轩	笠，戴在首者；蓑，披在身者，皆雨具也	蓑笠，雨具也	
	道故不穷。……故谓物为道者，……故蓑笠用而后道见矣	道本不穷。……其谓物为道者，……故于蓑笠用舍而后道见也	
题扇	日暮船不归	日暮船正归	
	若不知几而归，则恐大风起，而覆溺之祸将及之矣，况前江风已拔木，其几已及，可惧之甚也。盖木之有根尚为风所拔，况船本无根，随风浪而飘荡，将不知其所之矣。可不惧乎？	若不见几而归，则恐江风大作，其势拔木，而覆溺之祸将及之矣，可惧之甚也。盖木之有根尚为风拔，况船本无根，随风飘荡，可不惧乎？	

续上表

诗题	明刻本	碧玉楼刻本	备注
雨后，示刘宗信林时嘉	以示刘宗信、林子逢者	以示刘林二生者	
	况秋日气当清肃而有淫雨潦水乎？	况秋日气当清肃而有淫潦乎？	
	天地闭塞，贤人隐，天地不位，万物不育，此乃圣贤不得位而无燮理之应也	天地闭塞，此乃圣贤不得位而无燮理之应也	
	空见其在万古之上堂堂而已，自孔孟而来	空见其在千古之上堂堂而已，自孔孟以来	
太极涵虚	乃其全体，……而天地间形色化生而后物象可见，莫非全体之流行，乃其大用，中庸所谓小德川流也。于万化之中，而知一体之实，可以语性矣	乃其全体处，……及天地间形色化生而后物象可见，此则全体之流行，分而为大用者，《中庸》所谓小德川流也。然用之万，莫不有体之一者在其中，随处可寻。能于万化之中，而知一体之实，可以语性矣	
浮螺得月	然非天下之道而具眼者，其孰能识之？盖我于东山月出之时，独观溟海，因见浮螺而悟乾坤之理	然非天下之具道而具眼者，其孰能识之？故我于东山月出之时，独观溟海，因见浮螺而悟乾坤之理也	
晓枕偶成	言西北奇峰之多，因云深则杳然不可认矣。若夫汉廷无谋议之臣，如张良欲定太子以招四皓者，则四皓皆为真隐矣	言西北奇峰甚多，因云深则杳然不可识认矣。昔日汉廷若无谋议之臣，如张良欲定太子以招四皓，则四皓不出皆为真隐矣	

后　　记

人生之幸莫过于在合适的年纪恰巧遇到适合的际遇。这是我在博士毕业论文后记中的句子。回首自己的求学之路，每每庆幸自己的幸运。十年之间，我由北至南，再由南到北，最终由北返南。在这南北求学中，伴随的是我专业的转换。作为“半路出家”者，在感念幸运女神垂青的同时，也让我时刻怀抱敬畏之心，告诫自己依然在路上。

作为四年燕园生活的答卷，《自得的诗学——陈白沙文学研究》不得不说与燕园的气质有着莫大的联系。燕园是静的，亦是自由的，而这静与自由，在我看来，恰是治学的最好路径。无论是百花次第竞放的春季还是白雪皑皑的冬日，我习惯于午后绕未名湖兜一遭。在湖畔斑驳的树荫里，我总会在不经意间体会到古人诗文中所描述的日常生活点滴。北大的兼容并包，可说是自由的最好注脚——在这所园子里，可以自由地旁听几乎所有院系的课程。四年里，我按图索骥，听了历史、哲学、艺术等学院的相关课程。这无疑对我博士论文立论的理论视角产生了巨大影响。拙作探讨的陈献章，按照西方学科分类标准，应该将之视为哲学家，应归入哲学系。然而，本着知人论世观点，中国古人并没有如此现代的分类标准，也鲜有将自己视为纯文人者，而是集道统、治统、文统于一身，即兼具思想家、政治家、文学家三位一体身份。燕园的静与自由，恰好是解读陈献章文学的两把钥匙。因为陈献章的大多数诗文中都蕴含着恬静之态，而其自得观下的文学观，正是他追求自由、不依傍、不附和时流的最好体现。

论文的写作，自开题到答辩，无论从宏观的全篇提纲，还是行文的字词表述，都离不开导师廖可斌先生细致的指导和点拨。文中的许多观点，更是得益于老师高屋建瓴的指引。作为“半路出家”者，感谢老师的不弃，使我得以忝列门墙，亲聆謦欬。自 2017 年博士毕业，老师即积极玉成拙作的出版，三番询问进展情况。如今，拙作承蒙老师推荐、赐序而得以出版。否则，我想，它肯定会静静躺在北大图书馆论文阅览室的角落无人问津。

拙作的顺利出版，亦得益于诸位先生、老师的厚爱。陈永正先生偶从网上获得我的博士论文，读至拙作对陈献章诗文集版本源流的考证及王安舜序刻本文献价值的论述，即多方打听并与我联系。先生之举，晚辈深感荣幸。所感深者，先生打破向不为学术著作序的惯例，破例为拙作赐序。晚辈何其幸甚，竟多获先生谬赞。导师荐举拙作甫始，周松芳老师即积极玉成其事。黄天骥先生学界耆宿，备受推崇，犹老当益壮，致力岭南学术文化建设、传播、塑造，主编“南方学术文丛”。承蒙黄天骥先生不弃，拙作有幸忝列其中。作为“有明之学，始入精微”的代表人物，陈白沙之心学恰可以反映出南方文化的特色；其诗学，尤其是“陈庄体”又正体现了岭南文化与中华文化的异中之同。

南方日报出版社悉力于岭南文化的出版。我想，陈白沙作为岭南文化的一个代表，拙作能够在岭南出版，应该也算一桩美事。蔡芹编辑以专业学养和敬业精神，为拙作质量的提高及顺利付梓出力颇多，在此一并感谢。

本书系在我的博士论文《陈献章文学研究》基础上修订而成。虽说是修订，然入职以来忙于备课、上课，尚未对论文的有关篇章作细细打磨，故书中不免有疏漏之处。

亭林先生有言：“昔日之得，不足以为矜，后日之成，不容以自限。”希望明日之我，较昨日之我，能更上层楼。

孙启华

2021 年 7 月于苏州